KB036477

개의 목적

개의 목적

W. 브루스 카메론 지음
이창희 옮김

CONTENTS

일러두기

* 이 책은 페티앙북스에서 2014년 출간된 <내 삶의 목적>과 2018년도에 출간된 <베일리 어게인>의 개정판입니다.
* 영화와 책의 원제는 A dog's purpose(어 도그스 퍼퍼스)입니다.
* 각주는 모두 옮긴이의 주입니다.
* 띄어쓰기의 경우, 국립국어원 표준국어대사전, 교과서 편수 자료에 맞춘 띄어쓰기 편람을 따랐습니다. 단, 이미 통용되고 있는 전문용어의 경우 예외로 했습니다.
* 원저자가 특별히 대문자로 시작한 단어, 특히 명칭은 외래어를 그대로 사용했습니다.
* 기본적으로 외국어 표기 원칙에 따랐지만 이름 등 고유명사의 경우 국내에서 흔히 읽히는 대로 썼습니다. 즉 'Ethan' 과 'Hannah' 의 경우 '이선'과'해너'여야 하지만'에단'과'한나'로 썼습니다.
* 이 책에 사용된 일러스트의 저작권은 123RF에 있습니다.

chapter 01

어느 날 문득, 나는 내 옆에서 쌕쌕대며 냄새를 풍기고 꼬물대는 따뜻한 것들이 내 남매임을 깨달았다. 정말 실망스러웠다.

시력이라고 해 봐야 밝은 빛 속에서만 겨우 물체 윤곽을 구별해 내는 정도였지만 길고 따뜻한 혀를 가진 크고 아름다운 존재가 우리 엄마임을 알 수 있었다. 그리고 피부에 찬 기운이 느껴지면 엄마가 어디론가 가고 없을 때고 다시 따뜻해지면 젖을 먹을 때라는 것도 알게 되었다. 젖을 빨 자리를 차지하려면 내 몫을 뺏으려고 몰려드는 녀석들의 주둥이를 밀어내야 했는데 그건 정말 짜증스러운 일이었다. 나는 내 남매라는 것들이 도대체 무슨 목적으로 존재하는지 알 수가 없었다. 소화 잘 되라고 엄마가 배를 핥아 주면 나는 깜박이는 눈으로 그녀를 올려다보며 제발 나를 위해 이놈의 남매들을 치워 달라고 애원했다. 나는 엄마를 독차지하고 싶었다.

서서히 다른 개들이 또렷이 보이기 시작하면서 나는 싫더라도 이들과 함께 지내야 한다는 사실을 받아들일 수밖에 없었다. 냄새로 보아 한 마리는 암컷, 두 마리는 수컷이었다. 내가 '시스터Sister'라고 부르기로 마음먹은 암컷은 나보다는 다른 수컷들과 엎치락뒤치락 몸싸움하는 것을 더 좋아했다. 수컷 하나는 나보다 항상 날쌔게 움직여서 '패스트Fast'라는 이름을 붙여 주었고, 다른 한 녀석은 '헝그리Hungry'라 부르기로 했다. '마더Mother'가 어디론가 가고 없으면 늘 낑낑대며 우는 데다가 마더가 있을 때는 아무리 먹어도 모자라다는 듯 기를 쓰고 젖꼭지에 매달렸기 때문이다. 게다가 헝그리는 우리보다 훨씬 잠을 많이 자서 걸핏하면 우리는 자고 있는 헝그리를 덮치거나 얼굴을 씹어 대곤 했다.

우리 보금자리는 큰 나무의 검은 뿌리 밑에 있어서 햇볕이 뜨거운 한낮에도 어둡고 서늘했다. 내가 처음 그 햇살 속으로 비틀대며 걸어나가던 날, 시스터와 패스트도 함께 있었는데 예상대로 패스트는 우리를 홱 밀치고 맨 앞으로 나섰다.

우리 넷 중 패스트만 얼굴에 흰 얼룩이 있었는데 패스트가 의기양양하게 걸어가면 그 흰 부분의 털이 유난히 햇살에 반사되어 반짝였다. 눈부신 별 모양의 흰 점은 마치 세상을 향해 '나는 특별해!' 하고 외치는 것 같았다. 하지만 그 얼룩을 뺀 나머지 부분은 나처럼 평범한 갈색과 검정색이 얼룩덜룩 섞여 있었다. 헝그리는 나나 패스트보다 털색이 훨씬 더 밝았고, 시스터는 마더의 뭉툭한 코와 납작한 이마를 물려받았다. 어쨌든 패스트의 자신감 넘치는 태도에도 불구하고 우리 넷은 대략 같은 모습이었다.

우리 보금자리가 있는 나무는 냇가의 둑 위에 서 있었는데, 패스트가 둑 아래로 내려가려다가 온몸으로 정신없이 굴러떨어지는 걸 볼 때면 그렇게 재밌을 수가 없었다. 물론 시스터와 나 역시 별로 나을 것 없는 꼴로 사정없이 고꾸라졌지만 말이다. 미끄러운 바위와 방울져 떨어지는 물에서는 근사한 냄새가 났는데 냇바닥의 물줄기를 따라가면 습하고 시원한 동굴이 나왔다. 벽이 금속으로 만들어진 배수로였다. 나는 본능적으로 이곳이 위험을 피해 몸을 숨기기에 멋진 장소라는 생각이 들었지만, 마더는 우리의 대발견에 시큰둥했고 둑 위로 올라가기에는 아직 우리 다리에 힘이 없다는 것을 알자 사정없이 우리를 나무 굴로 끌고 갔다.

둑 아래 비탈길을 굴러 내려오면 우리 힘으로는 보금자리로 돌아갈 수 없다는 사실을 알게 된 우리는 마더가 나가자마자 같은 짓을 했다. 이번에는 헝그리도 같이 갔는데, 아니나 다를까 그는 배수로에 도착하자마자 시원한 진흙 위에 네 다리를 뻗고는 그대로 잠이 들어버렸다.

이곳을 계속 탐험해 봐야 할 것 같았다. 먹을 만한 것을 찾아야 했기 때문이다. 기다려 주기가 점점 짜증이 나는지 마더는 우리가 젖을 미처 다 빨기도 전에 일어나 버리곤 했다. 그럴 때면 다른 녀석들을 탓할 수밖에 없었다. 헝그리가 그렇게 죽어라 빨아 대지만 않았어도, 패스트가 그렇게 우쭐대며 설치지만 않았어도, 시스터가 그렇게 꼼지락거리지만 않았어도 마더는 조용히 앉아 우리 배가 볼록해질 때까지 젖을 빨도록 내버려 두었을 것이다. 젖을 빨 생각으로 머리를 위로 쭉 빼기만 해도 마더가 한숨을 쉬며 앉게 만들 수는 없는 걸까?

마더는 틈만 나면 헝그리를 핥아 주며 시간을 보내곤 했는데 나는 그게 불공평하게 느껴져 속이 부글거렸다.

이때쯤 패스트와 시스터는 나보다 더 크게 자랐다. 나도 덩치는 비슷했지만 다리가 더 짧고 뭉툭했다. 물론 헝그리는 네 남매 중 제일 작고 약했다. 기분 나쁘게도 패스트와 시스터는 처지는 애들과는 놀기 싫다는 듯 나와 헝그리를 팽개쳐 두고 항상 자기네들끼리 놀았다. 그래서 나는 그들을 따돌리고 혼자서만 배수로 깊이 들어가는 것으로 그들을 응징했다.

하루는 뭔가 죽어 썩어 가면서 좋은 냄새를 풍기길래 킁킁대고 있는데 코앞에서 어떤 동물이 폴짝 뛰어올랐다. 개구리였다!

신이 난 나는 앞발로 놈을 덮치려고 펄쩍 뛰었다. 그러자 개구리도 다시 한 번 폴짝 뛰어 나를 피했다. 잡아먹으려는 것이 아니고 그저 같이 놀려고 한 것이었는데 개구리는 겁에 질려 있었다.

내게 뭔가 신나는 일이 생겼음을 눈치채고 허둥대며 배수로 안쪽으로 달려 들어오던 패스트와 시스터는 물기가 있는 바닥에서 멈추려다 미끄러지면서 나를 넘어뜨렸다. 개구리가 또 팔짝 뛰자 패스트는 내 머리를 발판 삼아 개구리를 향해 돌진했다. 내가 으르렁거렸지만 패스트는 아랑곳도 하지 않고 나를 무시했다.

시스터와 패스트가 서로 한데 엉겨 구르며 좇아갔지만 개구리는 어느새 물웅덩이 안에서 조용히 물을 다리로 날렵하게 걷어차며 멀어져 가고 있었다. 시스터가 코를 물속에 처박고 킁킁대는가 싶더니 패스트와 나에게 마구 물을 튀기며 재채기를 해 댔다. 그새 패스트는 시스터의 등에 올라타 노느라 바빴다. 개구리! 내 개구리는 까맣게 잊은 채 말이다. 나는 시무룩해져서 돌아섰다. 멍청이 가족과 살고 있는 것 같았다.

그 후 며칠 동안 나는 잠이 들 때마다 개구리 생각을 하곤 했다. 나는 나도 모르게 개구리가 어떤 맛일지 궁금해하고 있었다.

우리가 다가갈 때마다 마더가 나지막하게 으르렁대는 일이 점점 더 잦아지기 시작했고, 급기야 마더가 허둥지둥 뒹굴며 몰려오는 걸신들린 무리를 향해 이빨을 부딪치며 경고하던 날, 나는 남매들이 모든 것을 망쳐 놓았다는 생각이 들어 절망했다. 그런데 갑자기 패스트가 자세를 낮춰 배를 깔고 기기 시작하자 마더도 패스트를 향해 머리를 낮추었고, 패스트가 마더의 입을 핥자 마더는 음식을 게워 패스트에게 주었다. 순식간에 우리도 우르르 달려들었다. 패스트가 우리를 밀쳐 냈지만 이제 우리도 그 비법을 알고 있었다. 킁킁거리며 마더의 입 주변을 핥자 마더는 내게도 먹이를 주었다.

이때쯤 우리는 둑 아래 개울 바닥을 훤히 꿰고 있었고 하도 이리저리 돌아다니는 바람에 주변이 온통 우리 냄새로 넘쳐났다. 패스트와 나는 아주 진지한 비즈니스에 대부분의 시간을 투자하고 있었는데 바로 노는 것이었다. 그러는 동안 나는 패스트가 등에 올라타 나를 제압한 채 얼굴과 목을 씹어 대는 놀이를 매우 중요하게 생각한다는 사실을 깨닫게 되었다. 시스터는 패스트에게 절대 덤비지 않았다. 하지만 모두가 자연스럽게 받아들이고 있는 듯한 우리 네 남매의 서열에 대해 나도 만족스러워하고 있는지는 확신할 수 없었다. 물론 헝그리는 자신의 서열 따위에는 관심이 없어서 나는 짜증이 날 때면 그의 귀를 물어뜯었다.

어느 날 오후, 시스터와 패스트가 어디선가 찾아낸 헝겊 조각을 잡아당기며 노는 걸 꾸벅꾸벅 졸며 바라보고 있던 나는 갑자기 귀가 쫑

곳 서는 걸 느꼈다. 어떤 크고 소란스러운 동물이 다가오고 있었다. 나는 허둥지둥 일어났다. 하지만 내가 그 시끄러운 소리의 정체를 알아보기 위해 강둑 아래로 달려 내려가기도 전에 마더가 나타났다. 마더는 잔뜩 긴장한 채 온몸이 뻣뻣이 굳어 있었다. 나는 마더가 이빨로 형그리의 목덜미를 물어 들어올리는 것을 보고 깜짝 놀랐다. 그건 이미 몇 주 전에 졸업한 단계였기 때문이다. 마더는 우리를 어두운 배수로 안쪽으로 데려간 뒤 웅크리고 앉았다. 마더의 양쪽 귀가 머리에 납작 달라붙어 있었다. 마더의 메시지는 명확했다. 우리는 그 메시지에 따라 잔뜩 숨을 죽인 채 배수로 입구에서 멀찌감치 떨어져 몸을 움츠리고 있었다.

개울 바닥을 따라 성큼성큼 움직이는 '그것'이 시야에 들어오자 공포심이 마더의 등줄기를 타고 내려가는 것이 내게도 고스란히 느껴졌다. 덩치가 큰 그 동물은 다리 두 개로 서 있었고 우리 쪽으로 천천히 다가오는 동안 입에서 매캐한 연기를 뿜어 내고 있었다.

나는 그 동물을 넋을 잃고 바라보았고 완전히 매료당했다. 알 수 없는 이유로 나는 이 동물에게 끌렸고 뛰어나가 반겨야 한다는 생각까지 들었다. 하지만 마더와 시선이 마주친 나는 그 생각을 접었다. 이 동물은 우리가 두려워해야 하는 존재로 수단과 방법을 가리지 말고 피해야 했다.

물론, 그것은 사람이었다. 내가 처음 본 사람.

하지만 정작 그 사람은 우리 쪽은 쳐다보지도 않았다. 둑으로 올라간 그는 이내 시야에서 사라졌다. 잠시 후 마더는 배수로 밖으로 나가 고개를 들고는 그 위험한 동물이 가 버렸는지 살폈다. 마음이 놓였는지 마더는 안으로 돌아와 안심해도 좋다는 듯 우리 모두를 핥아 주었다.

나도 내 눈으로 직접 보려고 뛰어나갔지만 실망스럽게도 사람의 흔적이라고는 공기 중에 남아 있는 연기 냄새뿐이었다.

그로부터 몇 주 동안 마더는 배수로에서 우리가 배웠던 것을 몇 번이고 반복해서 가르쳤다. 무슨 수를 써서라도 사람을 피해라. 사람을 두려워해라.

그 일이 있고 난 뒤, 마더는 먹을 것을 찾으러 나갈 때 우리가 따라가는 것을 허락했다. 안전한 굴에서 멀어지자 마더는 겁 많고 조심스러운 모습으로 변했고 우리 모두는 마더를 그대로 따라 했다. 우리는 사방이 확 트인 곳을 피해 덤불 가장자리를 따라 살금살금 움직였다. 사람과 마주치기라도 하면 마더는 그 자리에 얼어붙은 채 당장이라도 도망칠 수 있도록 어깨에 힘을 잔뜩 주었다. 이럴 때면 패스트의 얼굴에 있는 흰 얼룩무늬가 짖는 소리만큼이나 눈에 띄었지만 아무도 우리의 존재를 눈치채지 못했다.

마더는 집 뒤로 돌아가 미끄러운 비닐봉지를 찢는 법을 보여 주었다. 재빠른 솜씨로 먹을 수 없는 종이 따위를 흩어 버리자 그 안에서 고깃덩이, 빵 부스러기, 치즈 조각이 드러났다. 우리는 이것들 중 씹을 수 있는 것은 다 씹어 먹었다. 맛도 새롭고 냄새도 근사했지만, 두려움에 가득 찬 마더의 상태에 전염된 우리는 맛을 음미할 새도 없이 허겁지겁 삼키기 바빴다. 거의 다 먹자마자 헝그리가 토하기 시작했는데 그 모습이 굉장히 우습다고 생각했던 나 역시 잠시 후 심한 구역을 느꼈다. 두 번째는 좀 더 쉽게 내려가는 것 같았다.

우리 가족 이외에는 개를 만나 본 적이 단 한 번도 없었지만 다른 개가 존재한다는 사실은 늘 알고 있었다. 사냥을 하러 나가면 이따금씩 울타리 뒤에서 개가 우리를 향해 짖는 소리가 들려왔는데, 자기는 갇혀 있는데 우리는 마음대로 돌아다니니 배가 아플 법도 했다. 물론 마더는 우리를 이런 개 근처에도 못 가게 했지만 패스트는 그 개의 영역 안에 있는 나무에 한쪽 다리를 들고 보란 듯이 오줌을 누었고, 이를 본 개가 짖으면 등줄기의 털을 곤두세워 위협하곤 했다.

가끔 차를 타고 가는 개도 봤다! 창밖으로 고개를 내민 채 혀를 늘어뜨린 개를 처음 봤을 때는 넋을 잃고 바라보았다. 나를 발견한 개가 반갑다는 듯 짖었지만 너무 놀란 나는 믿을 수 없다는 듯 코를 허공에 치켜들고 킁킁거렸을 뿐이다.

자동차와 트럭도 마더가 피하는 것들이었는데, 나는 개가 타고 있을 때도 있는데 왜 자동차가 위험하다는 것인지 이해할 수가 없었다. 또 크고 시끄러운 소리가 나는 트럭이 자주 굴러 와서는 사람들이 우리 먹으라고 내다 놓은 음식물 봉지를 모조리 빼앗아 가 버렸는데 그러면 하루 이틀 정도는 먹을 것이 귀해졌다. 그래서 그 트럭도 싫었고 트럭에서 뛰어내려 음식이 잔뜩 들어 있는 봉지를 몽땅 가져가 버리는 욕심쟁이 사람도 싫었다. 그 트럭과 사람이 아무리 환상적인 냄새를 풍겨 대더라도 말이다.

이제 우리도 사냥을 해야 하다 보니 그만큼 놀 시간이 줄어들었다. 헝그리가 먹을 것을 바라는 마음에 마더의 입을 핥으려 하자 마더는 으르렁거리는 것으로 대답을 대신했고 그 순간 우리 모두는 상황을 파악했다. 우리는 자주 외출했고 이리저리 숨어 다니며 필사적으로 음식을 찾아 헤맸다. 피곤하고 기운이 빠진 나는 이제 패스트가 내 등에 머리를 올려놓고는 가슴으로 나를 눌러 대도 반항할 생각조차 하지 않았다. 좋아, 네 맘대로 해. 누가 뭐라든 나로 말할 것 같으면 짧은 다리 덕분에 마더가 가르쳐 준 대로 몸을 낮추고 살금살금 다니는 데는 너보다 훨씬 더 유리하다고. 패스트가 큰 키로 나를 찍어 눌러 자기가 제일 우월하다는 것을 과시하려 든다면 그건 오산이었다. 어쨌든 우리 우두머리는 마더니까.

이제 덩치가 커진 우리에게 나무 보금자리는 공간이 빠듯했고 마더는 밖에 나가 있는 시간이 점점 더 길어졌다. 이런 식으로 가다가는 언젠가 마더가 집으로 돌아오지 않을 것이라는 예감이 들었다. 이제는 스스로 헤쳐 나가야 할 것 같았다. 패스트는 언제나처럼 늘 나를 밀쳐 내고 내 몫을 차지하려 들 테고 나를 지켜 줄 마더는 없을 테니 말이다.

나는 굴을 떠나면 어떨지 생각하기 시작했다.

헝그리가 사냥도 빼먹고 비틀거리며 배수로로 들어가 쓰러지던 날 아침, 모든 것이 변해 버렸다. 혀를 입 밖으로 길게 빼고 있는 그의 숨소리가 가빴다. 마더는 떠나기 전 애정 어린 몸짓으로 헝그리에게 코를 비볐고 내가 헝그리의 냄새를 맡으러 갔을 때는 이미 그의 눈은 감겨 있었다.

배수로 위에는 도로가 있었다. 한번은 그 도로에 큰 새가 죽어 있는 것을 발견하고는 모두 덤벼들어 새의 몸을 온통 찢었다. 결국 패스트가 혼자 새를 물고 달아났지만 말이다. 아무튼 우리는 사람들에게 우리 존재를 들킬 위험을 무릅쓰고 길을 따라 위아래로 뛰어다니면서 죽은 새가 또 있지 않나 찾곤 했다. 그날도 새를 찾고 있는데 마더가 갑자기 고개를 쳐들어 경고 신호를 보내 왔다. 그 순간 우리는 동시에 그 소리를 들었다. 픽업트럭이 다가오고 있었다.

그러나 여느 픽업트럭과는 달랐다. 이 트럭은 며칠 전부터 똑같은 소리를 내며 이 도로를 수차례 왔다 갔다 하고 있었는데 마치 우리를 잡으려는 듯 천천히 움직여 무서운 생각까지 들었다.

황급히 배수로를 향해 뛰어가는 마더의 뒤를 따르던 나는, 그만 나도 모르게 멈춰 서서 몇 초쯤 그 괴물 같은 픽업트럭을 뒤돌아보았다. 모두가 무사히 안전한 배수로에 도착했지만 그 몇 초 때문에 모든 것이 달라졌다. 사람들이 나를 봤던 것이다. 트럭은 낮게 웅웅대는 진동 소리를 내며 바로 우리 머리 위에서 멈추었다. 덜컹거리던 엔진이 조용해지자 곧 장화가 자갈을 밟는 소리가 들려왔다. 마더가 작게 낑낑거렸다.

배수로 입구 양쪽에 사람 얼굴이 나타나자 마더는 더욱 긴장하며 자세를 낮췄다. 사람들은 우리에게 이를 드러내 보였지만 적의가 담긴 것 같지는 않았다. 얼굴은 갈색이었고 머리와 눈썹은 검었으며 눈도 어두운 색이었다.

"애들아, 이리 온."

그중 한 사람이 속삭였다.

무슨 뜻인지는 몰랐지만 그가 우리를 부르는 소리는 바람 소리만큼이나 자연스럽게 들렸다. 마치 내가 평생 사람의 말소리를 듣고 살았던 것처럼 느껴질 정도였다.

그때 내 눈에 두 사람 손에 들려 있는 밧줄이 둥글게 매달린 긴 장대가 들어왔다. 그 모습은 아주 위협적이었다. 마더의 공포심이 극에 달했다는 것을 나 역시 생생하게 느낄 수 있었다. 마더는 앞발로 이리저리 땅바닥을 긁더니 머리를 낮추고는 이들 중 한 사람의 다리 사이로 빠져나가려고 뛰어나갔다. 순식간에 그 사람이 장대를 내려 마더를 잡아챘고 마더는 이리저리 몸부림을 치며 햇빛 속으로 끌려 나갔다.

시스터와 나는 겁에 질려 뒷걸음질 쳤지만 패스트는 목덜미 털을 곤두세우며 으르렁거렸다. 그 순간 우리는 뒤쪽은 막혔어도 앞쪽 배수로 입구에는 아무도 없다는 사실을 알아차렸다. 우리는 쏜살같이 앞으로 튀어 나갔다.

"거기 간다!"

우리 뒤에 있던 사람이 외쳤다.

일단 배수구 밖 개울 바닥으로 나오긴 했지만 우리는 어찌해야 할 바를 모른 채 서 있었다. 시스터와 나는 패스트 뒤에 있었다. 패스트는 늘 두목 노릇을 하고 싶어 했으니 좋아, 네가 알아서 해결해.

마더는 흔적도 보이지 않았다. 두 사람은 각각 반대편 둑 위에 서서 장대를 휘두르고 있었다. 앞장서 있던 패스트는 첫 번째 장대는 피했지만 두 번째 장대에 잡히고 말았다. 시스터는 그 아수라장을 틈타 물을 철벅대며 도망쳤지만 나는 뿌리라도 내린 듯 그 자리에 서서 둑 위쪽을 바라보고 있었다.

머리가 길고 하얀 여자가 미소로 주름이 가득한 얼굴을 하고 그 곳에 서 있었다.

"이리 온, 괜찮아, 괜찮다니까. 이리 온, 멍멍아."

그녀가 말했다.

나는 달아나지도 않았고 움직이지도 않았다. 그리고 장대 끝의 올가미가 내 머리를 통과해 들어가 목을 조이도록 내버려 두었다. 장대 끝에 매달린 채 나는 둑 위로 올려졌고 장대를 갖고 있던 사람이 내 목덜미를 붙잡았다.

"얘는 괜찮아. 놔 줘."

여자가 부드럽게 말했다.

"바로 도망갈 텐데요."

남자가 말했다.

"놔 주라고."

무슨 말인지도 모르는 채 나는 이들의 대화를 듣고 있었다. 다만 두 남자보다 키도 작고 나이도 많은 이 여자가 우두머리라는 사실을 눈치챘을 뿐이다. 남자가 뭐라고 투덜거리며 마지못해 내 목에서 올가미를 벗겨 냈다. 여자가 내게 두 손을 내밀었다. 거칠고 뻣뻣했지만 꽃향기가 나는 손바닥이었다. 나는 그녀의 손에 코를 대고 킁킁거리다가 머리를 낮췄다. 그녀에게서는 나를 진심으로 걱정하고 보살펴 주고 싶어 하는 마음이 넘쳐나고 있었다. 그녀가 손가락으로 내 털을 쓸어내리자 온몸이 떨려 왔다. 꼬리가 저절로 허공을 휘저었고 여자가 나를 번쩍 안아 올리는 바람에 깜짝 놀란 나는 몸을 버둥대며 그녀의 얼굴을 핥아 댔다. 그녀가 기뻐하며 웃음을 터뜨렸다.

남자 하나가 축 늘어진 헝그리를 안고 다가오자 갑자기 분위기가 숙연해졌다. 남자의 품에 있는 헝그리를 본 여자는 안됐다는 듯 혀를 찼다. 그러더니 헝그리를 트럭으로 데려가 금속 케이지 안에 갇혀 있는 마더와 패스트의 코앞에 갖다 댔다. 다른 여러 가지 것들과 함께 내 기억 속에 들어 있던 죽음의 냄새가 헝그리의 몸에서 빠져나와 건조한 먼지투성이 공기 속으로 퍼져 나갔다.

우리는 모두 죽은 헝그리의 냄새를 맡았고 나는 사람들이 헝그리가 어떻게 되었는지 우리에게 알려 주고 싶어 한다는 것을 알 수 있었다. 말없이 길 위에 서 있는 그 사람들로부터 슬픔을 느낄 수 있었다. 하지만 이들은 헝그리가 태어날 때부터 병약해서 어차피 이 세상에 오래 있지 못할 운명이었음은 알지 못했다.

사람들은 나도 케이지 안으로 집어넣었고 마더는 내 털에 묻은 여자의 냄새가 못마땅하다는 듯 킁킁댔다. 트럭이 울컥하고 쏠리더니 앞으로 나아가기 시작했다. 길을 따라 달리는 동안 케이지 속으로 좋은 냄새들이 흘러들어오자 나는 곧 거기에 정신이 팔렸다. 차를 타다니! 나는 신이 나서 짖어 댔다. 패스트와 마더는 도대체 왜 저러냐는 듯 고개를 휙 돌려 나를 바라보았다. 안 짖을 수가 없었다. 개구리를 거의 잡을 뻔했던 일을 비롯해 이번 일은 내 생에 일어난 일 중 가장 신나는 일이었다.

패스트는 비탄에 빠져 있는 듯했다. 잠깐 생각해 보니 왜 그런지 알 만했다. 패스트와 가장 친했던 시스터가 어디론가 사라지고 없었다. 우리가 헝그리를 잃은 것처럼 말이다.

세상은 내가 상상했던 것보다 훨씬 더 복잡하다는 생각이 들었다. 사람들을 피해 다니며 마더와 남매들과 먹이를 찾고 배수로에서 노는 것이 전부가 아니었다. 더 큰 사건들이 일어나 모든 것을 뒤바꿔 놓을 수 있었다. 사람들이 일으키는 사건들 말이다.

아참, 내가 잘못 생각한 것이 하나 있었다. 당시에는 몰랐지만 패스트와 나는 다시 시스터를 만날 운명이었다.

chapter 02

픽업트럭이 향하는 곳이 어딘지는 모르겠지만 일단 도착하면 다른 개들을 만날 것 같은 예감이 들었다. 우리가 갇혀 있는 케이지 안에 다른 개들의 오줌, 똥, 침, 털, 심지어 피 냄새가 넘치고 있었으니 말이다.

겁에 질린 마더는 흔들리는 차 안에서 미끄러지지 않으려고 발톱에 잔뜩 힘을 주고 있었지만 나와 패스트는 코를 바닥에 대고 다른 개들의 냄새를 구별해 내는 데 정신이 팔려 있었다. 패스트는 케이지 한쪽에 영역 표시를 하고 싶어 안달이었지만 다리 하나를 올릴 때마다 차가 덜컹대는 탓에 매번 보기 좋게 나가떨어졌다. 한번은 마더 위로 엎어지는 바람에 콱 물리기도 했다. 나는 패스트에게 경멸 어린 시선을 보냈다. 마더 기분 모르겠니?

결국, 있지도 않은 개 냄새를 킁킁거리는 데 싫증이 난 나는 케이지 밖으로 코를 내밀고 바람을 힘껏 들이마셨다. 알 수 없는 수천 가지 냄새가 무서운 힘으로 한꺼번에 콧속으로 몰려드는 바람에 나는 계속 재채기를 했다. 우리 먹이의 주공급원이던 질척한 쓰레기통에 머리를 들이밀었을 때와 비슷했다.

패스트는 케이지 반대쪽에 자리를 잡고 엎드렸다. 나를 따라 같은 쪽에 자리 잡기 싫었기 때문이다. 내가 재채기를 할 때마다 패스트는 앞으로 또 재채기를 하려거든 미리 자기 허락을 받는 게 좋을 거라고 경고라도 하듯 내게 험악한 시선을 보내 왔다. 패스트의 차가운 시선과 마주칠 때마다 나는 마더를 흘깃 쳐다보았다. 갑작스런 상황 탓에 지금은 비록 주눅이 들어 있지만 어쨌든 우두머리는 여전히 마더니까 말이다.

트럭이 멈추자 여자가 다가오더니 케이지에 손을 올리며 말을 건네 왔다. 우리는 그녀의 손바닥을 핥았다. 마더는 꼼짝 않고 자기 자리에 앉아 있었지만 패스트는 나만큼이나 혹해서 어느새 내 옆에 와서 꼬리를 흔들고 있었다.

"너희들 정말 귀엽구나. 배고프지, 아가들아? 배고프지?"

픽업트럭은 낮고 길쭉한 건물 앞에 서 있었고 타이어 사이로는 사막 식물들이 듬성듬성 삐져나와 있었다.

"어이, 바비!"

남자들 중 하나가 외쳤다.

그러자 놀랍게도 그 집 뒤쪽에서 개들이 한꺼번에 짖는 소리가 들려왔는데 너무 많아서 몇 마리인지 가늠조차 할 수 없었다. 패스트는 케이지에 앞발을 걸치고 섰다. 그러면 뭔가 보이겠지 싶은 모양이었다.

그 집 옆에서 또 다른 남자가 모습을 드러낼 때까지 소란은 계속 되었다.

갈색 피부의 그 남자는 다리를 약간 절었다. 다른 두 남자가 그를 향해 씨익 웃고 있는 걸로 보아 뭔가 있는 것 같았다. 그는 우리를 보자마자 걸음을 멈추더니 어깨를 축 늘어뜨렸다.

"이런, 안 돼요, 세뇨라*. 또 개라뇨? 이미 너무 많다고요."

그 남자에게서 안타까워도 어쩔 수 없다는 감정이 흘러나왔다. 그렇다고 화가 난 것 같은 낌새는 전혀 찾을 수 없었다.

여자가 몸을 돌려 그에게 다가갔다.

"강아지 두 마리하고 얘들 엄마야. 이제 생후 석 달쯤 됐을 거야. 다른 애들도 있었는데 한 마리는 도망쳤고 한 마리는 죽었어."

"저런."

"엄마가 떠돌이야, 불쌍한 것. 완전히 겁먹었어."

"아무리 그래도 지난번에 사람들 얘기 들었잖아요. 개는 너무 많고 허가증은 안 내줄 거라고 하고."

"상관없어."

"하지만 세뇨라, 이제 공간이 없어요."

"바비, 그렇지 않다는 걸 알잖아. 그럼 어떻게 해? 그냥 야생 동물처럼 살게 놔둬? 얘들은 개라고, 바비. 더군다나 작은 강아지. 보면 몰라?"

여자가 다시 우리 쪽으로 돌아서자 나는 그동안 쭉 그녀에게 몰입해 있었다는 것을 보여 주기 위해 꼬리를 흔들었다. 아직 얼굴에 웃음

---

* 스페인 어로 부인을 가리킨다.

기가 가시지 않은 남자 하나가 말했다.

“그래요, 바비. 겨우 세 마린데요, 뭐.”

“얼마 안 가 너희들에게 줄 돈도 바닥날 거야. 개 사료 사는 데 다 들어갈걸.”

바비라는 사람이 대꾸했다.

나머지 두 남자는 웃으며 어깨를 으쓱해 보일 뿐이었다.

“카를로스, 햄버거 좀 챙겨서 아까 그 개울에 다시 가 봐. 도망친 애를 찾을 수 있을지도 몰라.”

여자가 말했다.

월급을 못 받으리라는 바비의 말에 웃고 있던 남자 하나가 고개를 끄덕였다. 이 사람 가족 중에서는 여자가 우두머리라는 사실을 알아차린 나는 나를 가장 좋아해 달라는 뜻에서 그녀의 손을 한 번 더 핥았다.

“너 참 착한 개구나. 착한 개.”

그녀가 말했다.

나는 위아래로 깡충깡충 뛰며 꼬리를 있는 힘껏 흔들었다. 그 바람에 내 꼬리에 얼굴을 맞은 패스트가 신경질적으로 눈을 깜박였다.

카를로스라고 불리는 남자에게서는 양념된 고기와 향신료 섞인 기름 냄새가 났는데 정확히 무슨 냄새인지는 알 수 없었다. 그는 케이지 안으로 장대를 넣어 마더를 끌어냈고, 패스트와 나는 집을 돌아 큰 울타리 쪽으로 끌려가는 마더를 따라갔다. 개 짖는 소리가 귀가 멀 정도로 커지자 약간 두렵기 시작했다. 도대체 우리를 어디로 데려가는 걸까?

바비에게서는 새콤한 오렌지 냄새가 났지만, 먼지, 가죽, 개 냄새도 함께 났다. 바비는 문을 조금 열더니 몸으로 그 틈을 막아섰다.

"저리 가, 물러서라고. 어서!"

그가 재촉했다.

짖는 소리가 잦아들었고 바비가 열어 놓은 문 사이로 카를로스가 마더를 밀어넣자 한순간에 조용해졌다.

눈앞에 펼쳐진 광경에 너무 놀란 나는 바비가 발로 나를 밀어넣는 것도 느끼지 못했다.

개.

개 천지였다. 몇 마리는 마더만 하거나 마더보다 더 컸고, 몇 마리는 좀 작았는데 모두들 높직한 나무 울타리로 둘러싸인 드넓은 마당에서 떼를 지어 멋대로 돌아다니고 있었다. 나보다 별로 나이도 많지 않고 착해 보이는 무리를 발견한 나는 그들 앞으로 재빨리 다가간 뒤 땅 위에 뭔가 신기한 것이라도 있는 듯한 시늉을 했다. 내 앞에 있던 세 마리는 모두가 밝은 색의 어린 암컷이었다. 그래서 나는 일단 흙더미 위에 유혹하듯 오줌을 싼 뒤 예의바르게 암컷들의 엉덩이 냄새를 맡기 시작했다.

나는 일이 이런 식으로 풀린 게 너무 신이 난 나머지 마구 짖기라도 하고 싶었지만 마더와 패스트는 그다지 편해 보이지 않았다. 마더는 코를 땅에 붙이고 울타리를 따라 움직이면서 빠져나갈 구멍을 찾고 있었고, 수컷 무리 쪽으로 다가간 패스트는 뻣뻣이 서서 어색하게 꼬리를 흔들고 있었다.

수컷들은 한 마리씩 돌아가며 울타리 기둥에 다리를 들고 오줌을 누고 있었다. 그중 한 마리가 패스트에게 다가가 앞을 막고 서 있는 사이, 다른 한 마리가 냄새를 맡기 위해 위협적으로 패스트의 주변을 한 바퀴 빙 돌았다.

여기서 불쌍한 내 형은 무너졌다. 패스트의 엉덩이는 아래쪽으로 툭 떨어져 있었고 자기 뒤에 있는 수컷 쪽으로 몸을 돌렸을 때는 꼬리가 뒷다리 사이로 완전히 말려들어가 있었다. 몇 초 후 그 수컷은 패스트의 등 뒤에 올라타서는 신난다는 듯 몸을 꿈틀댔다. 나는 놀라지 않았다. 이제 패스트는 대장이 아니었다.

이 모든 일이 일어나고 있는 동안, 키가 크고 근육질인 데다 귀가 머리 양쪽으로 늘어진 수컷 한 마리가 마당 한가운데 꼼짝 않고 서서 필사적으로 울타리를 따라 돌아다니는 마더를 지켜보고 있었다. 나는 마당 안에 있는 개 중에서 이 개야말로 가장 조심해야 할 존재라는 사실을 본능적으로 알 수 있었다. 그가 부동자세를 풀고 울타리 쪽으로 움직이자 패스트를 둘러싸고 법석을 피우던 개들도 모두 긴장한 채 고개를 들었다.

울타리에서 10미터쯤 떨어진 곳에 이르자 녀석은 마더를 향해 돌진하기 시작했고, 그 순간 마더는 하던 일을 멈추고 몸을 움츠렸다. 그는 꼬리를 화살처럼 쭉 뻗어 세운 채 어깨로 마더를 막아섰고, 마더는 울타리에 기대 몸을 웅크린 채 그가 머리부터 꼬리까지 자신의 냄새를 맡도록 내버려 두었다.

달려가서 마더를 돕고 싶은 충동이 일었지만, 그리고 패스트 역시 그랬을 거라고 확신하지만 그러면 안 된다는 것도 알 수 있었다. 눈 안쪽의 붉은 점막이 드러나 있고 갈색 얼굴에 유난히 뼈대가 굵은 마스

티프* 수컷이 이곳의 대장, '탑독Top Dog'이었다. 마더가 굴복한 것은 지극히 당연한 자연의 질서였다.

마더를 찬찬히 살펴본 탑독은 아끼기라도 하겠다는 듯 아주 조금 울타리에 오줌을 흘렸고 마더는 순순히 그 냄새를 맡았다. 그러자 탑독은 빠른 걸음으로 그 자리를 떠났고 마더에게 더 이상 관심을 보이지 않았다. 마더는 잔뜩 기가 죽은 채 조용히 그곳을 빠져나가 구석에 쌓여 있는 철도 침목 더미 뒤로 가서 숨었다.

결국 수컷들은 내게도 접근해 왔는데 나는 몸을 낮춰 웅크리고는 이들 모두의 얼굴을 핥아 줘서 나와는 전혀 문제가 없을 것임을 분명히 알려 주었다. 말썽꾸러기는 내가 아니라 우리 형이라고. 나는 그저 어린 암컷 셋과 놀면서 공이나 고무로 만든 장난감 뼈, 근사한 냄새가 나는 희한한 것들이 여기저기 놓여 있는 마당을 탐험해 보고 싶을 뿐이었다.

깨끗한 물이 조금씩 계속 물통으로 떨어지고 있어서 원할 때면 언제든지 마실 수 있었고, 카를로스라는 남자가 하루에 한 번씩 마당에 들어와 우리 배설물을 치워 주었다. 그리고 이따금씩 우리는 아무 이유도 없이 그저 짖는 게 좋아서 일제히 큰 소리로 짖어 댔다.

먹는 즐거움도 있었다! 하루에 두 번씩 바비, 카를로스, 세뇨라, 또 한 명의 남자가 우리를 나이별로 나누어 놓고는 큼직한 그릇에 맛있는 먹이를 쏟아 주었고, 우리는 그 속에 얼굴을 쑤셔 박고 더 이상 삼

---

* 영국 원산의 초대형견으로 투견이나 호신용으로 사육되는 품종.

킬 수 없을 때까지 실컷 먹었다. 우리가 정신없이 먹는 동안 바비는 옆에 서서 제대로 먹지 못하는 개가 있는지 살폈다. 대개 제일 몸집이 작은 어린 암컷이 그랬는데, 그러면 바비는 우리를 모두 밀어 놓고는 그 암컷만 안아 올려 따로 먹이를 주었다.

마더는 큰 개들이랑 같이 먹었는데, 가끔씩 그쪽에서 으르렁거리는 소리가 들려와서 고개를 돌려 보면 그저 흔들리는 꼬리들만 잔뜩 보일 뿐이었다. 큰 개들이 먹는 것은 뭐든지 근사한 냄새가 났다. 하지만 뭘 먹는지 알아보려고 우리 꼬마들 중 누군가가 가까이 가기만 하면 사람들이 막았다.

세뇨라라는 여자는 허리를 굽혀 우리가 자기 얼굴을 핥게 했고 우리 털을 쓰다듬으며 계속해서 웃었다. 그녀는 나를 볼 때마다 이렇게 말했다. 토비, 토비, 토비. 그녀가 부르는 내 이름은 토비였다.

나는 내가 그녀가 가장 사랑하는 개라고 확신했다. 내가 어떻게 안 그럴 수가 있을까? 나와 제일 친한 친구는 옅은 황갈색의 어린 암컷, 코코였다. 내가 이곳에 처음 도착했던 날 나를 맞이해 줬던 세 마리 중 하나인데 발과 다리는 하얀색이고 코는 분홍색이며 털은 거칠고 뻣뻣했다. 그리고 워낙 작아서 내 짧은 다리로도 뒤처지지 않고 함께 다닐 수 있었다.

코코와 나는 보통 다른 어린 암컷들과 어울려 하루 종일 씨름을 했다. 가끔 패스트가 끼기도 했는데, 패스트는 항상 자기가 대장 노릇을 할 수 있는 무리에서 놀려고 했다. 하지만 계속 멋대로 굴 수는 없었다. 왜냐하면 너무 날뛴다 싶으면 수컷들 중 하나가 대표로 달려와 따끔한 맛을 보여 주기 때문이었다. 이럴 때 나는 패스트를 생전 본 적 없는 것처럼 행동했다.

나는 내게 세상 전부인 이곳 '마당'이 좋았다. 물통 옆에 생긴 진흙탕에서 뛰어다니는 것도 좋아했는데 그럴 때면 흙탕물이 튀어 온몸에 들러붙곤 했다. 왜 그러는지는 도무지 알 수 없는 노릇이었지만 일제히 짖는 것도 좋았다. 코코를 쫓아다니는 것도 즐거웠고 다른 개들과 한 덩어리가 되어 잠을 자고 다른 개들의 똥 냄새를 맡는 것도 좋았다. 놀다 지쳐 그 자리에서 죽은 듯 쓰러져 잠드는 날들이 수없이 이어졌고 나는 이루 말할 수 없이 행복했다.

나이 든 개들도 놀기는 마찬가지였다. 심지어 탑독도 낡아빠진 담요 조각을 입에 물고는 마당을 가로질러 달렸다. 이럴 때면 다른 개들은 탑독만큼 빨리 뛰지 못하는 척하면서 줄줄이 그의 뒤를 쫓아다녔다. 그러나 마더는 결코 이들 놀이에 끼지 않았다. 그녀는 철도 침목 더미 뒤에 구덩이를 파고는 대부분의 시간을 그곳에 엎드린 채로 보냈다. 마더가 어떻게 지내는지 궁금해 찾아가 보면 그녀는 마치 내가 누군지 전혀 모른다는 듯 으르렁댔다.

어느 날, 저녁밥을 먹은 뒤 개들이 마당에 이리저리 엎드려 졸고 있을 때였다. 마더가 구덩이에서 살그머니 나오더니 문을 향해 가는 모습이 보였다. 나는 뭔가를 계속 씹어야 직성이 풀릴 정도로 입안이 근질거리던 터라 고무 뼈를 물어뜯고 있었지만 당장 동작을 멈추고 호기심 어린 눈으로 마더가 문 앞에 가서 앉는 모습을 지켜보았다. 누가 오나? 나는 고개를 치켜들었다. 누가 온다면 다른 개들이 벌써 짖었을 텐데?

저녁이 되면 카를로스와 바비는 또 다른 남자들과 작은 테이블에 앉아 유리병을 연 뒤 독한 냄새가 나는 물을 따라 마시며 이야기를 나누곤 했지만 오늘은 아니었다. 마당에는 개들뿐이었다.

마더는 앞발을 나무 문짝 위에 걸치고는 금속으로 된 문고리를 입에 물었다. 마더가 왜 저러는지 알 수가 없었다. 씹기 좋은 고무 뼈다귀가 사방에 널려 있는데 왜 하필 저런 걸 물어뜯고 있지? 마더는 문고리를 잡아 뜯기가 힘든지 머리를 좌우로 비틀어 댔다. 나는 패스트 쪽을 힐끗 보았지만 그는 깊이 잠들어 있었다.

그때 놀랍게도 문이 딸깍 하고 열렸다. 우리 엄마가 문을 열다니! 마더는 앞발을 내리고 어깨로 문을 밀더니 울타리 반대쪽을 살피느라 허공에 대고 조심스럽게 코를 킁킁거렸다. 이어서 마더는 내 쪽을 돌아보았다. 두 눈이 빛나고 있었다. 그 눈빛의 뜻은 분명했다. 함께 떠나자는 것이었다. 나는 마더를 따라가려고 일어섰다. 근처에 누워 있던 코코가 나른한 모습으로 고개를 들어 나를 향해 몇 번 눈을 깜박이더니 한숨을 푹 내쉬고는 모래 바닥에 다시 엎드렸다.

이대로 떠나면 다시는 코코를 보지 못할 게 분명했다. 나는 나를 먹여 주고 가르쳐 주고 돌봐 준 마더에 대한 도리와, 쓸모라고는 없는 내 형, 패스트를 비롯한 다른 개들 사이에서 어쩔 줄을 모르고 서 있었다.

마더는 내가 마음을 정할 때까지 기다려 주지 않았다. 마더는 짙어가는 어둠 속으로 조용히 빨려들어갔다. 마더를 따라잡으려면 서둘러야 할 판이었다. 나는 재빨리 마더를 좇아 열린 문틈 사이로 빠져나가 울타리 밖의 알 수 없는 세계로 뛰어들었다.

패스트는 우리가 떠나는 모습을 보지 못했다.

chapter 03

나는 멀리 가지 못했다. 우선 마더처럼 빨리 뛸 수가 없었고 집 앞에 내 영역 표시를 원하는 덤불들이 한가득 줄지어 서 있었기 때문이다. 마더는 나를 기다리기는커녕 뒤도 돌아보지 않았다. 내가 본 마더의 마지막 모습은 아무도 모르게 어둠 속으로 미끄러져 들어가는 모습이었다. 평소 마더가 제일 잘하던 일이었다.

얼마 전까지만 해도 내가 원하는 것은 그저 마더의 품속으로 파고드는 것이 전부였다. 마더의 부드러운 혀와 따뜻한 체온이 다른 어떤 것보다도 중요했다. 그러나 이제는 어둠 속으로 녹아드는 마더의 뒷모습을 보면서 그녀가 이 세상의 모든 어미 개가 언젠가는 해야 할 일을 하고 있는 것뿐이라는 사실을 이해하게 되었다. 따라가고 싶은 충동이 일었지만 이런 마음은 관계에 매달리려는 마지막 본능적 반응일 뿐이었다. 우리 가족이 마당에 왔던 날 영원히 바뀌어 버린 그 관계 말이다.

뒷다리 하나가 여전히 허공에 떠 있는데 세뇨라가 발코니로 나오다가 나를 보고 멈춰 섰다.

"아니, 토비, 너 어떻게 나왔어?"

도망치고 싶었다면 그 순간 뛰어야 했지만 물론 나는 뛰지 않았다. 오히려 꼬리를 흔들며 세뇨라의 무릎으로 뛰어올라 얼굴을 핥으려 했다. 그녀의 꽃향기에 기름지고 먹음직스런 닭고기 냄새가 겹쳐 있었다. 그녀는 내 귀를 뒤로 쓸어 주었고 나는 세뇨라의 손길에 취해 그녀를 따라갔다. 세뇨라는 빠른 걸음으로 여전히 열려 있는 울타리 문을 향했다. 개들은 마당 안에 그대로 널브러져 자고 있었다. 그녀는 나를 부드럽게 밀어 들여보내고는 자신도 따라 들어왔다.

문이 닫히자마자 다른 개들이 벌떡 일어나 우리 앞으로 달려왔고 세뇨라는 모두를 부드럽게 쓰다듬으며 다정하게 말을 걸어 주었다. 하지만 나는 그녀가 나 말고 다른 개들에게도 관심을 보이자 속이 끓었다. 이건 부당한 정도가 아니었다. 나는 세뇨라와 함께 있으려고 마더도 포기했는데 내가 다른 개들보다 특별할 것도 없다는 듯이 행동하다니!

세뇨라가 나가자 문이 다시 철컥 하고 닫혔지만 이제 이 문은 내게 더 이상 넘지 못할 장벽이 아니었다.

며칠 후 코코와 씨름을 하고 있는데 마더가 돌아왔다. 적어도 그 순간에는 그녀가 마더라고 생각했다. 그때 나는 계속되는 씨름 놀이에서 새로운 동작을 개발해 거기에 정신이 팔려 있던 참이었다. 코코의 등 뒤에 올라타고는 앞다리로 몸통을 단단히 끌어안는 것이었는데 코코는 내가 이 동작을 하면 몸을 뒤틀며 으르렁거렸다. 이해할 수가 없었다. 이렇게 재미있는데 왜 질색을 할까?

아무튼 바비가 문을 열고 들어서기에 바라보니 마더가 불안한 모습으로 서 있었다. 신이 난 나는 마당을 한걸음에 가로질렀고 다른 개들도 따라왔다. 그러나 가까이 다가간 나는 걸음을 늦췄다. 한쪽 눈을 둘러싼 검은 반점과 뭉툭한 주둥이, 짧은 털 등 마더와 겉모습은 똑같았지만 이 암컷은 마더가 아니었다. 우리가 다가가자 이 개는 복종의 의미로 엉덩이를 내리고 오줌을 쌌다. 나도 다른 개들과 함께 이 신참의 주변을 돌았지만 패스트는 곧장 다가가 그녀의 엉덩이 냄새를 맡았다. 바비는 트럭을 타고 온 우리를 마중 나왔을 때처럼 어깨를 축 늘어뜨리고 있긴 했지만 이번에는 옆에 바짝 붙어서 그 개를 보호하고 있었다.

“이제 괜찮아질 거야.”

바비가 말했다.

그 개는 시스터였다. 완전히 잊고 있다시피 했던 시스터를 다시 만나다니! 나는 시스터를 찬찬히 살피기 시작했다. 깡말라서 갈비뼈가 완전히 드러나 있었고 옆구리 아래 길게 이어진 허연 흉터에서는 진물이 흘러나오고 있었다. 입에서는 썩은 음식 냄새가 났고 오줌에서는 병든 냄새가 났다. 울타리 바깥의 삶이 이곳과 얼마나 다른지 생생하게 느낄 수 있었다.

패스트는 기뻐 날뛰었지만 시스터는 위협적으로 구는 다른 개들에게 둘러싸여 있어 패스트와 놀아 줄 수가 없었다. 시스터는 탑독 앞에서 온몸을 조아렸고 거부하는 몸짓 한 번 보이지 않은 채 모든 개가 자기 냄새를 맡도록 내버려 뒀다. 개들이 거만한 태도로 그녀를 무시해 버리자 시스터는 텅 빈 먹이통으로 슬금슬금 가더니 훔쳐 먹기라도 하는 듯 눈치를 보며 물을 마셨다.

사람의 손길을 벗어나 떠돌이로 살면 이렇게 배고프고 비실대는 비참한 꼴이 되는 것이었다. 배수로에서 계속 살았다면 나도 패스트도 지금의 시스터 꼴을 면치 못했을 게 틀림없었다.

패스트는 잠시도 시스터 옆을 떠나지 않았다. 시스터는 언제나 패스트가 제일 좋아하는 개였고 심지어 마더보다도 중요한 존재였다는 사실이 새삼 떠올랐다. 나는 패스트가 시스터를 핥아 주고 엉덩이만 치켜든 채 놀자고 조르는 모습을 봐도 전혀 질투심이 생기지 않았다. 내겐 코코가 있으니까.

내가 질투심을 느낄 때는 다른 수컷들이 코코에게 관심을 보일 때였다. 놈들은 마치 내가 보이지 않는다는 듯이 코코에게 어슬렁대며 다가와 그녀와 놀아도 된다고 생각하는 것 같았다. 그럴 수도 있다고 생각했다. 나는 이곳에서의 내 위치를 알고 있었고 그 위계질서 속에서 안전함을 느낄 수 있어 좋았다. 그러나 나는 코코를 독점하고 싶었고 다른 놈들이 무례하게 나를 밀치고 코코에게 다가가는 것이 싫었다.

수컷들 모두가 내가 발명한 놀이, 그러니까 코코의 등 뒤에 올라타는 놀이를 하고 싶어 하는 것 같았는데 코코가 놈들하고도 이 놀이를 하고 싶어 하지 않는 것 같아 쌤통이다 싶었다.

시스터가 도착한 다음날 아침, 바비가 패스트, 시스터, 코코, 그리고 사람들이 '다운Down'이라고 부르는 장난기 넘치는 어린 수컷 하운드를 나와 함께 데리고 나가 트럭 뒤 케이지에 태웠다. 복작거리고 시끄러웠지만 나는 빠른 속도로 스치는 바람이 정말 좋았다. 내가 자기

한테 대고 재채기를 할 때마다 패스트가 짓는 얼굴 표정도 재미있었다. 놀랍게도 마당에 같이 사는 털이 긴 암컷 한 마리가 카를로스, 바비와 함께 트럭 앞자리에 타고 있었다. 어떻게 앞자리 개가 된 거지? 그리고 왜 열린 창문을 통해 그 암컷의 냄새가 흘러들어오자 온몸이 떨리고 본능이 꿈틀대며 일어나는 것일까?

사람들은 뜨거운 주차장에서 유일하게 그늘을 드리우고 있는 고목나무 밑에 차를 세웠다. 바비가 그 암컷을 데리고 건물 안으로 들어간 사이 카를로스가 케이지 앞으로 다가왔다. 시스터만 빼고 모두 문 앞으로 몰려갔다.

"이리 와, 코코."

카를로스가 말했다.

그의 손가락에서 땅콩, 딸기 냄새와 함께 알 수 없는 달콤한 냄새가 났다. 우리는 모두 건물 안으로 들어가는 코코가 부러워서 짖었다. 그리고 짖는 김에 계속 짖었다. 검고 큰 새 한 마리가 머리 위 나뭇가지에 앉아서 멍청이라도 보는 듯한 시선으로 우리를 내려다보길래 그 새를 향해 또 한동안 짖었다.

잠시 후 바비가 건물에서 나와 트럭 쪽으로 돌아오더니 내 이름을 불렀다.

"토비!"

나는 의기양양하게 앞으로 나갔고 바비가 가죽 줄을 내 목에 두르자 도로 위로 팔짝 뛰어내렸다. 바닥이 너무 뜨거워서 발이 아플 지경이었다. 건물로 들어서면서 나는 케이지에 남아 있는 낙오자들에게는 눈길조차 주지 않았다. 건물 안은 믿을 수 없을 정도로 시원했고 개를 비롯한 다른 동물들의 냄새로 가득 차 있었다.

바비는 복도를 지나가더니 나를 안아서 반짝이는 테이블 위에 올려놓았다. 한 여자가 들어와 부드러운 손길로 내 귀와 목구멍을 살피자 나는 꼬리를 탁탁 쳤다. 그녀의 손에서는 강한 약품 냄새가 났지만 옷에서는 코코를 포함해 다른 동물들의 냄새가 났다.

"얘는 이름이 뭐죠?"

그녀가 물었다.

"토비예요."

바비의 대답에서 내 이름이 들리자 나는 꼬리를 더 세차게 흔들었다.

"오늘은 몇 마리라고 했죠?"

그녀가 바비와 이야기하면서 내 입술을 젖혀 이빨을 들여다보았다.

"수놈 세 마리하고 암놈 세 마리요."

"바비."

여자가 말했다. 바비의 이름을 알아듣자 나는 또 꼬리를 흔들었다.

"알아요, 알아."

"세뇨라한테 골치 아픈 일이 생길 거라고요."

여자가 말했다.

이제 그녀는 내 몸을 위아래로 만져 보고 있었고 나는 좋아서 가르릉 소리를 내도 될지 궁금했다.

"주변에 이웃이 없어서 불평할 사람도 없어요."

"하지만 법이 있잖아요. 그렇게 개들을 계속 받으면 안 돼요. 이미 너무 많잖아요. 위생 문제가 있다고요."

"하지만 세뇨라는 안 데려오면 그 개들이 다 죽을 거라고 해요. 그 개들을 입양해서 돌봐 줄 사람들이 충분하지가 않다고요."

"어쨌든 불법이에요."

"선생님, 제발 아무한테도 말하지 말아 주세요."

"난처하네요, 바비. 나는 개들의 복지에도 관심을 가져야 하는 사람이에요."

"어디라도 아프면 꼭 데리고 올게요."

"그래도 누군가는 신고하게 될 거예요, 바비."

"선생님은 제발 하지 말아 주세요."

"물론 난 안 해요. 뭔가를 해야 한다면 바비한테 제일 먼저 말할게요. 대책을 세울 시간을 준다고요. 자, 그럼 되겠지, 토비?"

나는 그녀의 손을 핥았다.

"착하구나. 이제 수술을 할 거야. 금방 고쳐 줄게."

그녀가 말하자 바비가 쿡쿡 웃었다.

곧 나는 환하게 불이 켜진 시원한 방으로 옮겨졌다. 이 방에서는 여자에게서 나는 약품 냄새가 더 강하게 났다. 바비는 나를 꼭 붙잡고 있었고 나도 가만히 있었다. 바비가 그걸 원한다는 느낌이 들었기 때문이다.

그렇게 엎드려 있으니 기분이 좋아져서 나는 꼬리를 탁탁 쳤다. 목 뒤가 잠깐 따끔했지만 몸부림치지 않았고 괜찮다는 뜻으로 꼬리를 힘차게 흔들었다.

정신을 차리고 보니 어느새 마당이었다. 눈을 뜨고 일어서려 했지만 뒷다리가 말을 듣지 않았다. 목이 마른데도 물 마시러 갈 기운조차 없었다. 나는 다시 머리를 땅에 붙이고 잠에 빠져들었다.

잠에서 깨자 목에 뭔가 감겨 있는 것이 느껴졌다. 하얀 깔때기* 모양이었는데 너무 멍청해 보여서 다른 개들에게 놀림을 당할까 봐 걱정이었다. 뒷다리 사이가 아프고 가려웠는데도 이 바보 같은 깔때기 때문에 입이 닿지 않았다. 나는 비틀거리며 수도꼭지 쪽으로 가서 물을 좀 마셨다. 속이 메스꺼운 데다가 아랫도리가 너무 아팠다. 마당에서 나는 냄새로 보아 저녁밥을 놓친 것 같았지만 지금 그게 문제가 아니었다. 나는 땅바닥에서 서늘한 곳을 찾아내 낑 소리를 내며 털썩 엎드렸다. 패스트도 거기 누워서 나를 바라보고 있었는데 똑같이 이 우스꽝스러운 깔때기를 하고 있었다. 바비가 우리에게 무슨 짓을 한 걸까?

우리와 함께 친절한 여자가 있는 건물에 갔던 암컷 세 마리는 어디에도 보이지 않았다. 다음날 나는 어기적대는 걸음걸이로 코를 킁킁거리며 마당을 돌아다녀 보았지만 코코가 우리와 함께 돌아왔다는 흔적은 찾을 수 없었다.

안 그래도 멍청한 깔때기 때문에 창피스러운데 나는 마당 안에 있는 모든 수컷에게 아픈 부위를 검사 당하는 모욕까지 겪어야 했다. 탑독이 나를 거칠게 밀어서 넘어뜨렸고 그를 선두로 해서 수컷들이 차례대로 대놓고 나를 킁킁대며 모욕하는 동안 나는 비통한 심정으로 누워 있었다.

그러나 그들은 며칠 후 마당으로 돌아온 암컷들에게는 그렇게 하

---

* 동물이 수술 부위나 상처를 핥지 못하도록 목에 씌우는 보호대. 엘리자베스 칼라라고도 한다.

지 않았다. 나는 코코가 너무 반가웠는데 그녀도 똑같이 그 해괴한 깔때기를 하고 있었다. 패스트는 이 모든 일에 심한 충격을 받은 게 분명해 보이는 시스터를 달래느라 여념이 없었다.

얼마 후 카를로스가 깔때기를 벗겨 주었고 그때부터 코코의 등에 올라타는 놀이에 내가 별로 관심이 없어졌다는 것을 알게 되었다. 그 대신 나는 입에 고무 뼈를 문 채 폼을 잡으며 코코 앞으로 걸어간 뒤 그걸 씹다가 공중으로 던졌다 떨어뜨리는 새로운 놀이를 개발했다. 코코는 처음에는 딴 데를 보며 관심 없는 척했지만 내가 뼈를 자기 앞으로 밀어 주면 늘 시선을 빼앗겼고, 결국 코코는 자제심을 잃고 뼈를 향해 달려들었다. 하지만 워낙 코코를 잘 꿰뚫어 보고 있던 터라 나는 그녀가 뼈를 물기 전에 재빨리 낚아챌 수 있었다. 그러고 나서 신나게 꼬리를 흔들며 춤추듯 물러나면 코코가 나를 쫓아왔고 우리는 큰 원을 그리며 뛰어다녔다. 이 부분이 내가 이 놀이에서 제일 좋아하는 부분이었다. 코코가 지루한 척 하품이라도 할 때면 다시 앞으로 다가가 고무 뼈로 유혹했고 결국 참을 수 없어진 코코는 뼈를 향해 돌진했다. 얼마나 이 놀이를 좋아했는지 자면서도 이 꿈을 꿀 지경이었다.

가끔 진짜 뼈를 만날 때도 있었는데 진짜는 특별 대접을 받았다. 카를로스는 기름투성이 자루를 들고 와서는 개 한 마리 한 마리의 이름을 부르면서 새카맣게 탄 뼈를 나눠 주곤 했다. 하지만 카를로스는 항상 탑독에게 제일 먼저 줘야 한다 사실을 모르는 것 같았다. 물론 나야 상관없지만 말이다.

매번 뼈를 얻는 건 아니었지만 카를로스는 "토비, 토비!" 하고 내 이름을 부르며 다른 개의 코앞을 지나쳐 내게 뼈를 건네주곤 했다. 사람들이 끼면 우리의 규칙이 바뀌었다.

한번은 패스트만 뼈를 받고 나는 못 받은 적이 있었는데 그때 아주 특별한 구경을 했다. 패스트가 마당 건너편에 웅크리고 앉아 미친 듯이 뼈를 뜯고 있었는데 그 뼈에서는 정신을 혼미하게 만들 정도로 맛있는 냄새가 피어오르고 있었다. 부러운 마음에 구경이라도 하자 싶어 패스트 옆에 서 있는데 탑독이 걸어왔다. 긴장한 패스트는 일어서려는 듯 다리에 힘을 줬고 탑독이 더 다가오자 씹기를 멈추더니 낮은 소리로 으르렁거리기 시작했다. 지금껏 누구도 감히 탑독 앞에서 으르렁거린 적은 없었지만 그래도 패스트가 옳다는 생각은 들었다. 이 뼈는 카를로스가 패스트에게 준 것이고 제아무리 탑독이라 해도 그걸 뺏을 수는 없었다.

그러나 뼈에서 워낙 맛있는 냄새가 나서 탑독도 견딜 수가 없었던 모양이었다. 탑독이 코를 내밀자 패스트는 순식간에 탑독의 눈앞에서 딱 소리가 나게 이빨을 부딪치며 위협했다. 패스트의 양쪽 입술 끝이 뒤로 당겨 올라갔고 눈은 실처럼 가늘어졌다. 탑독은 이 노골적인 반란에 어이가 없다는 듯한 표정으로 패스트를 바라보더니 당당히 고개를 쳐들고 울타리 쪽으로 걸어가 오줌을 쌌다. 그러고는 더 이상 패스트에게 신경 쓰지 않았다.

마음만 먹었다면 탑독은 패스트에게서 뼈를 뺏을 수 있었다. 탑독에게는 그만한 힘이 있었고 실제로 그 힘을 사용한 적도 있었다. 우리가 트럭을 타고 시원한 건물에 사는 친절한 여자한테 갔던 때쯤의 일이었다. 그때 수컷들은 암컷 하나를 둘러싸고 코를 킁킁거리기도 하고 다리를 들어 오줌을 싸기도 하며 노골적으로 욕구를 드러내고 있었다. 말하기 좀 미안하지만 나도 그중 하나였다. 뭐라 설명할 수는 없지만 그 암컷은 도무지 저항할 수 없는 매력을 풍기고 있었다.

암컷은 어떤 수컷이든 자기 뒤로 가서 냄새를 맡으려고만 하면 겁을 먹은 채 귀를 뒤로 착 붙이고 앉아 몇 번씩 으르렁거렸다. 암컷이 으르렁거릴 때마다 수컷들은 그녀가 마치 방금 새 대장으로 선출되기라도 한 듯 움찔하고 물러섰다.

우리는 워낙 서로 바짝 붙어 있었기 때문에 부딪힐 수밖에 없었는데, 그때 탑독과 무리 중에서 제일 덩치 큰 개 사이에 싸움이 벌어졌다. 바비가 로티라고 부르는 이 개의 털은 검정색과 갈색이 섞여 있었다. 탑독은 워낙 싸움에 능숙해서 순식간에 로티의 목 뒤를 물고는 어깨를 바닥으로 끌어내렸다. 우리는 큰 원을 그리고 서서 싸움을 지켜보았는데 로티가 드러누워 굴복하면서 몇 초 만에 싸움이 끝났다. 시끄러워지자 카를로스가 달려와서 외쳤다.

"어이! 어이! 그만해."

수컷들은 마당에 들어온 카를로스를 무시했지만 코코는 카를로스에게 다가갔고 그는 코코를 쓰다듬어 줬다. 몇 분 동안 우리를 관찰하던 카를로스는 모든 수컷의 관심을 끄는 이 암컷을 불러 밖으로 데리고 나갔다.

다음날 아침, 시원한 방에 사는 친절한 여자를 만나러 가느라 모두 트럭에 탈 때가 되어서야 사람들과 함께 앞자리에 앉아 있는 그 암컷을 볼 수 있었다.

패스트는 뼈를 다 갉아 먹은 후에야 탑독을 물려 했던 것을 후회하는 것 같았다. 패스트는 고개를 축 늘어뜨린 채 꼬리를 낮게 흔들면서 탑독이 있는 곳으로 어기적거리며 걸어갔다. 패스트가 몇 번이나 놀이를 제안하는 자세*를 취했지만 탑독은 계속 무시했고, 그러자 패스트는 탑독의 입가를 핥았다. 그 정도면 충분히 사과를 받았다고 생각했는지 탑독은 패스트를 벌렁 쓰러뜨려 굴리고는 자기 목을 씹게 해 주는 식으로 잠깐 놀아 주다가 다른 곳으로 가 버렸다.

각자 자기 분수를 지키게 해서 전체 무리의 질서를 유지하는 것이 탑독의 방법이었고 그는 자신의 지위를 남용해 사람들이 우리에게 준 먹이를 훔쳐 가는 짓도 하지 않았다. 스파이크가 오기 전까지 우리는 이런 식으로 행복하게 살고 있었다.

하지만 스파이크가 나타나면서 모든 것이 달라졌다.

---

* 놀이 인사play bow : 개들이 상대방과 놀고 싶을 때 취하는 자세로 엉덩이는 그대로 높이 든 채로 앞다리를 굽혀 머리를 낮추고 꼬리를 흔드는 것을 말한다.

chapter 04

삶이란 모든 것을 이해했다 싶은 순간에 다시 뒤죽박죽이 되는 것 같다는 생각이 들기 시작했다. 마더와 뛰어다니면서 나는 사람을 두려워해야 한다고 배웠고 먹을 것을 찾기 위해 쓰레기통 뒤지는 법과 자기가 제일인 줄 아는 패스트 같은 녀석을 기분 좋게 얼러 주는 법도 배웠다. 하지만 사람들이 우리를 마당으로 데려오고 난 뒤부터는 모든 것이 달라졌다.

마당에 온 뒤 나는 무리 생활에 빠르게 적응했고, 세뇨라, 카를로스, 바비를 사랑하게 되었다. 코코와의 놀이가 더 다양하고 복잡해지기 시작할 때쯤 사람들은 우리 둘을 시원한 방에 사는 친절한 여자에게 데려갔고, 그러자 그때까지 느꼈던 욕구가 완전히 사라져 버렸다. 여전히 나는 하루의 대부분을 코코를 꽉꽉 물거나 혹은 물리면서 보냈지만 가끔씩 엄습해 오던 야릇한 충동은 더 이상 일지 않았다.

마당과 바깥 세계 사이에는 마더가 열었던 문이 있었다. 마더가 탈출하던 모습을 얼마나 많이 떠올렸는지 그녀가 물어뜯던 금속 손잡이가 마치 내 입안에 있는 것만 같았다. 마더는 내가 원한다면 언제든지 자유가 될 수 있다는 것을 보여 주었다. 하지만 나는 마더와는 달랐다. 나는 마당이 너무 좋았다. 나는 세뇨라의 개이고 싶었고, 내 이름, 토비가 좋았다.

하지만 마더는 사람에게든 개에게든 워낙 곁을 주지 않았었기 때문에 아무도 마더가 사라졌다는 사실을 모르는 것 같았다. 세뇨라도 마더에게는 이름조차 지어 주지 않았다. 패스트와 시스터가 가끔씩 철도 침목 더미 뒤에 있던 마더의 은신처를 찾아가 냄새를 맡기는 했지만 그 이상의 관심은 보이지 않았다. 마당에서의 삶은 전과 다름없이 계속되었다.

모두가 무리 내에서 각자의 지위를 갖게 되었고 어느새 나는 성견들의 먹이통에서 밥을 먹기 시작했다. 카를로스가 뼈를 가져다주고 세뇨라가 간식을 나눠 주며 입을 맞춰 주는 생활이 지속되던 어느 날, 새로운 개가 들어왔다.

그의 이름은 '스파이크Spike'였다.

바비의 트럭 문이 탕 하고 닫히는 소리가 나자 우리는 일제히 짖기 시작했다. 하지만 워낙 날이 더워서 몇몇은 그늘진 땅에 엎드린 채 배꼽을 뗄 생각조차 하지 않았다. 문이 열리고 바비가 장대 끝에 근육질의 덩치 큰 수컷을 매달고 들어왔다.

무리 전체가 자신을 향해 몰려오면 겁을 먹을 법도 한데 이 신참은 눈 하나 깜짝하지 않았다. 녀석은 로티처럼 털색이 검고 몸이 떡 벌어진 데다가 키는 탑독만큼 컸다. 꼬리는 대부분 잘려 나가고 없었지만 그나마 남아 있는 부분도 전혀 흔들리지 않았다. 놈은 네 다리에 체중을 고르게 싣고 서 있었다. 나지막한 으르렁 소리가 녀석의 가슴 속에서부터 울려 나왔다.

"진정해, 스파이크. 괜찮아."

바비가 말했다.

바비가 스파이크라고 말하는 걸 보아 그게 녀석의 이름인 것 같았다. 나는 다른 개들이 먼저 녀석을 탐색한 뒤에 합류해야겠다고 마음먹었다.

평소처럼 탑독은 뒤로 물러나 있었지만 이윽고 수돗가 근처의 서늘한 그늘에서 빠져나와 신참 앞으로 의기양양하게 걸어갔다. 바비가 스파이크의 목에서 올가미를 풀었다.

"싸우지 말고."

바비의 목소리에 긴장감이 감돌았다. 그 긴장감은 우리 모두에게 전해졌고 나는 이유는 모르겠지만 등에 있는 털이 곤두서는 것을 느낄 수 있었다. 탑독과 스파이크는 서로를 노려보며 버티고 서 있었다. 어느 쪽도 물러날 생각이 없어 보였다. 우리는 이들을 둥그렇게 에워쌌다. 스파이크의 얼굴은 흉터투성이였다. 눈물방울 모양의 울퉁불퉁한 연회색 얼룩들이 검은 털과 대조를 이루고 있었다.

스파이크가 내뿜고 있는 기운 때문에 두려움이 느껴졌지만 결과는 예상한 대로였다. 스파이크는 탑독이 머리를 자기 등에 올려놓는 것은 내버려 뒀지만 그렇다고 머리를 조아리거나 배를 바닥에 납작 내리지는 않았다. 그 대신 스파이크는 울타리 쪽으로 가 조심스럽게 냄새를 맡더니 오줌을 쌌다. 그러자 탑독도 바로 그 자리 위에 오줌을 쌌고, 이 모습을 나머지 수컷들이 지켜보고 있었다.

문 위로 세뇨라의 얼굴이 나타났다. 그녀를 보자 방금까지 느꼈던 두려움이 사라졌다. 우리 중 몇몇은 대열에서 빠져나와 세뇨라 쪽으로 달려갔고 앞발을 울타리에 걸친 채 일어섰다. 그녀가 우리 머리를 쓰다듬어 주었다.

"봤지? 아무 일 없을 거야."

세뇨라가 말했다.

"세뇨라, 스파이크 같은 애는 투견용으로 번식된 개예요. 다른 애들과는 달라요. 완전히 다르다니까요."

"착하게 굴어야 해, 스파이크!"

세뇨라가 스파이크를 향해 외쳤다.

나는 부러워서 스파이크 쪽을 쳐다보았는데 녀석은 세뇨라에게 이름을 불린 게 뭐 대수냐는 듯 시큰둥한 표정으로 힐끗 돌아볼 뿐이었다.

나는 세뇨라가 "토비, 넌 착한 개야."라고 말해 주길 바랐지만 그녀는 대신 이렇게 말했다.

"바비, 세상에 나쁜 개는 없어. 나쁜 사람이 있을 뿐이지. 개들은 사랑이 필요할 뿐이라고."

"하지만 가끔 정신적으로 손상을 입은 애들도 있어요. 이런 애들은 어떻게 도와줄 길이 없다고요."

세뇨라는 무심히 손을 아래로 뻗어 코코의 귀 뒤를 긁었다. 나는 부리나케 세뇨라의 손가락 밑으로 내 머리를 밀어넣었지만 그녀는 내가 있다는 사실조차 느끼지 못하는 것 같았다.

세뇨라가 가 버린 뒤에도, 그녀가 가장 좋아하는 개인 내가 코코에게 밀려 완전히 무시당했다는 사실에 나는 여전히 속이 상해 있었다. 그래서 내 앞에서 고무 뼈를 열심히 갉아 대고 있는 코코를 본척만척 했다. 그러자 코코는 벌렁 드러눕더니 앞발로 뼈를 쥐고 물어뜯다가 높이 들어올린 뒤 떨어뜨렸다 하며 놀기 시작했고 나는 이 뼈를 잡을 수 있겠다 싶어 달려들었다. 그러나 코코는 반대쪽으로 몸을 굴려 달아났고 나는 이 놀이에서 주도권을 되찾으려고 전속력으로 코코를 쫓아갔다.

나는 코코에게서 그 멍청한 고무 뼈를 되찾는 데 정신이 팔려 있어서 그 일이 어떻게 시작되었는지는 보지 못했다. 내가 알아차렸을 땐 싸움이 이미 벌어져 있었다. 언젠가는 일어날 것이라 모두가 예상했던 싸움 말이다.

보통 탑독과의 싸움은 낮은 서열의 개가 위계질서에 도전한 것에 대해 벌을 받는 것이었기 때문에 금방 끝났다. 그러나 모든 개가 일제히 짖어 대는 소란 속에서 벌어지고 있는 이 잔혹하고도 끔찍한 싸움은 쉽게 끝나지 않을 것 같았다.

탑독과 스파이크는 더 높은 위치를 차지하려고 뒷발로 일어서서 맞붙었고 그들의 이빨이 햇빛에 반사되어 번뜩였다. 이들이 으르렁대는 소리는 내가 이제껏 들어 본 소리 중 가장 무섭고 소름끼치는 것이었다.

탑독은 평소처럼 목 뒤를 겨냥했다. 목 뒤를 물면 큰 피해를 입히지 않고도 상대를 제압할 수 있기 때문이었다. 하지만 스파이크는 몸을 흔들어 탑독을 떨쳐 낸 뒤 그의 주둥이를 통째로 물었다. 이 과정에서 스파이크도 귀 밑이 찢겨 피가 났지만 상황은 스파이크에게 유리해졌다. 그대로 스파이크는 탑독의 머리를 땅 쪽으로 끌어내렸다. 숨을 헐떡이며 주변을 빙빙 도는 것 외에 우리가 할 수 있는 것이라곤 아무것도 없었다.

그때 문이 열리고 바비가 긴 호스를 끌며 뛰어들어왔다. 세찬 물줄기가 한데 엉켜 있는 그들을 강타했다.

"야! 그만해! 그만하라고!"

바비가 소리 질렀다.

탑독은 바비의 명령에 몸에 힘을 뺐지만 스파이크는 바비의 말을 무시하고 계속 물고 늘어졌다.

"스파이크!"

바비가 다시 외쳤다.

바비가 스파이크의 얼굴에 물줄기를 쏘자 피가 사방으로 튀었다. 결국 스파이크는 탑독을 놓고는 머리를 돌려 물줄기를 피하더니 잡아먹을 듯한 시선으로 바비를 노려보았다. 바비는 호스를 계속 스파이크에게 겨눈 채 뒤로 물러섰다.

"무슨 일이야? 새로 온 놈이지? 그 투견?"

카를로스가 마당으로 들어서며 말했다.

"맞아. 이놈 골칫거리가 될 거야."

바비가 대답했다.

세뇨라도 마당으로 들어왔고 셋은 한참 이야기를 하더니 탑독을 불러 상처에 강한 냄새가 나는 약을 발라 주었다. 나는 그 냄새가 시원한 방에 있던 친절한 여자와 관련 있는 것임을 금방 알아차렸다. 탑독은 카를로스가 자기 얼굴에 생긴 상처에 약을 발라 주자 귀를 뒤로 착

붙인 채 몸을 꿈틀대며 혀를 날름거렸다.

얌전히 치료를 받을 리가 없다는 내 생각과는 달리 스파이크는 사람들이 귀 밑에 약을 발라 주는 동안 아무 저항 없이 서 있었다. 싸우고 나면 으레 일어나는 일이라는 듯 스파이크는 약 냄새에 익숙해 보였다.

그다음 며칠은 고통의 연속이었다. 우리 모두, 특히 수컷들은 서열 때문에 완전히 혼란스러웠다.

말할 것도 없이 이제 스파이크가 대장이었다. 스파이크는 마당에 있는 개 한 마리 한 마리에게 싸움을 걸어 이 점을 분명히 알려 주려 했다. 물론 과거에 탑독도 그랬었다. 하지만 이런 식은 아니었다. 그저 자기 영역 안에서 너무 거칠게 놀아 대면 차가운 경고의 시선을 보내거나 잠깐 으르렁거릴 뿐이었다. 반면 스파이크는 조금만 못마땅해도 혼쭐을 냈고 거의 항상 번개 같은 이빨 공격으로 고통을 안겨 주었다. 스파이크는 종일 마당 안을 순찰하면서 꼬투리만 생기면, 심지어 아무 이유 없이도 달려들었다. 스파이크에게서는 야비하고 사악한 기운이 흘러나왔다.

스파이크는 다른 수컷들이 지위를 놓고 경쟁하는 상황이 벌어지면 항상 그 자리에 나타났으며 대부분 자신도 싸움에 끼어들었다. 싸움에 끼어들지 않고는 못 배기는 모양이었다. 다들 너무 스트레스를 많이 받아서 이미 오래전에 정해진 일, 이를테면 먹이통 앞에서 자기 위치는 어디인지, 물방울이 튀어 서늘해진 자리에 눕는 것은 누구 차례인지 같은 사소한 문제를 놓고도 끊임없이 싸움이 벌어졌다. 정말이지 불필요하고 성가신 일이었다.

코코와 고무 뼈 놀이를 하고 있을 때도 스파이크가 나타나 으르렁거렸다. 그럴 때면 나는 뼈를 그의 발치에 떨어뜨릴 수밖에 없었다. 가끔은 스파이크가 뼈를 자기 자리까지 가져가는 바람에 우리 놀이는 그대로 끝나 버렸고 결국 다른 장난감을 찾아야만 했다. 어떤 때는 몇 번 킁킁거리다가 가소롭다는 듯 뼈를 바닥에 남겨 두고 가 버리기도 했다.

카를로스가 자루에 뼈를 담아 올 때도 스파이크는 자기도 하나 받을까 싶어 달려가는 수고 따위는 하지 않았다. 카를로스가 나갈 때까지 기다렸다가 원하는 대로 빼앗으면 그만이었다. 스파이크는 로티나 탑독 같은 덩치 큰 개는 건드리지 않았다. 그런데 신기한 건 패스트도 그 제외 대상에 속한다는 사실이었다. 하지만 나로서는 카를로스가 준 맛난 간식을 차지하는 행운을 얻더라도 이빨도 대 보기 전에 스파이크에게 순순히 그 뼈를 넘겨줄 수밖에 없었다.

새로운 질서가 들어섰다. 그 규칙이 혼란스럽긴 했지만 그것을 누가 만들었는지 잘 알고 있었고 모두가 이를 받아들였다. 그래서 나는 패스트가 스파이크에게 대들었을 때 정말 놀랐다.

시스터 때문이었다. 드문 일이긴 하지만 그때 우리 세 남매, 그러니까 패스트, 시스터, 나 이렇게 셋은 마당 한 구석에 우리들끼리 모여 울타리 밑으로 기어들어온 벌레를 들여다보고 있었다. 스트레스로 가득 찬 며칠을 보내고 난 터라 자유롭고도 단순한 관계인 가족과 보내는 시간이 오랜만에 아주 편안하게 느껴졌다. 나는 눈곱만 한 집게발을 들고 마치 우리 셋에게 한번 붙어 보자는 듯한 자세를 취하고 있는 작은 검정 벌레를 세상에 둘도 없이 신기하다는 듯 들여다보고 있었다.

벌레에 정신이 팔려 있다 보니 셋 중 누구도 스파이크가 다가오는 것을 눈치채지 못했다. 갑자기 놈에게 엉덩이를 물린 시스터가 깨갱 소리를 지르고 나서야 우리는 스파이크를 보았다. 나는 즉시 납작 엎드려 살금살금 기었다. 우린 나쁜 짓 안 했다고!

그러나 패스트는 더 이상은 못 참겠다는 듯이 이빨을 번득이며 스파이크에게 달려들었다. 시스터는 도망쳤지만 나는 이제까지 한 번도 느껴보지 못한 분노에 휩싸여 패스트와 함께 그 싸움에 뛰어들었고 우리 둘은 으르렁거리며 스파이크를 물어뜯었다.

나는 뛰어올라 스파이크의 등을 움켜쥐려 했지만 그는 잽싸게 몸을 돌려 나를 공격해 왔고, 내가 휘청거리며 뒤로 넘어지자 스파이크의 이빨이 내 앞다리에 박혔다. 나는 비명을 질렀다.

패스트도 곧 바닥에 찍혀 눌렸지만 나는 거기에 신경을 쓸 수가 없었다. 다리가 너무 아팠다. 나는 깽깽 소리를 지르며 절룩절룩 도망쳤다. 걱정스러운 표정으로 나를 핥아 주려고 다가오는 코코도 무시한 채 나는 곧장 문 쪽으로 향했다.

예상한 대로 그때 바비가 호스를 손에 들고 마당으로 뛰어들어왔다. 싸움은 이미 끝나 있었다. 패스트는 항복한 상태였고 시스터는 철도 침목 더미 뒤에 숨어 있었다. 내 다리가 바비의 눈길을 끌었다. 바비가 바닥에 무릎을 꿇고 앉으며 내게 말했다.

"착하지, 토비. 괜찮아. 괜찮아."

나는 꼬리를 힘없이 조금 흔들었는데 바비가 내 발에 손을 대자 타는 듯한 아픔이 다리를 타고 어깨까지 올라왔다. 하지만 나는 바비가 일부러 그런 게 아님을 안다는 의미로 그의 얼굴을 핥아 주었다.

세뇨라가 우리를 데리고 시원한 방의 친절한 여자를 만나러 갔다. 바비가 나를 잡고 있는 동안 그녀는 이전에 그랬던 것처럼 약 냄새가 나는 바늘로 나를 찔렀다. 그러자 곧 나를 괴롭히던 다리 통증이 사라졌다. 나는 몽롱한 상태로 테이블 위에 누워서 친절한 여자가 내 다리를 잡아당기며 바비와 세뇨라에게 이야기하는 소리를 듣고 있었다. 그녀의 목소리에서 근심을 느낄 수 있었지만, 세뇨라가 내 털을 쓰다듬어 주고 바비가 나를 붙잡느라 내 위로 몸을 숙이고 있는 이상 나는 아무 걱정이 없었다. 친절한 여자의 입에서 나온 '영구적인 장애'라는 말에 세뇨라의 숨이 순간 멈췄을 때도 나는 머리를 들 수조차 없었다. 그냥 영원히 그대로 누워 있고 싶은 생각뿐이었다. 아니면 저녁 먹을 때까지만이라도.

나는 다시 그 멍청한 깔때기를 쓰고 다친 발에 뭔가 딱딱한 덩어리까지 붙인 채 마당으로 돌아왔다. 덩어리를 물어뜯고 싶었지만 깔때기 때문에 발에 입을 댈 수도 없었다. 나는 세 다리로 걸을 수밖에 없었는데 스파이크는 재미있는 걸 발견했다는 듯 다가와 나를 밀어 넘어뜨리고 지나갔다. 좋아, 스파이크. 맘대로 해. 넌 내가 본 개 중 제일 나쁜 개니까.

다리가 계속 아팠고 나는 잠을 자야 했다. 그럴 때면 코코가 다가와서 머리를 내게 기대고 쉬었다. 하루에 두 번 바비가 들어와서 나에게 간식을 주었고 나는 그 고깃덩이 속에 뭔가 쓴 물건이 들어 있다는 사실을 모르는 척했다. 그리고 가끔은 삼키지 않고 잠시 기다렸다가 뱉기도 했는데 작고 하얀 콩알만 한 크기였다.

여전히 멍청한 깔때기를 하고 있던 어느 날, 낯선 사람들이 들이닥쳤다. 밖에서 쾅쾅 여러 대의 차문이 닫히는 소리가 들리자 평소처럼 일제히 짖기 시작한 우리는 갑자기 세뇨라의 비명 소리가 들려오는 바람에 대부분 놀라 입을 다물었다.

"안 돼요! 안 돼! 우리 개들 못 데려가요!"

세뇨라의 목소리에 담긴 슬픔이 그대로 전해져 왔고 코코와 나는 놀라 서로 코를 비볐다. 대체 무슨 일이지?

문이 활짝 열리고 남자들이 조심스럽게 마당으로 들어왔다. 손에는 낯익은 장대가 들려 있었다. 몇 명은 금속 깡통을 들고 있었는데 무슨 공격에라도 대비하려고 그러는 것 같았다. 글쎄, 무슨 놀이를 하자는 건지는 모르겠지만 우리는 얼마든지 놀아 줄 수 있었다. 코코를 비롯한 몇몇이 사람들에게 다가갔고 곧 코코는 아무 저항 없이 사람들에게 잡혀 문 밖으로 나갔다. 대부분이 이들의 뒤를 기꺼이 따랐지만, 시스터, 패스트, 스파이크, 탑독 등 몇몇은 버텼다. 나도 남아 있었는데 왜냐하면 절룩거리는 모습으로 그들에게 다가가고 싶지 않기 때문이었다. 놀이를 하고 싶으면 스파이크하고나 하라지.

갑자기 시스터가 도망갈 구멍이라도 찾으려는 듯 울타리를 따라 달리기 시작했다. 패스트도 처음에는 시스터를 따랐지만 그렇게 겁에 질려 뛰어다녀 봤자 뾰족한 수가 없다는 걸 깨닫고는 절망해서 그 자리에 멈춰 섰다. 두 사람이 다가와서 시스터의 목에 밧줄을 둘렀다. 패스트는 시스터와 함께 가려고 순순히 끌려갔고 탑독은 사람들이 자기를 부르자 위엄있게 앞으로 걸어 나갔다.

그러나 스파이크는 사납게 으르렁거리며 사람들에게 달려들었고 밧줄을 물어뜯으며 저항했다. 사람들이 뭐라고 외치자 한 사람이 들고 있던 깡통에서 가느다란 물줄기를 스파이크의 얼굴을 향해 쏘았다. 순식간에 마당 반대편에 있던 나에게까지 독한 냄새가 날아왔다. 코가 타는 듯했다. 스파이크는 더 이상 저항하지 못하고 앞발로 코를 감싼 채 픽 쓰러졌다. 사람들은 스파이크를 끌어낸 뒤 나에게 다가왔다.

"착한 개로구나. 다리를 다쳤니?"

한 사람이 물었다.

나는 꼬리를 약간 흔들어 주고는 머리를 조금 숙여 그 사람이 내 목에 밧줄을 걸기 쉽게 해 주었다. 멍청한 플라스틱 깔때기 때문에 시간이 걸렸다.

울타리 밖으로 나오자 세뇨라가 카를로스와 바비에게 붙잡힌 채 몸부림치며 울고 있었다. 그 모습을 보니 마음이 아팠다. 세뇨라의 슬픔이 고스란히 내게 전해졌고 나는 세뇨라를 위로해 주러 가려고 올가미를 당겼다.

누군가 세뇨라에게 종이 한 장을 건넸는데 세뇨라는 그 종이를 땅바닥에 내동댕이쳤다.

"왜들 이래요? 누구한테 해 끼치는 것도 아닌데."

바비가 소리쳤다.

그의 목소리에 분노가 가득 서려 있었다.

"개는 너무 많고 환경은 열악해요."

종이를 건넨 남자가 말했다.

그 사람도 역시 화가 나 있었고 모두가 잔뜩 긴장해 있었다. 다시 보니 그는 어두운 색 옷을 입고 있었고 가슴에는 반짝이는 금속 조각을 달고 있었다.

"난 내 개들을 사랑해요. 제발 끌고 가지 마세요."

세뇨라가 울부짖었다.

그녀는 화가 난 게 아니라 슬픔과 두려움에 휩싸여 있었다.

"비인도적입니다."

남자가 대답했다.

뭐가 뭔지 알 수가 없었다. 마당에 있던 개들이 모두 나와 있었고 한 마리씩 트럭 위에 있는 케이지로 끌려가는 모습을 보자니 더 갈피를 잡을 수 없었다. 모두가 귀는 뒤로 착 붙이고 꼬리는 축 늘어뜨리고 있었다. 나는 로티 옆에 있었는데 그의 깊고 굵직한 으르렁 소리가 주변을 가득 메웠다.

목적지에 도착했을 때도 얼떨떨하기는 마찬가지였다. 이곳은 친절한 여자가 있는 시원한 방과 비슷한 냄새가 나긴 했지만 그곳과 달리 더웠고 두려움에 차서 미친 듯이 짖고 있는 개들로 가득했다. 나는 거리낌 없이 따라 들어가긴 했지만 패스트와 탑독과 같은 케이지에 있게 되자 좀 실망스러웠다. 코코 아니면 하다못해 시스터였어도 좋았을 텐데. 하지만 두 수컷도 나만큼이나 겁에 질려 있었기 때문에 나에게 적대감을 보이지는 않았다.

다들 귀가 멀 정도로 짖어 댔다. 그 소리 속에는 스파이크가 누군가를 공격할 때 내는 으르렁거리는 소리도 있었고 누군지 운 나쁘게도 스파이크와 같은 케이지에 들어간 개가 질러 대는 비명 소리도 따라 들렸다. 사람들이 소리를 질렀고 몇 분 후 스파이크는 장대 끝에 매달린 채 우리가 있는 케이지 앞을 지나 복도 끝으로 사라졌다.

어떤 사람이 내가 있는 케이지 앞에서 멈춰 섰다.

"얘는 왜 이래?"

방금 스파이크를 끌고 갔던, 또 다른 사람이 걸음을 멈추더니 무심한 표정으로 나를 바라보며 말했다.

"몰라."

첫 번째 사람에게서는 슬픔 섞인 관심이 느껴졌지만 두 번째 사람의 목소리에서는 무관심밖에 느껴지지 않았다. 첫 번째 사람이 문을 열더니 패스트를 한쪽으로 밀고는 내 다리를 조심스럽게 살폈다.

"다리가 못 쓰게 됐네."

나는 이 멍청한 깔때기만 떼어 준다면 내가 훨씬 더 멋진 개라는 사실을 그에게 보여 주고 싶었다.

"입양되기 어렵겠는데."

첫 번째 사람이 말했다.

"우린 개가 너무 많아."

두 번째 사람이 말했다.

첫 번째 사람이 깔때기 안으로 손을 넣더니 내 귀를 쓰다듬어 뒤로 넘겨 주었다. 세뇨라를 배신하는 느낌이 들었지만 나는 그의 손을 핥았다. 그에게서 다른 개들의 냄새가 났다.

"좋아."

첫 번째 사람이 말했다.

두 번째 사람이 케이지 안으로 손을 넣더니 내가 바닥으로 뛰어내리는 것을 도와주었다. 그리고 올가미를 씌우고는 나를 덥고 좁은 방*

안으로 데려갔다. 스파이크가 그곳에 있는 케이지에 갇혀 있었고 처음 보는 개 두 마리가 그 케이지에서 멀리 떨어져 어슬렁거리고 있었다.

"다 왔어. 기다려."

첫 번째 사람이 문간에 서서 말했다.

그리고 손을 내려 깔때기를 풀어 주었다. 그 순간 얼굴로 몰려드는 공기가 마치 부드러운 입맞춤 같았다.

"얘들은 이거 아주 질색해."

"그러거나 말거나."

두 번째 사람이 말했다.

그들은 밖으로 나가 문을 닫았다. 안에 있던 두 마리 중 하나는 아주 늙은 암컷이었는데 별 흥미 없이 내 코에 대고 킁킁거렸다. 다른 하나는 좀 젊은 수컷이었는데 스파이크가 짖어 대는 바람에 두려움에 떨고 있었다.

나는 낑 소리를 내며 미끄러지듯 바닥에 엎드렸다. 시끄러운 쉬익 소리가 계속 귀를 때렸고 젊은 수컷이 낑낑거리기 시작했다. 갑자기 스파이크가 혀를 빼물고는 쿵 소리를 내며 바닥에 쓰러졌다. 왜 저러나 싶어 스파이크 쪽을 바라보는데 곧이어 늙은 암컷도 스파이크가 있는 케이지 쪽에 머리를 기댄 채 쓰러졌다. 스파이크가 깨어 있었다면 절대로 가만히 있지 않았을 텐데! 젊은 수컷이 또 낑낑거렸고 나는

* 보호소에 들어간 개들은 일정 기간이 지나도 새 주인을 만나지 못하면 안락사를 당하는데, 국내에서는 약물 주사로 안락사를 시키지만 미국의 경우 가스실에서 여러 마리를 한꺼번에 안락사 시키는 방법도 쓰인다.

그에게 멍한 시선을 잠깐 보내고는 눈을 감았다. 감당할 수 없을 정도로 심한 피로감이 온몸을 덮쳤다. 강아지 시절 내 형제들이 한꺼번에 내 위에 올라타고 찍어 누를 때와 비슷한 기분이었다. 어둡고 조용한 잠 속으로 빠져들며 떠오른 것은 강아지 때의 내 모습이었다. 이어 마더와 마음껏 돌아다니던 일, 세뇨라가 부드러운 손길로 쓰다듬어 주던 일, 마당에서 코코와 놀던 일도 생각났다.

갑자기 세뇨라가 느끼던 슬픔이 내 온몸을 훑어 내리자 그녀에게 기어가 손바닥을 핥으며 다시 한 번 세뇨라를 행복하게 해 주고 싶었다. 내가 했던 모든 일 중에서 세뇨라를 웃게 한 일이 가장 중요한 일이었던 것 같았다.

그랬다. 내 삶에 목적이 있다면 그것은 오직 세뇨라를 행복하게 해 주는 것이었다.

chapter 05

모든 것이 낯설면서도 낯익었다.

덥고 시끄러운 방이 또렷이 생각났다. 방 안이 떠나가도록 짖어 대던 스파이크가 갑자기 쓰러지더니 입으로 문을 열고 밖으로 나갔나 싶었을 정도로 죽은 듯 잠들어 버렸던 것도 기억났다. 잠이 쏟아졌던 것도 생각났다. 그리고 아주 긴 시간이 지난 것 같은 느낌이 들었다. 마치 따스한 오후 햇살 아래서 깜빡 잠이 들었나 싶었는데 깨고 보니 어느새 저녁 먹을 시간이 된 것 같은 기분 말이다. 그런데 이번에는 낮잠을 자는 동안 시간만 흘러간 것이 아니었다. 장소도 바뀌어 있었다.

따뜻한 강아지들이 내 옆에서 꼼지락대는 느낌이 낯익었다. 힘이 나고 맛있는 젖을 먹으려고 서로 밀고 올라타고 발버둥치며 젖꼭지 쟁탈전을 벌이는 것도 낯익었다. 어찌된 영문인지는 모르겠지만 나는 다시 작고 약한 강아지가 되어 보금자리에 누워 있었다.

더군다나 아직 흐릿한 시력으로 엄마를 올려다보니 얼굴이 완전히 딴판이었다. 마더보다 털색도 밝았고 체격도 컸다. 무려 일곱이나 되는 남매들도 모두 털색이 밝았는데 앞다리를 내려다보니 나 역시 마찬가지였다. 예전과 달리 진한 갈색도 아닌 데다 늘씬하게 쭉 뻗어 몸 전체와 완벽한 균형을 이루고 있었다.

가까운 곳에서 개 여러 마리가 짖는 소리가 들렸고 냄새도 맡을 수 있었지만 여기는 마당이 아니었다. 보금자리에서 기어 나와 보니 발바닥에 닿는 느낌이 거칠고 딱딱했고 5, 6미터쯤 나아가니 철망이 앞을 가로막고 있었다. 이곳은 시멘트 바닥 위에 사방이 철망으로 둘러싸인 켄넬* 안이었다.

이 모든 것이 무슨 뜻인지 알고 있던 나는 또 이렇게 경쟁하며 사는 건가 하는 생각이 들어 원래의 자리로 비틀대며 들어가 뒤엉켜 있던 남매들의 꼭대기로 올라가 엎어졌다.

나는 이제 막 걸음마를 시작한 강아지가 되어 있었다. 엄마도 가족도 집도 모두 바뀌어 있었다. 우리 가족의 털은 모두 황금색이었고 눈은 짙은 갈색이었으며 이번 엄마의 젖은 첫 번째 엄마의 젖보다 훨씬 더 진했다.

우리는 어떤 남자와 함께 살았는데 그는 가끔씩 엄마에게 먹을 것을 가져다주었고 엄마는 허겁지겁 먹이를 삼킨 후 보금자리로 돌아와 우리를 따뜻하게 품어 주었다.

그런데 마당, 세뇨라, 패스트, 코코는 어떻게 되었을까? 내 삶을 또렷하게 기억하고 있었지만 지금은 완전히 새로 시작한 것처럼 모든

---

* kennel : 개를 사육하는 시설, 개 사육장. 혹은 실외에서 개를 가둬 두는 비교적 큰 철망 우리.

게 달라져 있었다. 이럴 수도 있는 건가?

더운 방에서 스파이크가 미친 듯 짖어 대는 소리를 들으며 잠에 빠져드는 동안 '목적'에 대한 알 수 없는 의문이 나를 사로잡았던 것도 떠올랐다. 개가 생각할 만한 문제가 아닌 것 같은데도 자꾸 이 의문이 떠올랐고 특히 잠이 쏟아질 때면 더 그랬다. 왜? 왜 나는 다시 강아지가 되었을까? 왜 개로서 내가 '해야 할' 일이 있다는 생각이 끊임없이 떠오르는 걸까?

우리가 사는 곳에는 구경거리도 별로 없었고 서로를 씹는 것 외에는 재밌는 일도 하나 없었지만, 눈과 귀가 차츰 더 밝아지면서 오른쪽에 있는 켄넬에도 강아지가 있다는 사실을 알게 되었다. 검은 털에 갈색 무늬가 섞여 있는 조그마한 녀석들이 끊임없이 꼼지락대고 있었고 사방에는 녀석들의 털이 들러붙어 있었다. 또 왼쪽 켄넬에는 느릿느릿하게 움직이는 암컷이 혼자 있었는데 배가 축 늘어졌고 젖도 부풀어 있었다. 하얀색 짧은 털에 온몸에 검은 반점이 있는 이 개는 별로 움직이지도 않았고 우리한테 관심도 없는 것 같았다. 옆집 강아지들과 놀면 재미있을 것 같았지만 두 켄넬 사이가 30센티미터 정도 떨어져 있어서 냄새나 맡는 수밖에 없었다.

켄넬 앞쪽으로는 잔디밭이 길게 뻗어 있었고 그곳에서 피어오르는 젖은 흙냄새와 무성하게 자란 풀 향기가 우리를 잡아끌었지만 문이 잠겨 있어 나갈 수가 없었다. 멀찌감치 떨어진 나무 울타리가 켄넬이 있는 잔디밭 전체를 빙 둘러싸고 있었다.

이곳에 사는 남자는 바비나 카를로스와는 딴판이었다. 먹이 줄 시간이 되어 켄넬 쪽으로 오더라도 우리 중 누구에게도 말을 거는 일이 없었고 눈길조차 주지 않았다. 완전히 무관심해서 마당에서 개를 돌보던 사람들의 친절한 모습과는 아주 대조적이었다. 옆집 강아지들이 반가워서 달려가기라도 하면 그는 뭐라고 투덜대며 강아지들을 먹이통에서 밀어내고는 어미만 먹게 했다. 우리 남매는 옆집 애들처럼 조직적으로 돌격하는 데 서툴렀다. 이리저리 나뒹굴며 간신히 문간까지 가는 사이 남자는 벌써 떠나 버렸으며, 엄마는 우리가 엄마의 먹이를 같이 먹으면 안 된다는 사실을 분명하게 일러 주었다.

가끔 남자는 여러 켄넬 사이를 오가는 동안 말을 하기도 했는데 우리에게 하는 말은 아니었다. 그는 손에 든 종이에 시선을 모으고 작은 소리로 말했다. 한번은 오른쪽에 있는 켄넬을 들여다보며 이렇게 말했다.

"요크셔테리어, 생후 1주 정도."

또 우리 켄넬 앞에 서서는 이렇게 말했다.

"골든 레트리버, 생후 3주 정도."

그리고 왼쪽 켄넬을 들여다보면서는 이렇게 말했다.

"출산을 앞둔 달마티안 한 마리."

나는 마당에서의 경험을 바탕으로 이번 남매를 모두 제압할 수 있다고 생각했지만 녀석들은 생각이 다른 것 같아서 짜증이 났다. 탑독이 로티에게 했던 대로 한 녀석의 목덜미를 꽉 물라치면 두세 녀석이 나를 덮쳤다. 상황 파악이 전혀 안 되는 것 같았다. 이들에게서 벗어날 때쯤이면 처음에 내가 목표로 삼았던 녀석은 이 모든 게 놀이라고 생각하는 듯 저만치서 딴 녀석과 씨름을 하고 있었다. 겁을 주려고 으르렁거려도 봤지만 내 목에서는 위협적이기는커녕 아주 우스꽝스러운 소리가 났고 다른 녀석들도 신이 나서 나를 따라 가르릉거렸다.

어느 날, 옆집 점박이 개의 상태가 심상치 않아 보였다. 그녀는 계속 헐떡이면서 불안한 듯 서성이고 있었다. 우리는 본능적으로 엄마 품을 파고들었고 엄마도 옆집 개에게서 시선을 떼지 못했다. 점박이 개는 이빨로 담요를 찢어 조각을 냈고 몇 번이나 원을 그리며 돌더니 헐떡이며 바닥에 누웠다. 얼마 후 점박이 개 옆에 못 보던 강아지 한 마리가 누워 있는 것을 보고 깜짝 놀랐다. 강아지는 새하얀 색이었고 미끄러워 보이는 얇은 막에 둘러싸여 있었는데 점박이 개가 즉시 그 막을 핥아서 걷어 냈다. 점박이 개는 혀로 작은 강아지를 계속 밀었고 1분쯤 지나자 강아지는 점박이 개의 젖꼭지 쪽으로 간신히 기어갔다. 꼭 배고플 때의 내 모습을 보는 것 같았다.

우리 엄마는 한숨을 내쉬며 잠깐 우리에게 젖을 먹이는가 싶더니 갑자기 벌떡 일어나 다른 곳으로 가 버렸다. 그 바람에 한 마리가 1초 정도 젖꼭지에 대롱대롱 매달렸다가 떨어졌다. 나는 녀석에게 버릇을 가르쳐 주려고 달려들었지만 한 수 가르치는 데는 시간이 꽤 오래 걸렸다.

그러고 나서 점박이 개 쪽을 보니 하얀 강아지가 무려 여섯 마리나 더 늘어나 있었다. 강아지들은 비실대는 데다 약해 보였지만 점박이 개는 상관하지 않았다. 그녀는 강아지를 자기 품으로 데려와 핥아 주더니 젖을 먹이는 동안 조용히 엎드렸다.

하루는 남자가 그 켄넬 안으로 들어가 잠든 강아지들을 들여다보고 나오더니 이어서 우리 오른쪽에 있는 켄넬 문을 열어 털북숭이 강아지들을 잔디밭으로 내보내 줬다!

"넌 안 돼."

따라 나가려는 녀석들의 어미를 막아서며 그가 말했다.

그는 문을 닫은 후 먹이통을 잔디밭에 내려놓았다. 강아지들은 일제히 먹이통으로 기어들어가 서로 핥기도 했고, 어떤 녀석은 먹이 위에 엎어진 놈을 밀며 먹이를 향해 코를 쑤셔 박았다. 이 멍청이들은 보호소 마당에서는 하루도 버티지 못할 게 틀림없었다. 녀석들의 어미는 켄넬 문 뒤에 앉아 낑낑거리며 울었고 남자는 강아지들이 먹이를 다 먹고 난 뒤에야 그녀가 곁으로 갈 수 있도록 문을 열어주었다.

털북숭이 강아지들이 우리 켄넬 앞으로 달려와 킁킁거리며 냄새를 맡았다. 마침내 이웃으로 지낸 지 몇 주 만에 처음으로 우리는 코를 마주 댔다. 남매 중 하나가 내 얼굴을 밟고 서 있는 사이 나는 녀석들의 얼굴에 붙어 있는 질퍽한 먹이를 핥아먹었다.

남자는 강아지들이 마음껏 뛰놀게 내버려 둔 채로 카를로스와 바비가 마당으로 들어올 때 항상 지나다니던 것과 똑같이 생긴 나무 울타리 문을 열고 밖으로 나갔다. 강아지들은 풀밭 위를 신나게 뛰어다녔고 이 집 저 집 킁킁대면서 인사를 하고 서로 놀기도 했는데 그 모습이 너무 부러웠다. 나는 켄넬 안에 갇혀 있는 게 지겨웠고 나가서 넓은 세상을 보고 싶었다. 새 삶에서의 목적이 무엇이든 간에 이건 아니라는 생각이 들었다.

몇 시간 후, 남자가 잔디밭에서 뛰놀고 있는 털북숭이 강아지들의 어미와 똑같이 생긴 개 한 마리를 데리고 돌아왔다. 다만 수컷이라는 점이 달랐다. 남자는 녀석들의 어미를 켄넬 안으로 다시 밀어넣더니 그 수컷을 함께 들여보내고 문을 닫았다. 수컷은 녀석들의 어미를 만난 것이 매우 반가운 듯한 기색이었지만 그녀는 수컷이 뒤에 올라타자 이빨을 드러내며 으르렁거렸다.

남자는 문을 열어 둔 채로 울타리 안으로 들어왔는데 그 빠끔히 열린 문틈으로 작은 세상을 보자마자 나도 모르게 밖으로 튀어 나가고 싶다는 생각이 들어 깜짝 놀랐다. 내가 풀밭에서 마음껏 놀고 있었더라면 아마도 곧장 열린 문을 향해 돌진했을 텐데 녀석들은 나갈 기회가 생겼는데도 그저 자기들끼리 씨름을 하느라 정신이 없었다.

남자가 강아지를 한 마리도 빠짐없이 모아서 울타리 밖으로 데리고 나가자 녀석들의 어미는 켄넬 문에 앞발을 걸치고 서서 작은 소리로 낑낑거렸다. 강아지들은 모두 금방 사라져 버렸다. 녀석들의 어미는 헐떡거리며 켄넬 안을 서성거렸고 함께 있던 수컷은 누워서 그 모습을 지켜보고 있었다. 그녀의 슬픔이 내게 전해져 나까지 마음이 불안했다. 밤이 되자 그녀는 수컷이 옆에 와서 누워도 그냥 내버려 두었다. 서로 아는 사이 같았다.

며칠이 지나자 남자가 와서 그 수컷도 데리고 가 버렸다.

우리가 밖으로 나갈 차례가 되었다! 문이 열리자 우리는 신바람이 나서 허둥지둥 밖으로 나가 남자가 갖다 놓은 먹이통으로 달려들었다. 나는 실컷 먹은 후 남매들이 난리법석을 떠는 모습을 바라보았다. 남매들은 먹이통만큼 신나는 물건은 본 적 없다는 듯 완전히 흥분해 있었다.

주변의 모든 것이 아주 촉촉하고 풍요로운 느낌이었다. 마당의 먼지투성이 메마른 땅바닥과는 완전히 달랐다. 강인지 호수인지 물에서 나는 냄새가 시원한 산들바람에 실려 왔다.

촉촉하게 젖은 풀에 코를 대고 킁킁거리고 있자니 남자가 돌아와 엄마를 풀어 주었다. 남매들은 앞다투어 엄마에게 달려갔지만 나는 그러지 않았다. 죽은 벌레를 발견했기 때문이었다. 얼마 후 남자는 떠났고 그때부터 나는 문에 대해 생각하기 시작했다.

이 남자는 뭔가 이상한 데가 있었다. 그는 나를 토비라고 부르지 않았다. 심지어 우리한테 말을 걸지도 않았다. 첫 번째 엄마의 마지막 모습이 떠올랐다. 마더는 사람과 함께 살 수 없어서 마당을 떠났다. 심지어 세뇨라처럼 사랑을 쏟아 붓는 사람과조차도 말이다. 하물며 이 남자는 우리를 조금도 사랑하지 않았다.

나는 출입문 손잡이에 시선을 고정한 채 달려갔다. 문 옆에는 나무로 된 테이블이 있었다. 일단 의자로 기어 올라가니 테이블 위까지 갈 수 있었고, 거기서 몸을 쭉 뻗으니 간신히 막대기 모양의 금속 손잡이에 입이 닿았다.

이빨이 워낙 작아서 손잡이를 움직이는 데 거의 쓸모가 없었지만 어쨌든 나는 마더가 마당에서 도망치던 날 그랬던 대로 금속 손잡이를 물고 안간힘을 썼다. 그러다가 결국 균형을 잃고 바닥으로 떨어졌다. 문은 여전히 잠긴 채였다. 실망해서 문 앞에 앉아 짖어 보았지만 내 목소리는 그저 깽깽 소리에 불과했다. 남매들이 달려와 평소처럼 나를 덮쳤지만 나는 짜증이 나서 무리에서 빠져나왔다. 놀 기분이 아니었다.

나는 다시 한 번 시도해 보았다. 이번에는 땅에 곤두박질치지 않게 양쪽 앞발을 손잡이 위에 올렸는데, 그러자 손잡이가 아래쪽으로 내려가면서 나도 깽 하는 소리와 함께 바닥에 떨어졌다.

놀랍게도 문이 살짝 열려 있었다. 그 틈으로 코를 내밀었더니 더 많이 열렸다. 자유였다.

나는 내 작은 다리에 걸려 넘어져 가며 바깥세상을 향해 힘껏 달렸다. 내 앞에 펼쳐진 흙길 위로 두 개의 바퀴 자국이 이어져 있었다. 본능적으로 이 길로 가야 한다는 느낌이 들었다.

몇 미터쯤 달리던 나는 뭔가가 느껴져 멈춰 섰다. 뒤돌아보니 엄마가 문 안쪽에 앉아 열린 문틈 사이로 나를 바라보고 있었다. 그 모습을 보니 옛날 마더가 마당에서 나갈 때 고개를 돌려 나를 한 번 바라보던 모습이 떠올랐다. 새 엄마는 나와 함께 가지 않을 것이란 사실도 깨달았다. 그녀는 가족과 함께 있었고 나는 이제 혼자였다.

하지만 나는 잠시도 망설이지 않았다. 이 세상에는 내 털을 쓰다듬어 주고 사랑해 주는 사람들이 사는 더 좋은 마당이 있다는 사실을 나는 경험으로 잘 알고 있었다. 게다가 새 엄마한테서 젖을 얻어먹는 시간도 얼마 못 가 끝난다는 것도 알고 있었다. 그저 어떤 식으로 이별하느냐가 문제일 뿐이었다. 개는 결국 엄마와 헤어지게 되어 있으니까 말이다.

아직 좀 움직임이 어설프긴 하지만 이 긴 다리를 이용해 새로운 세상을 둘러볼 기회가 눈앞에 펼쳐져 있었고 이를 뿌리칠 수는 없었다.

얼마 후 흙길은 포장도로로 이어졌고 나는 이 길을 따라가기로 마음먹었다. 사실 바람이 불어오는 쪽으로 길이 뻗어 있었기 때문이었는데 그 바람에는 이제까지 맡아 보지 못했던 근사한 냄새들이 실려 있었다. 항상 푸석푸석 말라 있던 마당과는 달리, 촉촉한 나무 냄새, 나뭇잎 썩는 냄새, 그리고 물웅덩이 냄새가 콧속에 느껴졌다. 나는 해를 마주한 채 자유를 만끽하며 모험의 세계를 향해 깡충깡충 뛰어갔다.

진작부터 픽업트럭이 굴러오는 소리를 듣긴 했지만 너무 신기한 날개 달린 벌레를 쫓느라 트럭 문이 쾅 하고 닫히는 소리가 들리고 나서야 위를 올려다보았다. 햇빛에 그을린 주름진 얼굴에다 진흙투성이인 옷을 입은 남자가 꿇어앉더니 내 앞으로 손을 내밀었다.

"어이, 꼬맹이!"

그가 불렀다.

나는 머뭇거리며 그를 올려다보았다.

"이놈, 길을 잃었구나? 그렇지?"

그가 말했다.

괜찮은 사람이라고 판단한 나는 꼬리를 흔들었다. 종종걸음으로 다가가자 그는 나를 안아 올리더니 머리 위로 쳐들었는데 이건 별로 마음에 들지 않았다.

"정말 어린 놈이로구나. 순종 레트리버 같은데. 어디서 나타났나, 이놈이?"

그가 나에게 말하는 모습을 보니 세뇨라가 나를 처음 토비라고 불렀던 때가 생각났다. 나는 즉시 상황을 파악했다. 사람들이 나의 첫 번째 가족을 배수로에서 끌어냈던 것처럼 이 남자는 나를 풀밭에서 안아 올렸다. 이제 내 운명은 이 남자에게 달려 있었다. 그래, 내 이름은 이제 '이놈'이야.

그는 픽업트럭에 올라타서는 바로 옆에 나를 앉혔다. 나는 신바람이 났다. 앞자리다!

이 남자에게서는 연기 냄새와 함께 눈물이 핑 돌 정도로 독한 냄새가 났다. 카를로스와 바비가 마당의 작은 테이블에 앉아 이야기할 때 주고받던 병에서 나던 냄새가 떠올랐다. 그는 내가 기어 올라가 얼굴을 핥아 주자 웃음을 터뜨렸고 이상한 냄새가 진동하는 비좁은 트럭 안을 꿈틀대며 돌아다니는 내 모습을 보며 계속 낄낄거렸다.

한동안 덜컹거리며 달리던 차가 멈춰 섰다.

"여기 그늘이 있군."

그가 말했다.

나는 멍하니 주변을 둘러보았다. 정면에 문이 여러 개 있는 건물이 있었고 그 문 중 하나에서 이 남자의 온몸에서 피어오르는 것과 똑같은 독한 냄새가 흘러나왔다.

"한 잔만 하고 올게."

남자가 창문을 올리며 말했다.

그가 트럭에서 내려 문을 닫고 나서야 나는 그가 떠난다는 것을 알았다. 나는 그가 건물로 들어가는 모습을 실망스런 눈빛으로 바라보았다. 나는 어쩌고?

천 조각을 발견한 나는 한동안 그걸 씹으면서 놀았지만 결국 지겨워져 머리를 처박고 잠이 들었다.

얼마나 잤을까? 깨고 보니 너무 뜨거웠다. 햇빛이 사정없이 차 안으로 쏟아지고 있었다. 무덥고 숨이 막혔다. 나는 헐떡거리며 남자가 사라진 쪽을 보려고 창문에 발을 올리고 서서 낑낑 울기 시작했다. 하지만 남자의 모습은 어디에도 보이지 않았다! 델 것처럼 뜨거워서 창틀에서 얼른 발을 내렸다.

이렇게 뜨거운 건 처음이었다. 타는 듯한 앞자리에서 한 시간 정도를 서성거리며 나는 태어나서 제일 심하게 헐떡거렸다. 몸이 떨리기 시작했고 눈앞이 빙빙 돌았다. 마당에 있던 수도꼭지가 생각났다. 엄마의 젖도 생각났고 싸우는 개들을 떼어 내느라 바비가 호스로 뿌려 댄 물줄기도 떠올랐다.

눈앞이 흐릿했지만 누군가가 창문으로 나를 내려다보고 있다는 것을 알아차렸다. 그 남자가 아니었다. 머리가 검고 긴 여자였는데 그녀는 몹시 화가 나 있었다. 무서워서 나는 뒤로 물러났다.

곧 그녀의 얼굴이 사라지자 나는 의식이 혼미해져 털썩 쓰러졌다. 더 이상 서성거릴 기운조차도 없었다. 사지가 이상하리만큼 무거워지더니 발이 저절로 떨리기 시작했다.

그때 갑자기 쾅 소리가 나며 차가 흔들렸다! 돌멩이 하나가 날아 들어와 내 몸 위를 지나치더니 좌석에 맞은 뒤 바닥으로 떨어졌다. 투명한 돌 조각 같은 것들이 내 몸 위로 와르르 쏟아지더니 시원한 공기가 내 얼굴을 감쌌다. 나는 코를 들어올렸다.

잠시 후, 무기력하게 축 늘어진 내 몸을 감싸안은 손이 나를 들어올리는 것이 느껴졌다. 워낙 기진맥진해 있던 터라 그녀의 손에 잡힌 채 늘어져 있는 수밖에 없었다.

"불쌍한 것, 아휴, 불쌍한 것."

그녀가 속삭였다.

'내 이름은 이놈인데.'

나는 생각했다.

chapter 06

꿈도 없는 잠에 빠져 있던 나를 깨운 것은 시원하고 깨끗한 물이었다. 이렇게 좋은 순간은 내 평생 처음이었다. 물병을 든 여자가 나를 내려다보며 내 몸 위에 조금씩 물을 붓고 있었다. 물줄기가 등을 적시자 기분이 좋아진 나는 몸을 떨었고, 예전 마당 한 켠의 수도꼭지에서 떨어지는 물을 공격할 때 썼던 기술을 살려 물줄기를 덥석덥석 물어가면서 물을 삼켰다.

여자 옆에는 한 남자가 서 있었다. 두 사람은 걱정스러운 표정으로 나를 내려다보고 있었다.

"괜찮을까요?"

여자가 물었다.

"물을 주니 괜찮아지는 것 같은데요?"

남자가 대답했다.

두 사람 모두 내가 사랑스러워서 어쩔 줄을 모르는 것 같았다. 울타리 너머로 우리가 노는 모습을 바라보던 세뇨라에게서도 자주 이런 감정이 풍겨 나오곤 했다. 내가 몸을 굴려 물줄기가 뜨거운 배 위로 떨어지게 하자 여자가 웃었다.

"세상에, 귀엽기도 하지! 무슨 종인지 알겠어요?"

여자가 물었다.

"골든 레트리버 같네요."

남자가 대답했다.

"아휴, 정말 귀여운 강아지로구나."

여자가 속삭이듯 말했다.

그래, 나는 '강아지'라도 좋고, '이놈'이라도 좋고, 이들이 원하는 것이라면 뭐라고 불려도 좋았다. 여자는 내 몸에 묻은 물기 때문에 블라우스가 다 젖는데도 상관없다는 듯 나를 품에 안았고, 나는 그녀가 눈을 감고 키득키득 웃을 때까지 키스를 퍼부어 주었다.

"우리 집에 같이 가자, 꼬맹아. 소개해 주고 싶은 사람이 있단다."

우와, 내가 앞자리 개가 되나니! 그녀는 나를 무릎 위에 앉힌 채 운전을 했고 나는 감사의 눈빛으로 그녀를 올려다보았다. 새로운 환경에 호기심이 생긴 나는 그녀의 무릎에서 내려와 차 안을 돌아다니다가 앞에 있는 두 개의 구멍에서 쏟아져 나오는 차가운 공기에 깜짝 놀랐다. 젖은 몸에 찬바람이 닿으니 갑자기 한기가 느껴졌다. 몸이 떨리기 시작한 나는 차 반대쪽 평평한 바닥으로 옮겨 가 엎드렸다. 그곳은 마더의 품처럼 부드럽고 따뜻했다. 나는 다시 낮잠에 빠졌다.

차가 멈추면서 잠이 깬 나는 졸린 눈으로 그녀를 올려다보았고 그녀는 손을 뻗어 나를 안아 올렸다.

"세상에, 너 정말 귀엽구나."

여자가 속삭였다.

그녀의 품에 꼭 안긴 채 차에서 내릴 때 나는 그녀의 힘찬 심장 박동을 느낄 수 있었지만, 다소 긴장하고 있는 느낌도 전해져 왔다. 나는 남아 있는 졸음을 하품으로 떨쳐 낸 뒤 잔디밭에 쪼그리고 앉아 잠깐 볼일을 보았고 이제 그녀가 걱정하는 게 무엇이든 마주할 준비가 되어 있었다.

"에단Ethan!"

그녀가 누군가를 불렀다.

"이리 나와 봐. 누굴 좀 소개해 줄게."

나는 호기심이 가득한 눈으로 그녀를 올려다보았다. 우리는 크고 하얀 집 앞에 서 있었는데 집 뒤쪽으로 켄넬이 줄지어 있거나 아니면 넓은 마당이 있는 건 아닐까 하는 생각이 들었다. 하지만 개 짖는 소리는 들리지 않았다. 아마도 내가 이 집에 처음 온 개인 것 같았다.

그 순간 현관문이 활짝 열리더니 이제까지 한 번도 본 적 없는 작은 사람 하나가 달려 나왔다. 그는 시멘트 계단을 깡충 뛰어내려오더니 잔디밭에 얼어붙은 듯 멈춰 섰다. 우리는 서로를 바라보았다. 남자아이였다. 그가 활짝 웃더니 두 팔을 벌렸다.

"강아지다!"

그가 신이 난다는 듯 소리를 질렀다.

우리는 그 순간 사랑에 빠져 서로를 향해 달렸다. 나는 그를 끊임없이 핥았고 그는 끊임없이 키득키득 웃으며 좋아했다. 우리는 서로를 끌어안고 잔디밭을 굴렀다.

이전에는 남자아이 같은 것이 있다는 것은 생각도 해 본 적 없었지만 이제 이 소년을 만나고 나니 이 세상에서 가장 끝내주는 존재라는 생각이 들었다. 그에게서는 진흙 냄새, 설탕 냄새, 그리고 내가 한 번도 맡아 본 적 없는 동물 냄새가 났다. 또 희미한 고기 냄새가 손끝에 배어 있길래 그 손가락들을 핥았다.

해가 저물고 있었고, 곧 냄새뿐만 아니라 생김새, 소리, 몸짓으로도 그를 알아볼 수 있었다. 그의 머리카락은 바비처럼 진한 색이었지만 아주 짧았고 눈동자는 훨씬 더 밝은 색이었다. 그는 단지 나를 보기 위해서라기보다는 내 말을 듣기 위해서 나를 바라보는 것 같았고 나에게 말을 걸 때의 목소리에서는 항상 기쁨이 흘러넘쳤다. 하지만 내가 하는 것은 그의 냄새를 들이켜고 얼굴을 핥고 손가락을 깨무는 것이 전부였다.

"맘Mom*, 우리 얘 키워도 돼요, 응? 키워도 돼요?"

그가 키득키득 웃다가 한 번씩 숨을 헐떡이며 말했다.

여자가 쪼그리고 앉아 내 머리를 쓰다듬어 주었다.

"글쎄, 대드Dad가 어떤지 잘 알잖니, 에단. 네가 직접 강아지를 돌볼 거라고 약속해야 할걸?"

"그럴게요! 그럴게요!"

"운동도 시켜 주고 밥도 줘야 하고."

"매일 할게요! 운동도 시키고, 밥도 주고, 털도 빗어 주고, 물도 주

---

* 이 사람은 당연히 에단의 엄마지만 개에게는 '맘'이라는 이름을 가진 사람으로 비칠 수 있으므로 '맘'으로 표기한다. 앞으로 나오는 가족들도 마찬가지다.

고!"

"잔디에 똥 싸면 그것도 깨끗이 치워야 해."

소년은 이 말에는 대답하지 않았다.

"가게에 들러서 강아지 사료를 좀 사왔어. 저녁을 주자. 낮에 더위를 먹어서 거의 죽을 뻔했어."

여자가 말했다.

"저녁 먹을래? 응? 저녁?"

그가 나에게 물었다.

아주 좋은 생각이었다.

그가 나를 안아 올리더니 곧장 집 안으로 들어가는 바람에 깜짝 놀랐다. 집 안에 들어가는 일이 있으리라고는 평생 상상조차 못했는데 말이다. 이곳을 좋아하게 되리라는 느낌이 들었다. 집 안의 어떤 곳은 폭신폭신했고 소년에게서 맡았던 동물의 냄새가 배어 있었다. 다른 곳은 딱딱하고 미끄러워서 소년을 따라다니는 동안 발이 자꾸 미끄러졌다. 그가 나를 안아 올렸을 때 우리 사이에 흐르는 사랑이 너무 강해서 마치 배가 고플 때처럼 뱃속이 텅 빈 기분이 들었다.

소년과 함께 바닥에 엎드려 천 조각과 씨름을 하고 있는데 갑자기 집 전체가 울리더니 그동안의 경험으로 확실히 알게 된 차 문 닫히는 소리가 들렸다.

"대드 오셨다!"

'맘'이라고 불리는 여자가 '에단'이라고 불리는 소년에게 말했다.

에단이 일어나 문 쪽으로 갔고 맘도 소년의 옆에 가서 섰다. 나는 천 조각을 물고 홱 잡아챈 후 승리의 '머리 흔들기'를 선보였지만 반대쪽에서 소년이 잡고 있지 않으면 재미가 별로 없다는 사실을 깨달았다.

문이 열렸다.

"대드!"

소년이 소리쳤다.

한 남자가 집 안으로 들어서더니 맘과 에단을 번갈아 바라보았다.

"왜, 무슨 일 있어?"

그가 물었다.

"대드, 맘이 길에서 이 개를 데려왔어요."

"차 안에 갇혀 있었는데 더위를 먹고 죽기 일보 직전이었어."

맘이 에단의 말을 이었다.

"대드, 얘 키워도 돼요? 이렇게 귀여운 강아지는 처음 봤단 말이에요!"

다들 방심한 틈을 타 나는 에단의 신발에 달려들어 끈을 물어뜯기 시작했다.

"글쎄다, 나도 모르겠구나. 아직 이른 것 같기도 하고."

대드가 계속 말했다.

"강아지 키우려면 얼마나 손이 많이 가는지 알아? 에단, 넌 이제 고작 여덟 살이라 감당 못 할 거야. 정말 큰 책임감이 필요한 일이거든."

내가 에단의 신발 끈 하나를 잡아당기자 끈이 풀렸다. 끈을 물고 달아날 생각이었지만 나머지 부분이 여전히 신발에 붙어 있는 바람에 오히려 내 몸이 뒤로 확 당겨지면서 머리를 에단의 발치에 처박고 나뒹굴었다. 나는 으르렁거리며 다시 한 번 끈에 달려들어 물고는 분노의 흔들기를 선보였다.

"내가 돌볼게요. 운동도 시켜 주고, 밥도 주고, 목욕도 시켜 줄게요. 이렇게 귀여운 강아지 처음 본단 말이에요, 대드! 얘는 벌써 오줌도 밖에서 눌 줄 알아요!"

소년이 말했다.

신발과의 씨름에서 승리한 나는 잠시 쉬기로 마음먹고는 쪼그리고 앉아 똥을 싸면서 오줌까지 내보냈다.

다들 난리가 났다.

얼마 후 소년과 나는 부드러운 바닥 위에 앉았다.

"조지?"

맘이 말했다.

"조지? 여기야, 조지! 안녕, 조지!"

이번에는 에단이 말했다.

"스키피?"

그러자 이번에는 대드가 말했다.

"스키피? 너, 스키피야? 이리 와, 스키피!"

다시 에단이 말했다.

피곤한 노릇이었다.

나중에 뒷마당에서 놀 때 소년은 나를 베일리라고 불렀다.

"여기야, 베일리! 여기라고, 베일리!"

에단이 자신의 무릎을 찰싹찰싹 치며 말했다. 내가 종종걸음으로 다가가면 그는 단숨에 달아났고 이러면서 우리는 뒷마당을 돌고 또 돌았다. 내가 보기에 이건 집 안에서 하던 게임을 집 밖으로 옮겨 온 것이었다. 에단이 나를 '호넷', '아이크', '부치'라고 불러도 기꺼이 돌아보았지만 이제는 '베일리'로 정해진 것 같았다.

밥을 한 번 더 먹은 후 에단은 나를 집으로 데리고 들어갔다.

"베일리, 고양이 스모키를 소개해 줄게."

나를 가슴에 꼭 안은 채로 에단이 몸을 돌리자 방바닥 한가운데 앉아 있는 갈색과 회색 털이 섞인 동물이 눈에 들어왔다. 녀석은 나를 보자 눈이 휘둥그레졌다. 내가 계속 궁금해하던 냄새의 주인공이었다. 녀석은 나보다 더 컸는데 귀가 워낙 작아서 물어뜯으면 재미있을 것 같았다. 나는 새 친구와 놀고 싶어 빠져나가려고 버둥거렸지만 에단은 나를 꼭 안고 놓아주지 않았다.

"스모키, 얘는 베일리야."

드디어 에단은 나를 바닥에 내려놓았고 나는 달려가서 고양이를 핥으려 했지만 고양이는 입술을 들어올리더니 정말 위험해 보이는 이빨을 드러낸 채 나한테 으르렁거리고는 등을 활처럼 구부리면서 통통한 꼬리를 하늘로 곧추세웠다. 나는 당황해서 멈춰 섰다. 놀기 싫은 건가? 고양이 꼬리 밑에서 나는 쾨쾨한 냄새가 맛있게 느껴졌다. 나는 살금살금 다가가 스모키의 엉덩이를 킁킁대며 친근감을 표시했지만 녀석은 하악 하는 소리를 내더니 으르렁거리고는 발톱을 드러내며 앞발을 올렸다.

"에이, 스모키. 착하게 굴어야지, 응? 아이 착하다."

스모키는 에단에게 화난 시선을 보냈다. 나는 에단의 말투에서 용기를 얻어 최대한 친근한 느낌으로 낑낑거렸다. 스모키는 여전히 곁을 주지 않았고 내가 얼굴을 핥아 주려 했을 때는 내 코를 때리기까지 했다. 뭐 어쨌든 나는 고양이가 원한다면 언제라도 놀아 줄 준비가 되어 있었지만 내게는 콧물이나 튕겨 대는 고양이보다 더 중요한 일들이 있었다. 그로부터 며칠 동안 나는 이 집에서 내가 있어야 하는 장소가 어딘지에 대해 배웠다.

에단은 신기한 장난감으로 가득한 작은 방에서 살았고 맘과 대드는 그 비슷한 것 하나 없는 방을 그나마 나눠 썼다. 어떤 방에는 기어올라가야 겨우 물을 마실 수 있는 물통이 있었는데 그 방에도 장난감은 없었고 장난칠 만한 거라고는 당기면 끝도 없이 따라 나오는 벽에 붙은 하얀 종이뿐이었다. 잠자는 방은 계단 꼭대기에 있었는데 이번에는 제대로 된 긴 다리를 갖고 태어났음에도 너무 높아 올라갈 수가 없었다. 또 먹을 것은 모두 집 안 한곳에 숨겨져 있었다.

내가 쭈그리고 앉아서 볼일을 보려고 할 때마다 집안이 난리가 났다. 하나같이 나를 퍼내듯 들어올려서는 전력질주해서 밖으로 뛰어나가 잔디밭에 내려놓았고 그 소동 때문에 얼떨떨해진 내가 다시 볼일을 볼 때까지 지켜보았다. 볼일을 보면 지나치게 칭찬을 쏟아 놓는 바람에 이게 이 집에서 내가 하는 일 중 제일 중요한 일이 아닌가 하는 생각이 들 정도였다. 하지만 그들의 칭찬은 이랬다저랬다 했다. 찢으며 놀라고 나한테 준 종이 위에 쪼그리고 앉아 볼일을 보면 '착한 개'라고 하긴 했지만 기뻐서라기보다는 안심이 되어서 그러는 것 같았다. 하지만 앞에서도 말했듯 아침에 온 가족이 모여 있을 때 똑같은 종이 위에 '똑같은 짓'을 하면 다들 화를 냈다.

볼일을 방바닥에 보면 맘이나 에단은 이렇게 외쳤다.

"안 돼!"

오줌을 잔디밭에서 싸면 이렇게 합창했다.

"착하기도 하지!"

그리고 종이 위에 싸면 다음과 같은 반응이 나왔다.

"좋아, 잘했어."

이 사람들이 대체 왜 이러는지 알 수가 없었다.

대드는 대개 나에게 무관심했지만 아침 식사를 할 때 옆에 같이 있어 주면 좋아한다는 느낌이 들었다. 그렇지만 에단이 내게 그러하듯 폭포 같은 사랑을 주는 건 아니었다. 그저 애정 어린 시선을 보낼 뿐이었다. 맘과 대드가 폭포 같은 사랑을 쏟는 상대는 에단뿐이었다.

가끔씩 저녁이 되면 대드는 에단과 함께 테이블 앞에 앉아 조용히 대화를 나누며 뭔가에 집중하곤 했는데 이럴 때면 코를 찌르는 자극적인 냄새가 방 안을 가득 채웠다. 의자에 앉은 에단의 발은 공중에 떠 있었기 때문에 나는 대드의 발에 기대 눕곤 했고 그도 내가 그렇게 하게 내버려 두었다.

"이거 봐, 베일리. 내가 비행기를 만들었어."

에단이 저녁마다 대드와 머리를 맞대고 지내던 어느 날, 내게 장난감을 내밀며 말했다. 화학 약품 냄새 때문에 눈물이 나는 바람에 나는 이 장난감만큼은 물고 달아날 생각이 들지 않았다. 에단은 입으로 요란한 소리를 내며 그 장난감을 들고 집 안을 뛰어다녔고 나는 그를 쫓아다녔다. 나중에 에단은 희미하게나마 비슷한 약품 냄새가 나는 다른 장난감들과 함께 이 물건을 선반 위에 올려놓았다. 그러고 나면 대드와 에단은 또 다른 물건을 만드는 데 매달렸다.

"이건 로켓이야, 베일리."

막대기 같이 생긴 장난감을 내게 보여 주며 에단이 말했다. 나는 고개를 들어 코를 갖다 댔다.

"언젠가 달에 로켓을 보낼 거고 거기에도 사람들이 살게 될 거야. 너도 우주개*가 되고 싶니?"

나는 '개'라는 단어를 들은 데다 그가 질문을 하고 있음을 눈치챘기 때문에 꼬리를 흔들었다. 그래, 나도 접시 닦는 걸 도울게.

접시 닦이란 에단이 음식이 담긴 접시를 바닥에 내려놓으면 내가 핥는 것이었다. 내 일 중 하나였지만 맘이 보지 않을 때만 할 수 있었다.

내 일은 대부분 에단과 노는 것이었다. 내게는 상자로 되어 있고 부드러운 베개가 들어 있는 집이 있었는데 에단은 밤이면 나를 그곳에 넣어 주었다. 나는 맘과 대드가 방에 들어와 잘 자라는 인사를 할 때까지는 그 상자 안에 있어야 했지만 그들이 가고 나면 거기서 나와 에단의 침대에서 같이 잘 수 있었다. 덕분에 밤중에 심심하면 에단을 계속 깨물 수 있었다.

내 영역은 뒷마당이었는데 며칠 후 나는 '이웃'이라는 완전히 새로운 세계를 만났다. 에단은 가끔 나를 뒤꿈치에 달고 현관문을 박차며 뛰어나가 다른 아이들을 만났다. 그들은 나를 안아 주기도 하고 나랑 씨름도 했으며 내가 입에 문 장난감을 잡고 흔들다가 빼내서 멀리 던지기도 했다.

---

* space dog : 우주에 보내졌던 개들을 이렇게 부른다.

"우리 개야. 이름은 베일리."

에단이 나를 안아 올리며 자랑스럽게 말했다.

내 이름을 듣자 나는 꿈틀거렸다.

"이거 봐, 첼시."

에단이 자기랑 키가 비슷한 여자아이에게 나를 건네며 말했다.

"골든 레트리버야. 우리 엄마가 살려 냈어. 차 안에서 더위를 먹고 죽어 가고 있었대. 얘가 좀 크면 그랜드파네 농장에 가서 사냥할 때 데려갈까 해."

첼시가 나를 가슴에 안더니 내 눈을 들여다보았다. 첼시의 머리카락은 길었고 내 털보다 밝은 색이었으며 몸에서는 꽃과 초콜릿 냄새에 섞여 다른 개의 냄새도 났다.

"너 참 귀엽구나, 베일리. 아휴, 예뻐 죽겠네. 사랑해."

첼시가 노래하듯 말했다.

나는 첼시가 좋았다. 첼시는 나를 볼 때마다 내 앞에 몸을 낮추고 앉아서 황금색 긴 머리카락을 잡아당길 수 있게 해 주었다. 첼시에게서 나는 개 냄새는 마시멜로의 것이었다. 마시멜로는 갈색과 흰색의 긴 털이 섞인 개로 나보다는 나이가 많았지만 그래도 아직 어린 개였다. 첼시가 마시멜로를 자기 집 마당에 풀어놓으면 우리는 몇 시간씩 엎치락뒤치락 뒹굴며 씨름 놀이를 했고 에단이 합세할 때도 있었다. 우리는 끝없이 놀고 또 놀았다.

마당에서 살았을 때는 세뇨라가 나를 사랑해 줬지만 돌이켜보니 그녀의 사랑은 마당에 있던 모든 개를 향한 것이었다. 세뇨라는 나를 토비라고 불렀지만 에단이 밤에 내 귓가에 대고 "베일리, 베일리, 베일리."하고 속삭이는 목소리와는 달랐다.

에단은 '나'를 사랑했다. 우리는 서로에게 세상에서 가장 중요한 존재였다.

마당에서 나는 문을 열고 탈출하는 방법을 배웠다. 그 덕에 나는 에단을 만날 수 있었고 에단과 함께 살며 그를 사랑하는 것이 내 삶의 완전한 목적이 되었다. 잠에서 깬 순간부터 다시 잠들 때까지 우리는 늘 함께였다.

하지만 말할 필요도 없이 또 모든 것이 달라졌다.

chapter 07

일과 중 내가 제일 좋아하는 일 하나는 뭔가 새로운 것을 배우는 것이었는데 에단은 이것을 '재주'라고 불렀다. 에단은 이걸 시킬 때면 나에게 격려하는 어조로 말하며 간식을 주었다. 예를 들어 '앉기'라는 재주를 원하면 이렇게 말했다.

"앉아, 베일리! 앉아!"

그러고는 내 뒤로 돌아와 엉덩이를 땅바닥 쪽으로 누르고는 비스킷을 주었다.

"개구멍! 개구멍!"

이것은 대드의 차가 있는 '차고'로 나가는 재주였다. 에단은 옆문 아래쪽에 플라스틱 덮개가 달린 작은 구멍을 통해 나를 뒷마당으로 밀어넣었다. 그리고 에단이 내 이름을 부르면 나는 문 반대쪽에서 덮개를 밀어 코를 쏙 집어넣었고 그는 내게 비스킷을 주었다!

밤이 점점 서늘해지면서 천만다행이게도 내 다리는 몸통과 함께 쑥쑥 자라났고 그 덕에 나는 에단과 보조를 맞춰 달릴 수 있게 되었다.

심지어 전력질주를 할 때도 처지지 않았다.

어느 날 아침, '개구멍' 재주의 뜻이 완전히 달라졌다. 아침 일찍 에단은 해가 뜨자마자 일어났고 맘은 이 방 저 방을 뛰어다녔다.

"에단, 베일리 잘 챙겨!"

맘이 외쳤다. 물어뜯기용 장난감을 제대로 잘근잘근 씹다가 고개를 들어 보니 스모키가 조리대 위에 올라앉아 참을 수 없을 정도로 건방진 시선으로 나를 내려다보고 있었다. 그렇게 거만하게 앉아 있으면 이 신나는 놀이를 할 수 없다는 것을 알려 주려고 고개를 들어 장난감을 흔들어 보였다.

"베일리!"

에단이 불렀다.

에단의 손에는 내 침대가 들려 있었고 나는 영문을 모른 채 에단을 따라 차고로 갔다. 이건 무슨 놀이지?

"개구멍."

에단이 말했다.

그런데 에단의 주머니에 아무리 코를 대고 킁킁거려 봐도 비스킷 냄새가 나지 않았다. 내 생각에 개구멍 놀이에서 가장 중요한 건 바로 비스킷인데 말이다. 실망한 나는 돌아서서 자전거에 대고 오줌을 쌌다.

"베일리!"

에단의 목소리에서 조바심이 묻어났다.

나는 어리둥절한 표정으로 에단을 바라보았다.

"여기서 자고 있어, 베일리. 알았지? 착하게 굴어야 해. 응가나 쉬를 하고 싶으면 개구멍으로 나가서 하고. 알겠니? 개구멍 말이야, 베일리. 이제 나는 학교에 가야 해. 알았어? 사랑해, 베일리."

에단은 나를 끌어안았고 나는 그의 귀를 핥았다.

에단이 돌아서서 나가려 하기에 나도 당연히 따라갔는데 문 앞까지 오자 에단은 나를 못 들어가게 했다.

"안 돼, 베일리. 내가 집에 올 때까지 차고에 가만히 있어. 개구멍 잊지 말고, 알았지, 베일리? 착한 개가 되어야 해."

눈앞에서 문이 닫혔다.

가만히 있어? 개구멍? 착한 개? 그동안 꽤 자주 들었던 이 말들이 서로 무슨 관련이라도 있는 건가? '가만히 있어'는 또 뭐지?

무슨 말인지 하나도 이해할 수가 없었다. 나는 차고 안을 킁킁거리며 돌아다녔다. 차고는 좋은 냄새로 넘쳤지만 계속 이러고 있을 기분이 아니었다. 나는 에단을 원했다. 짖어도 집으로 이어지는 문은 열리지 않았다. 긁어도 보았지만 여전히 문은 꼼짝하지 않았다.

집 앞에서 아이들이 떠드는 소리가 들렸다. 에단이 차고 앞에 서 있을 때면 가끔 문이 열린다는 것을 잘 알고 있던 나는 차고 문을 향해 달려가 보았지만 아무 일도 일어나지 않았다. 얼마 후 시끄러운 트럭 같은 것이 굴러오는 소리가 들리더니 아이들의 목소리를 모두 빨아들여 어디론가 데리고 갔다. 몇 분 후 맘이 차를 몰고 나가는 소리가 들렸고 그러자 지금까지 그렇게 활기차고 신나고 시끌벅적하던 세상이 견딜 수 없을 정도로 고요해졌다.

한동안 짖었지만 아무 일도 일어나지 않았다. 문 바로 뒤에서 스모키의 냄새가 났다. 녀석은 내가 곤경에 처한 것을 알고 우쭐해 있을 게 틀림없었다. 나는 문을 긁었다. 신발도 물어뜯었다. 내 침대도 마구 찢었다. 옷으로 가득 찬 쓰레기봉투를 발견하고는 옛날에 마더에게 배웠던 방법대로 봉투를 찢은 뒤 안에 있는 옷을 차고 안에 죄다 흩어 놓았다. 차고 한쪽 구석에 오줌을 싸고 다른 쪽 구석에는 똥도 쌌다. 금속으로 된 통을 뒤집어엎은 뒤, 닭고기 몇 조각, 스파게티, 와플을 먹었고, 스모키의 입 냄새와 똑같은 냄새가 나는 생선이 담긴 깡통도 핥아 치웠다. 종이도 좀 먹었다. 마시라고 물을 부어 놓은 접시를 엎어서는 마구 씹었다.

그래도 할 일이 없었다. 살면서 제일 길다고 느낀 날이 지나자 맘의 차가 돌아오는 소리가 들렸다. 문이 쾅 하고 닫히더니 달리는 발소리가 집 안을 채웠다.

"베일리!"

에단이 문을 열어젖히며 외쳤다.

이 미친 상황이 영원히 끝난 것에 너무 신이 난 나는 에단의 품으로 뛰어들었다. 하지만 에단은 그대로 서서 차고 안을 바라보고 있었다.

"이런, 베일리."

에단이 슬픈 목소리로 말했다.

너무 신난 나머지 기운이 뻗친 나는 에단의 옆을 지나 가구를 뛰어넘으며 미친 듯이 집 안으로 달려갔다. 스모키가 눈에 띄자 녀석을 쫓아 계단을 뛰어 올라갔고 녀석이 숨어 있는 맘과 대드의 침대 밑을 향해 짖어 댔다.

"베일리!"

맘이 엄한 목소리로 나를 불렀다.

"베일리, 나쁜 개."

에단이 화가 나서 말했다.

나는 억울해서 기가 막혔다. 나쁜 개라고? 이유도 없이 차고에 가뒀지만 나는 얼마든지 맘과 에단을 용서해 줄 용의가 있었다. 그런데 왜 다들 손가락을 좌우로 흔들며 날 노려보는 거지?

얼마 후 에단은 차고로 돌아가 내가 갖고 놀던 것들을 내가 엎어버린 쓰레기통에 던져 넣었다. 나도 에단을 도와주러 갔다. 맘도 차고로 와서 옷가지들을 정리해서는 일부는 집 안으로 가져갔다. 하지만 내가 구석에 처박혀 있던 물건 몇 개를 찾아냈는데도 아무도 칭찬해 주지 않았다.

"개구멍."

에단이 화난 목소리로 말했다.

비스킷도 주지 않았다. '개구멍'이 '나쁜 개'와 같은 뜻이라는 생각이 들기 시작하자 나는 그야말로 너무 실망했다.

오늘은 모두에게 짜증나는 날이었던 게 분명했다. 나는 이 모든 일을 기꺼이 잊어 줄 수 있었지만 대드가 집에 돌아왔을 때 맘과 에단이 그에게 무슨 이야기를 하자 대드가 소리를 질렀다. 나한테 화가 난 게 분명했다. 나는 스모키의 헐뜯는 듯한 시선을 애써 외면한 채 슬그머니 거실로 도망쳤다.

대드와 에단은 저녁을 먹자마자 밖으로 나갔다. 맘은 식탁에 앉아 종이만 들여다보고 있었다. 내가 다가가서 침으로 범벅이 된 공을 무릎 위에 올려놓아도 이런 소리만 돌아올 뿐이었다.

"으악, 이게 뭐야, 베일리!"

대드와 함께 집으로 돌아온 에단은 나를 차고로 데려가더니 커다란 나무 상자를 보여 주었다. 에단이 상자 안으로 들어가기에 나도 따라 들어가긴 했는데 둘이 같이 있기에는 너무 좁고 더웠다.

"개집이야, 베일리. 이게 네 집이라고."

그 상자와 내가 무슨 상관인지 모르겠지만 어쨌든 간식만 준다면 얼마든지 '개집' 놀이를 할 수 있었다. 나한테 '개집'이란 '개집으로 들어가 비스킷을 먹어라.'와 같은 뜻이었다. 우리가 개집 재주와 개구멍 재주를 부리며 노는 동안 대드는 차고 안을 돌아다니며 물건을 선반 위에 올려놓고 큰 금속 통을 밧줄로 묶어 놓기도 했다. '개구멍'놀이에 비스킷이 다시 등장하자 나는 신이 나서 어쩔 줄을 몰랐다. 재주 놀이를 실컷 한 에단은 나를 데리고 집 안으로 들어갔고 우리는 바닥에서 한바탕 함께 뒹굴었다.

"잘 시간이야."

맘이 말했다.

"맘, 좀 더 놀면 안 돼요? 제발, 응?"

"우리 둘 다 내일 학교 가야 해, 에단. 베일리한테 잘 자라고 해야지."

평소 집 안에서 이런 대화가 오갈 때면 거의 신경 쓰지 않았는데 이번에는 에단의 기분이 달라진 게 느껴져서 내 이름이 들리자마자 고개를 들었다. 어깨를 축 늘어뜨리고 서 있는 에단에게서 슬픔과 안타까움이 흘러나왔다.

"좋아, 베일리. 이제 잘 시간이야. 침대로 가야 한다고."

침대가 뭔지 알고 있었지만 에단은 침대로 가기 전에 신나는 개집 놀이를 한바탕 더 할 생각인 것 같았다. 왜냐하면 에단이 나를 차고로 데려갔기 때문이다. 개집 놀이를 한바탕 더 즐겨야지. 얼마든지 하자고. 하지만 신이 나 있던 나는 잠시 후 크게 놀랐다. 에단이 나를 차고에 혼자 남겨 둔 채 문을 닫아 버렸다!

나는 영문을 몰라 짖었다. 내가 개 침대를 다 찢어 놓아서 그런가? 거기에선 한 번도 잔 적도 없고 그냥 모양으로 갖다 놓은 것일 뿐인데도? 정말 밤새도록 차고에 혼자 있으라는 얘긴가? 아니야, 그럴 리 없어.

아니, 그런가?

너무 괴로워서 낑낑 소리가 절로 나왔다. 에단이 나 없이 혼자 침대에 누워 있을 생각을 하니 너무 슬퍼서 신발이라도 물어뜯고 싶었다. 슬픔을 주체할 수 없어 나는 점점 더 크게 낑낑거렸다.

10분에서 15분 정도를 이러고 있다 보니 차고 문이 끼익 하고 열렸다.

"베일리."

에단이 속삭였다.

순간 마음이 놓인 나는 에단에게 달려갔다. 에단은 담요와 베개를 가지고 살그머니 차고 안으로 들어왔다.

"좋아. 개집, 개집."

에단은 개집 안으로 기어들어오더니 안에 있던 얇은 깔개 위에 담요를 폈다. 나도 에단 옆으로 기어들었다. 에단의 두 발과 내 뒷다리가 개집 밖으로 빠져나왔다. 나는 한숨을 내쉬며 에단의 가슴에 머리를 내려놓았고 에단은 내 귀를 쓰다듬어 주었다.

"착하지, 베일리. 넌 착한 개야."

에단이 속삭였다.

얼마 후 맘과 대드가 문을 열고 우리를 내려다보았다. 나는 꼬리를 탁탁 흔들었지만 일어나지는 않았다. 에단을 깨우고 싶지 않았다. 결국 대드가 차고로 들어와 에단을 안아 올렸고 맘의 손짓을 따라 나도 집 안으로 따라 들어갔다. 맘과 대드는 우리를 에단의 방에 있는 침대에 뉘었다.

다음날, 어제 일은 까맣게 잊은 듯 가족들은 나를 다시 차고에 집어넣었다! 이번에는 갖고 놀 것이 훨씬 더 적었지만 그래도 나는 꽤 노력한 끝에 개집 바닥의 깔개를 뜯어 내서 상당히 잘게 찢어 놓는 성과를 올렸다. 쓰레기통도 다시 쓰러뜨렸지만 뚜껑을 열지는 못했다. 선반 위에는 물어뜯을 만한 것이 하나도 없었다. 어차피 발이 닿지도 않았지만.

이렇게 설치다가 나는 개구멍 덮개를 밀기 시작했다. 비가 한바탕 쏟아질 것 같은 냄새가 났다. 바싹 마른 혓바닥 위로 버석버석한 모래 먼지가 내려앉던 마당과는 달리 이곳은 촉촉하고 시원했으며 비가 오기 전에 나는 여러 가지 냄새가 한데 합쳐져 새로운 냄새로 바뀌는 것도 좋았다. 잎이 무성한 멋진 나무는 가는 곳마다 그늘을 만들어 주었고, 비가 오면 빗방울을 머금고 있다가 산들바람이 지나가면 후드득 떨어뜨리기도 했다. 모든 것이 촉촉해서 좋았다. 낮에 아무리 더워도 밤이 되면 다시 시원해졌다.

냄새에 이끌려 머리를 계속 밖으로 내밀고 있던 나는 에단이 뒤에서 민 것도 아닌데 갑자기, 정말이지 우연히, 뒷마당으로 몸이 빠져나갔다. 나는 신이 나서 짖으며 마당을 헤집고 다녔다. 내가 차고에서 뒷마당으로 나가기 좋으라고 그 자리에 개구멍이 있는 것 같았다. 나는 쪼그리고 앉아서 볼일을 보았다. 그러다 보니 내가 이 일을 집 안에서보다 밖에서 해결하는 편을 더 좋아한다는 사실을 깨달았는데 안에서와는 달리 온 가족이 난리법석을 떨지 않는다는 이유 때문만은 아니었다. 나는 일을 끝낸 뒤 잔디에 발을 닦아 내 발바닥의 땀 냄새를 풀잎에 남기는 것이 좋았다. 또 소파 구석보다는 마당 한구석에 다리를 올려 영역 표시를 하는 것이 훨씬 더 신나기도 했다.

차가운 안개비가 굵직한 빗방울로 바뀔 때쯤 나는 개구멍으로 양방향 통행이 가능하다는 사실도 발견했다! 에단이 함께 있어서 내가 알아낸 걸 본다면 얼마나 좋을까 하는 생각이 들었다.

비가 그친 뒤 나는 땅에 구멍을 하나 팠고 호스를 물어뜯었으며 창가에 앉아 있던 스모키를 향해 짖었지만 녀석은 못 들은 척했다. 크고 노란 버스가 집 앞에 서서 에단과 첼시 그리고 동네 아이들을 쏟아 놓을 때 나는 뒷마당 울타리에 앞발을 걸치고 서 있었고 에단은 웃으며 내게 달려왔다.

그때 이후 나는 맘과 대드가 서로에게 소리를 지를 때를 제외하고는 개집에 거의 들어가지 않았다. 부부싸움이 나면 에단은 차고로 와서 나와 함께 개집으로 들어가서는 팔로 나를 감쌌고 나는 언제까지고 에단이 원하는 만큼 꼼짝 않고 앉아 있었다. 에단이 나를 필요로 할 때마다 그를 위로해 주는 것이 내 삶의 목적이라는 생각이 들었다.

가끔 어떤 집이 이사를 가고 새로운 사람들이 오곤 했다. 몇 집 건너에 드레이크와 토드네가 이사를 왔을 때도 나는 기뻤다. 맘이 새 집으로 인사를 하러 가느라 맛있는 과자를 구울 때 부엌에서 말동무가 되어 준 내게 상으로 과자 두어 개를 던져 주었기 때문이기도 했지만, 그보다도 새로운 남자아이들이 왔다는 것은 같이 놀 아이들이 더 많아졌다는 것을 뜻했기 때문이었다.

드레이크는 에단보다 나이도 많고 몸집도 컸다. 토드는 동갑이라 에단과 금방 친해졌다. 토드와 드레이크에게는 훨씬 더 어린 린다라는 여동생이 있었는데 린다는 아무도 안 볼 때 나에게 달콤한 간식을 주었다.

토드는 에단과 달랐다. 토드는 성냥을 가지고 개울가에서 놀기를 좋아했는데 린다의 인형 같은 플라스틱 장난감을 태우곤 했다. 에단도 함께 놀기는 했지만 토드만큼 신나게 웃지는 않았고 그저 장난감이 타는 모습을 바라보기만 했다.

어느 날 토드가 폭죽이 있다고 하자 에단은 몹시 들떴다. 나는 폭죽이라고는 한 번도 본 적이 없었기 때문에 펑 소리와 함께 불이 번쩍이자 깜짝 놀랐다. 플라스틱 인형, 그러니까 폭죽이 터진 뒤 흩어진 파편에서는 연기 냄새가 났다. 토드가 졸라 대자 에단은 집에 가서 아빠와 함께 만든 장난감 중 하나를 들고 나왔고 둘은 폭죽을 그 안에 넣은 뒤 공중으로 던졌다. 장난감이 폭발했다.

"와! 끝내준다!"

토드가 외쳤다.

에단은 말이 없어지더니 냇물에 떠내려가는 플라스틱 조각을 바라보며 얼굴을 찌푸렸다. 에단이 느끼고 있는 복잡한 감정이 내게 전해졌다. 한번은 토드가 쏘아 올린 폭죽이 내 근처로 떨어지면서 파편이 내 옆구리에 튀었다. 깜짝 놀란 나는 에단에게 달려갔고 그는 나를 꼭 안아 준 뒤 집으로 데려갔다.

뒷마당으로 쉽게 나갈 수 있게 되니 편한 점이 생겼다. 에단은 울타리 문을 늘 잠가 두지는 않았기 때문에 나는 아예 집 밖으로 빠져나와 멋대로 동네를 돌아다니기도 했다. 그럴 때면 나는 종종걸음으로 이리저리 다니다가 마시멜로를 찾아가곤 했는데 흰색과 갈색 털이 섞인 마시멜로는 집 옆에 붙어 있는 커다란 케이지에 살고 있었다. 나는 그녀의 집 앞에 있는 나무에 꼼꼼하게 영역 표시를 했고 가끔 낯설고도 친근한 냄새에 이끌려 코를 높이 쳐든 채 집에서 멀리 떨어진 곳까지 가 보기도 했다. 이렇게 돌아다니며 모험을 할 때면 나는 에단에 대해서는 까맣게 잊은 채 옛날을 떠올리곤 했다. 마당에 있던 다른 개들과 함께 친절한 여자가 있는 시원한 방으로 갔던 날, 앞자리에 앉아 있던 개가 풍기던 매혹적인 냄새 같은 것 말이다. 지금도 그와 비슷한 냄새에 이끌려 계속 돌아다니곤 했다. 보통은 중간에 냄새 흔적을 잃어버렸고 내가 누구인지를 깨닫고 나서야 돌아서서 집으로 향했다.

버스가 에단을 태우고 오는 날이면 에단을 따라 첼시와 마시멜로가 사는 집으로 놀러 갔다. 그러면 첼시의 엄마는 에단에게 간식을 주었는데 에단은 항상 내게도 간식을 나누어 주었다. 버스를 타고 오지 않는 날에는 에단은 맘의 차를 타고 왔다. 그리고 어떤 날은 아무도 일어나지 않아 내가 마구 짖어서 식구들을 깨워야 했다!

이제는 나를 차고에서 재우려 하지 않아서 좋았다. 나는 식구들이 아침을 그냥 흘려보내는 것이 싫었다.

하루는 보통 때보다 더 멀리 탐험을 나가는 바람에 오후 늦게야 집으로 돌아가게 되었다. 에단을 태운 버스가 벌써 도착했다는 것을 몸속 시계가 알려 주고 있었기 때문에 마음이 조급해졌다. 나는 개울을 건너 토드네 집 뒷마당을 가로지르기로 했다. 둑의 진흙 밭에서 놀고 있던 토드가 나를 보더니 불렀다.

"이봐, 베일리. 이리 와, 베일리."

토드가 내게 손을 내밀었다. 나는 대놓고 의심에 가득찬 눈빛으로 토드를 바라보았다. 토드에게는 뭔가 다른 구석이 있었고, 그의 마음속에 있는 무엇인가가 그를 믿을 수 없게 했다.

"이리 오라니까."

토드가 손바닥으로 자기 다리를 찰싹 치며 말했다. 그러고는 돌아서서 자기 집을 향해 걷기 시작했다.

어쩔 수 없었다. 나는 사람의 말을 따라야 하는 개니까. 나는 머리를 낮추고 토드를 따라갔다.

chapter 08

토드는 집 뒷문으로 나를 들여보내더니 소리가 나지 않게 살며시 문을 닫았다. 이 집 창문 몇 군데는 커튼이 내려져 있어서 어둡고 우울한 느낌이 들었다. 토드는 부엌을 지나 집 안쪽으로 나를 데려갔는데 부엌에는 토드의 엄마가 화면이 깜박이는 텔레비전을 보며 앉아 있었다. 토드의 행동으로 미루어 보아 소리를 내면 안 될 것 같았지만 토드의 엄마 냄새에 꼬리를 살짝 흔들다가 어딘가에 부딪혀 탁 소리가 났다.

토드의 엄마에게서는 나를 길에서 발견한 뒤 '이놈'이라고 부르며 차에 태웠던 사람에게서 나던 것과 비슷한 독한 냄새가 났다. 그녀는 우리를 보지 못했지만 린다는 아니었다. 우리가 거실에 앉아 있던 그녀 옆을 지나가자 린다가 윗몸을 일으켜 세웠다. 텔레비전을 보고 있던 린다는 소파에서 내려와 우리를 따라왔다.

"안 돼."

토드가 린다에게 위협하듯 말했다.

나는 '안 돼'가 무슨 뜻인지 잘 알고 있었다. 토드의 목소리에서 악의가 느껴지자 몸이 움츠러들었다. 나는 린다가 내민 손을 핥았지만 토드는 린다의 손을 밀쳐 냈다.

"저리 가!"

토드가 어떤 방문을 열었고 나는 그 안으로 들어가 바닥에 있는 옷가지들에 코를 대고 킁킁거렸다. 침대가 하나 있는 작은 방이었다. 토드가 뒤에서 방문을 잠갔다. 바닥에서 빵 부스러기를 발견한 나는 청소를 하는 셈치고 그것을 재빨리 먹어 치웠다. 토드가 양손을 주머니에 넣었다.

"좋아"

그가 말했다.

"좋아. 이제……, 이제……."

토드는 책상에 앉더니 서랍을 열었다. 코를 찌르는 냄새가 났다. 폭죽이 틀림없었다.

"나는 베일리가 어디 있는지 몰라."

토드가 조용히 혼잣말을 했다.

"베일리를 본 적 없어."

내 이름을 들은 나는 꼬리를 흔들고는 하품을 한 후 부드러운 옷 더미 위에 털썩 엎어졌다. 긴 모험을 한 끝이라 피곤했다.

순간 작은 노크 소리가 나자 토드가 기겁을 해서 벌떡 일어났다. 나도 튕기듯 일어났고 토드가 화난 목소리로 문간에 선 린다에게 속삭이듯 이야기하는 동안 그의 뒤에 서 있었다. 복도가 어두워서 나는 린다를 눈으로 보기보다는 그녀의 냄새를 맡았는데 무슨 이유에서인지 그녀가 두려움과 걱정에 휩싸여 있는 게 느껴져 나도 두렵기 시작했다. 나는 조금씩 헐떡거리기 시작했고 불안해서 하품을 해 댔다. 너무 긴장해서 엎드려 있을 수도 없었다.

토드가 문을 쾅 닫고 다시 잠가 버리는 바람에 대화는 끝이 났다. 나는 토드가 서랍을 뒤적거리더니 조그마한 튜브를 꺼내는 모습을 지켜보았다. 토드는 완전히 흥분해 있었다. 그는 튜브 뚜껑을 열더니 킁킁거리며 냄새를 맡았다. 독한 화학 약품 냄새가 순식간에 방을 가득 채웠다. 에단이 대드와 함께 테이블 앞에 앉아 비행기 장난감을 가지고 놀 때 나던 바로 그 냄새였다.

토드가 튜브를 내 코앞에 내밀었지만, 워낙 내가 싫어하는 냄새라는 것을 알고 있었기 때문에 나는 고개를 옆으로 휙 돌렸다. 순간 토드의 얼굴에 분노가 드러났고 나는 더럭 겁이 났다. 토드는 천 조각을 집어 들더니 튜브에서 맑은 액체를 흠뻑 짜내 적신 후 천을 접고 눌러가며 끈적끈적한 물질이 골고루 배게 했다.

그때, 창 밖에서 에단이 애처롭게 나를 부르는 소리가 들려왔다.

"베일리이이이!"

나는 창가로 달려가 뒷발로 서 보았지만 너무 높아 밖이 보이지 않았다. 좌절감이 느껴져 짖었다. 토드는 이러고 있는 내 엉덩이를 손바닥으로 철썩 때렸다.

"안 돼! 이 나쁜 개야! 짖지 마!"

토드가 뿜어 내는 분노의 열기가 그의 손에 들린 천 조각에서 나오는 화학 약품 냄새만큼이나 분명하게 느껴졌다.

"토드?"

집안 어디선가 토드를 부르는 여자의 목소리가 들렸다. 토드가 나에게 심술궂은 표정을 지어 보이며 화를 냈다.

"여기 있어. 가만히 있으란 말이야!"

토드는 방에서 나가더니 문을 닫았다. 방 안에 가득 찬 냄새 때문에 나는 눈물을 흘리며 불안감 속에서 방 안을 빙빙 돌았다. 에단이 계속 나를 부르고 있었다. 이 방이 마치 차고라도 되는 양 나를 여기에 가둬 놓을 권리가 토드에게 있다는 것을 이해할 수가 없었다. 작은 소리가 들려 나는 귀를 쫑긋 세웠다. 린다가 문을 열더니 눅눅한 크래커를 내밀었다.

"먹어, 베일리. 착하지."

린다가 속삭였다.

당장 뛰어나가고 싶었지만 나는 바보가 아니었다. 먼저 크래커를 먹었다. 린다가 문을 더 활짝 열었다.

"이리 와, 가자."

린다가 재촉했다.

말이 떨어지기가 무섭게 나는 린다를 따라나섰다. 나는 린다를 쫓아 복도를 달려 계단을 내려간 뒤 빠른 걸음으로 현관을 향했다. 린다가 문을 열었고 시원한 바람이 불어와 내 얼굴에서 나는 끔찍한 냄새를 깨끗이 날려 주었다.

"베일리!"

맘의 차가 길 아래로 내려가고 있었고 에단이 차창 밖으로 몸을 내밀어 나를 부르는 소리가 들렸다. 나는 차를 바짝 쫓아 전속력으로 달렸다. 곧 차의 브레이크 등이 밝게 빛나더니 차에서 내린 에단이 나를 향해 달려왔다.

“베일리, 어디 있었어?”

나를 끌어안고 내 털에 얼굴을 파묻으며 에단이 말했다.

“넌 정말 정말 나쁜 개야.”

나는 ‘나쁜 개’라는 말이 나쁜 뜻임을 알고 있었지만 에단의 마음속에서 쏟아져 나오는 사랑이 워낙 커서 나도 모르게 이번만큼은 나쁜 개가 되어도 좋다는 생각이 들었다.

토드의 집에서 봉변을 당하고 나서 얼마 지나지 않아 나는 차를 타고 깨끗하고 시원한 방에 가서 어떤 남자를 만났다. 옛날에도 비슷한 장소에 갔던 일이 떠올랐다. 대드가 에단과 나를 태우고 그곳에 갔는데 대드의 태도로 미루어 보아 나를 벌주려 하는 것 같아서 억울하다는 생각이 들었다. 누군가가 이 시원한 방에서 벌을 받아야 한다면 내 생각에 그건 토드여야 했다. 토드는 린다에게 못되게 굴었고 나를 에단에게서 떼어 놓았다. 내가 나쁜 개가 된 건 내 잘못이 아니었다. 하지만 나는 꼬리를 한 번 흔들고는 바늘이 내 목덜미 털을 비집고 들어와도 얌전히 엎드려 있었다.

깨어나 보니 몸이 뻣뻣하고 쑤시는 데다 가렵기까지 했고 배 아래쪽으로 익숙한 통증이 느껴졌다. 멍청한 플라스틱 깔때기를 쓰는 바람에 내 얼굴은 플라스틱 통 밑바닥에 들어앉은 꼴이 되어 버렸다. 스모키 녀석은 이게 꽤나 재미있는 모양이었고 나는 최선을 다해 녀석을 무시했다. 사실 며칠 동안 차고의 시원한 시멘트 바닥 위에 뒷다리를 쫙 벌리고 엎드려 있는 것만큼 좋은 방법은 없었다.

깔때기를 떼고 내 원래 모습으로 돌아오고 나자 나는 울타리 밖에서 풍겨 오는 신비스러운 냄새를 쫓는 일에 심드렁해졌다는 사실을 깨달았다. 물론 문이 열려 있으면 언제나 그랬듯 뛰어나가 동네 개들이 무엇을 하는지 살피며 쏘다니는 건 여전했지만 말이다.

나는 도로 끝 토드네 집이 있는 방향은 피했고 토드나 그의 형인 드레이크가 개울에서 놀고 있는 모습이 보이면 마더에게서 배운 대로 그늘 속에 몸을 숨긴 채 슬그머니 그들을 피해 갔다.

나는 매일 새로운 단어를 배웠다. '착한 개'라는 말과 가끔 '나쁜 개'라는 말도 들었지만 점점 더 자주 듣는 말은 '큰 개'라는 말이었다. 내 입장에서'크다'는 것은 에단의 침대 위에 편안하게 누워 있기가 점점 더 힘들어진다는 뜻이었다.

나는 '눈snow'이라는 단어도 배웠는데, '안 돼'라는 뜻의 '노no'와 아주 비슷하게 들렸지만 사람들은 이 단어를 외칠 때면 아주 신이 나 있었고 그럴 때면 세상이 온통 차갑고 하얀 무언가로 뒤덮이곤 했다. 가끔 우리는 길고 가파른 비탈길에서 썰매도 탔는데 에단과 내가 기를 쓰고 썰매에 붙어 있다 보면 결국 쿵 하고 멈춰 섰다. '봄'은 날이 따뜻해지고 해가 길어진다는 뜻이었고 그러면 맘은 주말 내내 뒷마당을 파서 꽃을 심었는데 나는 흙냄새가 너무 좋아서 모두 학교에 가고 나면 꽃을 다 파냈다. 그리고 왠지 이렇게 하는 게 맘에 대한 도리라는 생각이 들어서 달콤 쌉사름한 꽃잎을 씹어 댔는데 결국 다 뱉어 내고 말았다. 그런 날이면 이유는 모르겠지만 나는 다시 나쁜 개가 되는 바람에 숙제를 하는 에단의 발밑에 엎드려 있지 못하고 차고에서 저녁 시간을 보내야 했다.

하루는 커다란 노란 버스에 탄 아이들이 얼마나 시끄럽게 떠들어

대던지 버스가 집 앞에 서기 5분 전부터 그 소리가 들릴 지경이었다. 에단은 신바람이 나서 버스에서 내려 나를 향해 달려왔고 나는 에단이 기뻐 날뛰는 모습을 보고는 마음껏 짖으며 그의 옆에서 빙글빙글 돌았다. 우리는 첼시네 집으로 갔고 나는 마시멜로와 놀았으며 그날 집에 돌아온 맘도 즐거운 기색이었다. 그날부터 에단은 학교에 가지 않았다. 일찍 일어나서 대드와 함께 아침을 먹을 필요 없이 조용히 침대에 누워 있었다. 드디어 삶이 정상으로 돌아왔다!

나는 행복했다. 하루는 아주 오랫동안 차를 타고 갔는데 도착하니 '농장'이라는 곳이었다. 이곳에는 한 번도 만나 본 적 없는 동물들이 있었고 생전 처음 맡아 보는 냄새로 가득했다. 완전히 새로운 세상이었다.

차가 차고 앞으로 들어서자 크고 하얀 집에서 나이가 많아 보이는 사람 둘이 나왔다. 에단은 이 사람들을 '그랜드마Grandma'와 '그랜드파Grandpa'라고 불렀고 맘도 그랬다. 하지만 나중에 들어 보니 맘이 이 사람들을 맘과 대드라고 부르는 것 같았는데 그냥 맘이 실수했으려니 하고 잊어버렸다. 농장에는 할 일이 워낙 많아서 처음 며칠 동안은 에단과 함께 쉴 새 없이 뛰어다녔다. 덩치 큰 말을 발견하고 가까이 다가갔는데 녀석은 울타리 너머로 멍하니 나를 내려다보기만 할 뿐 함께 놀거나 무엇을 하고 싶은 생각은 없어 보였다. 심지어 울타리 밑으로 기어들어가 짖어 줬을 때도 아무 반응이 없었다.

농장에는 개울 대신 에단과 내가 헤엄을 칠 수 있을 만큼 크고 깊은 연못이 있었다. 연못 둑 위에는 오리 가족이 살고 있었는데 내가 가까이만 가면 물속으로 뛰어들어 달아나는 바람에 미칠 지경이 되어 짖어 댔다. 짖다 지쳐 그만둘라치면 엄마 오리가 다시 내 쪽으로 헤엄쳐 왔고 그럴 때마다 나는 다시 짖어 줬다. 나와 에단의 입장에서 보면 오리 가족은 집에 있는 스모키보다도 하찮은 존재였다.

대드는 며칠 후 떠났지만 맘은 여름 내내 농장에 함께 있었다. 맘은 행복해 보였다. 에단은 집 앞쪽의 포치*에서 잤고 나도 에단 바로 옆에서 잤는데 들어가서 자라고 말하는 사람조차 없었다. 그랜드파는 의자에 앉아 내 귀 뒤를 긁어 주는 것을 좋아했고 그랜드마는 늘 내게 슬쩍슬쩍 간식을 주었다. 이렇게 사랑받으며 지내니 너무 행복해서 몸이 들썩거릴 지경이었다.

마당이 없는 대신 확 트인 들판에 울타리가 쳐져 있었는데 이 울타리라는 것은 어디서든 내 마음대로 드나들 수 있게 생겨서 플라스틱 덮개가 없는, 세상에서 제일 큰 개구멍 같았다. 플레어라는 이름의 말은 울타리 안에서 온종일 풀만 뜯어 먹었는데 그렇게 먹어도 토하는 모습은 한 번도 본 적이 없었다. 플레어가 땅바닥에 싸 놓는 똥 더미에서는 정말 맛있는 냄새가 났지만 막상 먹어 보면 생각보다 마르고 밋밋해서 두어 번 먹고는 말았다.

집 근처를 다 둘러보았으니 울타리 건너편에 있는 숲 속을 탐험하거나 연못에 뛰어들어 놀거나 무엇이든 하고 싶은 것을 하면 그만이었지만 나는 주로 집에 붙어 있었다. 그랜드마는 매일 쉴 새 없이 맛있는 음식을 만들었고, 그 음식이 먹을 만한지 미리 맛보는 역할을 내게 맡겼기 때문이다. 나는 이 역할을 맡은 것이 기뻤다.

---

* 서구식 주택 구조물에서 현관 앞 쪽으로 베란다처럼 딸려 있는 곳.

에단은 나를 조각배 앞에 태운 채 배를 밀어 연못 한가운데로 나간 뒤, 물속에 벌레를 떨어뜨리고는 작은 고기를 끌어올리곤 했다. 내가 그 몸부림치는 물고기를 향해 짖으면 에단은 물고기를 다시 놓아주며 늘 이렇게 말했다.

"아직 너무 작아, 베일리. 하지만 언젠가는 큰 놈을 잡을 거야. 두고 봐."

내가 크게 실망한 순간도 있었는데, 그것은 농장에 검은 고양이가 산다는 사실을 발견한 때였다. 고양이는 외양간이라 불리는, 쓰러지기 일보 직전의 낡은 건물에 살고 있었다. 내가 외양간에나 한번 들어가 볼까 싶어 머리를 들이밀고 킁킁거리면 녀석은 늘 어둠 속에 몸을 웅크리고 앉은 채 나를 지켜보았다. 이 고양이는 나를 두려워하는 것 같았는데 스모키보다 훨씬 나은 이 녀석에 이르기까지 농장은 모든 점에서 집보다 더 좋았다.

어느 날, 나는 숲 속에서 우연히 이 검은 고양이를 발견하고는 신나게 쫓기 시작했는데 이상하게도 녀석은 뒤뚱거리며 느릿느릿 움직이고 있었다. 가까이 가서 보니 그 고양이가 아니었다. 검은 몸에 흰 세로줄이 나 있는 전혀 다른 동물이었다. 나는 반가운 마음에 짖기 시작했고 이 동물은 통통하고 검은 꼬리를 하늘 높이 치켜든 채 돌아서서 나를 엄숙한 표정으로 바라보았다. 녀석이 가만히 서 있었으므로 나는 이 동물이 나하고 놀고 싶어 한다고 생각하고는 앞발로 잡으려고 펄쩍 뛰었는데 정말 해괴하게도 꼬리는 여전히 치켜든 채로 나를 외면하는 것이었다. 다음 순간, 끔찍한 냄새가 내 코 주변을 둘러쌌고 눈과 입이 타는 듯 아팠다. 앞이 안 보여서 낑낑 비명을 지르며 물러섰는데 도대체 방금 무슨 일이 일어난 것인지 가늠할 수가 없었다.

"으악, 스컹크다!"

간신히 집으로 돌아가 들여보내 달라고 문을 긁자 그랜드파가 큰 소리로 외쳤다.

"이런, 베일리! 너 집에 들어오면 안 돼."

"베일리, 너 스컹크 만났어?"

맘이 방충 문 너머로 물었다.

"으, 틀림없구나."

나는 '스컹크'라는 단어를 몰랐지만 숲에서 뭔가 아주 이상한 일이 일어났다는 것은 알고 있었다. 그런데 집에서는 더 이상한 일이 이어졌다. 에단은 나를 보자마자 콧잔등을 잔뜩 찡그려 보이더니 나를 마당으로 데려가 온몸에 호스로 물을 뿌려 댔다. 에단이 내 머리를 잡고 있는 동안 그랜드마는 정원에서 딴 토마토를 한 바구니 짐수레에 싣고 오더니 내 온몸에 그 시큼한 즙을 뿌려 댔다. 그러자 내 몸이 온통 빨갛게 변했다.

이렇게 한다고 뭐가 얼마나 더 나아질지 모르던 판에, 에단이 '목욕'이라고 부르던 모욕적인 일까지 시키자 더욱 영문을 알 수 없게 되었다. 에단이 향내 나는 비누를 내 젖은 털에 대고 문지르는 바람에 내게서는 맘과 토마토의 중간쯤 되는 냄새가 났다.

내 평생 이렇게 처절하게 굴욕감을 느껴 보긴 처음이었다. 몸이 다 마르자 에단을 따라 포치로 들어갈 수 있었지만 에단은 나를 침대에까지는 올라오지 못하게 했다.

"휴, 너 냄새나, 베일리."

자존심 상하는 사건들이 이렇게 끝나고 나자 나는 방 안 가득 냄새가 진동하는 것을 참으며 바닥에 엎드려 잠을 청했다. 다음날 아침이 되자마자 연못으로 달려가 물가에 밀려온 죽은 물고기 위에서 뒹굴었지만 별 소용이 없었다. 여전히 내 몸에서는 향수 냄새 같은 것이 났다.

무슨 일이 일어났던 것인지 견딜 수 없이 궁금했던 나는 고양이 같이 생긴 그 동물을 찾아내 설명이라도 좀 들어보려고 다시 숲으로 갔다. 녀석의 냄새를 알았기 때문에 어렵지 않게 찾아내긴 했는데 내가 냄새를 맡기 시작하기가 무섭게 또 똑같은 일이 벌어졌다. 눈이 멀 것 같은 냄새가 다른 곳도 아닌 하필이면 녀석의 꽁무니에서 퍽 터져 나왔다!

이 오해를 어떻게 풀면 좋을지 몰랐지만 나를 끔찍하게 모욕한 녀석을 완전히 무시하는 것으로 앙갚음을 하는 것이 낫지 않을까 하는 생각이 들었다.

집으로 돌아와 어제와 똑같은 과정으로 물세례와 토마토 즙 세례를 받고 나자 이 생각이 확실히 굳어졌다. 나는 이제 영원히 이렇게 살아야 하는 건가? 매일 토마토 즙 벼락을 맞고 냄새가 코를 찌르는 비누를 온몸에 비벼 바르고 포치 외에는 집 안 출입 금지를 당하고? 그것도 그랜드마가 요리를 하고 있는데도?

"베일리, 어쩜 그렇게 멍청하니!"

에단이 마당에서 내게 비누칠을 하며 야단쳤다.

"멍청하다는 말은 쓰지 마라. 아주 나쁜 말이란다. 그러니까 음, 둔

하다고 말해. 내가 꼬마였을 때 무슨 잘못을 하면 우리 어머니가 항상 그렇게 말씀하셨단다."

그랜드마가 말했다.

에단은 단호한 표정으로 나를 바라보았다.

"베일리, 넌 둔한 개야. 둔한 개. 둔돌이라고."

그리고 에단은 웃음을 터뜨렸고 그랜드마도 웃었지만 나는 너무 비참해서 꼬리를 흔들 기분조차 나지 않았다.

다행히도 가족들은 내 몸에서 나는 냄새가 차츰 희미해지자 더 이상 나를 이상하게 대하지 않았고 함께 놀아 주었다. 에단은 가끔 나를 둔돌이라고 불렀지만 절대 화가 난 표정은 아니었다. 그저 내 이름 대신 그렇게 부르는 것이었다.

"낚시 갈까, 둔돌아?"

우리는 조각배를 탄 채 몇 시간이고 연못 위에 떠서 작은 고기를 잡아 올렸다.

여름이 끝날 무렵이라 평소보다 좀 추웠던 어느 날 우리는 또다시 배를 타고 나갔다. 에단은 목에 모자가 붙어 있는 셔츠를 입고 있었다. 갑자기 에단이 벌떡 일어났다.

"큰 걸 잡았어, 베일리! 큰 놈이야!"

나도 신이 나서 벌떡 일어나 짖어 댔다. 에단은 싱글벙글 웃으며 1분이 넘도록 낚싯대와 씨름을 했고 잠시 후 우리가 탄 배 바로 옆으로 고양이만 한 물고기가 수면을 향해 올라오는 모습이 보였다. 그 물고기를 보려고 에단과 내가 동시에 앞으로 몸을 기울이는 순간, 배가 흔들리더니 에단이 비명을 지르며 물에 빠지고 말았다!

나는 뱃전으로 펄쩍 뛰어 검푸른 물속을 내려다보았다. 에단이 물속으로 가라앉으면서 점점 흐릿해져 갔고 부글부글 올라오는 물거품에서 그의 냄새가 나긴 했지만 에단이 물 위로 올라올 기미는 보이지 않았다.

나는 망설이지 않았다. 나는 바로 물속으로 뛰어들었고 눈을 뜬 채 차갑고 어두운 물 밑에서 올라오고 있는 거품을 헤치며 기를 쓰고 아래로 내려갔다.

chapter 09

앞도 잘 보이지 않는 데다 물살이 귀를 눌러 필사적으로 발을 저어도 빨리 내려갈 수가 없었다. 내 앞에서 천천히 가라앉고 있는 에단이 느껴졌다. 나는 죽을힘을 다해 헤엄쳤고 결국 에단의 모습이 희미하게 보이기 시작했다. 마치 뿌연 어둠 속에서 처음으로 마더의 모습을 봤을 때와 비슷했다. 나는 입을 벌린 채 돌진했고 에단을 바로 머리 위까지 따라잡아 셔츠에 달린 모자를 물었다. 그리고 방향을 틀어 최대한 빨리 햇살이 스며들고 있는 밝은 수면을 향해 에단을 끌고 올라갔다.

우리는 함께 공기 속으로 튀어나왔다.

"베일리!"

에단이 웃으며 외쳤다.

"너, 나를 구하려고 했던 거야?"

에단이 팔을 뻗어 뱃전에 걸쳤다. 나는 에단의 몸을 타고 올라가려고 허우적댔다. 그래야 에단을 안전하게 배 위로 끌어올릴 수 있을 테니까 말이다. 에단은 여전히 웃고 있었다.

"베일리, 하지 마, 둔돌아! 그만해."

에단은 나를 밀쳐 냈고 나는 제자리를 한 바퀴 헤엄쳐 돌았다

"낚싯대를 찾아야 된단 말이야, 베일리. 아까 놓쳤거든. 난 괜찮아! 가. 난 괜찮으니까 어서!"

에단은 마치 그 방향으로 공을 던지는 것처럼 물가 쪽으로 손짓을 했다. 연못 밖으로 나가라는 말 같았다. 나는 시키는 대로 늘 보트를 매어 두는 모래밭을 향해 헤엄쳐 갔다.

"잘하고 있어, 베일리."

에단이 대견하다는 듯이 말했다.

잠시 후 연못 쪽을 되돌아보니 에단의 두 발만이 하늘을 향해 나와 있고 그마저도 눈 깜짝할 사이 물속으로 사라져 버렸다. 나는 낑낑 울면서 재빨리 몸을 돌려 에단이 사라진 곳으로 있는 힘을 다해 헤엄쳤고 또다시 물거품에서 나는 냄새를 따라 물속으로 들어갔다. 이번에는 배 위에서 뛰어내린 것이 아니어서 내려가기가 훨씬 더 힘들었다. 계속 바닥을 향해 내려가고 있자니 에단이 올라오고 있는 게 느껴졌고 나도 방향을 바꿨다.

"베일리!"

물 밖으로 나온 에단이 기쁨에 찬 목소리로 외쳤다. 그러고는 낚싯대를 배에 던져 넣었다.

"넌 정말 착한 개야, 베일리."

나는 에단이 배를 끌고 모래밭으로 가는 동안 그의 옆에서 나란히 헤엄쳤고, 그가 땅 위로 올라가 배를 끌어당기려고 몸을 숙이자 마음

이 놓여 그의 얼굴을 핥았다.

"너 정말 나를 구해 주려는 거였구나, 베일리."

나는 헐떡거리며 앉았고 에단은 내 머리를 쓰다듬어 주었다. 에단의 손길이 햇살만큼이나 따뜻했다.

다음날 에단은 그랜드파와 함께 선창*으로 갔다. 전날보다 더 더웠고 나는 앞서서 달려가며 오리 가족을 그들의 원래 자리인 연못 한가운데로 쫓아 보냈다. 에단은 모자가 달린 또 다른 셔츠를 입고 있었다. 우리 셋은 선창 끝에 서서 초록빛 물을 내려다보았다. 우리가 뭘 들여다보는지 궁금했던 모양인지 오리들이 다가왔는데 나는 다 아는 척을 하고 서 있었다.

"보세요, 그랜드파. 베일리도 다이빙 할 거예요. 틀림없다니까요."

에단이 말했다.

"보기 전엔 못 믿겠구나."

그랜드파가 대답했다.

우리는 선창과 땅이 만나는 곳으로 되돌아왔다. 그랜드파가 내 목줄을 꽉 잡은 채 외쳤다.

"가!"

에단이 달리기 시작했고 몇 초 후 그랜드파가 목줄을 놓아 주었기 때문에 나도 쫓아갔다. 선창 끝까지 달려간 에단은 커다란 물보라를 일으키며 풍덩 하고 물속으로 떨어졌고 오리들은 에단이 일으킨 물결

---

* 물가에 다리처럼 만들어 배가 닿을 수 있게 한 곳.

위에서 오르락내리락거리며 서로 투덜댔다. 선창 끝까지 달려간 나는 멈춰 서서 한 번 짖고는 그랜드파를 돌아보았다.

"가서 데려와, 베일리!"

그랜드파가 재촉하듯 말했다.

평소 그랜드파가 늙고 움직임도 느리다는 건 알고 있었지만, 이런 일이 벌어졌는데도 아무것도 하지 않을 정도로 바보라는 사실을 믿을 수가 없었다. 나는 좀 더 짖었다.

"가라니까!"

그랜드파가 말했다.

그 말을 알아들은 나는 도무지 믿을 수가 없어서 그랜드파를 바라보았다. 이 집 식구들 일은 전부 다 내가 해결해야 하나? 나는 한 번 더 짖은 뒤 선창 끝에서 몸을 날려 물속으로 뛰어들었고 연못 바닥으로 헤엄쳐 내려갔다. 거기에 에단이 꼼짝 않고 누워 있는 것을 느낄 수 있었다. 나는 에단의 셔츠에 달린 모자를 입에 물고 위로 올라갔다.

"보셨죠? 베일리가 절 구했다고요."

나와 함께 수면 위로 나오자마자 에단이 외쳤다.

"잘했어, 베일리! 정말 착하구나! "

그랜드파와 에단이 함께 외쳤다.

칭찬을 받자 나는 너무 신이 난 나머지 물속에 있는 오리들을 쫓아갔고 녀석들은 멍청하게 꽥꽥대면서 도망쳤다. 내가 워낙 바짝 다가가는 바람에 꼬리 깃털 몇 개가 뽑힐 지경이 되자 두어 마리가 날개를 퍼덕이며 잠깐 날아올랐다. 내가 보기에 이건 내가 승리했다는 의

미였다. 오후 내내 우리는 '구해줘' 놀이를 하며 시간을 보냈다. 놀이가 거듭되는 동안 에단이 혼자 힘으로 연못 아래에서 올라올 수 있다는 것을 알게 되자 걱정스러운 마음은 차차 사라졌지만, 수면 위로 끌고 나올 때마다 에단이 너무 좋아하는 바람에 나는 매번 그를 따라 물속으로 들어갔다. 결국 오리들은 아예 밖으로 나가 영문도 모른 채 물가에 앉아서 우리를 지켜보았다. 다른 새들처럼 나무 위로 날아 올라가면 될 텐데 왜 저러고 있는지 도통 알 수가 없었다.

나는 정말 농장을 떠나고 싶지 않았지만 며칠 후 대드가 오고 맘이 이 방 저 방 다니며 서랍을 열고 물건을 꺼내기 시작하자 떠날 때가 왔다는 느낌이 들었고, 나만 여기 버려두고 갈까 봐 걱정이 돼서 이리저리 서성댔다.

"차에 타. 가자!"

결국 에단이 이렇게 외치고 나서야 차에 올라타 머리를 창밖으로 내밀었다. 말, 플레어가 나를 바라보고 있었는데 내가 너무 부러워서 그러는 것 같았다. 그랜드파와 그랜드마는 차가 출발하기 전에 나를 한 번씩 안아 주었다.

우리는 집으로 돌아왔고 나는 동네 아이들과 개들을 다시 만나 기뻤다. 스모키는 빼고 말이다. 우리는 이런저런 놀이를 했다. 공을 쫓기도 하고 마시멜로와 씨름도 하고 노느라 너무 바빠서 깜빡 잊고 있었던 것이 있었다. 며칠 후 다들 아침 일찍 일어나더니 나를 사정없이 차고로 밀어넣었다. 그 즉시 개구멍으로 뛰어나간 나는 맘과 에단이 떠나는 모습을 보았다. 에단은 다른 아이들과 함께 그 똑같은 노란 버스를 탔다.

글쎄, 이건 참을 수 없는 일이었다. 나는 한동안 짖었다. 그러자 몇 집 건너에서 마시멜로도 짖기 시작했다. 우리는 서로를 향해 짖었지만 그렇다고 마음이 풀리지는 않았다. 나는 우울한 기분으로 차고로 돌아와 개집 안을 쓸데없이 킁킁거렸다. 차고 안에서 제일 폭신한 곳이기는 하지만 그곳에서 하루를 보내지는 않으리라 마음먹었다.

문 아래로 스모키의 발이 보였다. 나는 코를 문틈에 가져다 대고는 녀석의 냄새를 들이마셨고 실망감에 한숨을 내쉬었다. 녀석은 나를 전혀 불쌍하게 여기는 것 같지 않았다.

나는 이제 덩치가 커졌기 때문에 문 손잡이에 쉽게 입이 닿았다. 혼자 힘으로 내 처지를 벗어날 수 있을 것 같았다. 나는 앞발을 문에 걸치고 일어나 손잡이를 입에 물고 비틀었다.

소용없었다. 하지만 나는 계속 비틀어 댔고 결국 딸각 하고 작은 소리가 나더니 문이 열렸다!

문 반대쪽에서 아마도 날 비웃고 있었을 스모키는 나와 눈이 마주치자 더 이상 웃을 수 없어진 게 분명했다. 눈동자가 새카맣게 커지더니 몸을 돌려 달아나기 시작했다. 나는 방향을 바꿀 때마다 미끄러져 가면서 녀석을 쫓아갔다. 스모키는 조리대로 뛰어올랐고 나는 녀석을 향해 짖었다.

집 안은 차고보다 훨씬 좋았다. 전날 밤, 길고 납작한 상자에 담긴 채 대문 앞에 도착했던 피자가 여전히 조리대에 놓여 있었고 이걸 끌어내리는 것은 식은 죽 먹기였다. 나는 바닥에 엎드려 향이 덜한 부분은 찢어 낸 뒤 골판지에 붙은 맛있는 부분만 골라 먹었고 스모키는 역겨운 척하며 내 모습을 지켜보았다. 그리고 스모키의 먹이가 담긴 깡통도 깨끗이 핥아 비웠다.

보통 가족들은 나를 소파에서 못 자게 했지만 집 안에 혼자 있는 지금은 상황이 완전히 달랐다. 그런 규칙을 지켜야 할 이유가 전혀 없었다. 나는 푹신한 쿠션에 머리를 묻은 채 등에 따뜻한 햇살을 맞으며 달콤한 낮잠에 빠져들었다.

잠시 후 해가 움직여 내 몸 위로 햇빛이 쏟아지자 나는 끙 하고 자세를 바꿨다.

얼마 지나지 않아 부엌 찬장 문이 열리는 소리에 잠이 깬 나는 무슨 일인가 싶어 잽싸게 그쪽으로 뛰어갔다. 조리대 위로 올라간 스모키가 앞발로 찬장 문을 열었는데 녀석 주제에는 아주 큰 모험인 게 분명했다. 나는 놈에게 시선을 고정한 채 녀석이 찬장 안으로 들어가 맛있는 먹을 것에 코를 대고 킁킁거리는 모습을 지켜보았다. 스모키는 뭔가를 가늠하듯 나를 내려다보았다.

잠시 내 꼬리 밑 부분을 깨물어 대고 있다가 고개를 들어보니 스모키가 앞발로 봉지 하나를 툭툭 치고 있었다. 한 번, 두 번, 세 번을 치니 봉지가 쓰러지더니 찬장에서 빠져나와 바닥으로 떨어졌다! 나는 스모키가 내려와 먹기 전에 얼른 비닐봉지를 찢어 짭짤하고 바삭거리는 것들을 허겁지겁 먹어 치웠다. 무표정한 얼굴로 나를 내려다보던 스모키는 이번에는 달콤하고 말랑말랑한 빵이 든 봉지를 떨어뜨렸다.

그 순간 내가 지금껏 스모키를 오해하고 있었다는 생각이 들었다. 그리고 좀 전에 녀석의 먹이 깡통을 먹어 치운 게 미안해졌다. 하지만 먹이를 그 자리에서 다 먹어 치우지 않은 것은 녀석의 잘못이었다. 먹다 놔둬도 그대로 있으리라고 생각하다니.

나는 내 힘으로 찬장을 열 수는 없었다. 그것은 과학적으로 불가능했다. 하지만 조리대 위에 있던 빵 한 덩이를 잡아채 바닥으로 떨어뜨리는 건 가능했다. 나는 포장지를 조심스럽게 벗긴 뒤 빵을 먹어 치웠고 포장지는 포장지대로 씹었다. 부엌에 있는 쓰레기통은 뚜껑이 없었기 때문에 쉽게 뒤질 수 있었지만 몇 가지는 먹을 수가 없었다. 이를테면 시험 삼아 핥았다가 혀를 뒤덮어 버린 쓰고 검은 모래 알갱이, 달걀 껍질, 비닐봉지 같은 것들이었다. 어쨌든 비닐봉지는 씹었다.

버스가 올 때쯤 나는 밖에 나가서 기다리고 있었지만 첼시와 토드가 다 내렸는데도 에단은 보이지 않았다. 이건 에단이 맘의 차를 타고 온다는 뜻이었다. 나는 다시 집으로 들어가 맘의 옷장에서 구두 몇 짝을 끄집어냈는데 그렇게 많이 물어뜯지는 않았다. 아까 스모키가 준 음식으로 배를 가득 채워서 몸이 상당히 나른했기 때문이었다. 나는 거실에 서서 더 이상은 햇살이 들지 않는 소파에 누울까 아니면 햇살 한 조각이 아직도 떨어지고 있는 카펫 위에 누울까 생각하고 있었다. 결정하기 어려웠다. 결국 나는 고민 끝에 햇빛이 있는 쪽에 엎드리는 것을 택했지만 옳은 결정인지 확신이 없어 어정쩡한 자세로 엎드려 있었다.

맘의 차 문이 닫히는 소리가 들리자 나는 쏜살같이 집에서 튀어나와 차고로 간 뒤 다시 개구멍을 빠져나가 울타리를 딛고 선 채 꼬리를 흔들었다. 아무도 눈치채지 못할 게 틀림없었다! 에단은 곧장 나를 향해 달려와서는 마당에서 나와 놀았고 맘은 또각또각 구두 굽 소리를 내며 걸어갔다.

"보고 싶었어, 베일리! 오늘 재미있게 놀았어?"

에단이 내 턱 밑을 긁으며 물었다. 우리는 사랑이 넘치는 시선으로 서로를 바라보았다.

"에단! 베일리가 한 짓 좀 봐!"

맘이 무서운 목소리로 내 이름을 말하자 나는 귀를 축 늘어뜨렸다. 어찌된 일인지 스모키와 내가 한 짓이 발각된 모양이었다.

우리는 집으로 들어갔고 나는 혹시 용서해 줄까 싶어서 있는 힘껏 꼬리를 흔들며 맘에게 다가갔다. 맘은 손에 갈기갈기 찢어진 비닐봉지를 들고 있었다.

"차고에서 집으로 들어오는 문이 열려 있었어. 베일리가 해 놓은 짓 좀 봐."

맘이 말했다.

"베일리, 넌 나쁜 개야, 나쁜 개라고."

에단의 말에 나는 고개를 떨어뜨렸다. 원흉은 스모키 녀석인데 맘은 나한테 화가 나 있었다. 에단도 그랬는데 바닥에 떨어진 비닐 조각을 집어 올릴 때는 특히 더 그런 것 같았다.

"도대체 조리대 위에는 어떻게 올라갔을까? 틀림없이 점프했을 거야."

맘이 말했다.

"넌 정말 나쁜 개야, 아주 아주 나쁜 개라고."

에단이 다시 한 번 말했다.

스모키가 걸어 들어오더니 느긋하게 조리대 위로 뛰어올랐다. 나는 시무룩한 표정으로 녀석을 바라보았다. 스모키가 나쁜 고양이, 아주 아주 나쁜 고양이인데.

놀랍게도 이 모든 일을 선동한 스모키에게는 아무도 뭐라고 하지 않았다. 오히려 맘과 에단은 녀석에게 깡통 하나를 새로 따서 주기까지 했다! 나도 개 비스킷 하나쯤은 얻어먹을 수 있으리라는 생각에 바닥에 앉아 있었지만 둘 다 나에게 잔뜩 화가 난 시선을 보낼 뿐이었다. 맘은 대걸레로 바닥을 닦았고 에단은 쓰레기봉투를 가지고 차고로 나갔다.

"베일리, 너 정말 나빴어."

에단이 다시 나에게 속삭였다.

다들 이 상황을 받아들이기가 나보다 더 힘든 것 같았다.

여전히 부엌에 있는데 안방 쪽에서 맘의 날카로운 비명 소리가 들렸다.

"베일리이!"

맘이 구두를 본 모양이었다.

chapter 10

그로부터 한두 해 동안, 아이들이 다 함께 모여 놀 때면 토드가 종종 따돌림을 당한다는 느낌이 들었다. 토드가 근처에 나타나면 아이들이 거북해하기 시작했는데, 그 반응이 얼마나 분명한지 마시멜로와 나는 마치 아이들 중 하나가 악이라도 쓴 것처럼 금방 알아챌 수 있었다. 여자아이들은 토드에게 등을 돌렸고 남자아이들은 토드를 놀이에 끼워 주기는 했지만 마지못해 그렇게 한다는 것이 훤히 보였다. 에단도 토드의 집에 다시는 가지 않았다.

토드의 형인 드레이크는 거의 밖으로 나오지 않았고 그저 가끔 차를 몰고 외출을 했다. 하지만 곧 자전거 타기를 배운 린다는 거의 매일 자전거를 타고 나와 또래 여자아이들과 어울렸다. 에단의 생각을 눈치챈 나는 다시는 토드 근처에 가까이 가지 않았다.

어느 눈 내리는 밤, 잠자리에 들기 전 뒷마당에서 볼일을 보고 있는데 울타리 건너편에서 토드의 냄새가 실려 왔다. 나는 나무 사이에 서 있는 토드를 향해 경고 삼아 한 번 짖어 주었는데, 토드가 돌아서서 도망치는 소리가 들리자 아주 기분이 좋았다.

나는 학교라는 것을 좋아하지 않았는데, 에단이 거의 매일 아침마다 나를 혼자 두고 나갔기 때문이다. 하지만 여름이 오면 맘과 에단은 더 이상 학교에 매달리지 않았고 농장으로 가 그랜드마와 그랜드파와 살 수 있어서 좋았다.

농장에 도착하기가 무섭게 나는 부리나케 차에서 튀어나와 지난번과 달라진 점은 무엇이고 또 같은 점은 무엇인지를 확인했고, 내 영역을 표시하고, 말, 플레어와 외양간에 사는 속을 알 수 없는 검은 고양이, 그리고 생각 없이 또 새끼 한 무리를 낳아 놓은 오리들과 인사를 나누었다. 숲에 갈 때면 스컹크의 냄새도 자주 날아왔다. 지난번 언짢은 일이 아직도 기억에 남아 있는지라 스컹크는 쫓지 않기로 했다. 나하고 놀고 싶으면 스컹크가 찾아오겠지.

어느 여름 밤, 잘 시간이 훨씬 지났는데도 온 가족이 거실에 모여 앉아 있었다. 다들 들떠 있었는데 맘과 그랜드마는 조금 두려워하고 있는 것 같았다. 그러다 갑자기 모두 기쁨에 넘쳐 소리를 질러 댔고 그랜드파는 눈물을 흘렸으며 나도 이런 분위기에 휩쓸려 짖어 댔다. 뭐가 어떻게 돌아가는 건지 모를 상황이 자주 벌어지는 지금의 삶이 과거의 생보다 훨씬 풍요로운데도 '마당'이 그리울 때가 자주 있을 정도로 나도 감정이 복잡하지만, 사람은 개보다도 훨씬 더 복잡한 존재인데다 감정도 다양한 것 같았다.

에단이 나를 밖으로 데리고 나가더니 밤하늘을 올려다보았다.

"지금 저 달에 사람이 있어, 베일리. 저기 달 보이지? 언젠가 나도 달에 갈 거야."

에단의 얼굴에 워낙 기쁨이 넘쳤기 때문에 나는 얼른 달려가 막대기를 하나 물어 왔고 던져 달라고 에단에게 주었다. 그가 웃었다.

"걱정 마, 베일리. 달에 갈 때는 너도 데려갈 테니까."

가끔 그랜드파는 차를 타고 시내에 나가곤 했는데 나와 에단을 데리고 가기도 했다. 얼마 지나지 않아 나는 농장과 시내 사이의 '냄새 지도'를 완성했다. 먼저 멍청한 오리 냄새, 썩어 가는 생선에서 나는 맛있는 냄새가 촉촉한 공기에 실려 왔고 몇 분쯤 더 가면 엄청난 악취가 차 안을 가득 채웠다.

"어휴, 냄새!"

에단이 종종 말했다.

"염소 목장에서 나는 냄새란다."

그랜드파는 항상 이렇게 대답했다.

열린 창문 밖으로 머리를 내민 채 나는 이 근사한 냄새를 날려 보내는 염소 떼를 바라보다가 한바탕 짖곤 했다. 그런데도 워낙 멍청한 염소들은 겁을 먹거나 도망치지도 않았고 그저 그 자리에 서서 플레어처럼 나를 멍하니 바라보기만 했다.

염소 목장을 지나 조금만 더 가면 나무다리 위를 지나느라 차가 마구 덜컹거렸는데 그때마다 나는 꼬리를 흔들었다. 나는 차를 타고 시내에 나가는 것이 너무 좋았는데 이 다리를 건넌다는 것은 거의 다 왔다는 뜻이었기 때문이다.

시내에 나오면 그랜드파는 어떤 집에 들어가 의자에 앉아 있기를 좋아했는데 거기 있는 남자는 그랜드파의 머리카락을 가지고 놀았다. 지루해진 에단은 나를 데리고 나가 여기저기 진열장을 들여다보며 길거리를 왔다 갔다 했고, 나는 다른 개들을 만날 생각에 기대에 차 있었다. 이거야말로 애초에 우리가 시내까지 나온 목적이 아니던가? 공원은 개들의 천국이었는데 이곳의 넓은 풀밭에는 사람들이 담요를 펴고 앉아 있었다. 연못도 있었지만 에단은 내가 거기서 헤엄치지 못하도록 했다.

시내에서는 어딜 가도 염소 목장 냄새를 맡을 수 있었다. 누가 나더러 집에 가는 길을 찾으라고 한다면 코를 치켜들고 그 냄새가 가장 강하게 날아오는 방향으로 가면 된다. 그쪽이 집으로 가는 길이 틀림없으니까 말이다.

하루는 그 공원에 갔는데 에단보다 좀 더 나이 많은 아이가 플라스틱 장난감을 멀리 던지고는 개에게 물어 오게 하는 놀이를 즐기고 있었다. 그 개는 검고 땅딸막한 암컷이었는데 놀이에 완전히 몰입해 있었다. 내가 종종걸음으로 다가갔지만 그 암컷은 나를 무시한 채 밝은 색 얇은 원반 모양의 플라스틱 장난감에만 시선을 고정했다. 소년의 손을 떠난 원반이 높이 솟아오르자 개는 달려가다가 껑충 뛰어 원반이 땅에 닿기도 전에 입으로 낚아챘다. 아주 인상적인 재주였다.

"저거 어때, 베일리? 너도 해 보고 싶니?"

에단이 물었다.

다리 짧은 개가 플라스틱 원반을 잡아채는 광경을 지켜보던 에단의 눈이 반짝였다. 집으로 돌아오자마자 에단은 방으로 들어가 자기가 '플립'이라고 이름 붙인 물건을 만드는 데 열중했다.

"부메랑, 프리스비, 야구공 간의 잡종 같은 거예요."

에단이 그랜드파에게 설명했다.

"공 무게가 있기 때문에 두 배나 더 멀리 날아가요. 보실래요?"

멀쩡한 미식축구공을 자른 뒤 그랜드마에게 여기저기 꿰매 달라고 해서 만든 그 물건에 나는 코를 대고 킁킁거렸다.

"가자, 베일리!"

에단이 소리쳤다.

우리는 밖으로 뛰어나갔다.

"이런 걸 발명하면 돈을 얼마나 벌까요?"

에단이 그랜드파에게 물었다.

"일단 날려 보기나 하자꾸나."

그랜드파가 말했다.

"좋아! 준비됐어, 베일리? 준비됐지?"

그 말이 이제 곧 무슨 일이 일어난다는 것을 의미한다는 것을 아는 나는 정신을 바짝 차리고 서 있었다. 에단은 팔 하나를 뒤로 빼더니 플립을 공중으로 힘껏 던졌다. 하지만 플립은 얼마 날지도 못하고 마치 뭔가에 부딪힌 듯 툭 떨어져 버렸다. 나는 날쌔게 포치에서 뛰어나가 떨어진 플립에 대고 코를 킁킁거렸다.

"가져와, 베일리!"

에단이 외쳤다.

나는 조심스럽게 플립을 물어 올렸다. 공원에서 다리 짧은 개가 멋지게 날아가는 원반을 쫓아가던 모습이 떠오르자 부러워서 배가 아플 지경이었다. 나는 플립을 에단이 서 있는 곳에 갖다 놓았다.

"바람을 못 타는구나. 공기 저항이 너무 심해."

그랜드파가 말했다.

“제대로 던지기만 하면 될 거예요.”

에단이 말했다.

그랜드파는 안으로 들어갔고 그때부터 한 시간 동안 에단은 포치에서 마당으로 플립을 던졌으며 나는 그것을 가져왔다. 에단의 마음 속에 실망감이 커져 가고 있다는 것을 눈치챈 나는 에단이 한 번 더 플립을 던지자 플립 대신 막대기 하나를 물어다 주었다.

“그게 아니야, 베일리.”

에단이 슬픈 듯 말했다.

“플립. 플립을 가져와.”

나는 한번 던져 보라고 꼬리를 흔들며 짖었다. 에단에게 막대기 던지기가 훨씬 더 재미있다는 것을 알려 주고 싶었다.

“베일리! 플립!”

그 순간 누군가가 에단에게 인사를 했다.

“안녕.”

에단 또래의 소녀였다. 나는 얼른 꼬리를 흔들며 종종걸음으로 소녀에게 다가갔고 소녀는 내 머리를 쓰다듬어 주었다. 소녀의 한쪽 팔에는 맛있는 냄새가 나는 빵이 든 뚜껑 달린 바구니가 들려 있었는데 나는 온통 거기에 정신이 팔렸다. 나는 소녀가 바구니에서 뭔가를 꺼내 주고 싶은 마음이 들도록 최대한 귀여운 모습으로 앉아 있었다.

“아가씬 이름이 뭐지?”

소녀가 나에게 물었다.

“수컷이야. 이름은 베일리고.”

에단이 대답했다.

나는 에단의 얼굴을 올려다보았다. 내 이름을 말할 때 에단의 행동이 좀 이상했기 때문이었다. 에단은 소녀를 쳐다보면서 반 발짝쯤 뒤로 물러섰는데 두려워할 때와 비슷하긴 했지만 조금 달랐다. 나는 다시 소녀 쪽을 봤다. 바구니에서 흘러나오는 달콤한 비스킷 냄새 때문에 나는 그녀가 정말 마음에 들었다.

"나는 저 길 아래쪽에 살아. 엄마가 브라우니를 좀 만드셨는데 너희 집에 가져다주라고 하셨어."

소녀가 자기가 타고 온 자전거를 가리키며 말했다.

"아."

에단이 말했다.

나는 계속 빵 바구니에 시선을 고정했다.

"그래서 말인데……."

소녀가 말했다.

"그랜드마를 모셔 올게."

에단이 말했다.

에단이 돌아서서 집으로 들어갔지만 나는 간식을 가진 소녀 옆에 있기로 했다.

"반가워, 베일리. 너 착한 개니? 착한 것 같구나."

소녀가 말했다.

착하다고 하니 좋았지만 간식을 얻어먹는 것만큼 좋지는 않았다. 잠시 후 바구니를 코로 쿡 찔러 소녀에게 지금 제일 급한 일이 무엇인지를 일깨워 주었지만 소용없었다. 소녀의 머리카락은 밝은 색이었는데 그녀는 에단이 돌아오기를 기다리며 계속 머리카락을 쓸어내리고 있었다. 간식을 애타게 기다리고 있는 쫄쫄 굶은 불쌍한 개 말고는 주변에 걱정거리라곤 하나도 없는데 소녀는 아주 조금 두려워하고 있는 것 같았다.

"한나Hannah!"

그랜드마가 집에서 나오면서 그녀를 반갑게 맞았다.

"어서 오너라."

"안녕하세요, 모건 부인."

"어서 들어오렴, 어서. 어쩐 일로 왔니?"

"엄마가 브라우니를 좀 만드셨어요."

"어머나, 너무 맛있어 보이는구나. 참, 에단. 아마 기억 못 하겠지만 너희들 아기였을 때 같이 잘 놀았었단다. 한나가 너보다 한 살쯤 어리지 아마?"

"기억 안 나요."

에단이 양탄자를 발로 차며 말했다. 에단의 행동이 여전히 이상했지만 어쨌든 나는 그랜드마가 탁자 위에 올려놓은 내 간식 바구니를 지켜야 한다는 사명감에 불탔다. 책을 들고 의자에 앉아 있던 그랜드파가 안경 너머로 바구니를 쳐다보고는 손을 뻗었다.

"곧 저녁 먹을 건데, 입맛 없어져요."

그랜드마가 그랜드파에게 위협하듯 말했다.

그랜드파는 얼른 손을 거뒀고 우리 둘은 슬픈 눈빛을 주고받았다.

그 뒤로 한참 동안 바구니는 그대로 있었다. 한나는 그랜드마와 주로 이야기를 했고, 에단은 주머니에 손을 찌른 채 서 있었다. 한나는 소파에 앉아 에단 쪽을 보지 않았다. 마침내 에단이 한나에게 플립을 보겠느냐고 물었고 플립이라는 끔찍한 소리에 나는 고개를 휙 쳐들고는 믿을 수 없다는 눈으로 에단을 바라보았다. 플립은 이제 완전히 끝났다고 생각했는데 말이다.

우리 셋은 마당으로 나갔다. 에단이 한나에게 플립을 보여 준 뒤 공중으로 던졌지만 플립은 여전히 죽은 새처럼 땅으로 툭 떨어졌다.

"모양을 좀 바꿔야겠어."

에단이 말했다.

나는 플립이 떨어진 곳까지 걸어가긴 했지만 에단이 이 창피한 놀이를 제발 그만뒀으면 하는 생각에서 물어 올리진 않고 가만히 서 있었다.

한나는 연못에 가서 멍청한 오리도 구경하고, 플레어의 코도 어루만져 주고, 에단과 번갈아 가며 두어 번 플립을 던져 보기도 하면서 잠깐 우리와 함께 시간을 보냈다. 그러고 난 뒤 한나는 자전거를 타고 집으로 향했고 나도 그녀 옆을 종종걸음으로 따라갔지만 에단이 휘파람을 불자마자 전속력으로 되돌아왔다.

왠지 한나를 다시 만나리라는 생각이 들었다.

어느 날, 학교 때문에 집으로 돌아가기엔 아직 이른 때인데 맘이 차에 짐을 실었다. 에단과 나는 차 옆에 서 있었고 그랜드마와 그랜드파가 차에 탔다.

"내가 길을 알려 줄게."

그랜드파가 말했다.

"도시 경계선 넘어가기도 전에 잠드실 거면서."

그랜드마가 대꾸했다.

"자, 에단, 너 이제 다 컸지? 얌전히 있고 무슨 일이 있으면 전화해, 알았지?"

에단은 자기를 꼭 끌어안는 맘의 품에서 빠져나가려고 몸을 비틀며 대답했다.

"알았어요."

"이틀이면 돌아올 거야. 필요한 게 있으면 옆집 헌틀리 아저씨에게 부탁하고. 캐서롤*을 만들어 놨으니 챙겨 먹어."

"네, 알았다니까요."

에단이 말했다.

"베일리, 에단을 잘 부탁해, 알았지?"

나는 알아듣지도 못하면서 그저 신이 나서 꼬리를 흔들었다. 다 같이 차 타고 어디 가는 건가?

"내가 에단만 할 때는 늘 혼자 있었어. 좋은 경험이 될 거야."

그랜드파가 말했다.

맘이 걱정하고 망설이는 게 느껴졌지만 결국 맘은 운전석에 앉았다.

"사랑해, 에단."

맘이 말했다.

에단이 흙을 걷어차며 뭐라고 웅얼거렸다. 차는 도로를 빠져나갔고 에단과 나는 엄숙한 표정으로 차가 사라지는 모습을 바라보았다.

"들어가자, 베일리!"

---

* 냄비째 먹는 찜 요리.

차가 시야에서 사라지자 에단이 외쳤다.

우리는 집으로 뛰어들어갔다. 갑자기 모든 일이 더 신나졌다. 에단은 점심을 차려 먹더니 나더러 접시를 핥으라고 바닥에 내려놓았다. 에단은 외양간으로 간 뒤 내가 짖고 있는 사이 서까래로 기어 올라갔고 에단이 건초 더미 위로 뛰어내렸을 때는 그를 덮치기도 했다. 구석에 있는 시커먼 그림자는 고양이 녀석이 처음부터 우리를 보고 있다는 사실을 말해 줬는데 내가 재빠르게 다가가자 녀석은 슬그머니 모습을 감췄다.

에단이 총을 보관하는 캐비닛을 여는 모습을 보니 불안해졌다. 그랜드파와 함께가 아니라면 절대로 안 하던 일이었는데 말이다. 총을 보니 불안했다. 토드가 던진 폭죽이 바로 내 옆에서 터지는 바람에 살에 뭔가가 부딪쳤던 기억이 떠올랐기 때문이다. 하지만 에단은 너무 들떠 있었고 나는 그저 에단의 발 근처를 껑충거리며 뛰어다닐 수밖에 없었다. 에단이 깡통 몇 개를 울타리에 올려놓은 뒤 총을 쏘자 깡통이 날아갔다. 나는 총에서 나는 요란한 탕 소리와 깡통이 어떤 관계인지 정확히 이해할 수 없었지만 어쨌든 둘 사이에 뭔가가 있다는 것을 알았고, 에단의 반응으로 보아 무지무지하게 재미있는 일 같았다. 코를 힝힝거리던 플레어는 이 야단법석에 휩쓸리지 않겠다는 듯 저 멀리 마당 끝으로 도망갔다.

총을 다 쏘고 나자 에단은 저녁으로 국물이 뚝뚝 떨어지는 닭고기를 데웠다. 우리는 함께 거실에 앉았고 에단은 텔레비전을 켠 뒤 접시를 무릎 위에 놓고 먹으면서 내게 껍질을 던져 주었다. 이런 재미도 있구나 싶었다. 그 순간은 맘이 집에 돌아오든지 말든지 상관이 없었다.

에단이 바닥에 내려놓은 접시를 깨끗이 핥은 나는 새로운 규칙을 실험해 보기로 결심했다. 나는 평소처럼 '내려와!'라는 명령이 떨어지지 않을까 슬금슬금 눈치를 보며 그랜드파의 푹신한 의자 위로 기어올라갔다. 에단은 텔레비전에서 시선을 떼지 않았고 나는 한숨 자려고 몸을 동그랗게 말고 엎드렸다. 비몽사몽간에 전화벨 소리가 들렸고 에단이 '침대'라고 말하는 게 들렸지만 전화를 끊은 뒤에도 에단은 침대로 가지 않고 텔레비전 앞으로 돌아갔다.

깊은 잠에 빠져 있던 나는 갑자기 뭔가 이상한 느낌이 들어 벌떡 일어났다. 에단이 고개를 들고 잔뜩 긴장해 꼿꼿이 앉아 있었다.

"방금 그 소리 들었어?"

에단이 속삭였다.

에단의 목소리에서 느껴지는 다급함이 이제 그만 일어나라는 뜻인지 아닌지 고민하던 나는 일단은 안심시켜 줄 필요가 있겠다 싶어 다시 부드러운 쿠션에 머리를 파묻었다. 그때 집 안쪽에서 작지만 탁 하는 소리가 들렸다.

"베일리!"

에단이 낮은 목소리로 외쳤다.

흠, 좀 심상치가 않았다. 나는 의자에서 뛰어내려 다리를 앞뒤로 쭉 뻗어 기지개를 켠 후 기대감에 찬 시선으로 에단을 바라보았다. 에단이 손을 뻗어 내 머리를 만지자 그의 두려움이 피부를 타고 내게도 전해졌다.

"누구세요? 누가 왔어요?"

에단이 외쳤다.

에단은 얼어붙었고 나도 온몸에 힘이 들어갔다. 무슨 일이 일어나고 있는 건지는 알 수 없었지만 뭔가 위험한 것이 있는 게 분명했다. 또다시 탁 소리가 나자 에단이 기겁을 했고 겁에 질린 에단을 보자 나는 그게 무엇이든, 누구든 간에 맞서야겠다고 결심했다. 내 등에 털이 곤두서는 게 느껴졌다. 나는 경고 삼아 나지막하게 으르렁거리는 소리를 냈다. 내가 으르렁거리자 에단은 발소리를 죽여 방을 가로질러 갔다. 나도 계속 긴장한 채 소리 없이 그의 뒤를 따랐다. 에단은 그날 두 번째로 총이 든 캐비닛을 열었다.

chapter 11

에단은 떨리는 손으로 그랜드파의 총을 든 채 살금살금 계단을 올라가 복도를 지나 맘의 침실로 들어갔다. 나는 에단을 바짝 붙어 따라갔다. 에단은 맘의 욕실과 침대 밑을 확인하더니 옷장 문을 휙 잡아 열며 이렇게 외쳤다.

"야!"

그 바람에 나는 기절초풍을 했다. 우리는 이 탐험을 에단의 방, 그랜드마와 그랜드파의 방, 그리고 밤에 그랜드파가 요란하게 드르렁드르렁 하는 소리를 낼 때마다 그랜드마가 자러 가는, 소파가 있는 작은 방에서도 반복했다. 차를 타고 떠나기 전 그랜드마는 이 방에서 에단이 해 달라는 대로 플립에 대고 바느질을 했다. 식구들은 이 방을 바느질방이라고 불렀다.

에단은 그랜드파의 총을 앞으로 겨눈 채 온 집 안을 돌아다니며 손잡이란 손잡이는 다 흔들어 보고 창문이란 창문도 다 확인했다. 다시 거실로 돌아왔을 때 나는 혹시 잘 수 있을까 싶어 그랜드파의 의자를 바라보았지만 에단은 여전히 탐험을 계속하고 싶어 하는 눈치였다. 나는 한숨을 내쉬고는 샤워 커튼을 탐사하러 가는 에단의 뒤를 따라갔다.

마지막으로 다시 우리는 맘의 방으로 돌아갔다. 에단은 문을 잠그더니 맘의 화장대를 끌어다가 문을 가로막았다. 그리고 침대 옆에 총을 내려놓더니 옆에 누우라고 내게 손짓을 했다. 에단이 나를 꼭 끌어안으니 가끔 맘과 대드가 소리를 지르는 날이면 차고에 있는 개집으로 들어오던 때의 에단의 모습이 생각났다. 그때처럼 지금도 에단은 외로움과 두려움에 가득 차 있었다. 나는 최대한 부드럽게 에단을 핥아 주었다. 우리가 같이 있는데 뭐가 무서워?

다음날 잠에서 깬 우리는 끝내주는 아침밥을 먹었다. 나는 토스트빵 부스러기를 먹고 스크램블 에그 접시를 핥았으며 에단이 남긴 우유를 해치웠다. 이렇게 멋진 날이 올 줄이야! 에단은 먹을 것을 봉투에 넣고 물병에 물을 채우더니 이것들을 모두 배낭에 넣었다. 산책이라도 가는 건가? 가끔 에단은 나와 함께 산책을 나갔는데 그럴 때면 샌드위치를 가져와 내게 나눠 주곤 했다. 최근에 에단은 항상 소녀가 사는 집이 있는 쪽으로 산책을 가는 것 같았다. 우편함에서 나는 소녀의 냄새로 알 수 있었다. 에단은 한동안 서서 소녀의 집을 바라보다가 집으로 돌아왔다.

전날 밤에 우리가 겪은 두려움은 깨끗이 사라졌다. 휘파람을 불며 에단은 플레어를 돌보러 나갔다. 플레어는 바싹 마른 데다가 맛이라고는 하나도 없는 씨앗인지 뭔지가 담긴 양동이 쪽으로 어슬렁어슬렁 다가가고 있었다. 플레어는 토하기 딱 좋아 보이는 풀이 지겨워지면

이 씨앗을 우물거렸다.

그때 나는 에단이 반짝이는 가죽 안장과 담요를 외양간에서 가지고 나와 플레어 등에 올려놓는 모습을 보고 깜짝 놀랐다. 에단이 플레어의 등에 올라탄 적이 전에도 몇 번 있긴 했지만 그땐 항상 그랜드파와 함께였고 울타리 밖으로 나가는 문도 굳게 닫혀 있을 때였다. 그런데 이번에는 에단이 울타리 문을 활짝 연 채 씩 웃으며 플레어 등에 올라탔다.

"가자, 베일리!"

에단이 나를 내려다보며 말했다.

나는 심통이 난 채 따라갔다. 갑자기 내가 아닌 플레어가 주연이 된 것 같았다. 에단과 뚝 떨어져 덩치만 컸지 멍청하기로는 오리보다도 나을 게 없는 말 옆에서 걸어야 하는 상황이 싫었다. 특히, 플레어가 아래로 늘어뜨렸던 꼬리를 휙 들어올리면서 냄새나는 똥 덩이를 간신히 나를 비켜 가게 길바닥에 떨어뜨려 줄 때도 전혀 고맙지 않았다. 땅에 떨어진 이상 내 것이었기 때문에 다리를 들고 그 위에 오줌을 싸긴 했지만, 나는 플레어가 나한테 모욕을 주려고 그런 것이 분명하다는 생각이 들었다.

얼마 후 도로를 벗어난 우리는 숲 속 오솔길을 따라 걷기 시작했다. 토끼 한 마리를 쫓아갔는데 녀석이 갑자기 방향을 바꾸는 속임수를 쓰는 바람에 안타깝게 놓치고 말았다. 스컹크 냄새와도 여러 번 부딪혔는데 그 방향으로는 한 발짝도 가지 않았다. 나는 놈들과의 만남을 당당하게 거부했다. 작은 연못이 있어 플레어와 나는 물을 마셨고 나중에 에단은 샌드위치를 먹으며 딱딱한 빵 껍질을 떼어 나에게 던져 주었다.

"신나지 않니 베일리? 너도 좋아?"

묻는 듯 말꼬리를 올리는 것으로 보아 샌드위치를 좀 더 주겠다는 말인가 싶어 나는 에단의 손을 바라보았다.

플레어가 우리와 함께 있다는 사실만 제외하면 나는 정말 신났다. 물론 멍청한 플립에서 해방됐다는 사실만으로도 축하할 일이었다. 하지만 몇 시간쯤 지나고 나니 우리는 더 이상 집 냄새의 흔적도 찾을 수 없을 만큼 집에서 멀리 떨어져 있었다.

플레어는 지쳐 가는 눈치였지만 에단의 태도로 보아 목적지까지 가려면 아직 먼 것 같았다. 어디에선가 에단이 이렇게 말했다.

"이 길인가? 아니면 저 길인가? 베일리, 기억나? 여기가 어딘지 알겠어?"

나는 눈빛을 반짝이며 에단을 올려다보았고 잠시 후 우리는 둘 중 한쪽 길을 택해서 계속 걸었는데 이 길에서는 정말 많은 종류의 동물 냄새가 났다.

영역 표시를 너무 많이 하는 바람에 다리가 얼얼할 지경이었다. 플레어는 멈춰 서더니 엄청난 양의 오줌을 쌌는데 내가 개라는 점에서 볼 때 이는 완전히 부적절한 행동이었다. 왜냐하면 말 오줌 냄새 때문에 영역을 표시한 내 냄새가 사라질 것이기 때문이었다. 나는 말 오줌 냄새를 피하려고 몇 발짝 앞으로 나아갔다.

짧은 오르막을 올라간 순간 눈에 뱀이 들어왔다. 녀석은 햇살이 한 조각 떨어지고 있는 자리에 똬리를 튼 채 규칙적으로 혀를 날름거리고 있었고 나는 난생 처음 보는 뱀의 모습에 매료되어 그 자리에 멈춰

셨다.

짖었지만 아무 반응도 없었다. 나는 플레어를 타고 오고 있는 에단에게 뛰어갔다.

"왜 그래? 베일리, 뭐가 있어?"

에단이 하는 말이 무엇이든 가서 놈을 물라는 것은 아닐 거라는 생각이 들었다. 나는 무표정하게 터덜터덜 걷고 있는 플레어의 바로 옆으로 갔다. 똬리를 튼 뱀을 보면 플레어가 어떤 반응을 보일지 궁금했다.

플레어는 뱀을 보지 못했지만 거리가 가까워지자 뱀이 갑자기 물러나더니 머리를 치켜들었고 그 순간 플레어가 비명을 질렀다. 플레어는 앞다리를 번쩍 들고 일어나 허공에 발길질을 했고 그 바람에 에단이 등에서 튕겨 나가떨어졌다. 부리나케 달려가 보니 다행히 에단은 괜찮았다.

"플레어!"

벌떡 일어난 에단이 외쳤다.

나는 플레어가 흙먼지를 일으키며 전속력으로 달아나는 모습을 못마땅한 눈으로 지켜보았다. 에단이 달리기 시작하자 나도 플레어를 쫓아가야 한다는 사실을 눈치채고 전속력으로 달렸다. 하지만 플레어는 계속 달아났고 나는 에단과의 거리가 너무 벌어지자 그에게 돌아갈 수밖에 없었다.

"안 돼! "

에단이 "안 돼!"라고 말했지만 내가 무슨 일을 저질렀다는 뜻은 아닌 것 같았다.

"큰일 났어. 이제 어떻게 하지, 베일리?"

에단이 갑자기 울기 시작하자 나는 깜짝 놀랐다. 커 가면서 우는 일은 점점 드물어졌기 때문에 나는 더욱 어찌할 바를 몰랐다. 에단이 완전히 절망한 게 느껴져 나는 에단의 손을 얼굴로 밀며 그를 위로해 주려 애썼다. 내 생각에 지금 같은 상황에서 제일 좋은 방법은 집으로 돌아가서 닭고기를 더 먹는 것이었다.

결국 울음을 멈춘 에단이 무표정한 얼굴로 숲을 둘러보았다.

"우린 길을 잃었어, 베일리."

에단은 물을 한 모금 마셨다.

"어쨌든 좋아, 한번 가 보자."

산책은 아직 끝나지 않은 모양이었다. 지금까지 우리가 걸어온 방향과는 전혀 다른 새로운 방향으로 가는 걸 보니 말이다.

우리는 숲 속으로 한참을 더 들어갔다. 한번은 우리 냄새가 나는 지점을 지나가기도 했는데 어쨌든 에단은 계속 터덜터덜 걸었다. 나도 너무 피곤해서 다람쥐가 코앞을 가로지르는데도 쫓아갈 생각조차 들지 않았다. 그저 에단을 따라갔다. 에단도 피곤해하는 것이 느껴졌다. 하늘이 점점 어두워지기 시작하자 우리는 통나무 위에 앉았고 에단은 마지막 샌드위치를 꺼내 조심스럽게 한 조각을 나에게 떼어 주었다.

"정말 미안해, 베일리."

날이 어두워지기 직전, 에단은 나무 막대기에 흥미를 갖기 시작했다. 에단은 긁어모은 나무 막대기를 비바람에 쓰러져 있는 나무쪽으로 가져간 뒤, 벽처럼 솟아 있는 진흙더미와 지붕처럼 근사하게 뻗어 있는 나무뿌리 위에 쌓아 올렸다. 그는 나무뿌리 지붕 아래쪽 바닥에 솔잎을 쌓았고 지붕 위에는 나뭇가지들을 더 올렸다. 나는 호기심이 가득한 눈으로 바라보면서 아무리 피곤해도 에단이 막대기를 던지면 달려가서 물어 올 채비를 하고 있었다. 하지만 에단은 하고 있는 일에만 열중했다. 날이 너무 어두워져 아무것도 보이지 않게 되자 에단은 솔잎 더미 위에 가서 누웠다.

"여기야, 베일리, 이리 와!"

에단이 나를 불렀다.

나는 에단의 옆으로 기어들었다. 개집이 생각났다. 그랜드파의 의자가 간절히 생각나자 집에 가서 자면 될 걸 도대체 왜 이러고 있는지 너무 궁금했다. 그런데 곧 에단이 몸을 떨기 시작했다. 나는 추울 때 내 남매들 위에 눕곤 했던 방법 그대로 에단의 몸 위에 내 머리를 올려놓고 배를 에단의 등에 바짝 붙였다.

"베일리, 넌 참 착한 개야."

에단이 말했다.

얼마 후 에단은 깊은 숨을 쉬기 시작했고 몸도 더 이상 떨지 않았다. 나는 이 자세가 편하지 않았지만 밤새도록 에단을 따뜻하게 해 줄 수 있는 자세로 조심스레 누웠다.

날이 채 새기도 전 새들이 지저귀기 시작할 때부터 우리는 일어나 걷기 시작했다. 냄새에 이끌려 배낭에 대고 신나게 코를 킁킁거렸지만, 에단이 할 수 없이 열어 주는 배낭 안에 머리를 처박아 보고 나서야 먹을 것이 없다는 사실을 알았다.

"배낭에 든 건 불 피울 때 쓰려는 거야."

에단이 말했다.

이 말을 "샌드위치가 더 필요해." 라는 말로 알아들은 나는 동감의 뜻으로 꼬리를 탁 쳤다.

그날부터 상황은 더욱 나빠졌다. 배가 고프다 못해 아플 지경이 된 데다가 에단은 또다시 울음을 터뜨린 뒤 한 시간째 코를 훌쩍이고 있었다. 처음에는 에단에게서 흘러나오는 두려움을 느낄 수 있었다. 그 후엔 우울하고 무기력해했는데 이 또한 걱정스럽긴 마찬가지였다. 에단은 주저앉아 젖은 눈으로 나를 바라보았고 나는 에단의 얼굴을 핥아 주었다. 나는 에단이 걱정스러웠다. 빨리 집으로 가야 했다.

작은 냇물을 만나자 에단은 물가에 배를 깔고 엎드렸고 우리는 허겁지겁 물을 마셨다. 물을 마시자 에단은 기운을 조금 차린 것 같았다. 물이 에단에게 힘과 목적의식을 준 것 같았다. 우리는 다시 길을 떠났고 냇물을 따라 걸으며 나무들 사이를 이리 틀고 저리 꺾었으며 한번은 노래하는 벌레들이 우글거리는 풀밭도 지나갔다. 에단은 해를 한 번 쳐다보고는 희망에 넘쳐 걸음을 재촉했지만 한 시간쯤 후 냇물이 다시 컴컴한 숲으로 되돌아가는 지점에 이르자 어깨를 축 늘어뜨렸다.

우리는 어제처럼 서로 꼭 붙은 채 밤을 보냈다. 근처에서 오래되긴 했지만 먹을 수 있을 것 같은 뭔가의 시체 냄새가 났지만 나는 에단의 곁을 떠나지 않았다. 에단은 지금 그 어느 때보다도 내 체온이 필요했다. 에단의 몸에서 기운이 빠져나가고 있었고 생명의 힘이 약해지는 것이 느껴졌다. 평생 이렇게 무서웠던 적이 없었다.

다음날 에단은 걷다가 몇 번이나 넘어졌다. 피 냄새가 났다. 얼굴이 나뭇가지에 찢겨 있었다. 나는 상처에 코를 대고 킁킁거렸다.

"저리 가, 베일리!"

에단이 나에게 소리를 질렀다.

그에게서 흘러나오는 분노, 두려움, 고통이 느껴졌지만 나는 물러나지 않고 그 자리에서 버텼다. 그러기를 잘했다 싶었다. 곧 에단이 내 목에 얼굴을 파묻고 울기 시작했으니까.

"우린 길을 잃었어. 정말 미안해, 베일리."

에단이 흐느끼며 말했고 나는 내 이름이 들리자 꼬리를 흔들었다.

개울이 슬그머니 사라지면서 늪으로 이어지자 어디가 어딘지 방향 분간도 전혀 안 되는 데다 우리는 온통 진흙투성이가 되었다. 에단은 종아리까지 진흙에 빠졌고 진흙에서 발을 들어올릴 때마다 쩍쩍 소리가 났다. 심지어 벌레마저 달려들어 우리 눈과 귀에 들어갔다.

늪을 한참 지나던 에단이 걸음을 멈추었다. 그리고 어깨에 이어 고개를 떨어뜨렸다. 길고 깊은 한숨 소리가 들렸다. 걱정이 된 나는 최대한 빨리 미끄러운 진흙을 헤치며 에단에게 다가가 그의 다리에 내 앞발 하나를 올렸다.

에단은 포기하려는 듯했다. 좌절감이 그의 온몸을 뒤덮고 있었다. 에단은 좌절감에 굴복하고 있었다. 살려는 의지가 빠져나가고 있는 듯했다. 배수로 바닥에 엎드린 채 다시는 일어나지 못했던 형그리 같았다.

나는 짖었다. 그 소리에 나도 놀라고 에단도 놀랐다. 에단의 흐릿한 눈빛이 깜박였다. 나는 한 번 더 짖었다.

"좋아."

에단이 중얼거렸다.

에단은 맥없이 한쪽 발을 진흙에서 끄집어냈고 조심스럽게 그 발을 내딛자 또다시 진흙에 빠졌다. 늪을 다 건너는 데 반나절 이상이 걸렸다. 늪이 끝날 무렵 다시 나타난 개울은 더 깊었고 물살도 더 빨랐다. 가다 보니 작은 물길들이 하나둘씩 나타나서 합쳐졌고, 쓰러진 나무가 길을 막았을 때는 어쩔 수 없이 개울 반대편으로 건너가야 했는데 그러면 에단은 멀리서부터 뛰어와 펄쩍 물을 건넜다. 그렇게 한 번씩 뛸 때마다 에단은 더 피곤해했고 결국 우리는 몇 시간씩 낮잠을 잤다. 나는 에단이 그대로 깨어나지 못할까 봐 두려워하며 그의 옆에 누웠다. 하지만 에단은 잠에서 깨어났다. 시간이 오래 걸리긴 했지만 말이다.

"착하구나, 베일리."

에단이 말했다. 그의 목소리가 쉬어 있었다.

개울이 강으로 흘러드는 곳에 도착했을 때는 늦은 오후가 다 되어서였다. 에단은 검푸른 물을 한참 동안이나 멍하니 바라보더니 풀과 빽빽한 나무들을 헤치며 하류 쪽으로 내려갔다.

어둠이 내리기 시작할 때쯤 나는 사람 냄새를 맡았다. 그때 에단은 발을 바닥에 질질 끌며 무의식적으로 간신히 걷고 있는 것 같았다. 한 번 넘어질 때마다 다시 일어나는 데 점점 더 오랜 시간이 걸렸다. 내가 땅에 코를 처박은 채 앞으로 달려 나가는데도 아무 표정이 없었다.

"이리 와, 베일리, 어디 가?"

에단이 웅얼거렸다.

우리가 사람들이 다니는 오솔길로 들어섰는데도 에단은 전혀 눈치를 채지 못하는 것 같았다. 사라져 가는 빛 속에서 넘어지지 않으려고 조심하던 에단은 몇 초쯤 지난 다음에야 발밑에 밟히는 것이 풀이 아니라 사람의 발길로 다져진 흙바닥이라는 사실을 알아차렸다. 그 길에서는 많은 사람의 냄새가 났다. 다 오래된 냄새였지만 집 앞 길가를 왔다 갔다 하는 아이들이 남기는 냄새만큼이나 분명했다.

갑자기 에단이 허리를 쭉 펴며 숨을 들이쉬었다.

"베일리!"

에단은 부드럽게 나를 부르며 앞에 펼쳐진 길을 주의 깊게 살폈다. 이제 우리가 어디로 향하고 있는지 알았으므로 나는 몇 미터쯤 앞에서 걷기 시작했다. 에단이 흥분하자 나도 피로가 사라졌다. 오솔길과 강은 나란히 가면서 오른쪽으로 굽었고 나는 계속 땅에 코를 대고는 사람 냄새가 더욱 최근의 것이며 점점 더 강해지고 있다는 것을 알아차렸다. 바로 얼마 전에 여기 왔다간 사람도 있었다.

에단이 멈춰 섰고, 나는 그에게 돌아갔다. 에단은 입을 벌린 채 서서 뭔가를 보고 있었다.

"우와!"

강에 다리가 있는 게 보였다. 더 자세히 보니 저녁 어스름 속에서 사람 하나가 물 아래쪽을 내려다보면서 다리 난간을 따라 걸어오고 있었다. 에단의 심장 박동 소리가 너무 커져서 내게도 들릴 지경이었다. 희망에 찼던 기대감은 곧 두려움으로 바뀌었고 에단은 뒤로 움츠러들었다. 먹을 것을 찾으러 나갔다가 사람을 만났을 때 마더가 보였던 반응이 떠올랐다.

"베일리, 조용히 해."

에단이 속삭였다.

무슨 영문인지는 몰랐지만 에단의 기분이 느껴졌다. 에단은 밤에 총을 꺼내 들고 옷장이란 옷장을 다 뒤지던 그날 밤처럼 불안에 떨고 있었다. 나는 긴장해서 에단을 올려다보았다.

"어이!"

다리 위에 있던 남자가 외쳤다.

에단은 긴장하며 도망칠 준비를 하고 있었다.

"어이!"

그 남자가 다시 외쳤다.

"네가 에단이니?"

chapter 12

다리 위에 있던 남자가 우리를 차에 태워 주었다.

"너를 찾느라고 미시건 주를 몽땅 뒤졌단다."

그가 말했다.

에단이 고개를 떨구었다. 나는 에단에게서 슬픔, 부끄러움 그리고 약간의 두려움이 흘러나오는 것을 느낄 수 있었다.

차가 큰 건물 앞에 멈추자마자 대드가 차 문을 열었고 대드와 맘은 에단을 끌어안았다. 그랜드마와 그랜드파도 함께였고 모두가 행복해 했다. 내 간식은 하나도 없었지만. 에단은 바퀴가 달린 의자에 앉았고 한 남자가 그 의자를 밀고 건물 안으로 들어갔다.

문을 지나기 직전 에단이 고개를 돌려 내게 손을 흔들었다. 에단과 떨어지는 것이 불안하긴 했지만 왠지 그가 괜찮으리라는 생각이 들었다. 그랜드파가 내 목줄을 꽉 잡고 있었기 때문에 달리 어떻게 할 수도 없었다.

그랜드파는 나를 차에 태웠고 나는 앞자리 개가 되었다. 우리는 차를 타고 어딘가로 갔는데 그곳에서 사람들은 자동차 창문 너머로 맛있는 냄새가 나는 봉지를 건네 주었다. 그랜드파는 그 자리에서 봉지를 열더니 따뜻한 샌드위치를 꺼내 나에게 저녁으로 주었다. 그리고 그랜드파도 하나 먹었다.

"그랜드마에겐 말하지 마."

집에 도착했을 때 나는 늘 같은 자리의 마당 한 켠에 서 있는 플레어를 발견하고 깜짝 놀랐다. 플레어는 멍청한 표정으로 나를 바라보고 있었고 나는 플레어를 향해 그랜드파가 그만하라고 할 때까지 짖어 주었다.

에단은 딱 하루 집을 비웠을 뿐이지만 우리가 만난 이후로 에단 없이 혼자 자게 된 건 그날이 처음이라 나는 계속 복도를 서성거렸다.

"베일리, 이제 그만 자!"

대드가 이렇게 외치고 나서야 나는 에단의 침대로 올라가 몸을 동그랗게 말고는 그의 냄새가 제일 뚜렷하게 나는 베개 위에 머리를 대고 잠들었다.

다음날 맘이 에단을 데리고 집으로 왔고 나는 기뻐 날뛰었지만 에단은 시무룩해 있었다. 대드는 에단에게 나쁜 녀석이라고 했다. 그랜드파는 총을 넣어 두는 캐비닛 앞으로 에단을 데려가 계속 무슨 이야기를 했다. 모두들 긴장해 있었지만 아무도 플레어에 대해 이야기하는 사람은 없었다. 플레어가 이 모든 일의 원흉인데도 말이다! 나는 그 자리에 식구들이 없었기 때문에 일이 어떻게 된 것인지 제대로 몰라서 엉뚱하게 플레어가 아닌 에단에게 화를 내고 있다는 것을 깨달았다.

나는 하도 화가 나서 뛰쳐나가 플레어를 물어뜯고 싶었지만 물론 그렇게 하지 않았다. 녀석은 덩치가 엄청나게 컸으니까.

한나가 에단을 만나러 왔고 둘은 포치에 함께 앉았다. 하지만 별로 이야기도 안 하고 그저 웅얼거리면서 눈도 맞추지 않았다.

"무서웠니?"

한나가 물었다.

"아니."

에단이 대답했다.

"나 같으면 무서웠을 텐데."

"난 괜찮았어."

"밤에 추웠니?"

한나가 계속 물었다.

"응, 무척 추웠어."

"그랬구나."

"응."

나는 두 사람의 대화를 주의 깊게 들으면서 '베일리', '차 타기', '간식' 같은 단어가 나오기를 기다렸다. 하지만 아무리 기다려도 들리지 않자 한숨을 쉬며 바닥에 납작 엎드렸다. 한나가 손을 뻗어 나를 어루만져 주길래 벌렁 누워 배를 쓸어 달라는 시늉을 했다.

나는 한나가 좋아졌고 그녀가 좀 더 자주 맛있는 비스킷을 싸 들고 와서 나한테 좀 주었으면 했다.

얼마 지나지 않아 마음의 준비도 채 되지 않았는데 맘이 짐을 싸기 시작했고 곧 우리는 한참 동안 차를 탔다. 에단이 학교에 가야 한다는 뜻이었다. 차가 집 앞 진입로*에 멈추자 아이들 몇 명이 달려왔고 나는 오랜만에 만난 마시멜로와 잔디밭에서 바로 씨름 시합을 벌였다.

동네에는 다른 개들도 있었지만 나는 마시멜로가 제일 좋았다. 아마도 에단이 학교가 끝난 뒤 맘을 기다리는 동안 거의 매일 첼시네 집에 가서 나 역시 마시멜로를 자주 만났기 때문일 것이다. 열린 울타리 문을 통해 동네로 나가면 마시멜로도 자주 나와 있었고 우리는 함께 다른 집 쓰레기통을 뒤지며 돌아다니곤 했다.

"마시멜로! 마시! 어디 있니, 마시멜로!"

하루는 첼시가 엄마 차에 탄 채 창밖으로 몸을 내밀고 이렇게 외치는 소리가 들려 걱정이 되었다. 첼시가 에단을 찾아와 무슨 이야기인가를 했고 얼마 후 온 동네 아이들이 마시멜로의 이름을 부르며 뛰어다니기 시작했다. 마시멜로는 나쁜 개가 되어서 모험을 찾아 제멋대로 어디론가 가 버린 것이 분명했다.

개울가에서 마시멜로의 냄새가 가장 또렷하게 났지만 아이들과 다른 개들이 워낙 많아 어느 방향으로 갔는지까지는 제대로 가늠할 수가 없었다. 슬퍼서 울기 시작하는 첼시가 안 돼 보였다. 그녀의 무릎 위에 머리를 올리자 첼시가 나를 꼭 껴안았다.

토드도 마시멜로를 찾는 아이들 틈에 끼어 있었는데 이상하게도 그의 바지에서 마시멜로의 냄새가 났다. 내가 끈질기게 토드의 냄새를 맡자 그는 얼굴을 찌푸리며 내 머리를 밀어냈다. 녀석의 신발은 진흙투성이였는데 거기서도 마시멜로의 냄새가 강하게 났다. 그밖에 내

---

* driveway : 사유 차도, 혹은 도로에서 집·차고까지의 진입로를 말한다.

가 모르는 냄새도 섞여 있었다.

"그러지 마, 베일리."

토드가 언짢아하는 모습을 본 에단이 나에게 말했다.

마시멜로는 끝내 집으로 돌아오지 않았다. 나는 문을 빠져나가 한 번 뒤돌아보지도 않고 바깥세상으로 떠나 버린 마더를 떠올렸다. 어떤 개들은 그저 멋대로 떠돌아다니고 싶어 할 뿐이다. 자신을 사랑해 주는 소년이 없기 때문이다.

결국 마시멜로의 냄새는 바람에 날려 점점 희미해져 갔지만 나는 마시멜로의 냄새를 쫓아 킁킁거리기를 멈출 수가 없었다. 마시멜로와 놀던 기억을 떠올리면 보호소 마당에서 코코와 놀던 때가 저절로 생각났다.

코코와 마시멜로를 다시 만나고 싶었지만, 나는 우리 삶은 마당에서 겪었던 것보다 훨씬 더 복잡하다는 것, 그리고 우리의 운명을 결정하는 것은 개가 아니라 사람이라는 사실을 깨달아 가고 있었다. 중요한 건 내가 원하는 것이 무엇인가가 아니라, 에단이 숲 속에서 추위와 배고픔에 시달리고 있었을 때 함께 그곳에 있었다는 것, 그리고 밤새 그를 따뜻하게 해 주며 그의 곁을 지켰다는 것이었다.

그해 겨울 대드가 '메리 크리스마스' 때문에 거실에 나무를 갖다 놓을 때쯤 첼시에게는 새 강아지가 생겼다. 사람들은 그 강아지를 더체스라고 불렀다. 더체스는 대책 없는 장난꾸러기였는데 이 꼬맹이의 뾰족한 이빨이 내 귀를 파고들어 화가 날 지경이 되면 그만두라고 짧게 으르렁거려야 할 정도였다. 그러면 순진한 두 눈을 깜박거리며 몇 초쯤 물러서 있다가 으르렁거린 게 내 진심이 아니라고 생각하는 듯 곧장 다시 달려들었다. 정말 성가셨다.

봄이 되자 온 동네에 '고카트*' 열풍이 불어 이 집 저 집 할 것 없이 애들이란 애들은 죄다 나무를 가져다가 톱질과 못질을 하느라 정신이 없었다. 개들은 거들떠보지도 않은 채 말이다. 대드는 매일 저녁 차고로 찾아와 뭔가를 하느라 부산하게 움직이고 있는 에단에게 이런 저런 이야기를 해 주었다. 심지어 나는 에단의 옷장에 가서 그 지루한 플립을 꺼내 오기도 했다. 그걸로 에단을 꼬실 수 있을까 하고 말이다. 하지만 에단은 나무 조각 맞추는 놀이에 완전히 빠져서는 한 번도 플립을 던져 주지 않았다.

"베일리, 내 고카트 좀 봐. 정말 빠를 거야!"

드디어 에단은 차고 문을 열고 고카트에 앉아서는 차고에서 도로까지의 짧은 진입로에서 썰매처럼 그것을 탔다. 이렇게 멍청한 짓을 하려고 이제까지 애를 썼나 하는 생각을 하며 나는 종종걸음으로 고카트와 나란히 걸었다. 그런데 진입로 끝까지 간 에단은 고카트를 집어 들고 다시 차고로 돌아가더니 또 고카트를 타기 시작했다! 그래도 플립은 뭔가 물어뜯을 거리라도 있는데 말이다.

결국 어느 맑은 휴일, 저마다 만든 고카트를 손에 든 동네 아이들이 다 함께 모여 몇 블록 떨어진 곳에 있는 긴 비탈길로 향했다. 더체스는 너무 어려서 따라가지 못했지만 나는 에단과 함께 갔다. 물론 에단이 낸 아이디어, 그러니까 에단은 고카트에 앉고 나는 줄을 맨 채 고카트를 끌고 가야 한다는 생각에는 전혀 찬성할 수 없었지만 말이다.

---

* 지붕 문이 없는 작은 경주용 자동차.

토드와 그의 형인 드레이크도 아이들 틈에 끼어 있었는데 두 형제는 첼시의 고카트를 보고 뭐라고 말하면서 킬킬거렸다. 나는 첼시가 기분이 상했다는 것을 느낄 수 있었다. 모든 고카트가 비탈 꼭대기에 한 줄로 서 있었고 에단의 고카트 옆에는 토드의 것이 있었다.

"출발!"

나는 전혀 마음의 준비가 안 된 상태였는데 누군가가 외쳤다.

그러자 고카트가 일제히 비탈길을 굴러 내려가기 시작했다. 속도가 점점 빨라졌다. 드레이크가 토드 뒤로 가서 그의 고카트를 힘껏 밀자 토드가 맨 앞으로 나갔다.

"반칙이야!"

첼시가 외쳤다.

첼시의 고카트는 아주 느렸지만 에단의 고카트는 점점 빨라져서 곧 나는 뒤처지지 않기 위해 달려야 했다. 다른 고카트들은 처지기 시작했고 잠시 후 에단의 고카트만이 토드의 것을 바짝 쫓고 있었다.

나는 무한한 자유를 느끼며 에단을 쫓아 언덕 아래로 거침없이 달렸다. 언덕 밑에는 빌리라는 아이가 깃발 달린 막대기를 들고 서 있었는데 그도 이 야단법석 속에서 뭔가를 하고 있다는 느낌이 들었다. 에단은 몸을 웅크린 채 머리를 낮추고 있었다. 나도 에단과 함께 고카트를 타면 재미있을 거라는 생각이 들었다. 나는 더 빨리 달려 뛰어올라 허공을 가른 뒤 에단의 고카트 뒤쪽에 올라탔고 그 바람에 고카트가 뒤집힐 뻔했다.

내가 뛰어든 바람에 고카트는 더욱 속도를 냈고 결국 토드를 앞질렀다! 빌리가 막대기를 흔들었고, 우리 뒤에서 아이들이 떠들며 환호

하는 소리가 들렸다. 평평한 곳에 이르자 얼마 후 고카트가 멈췄다.

"잘했어, 베일리. 넌 착한 개야!"

에단이 웃으며 말했다.

다른 고카트들이 전부 우리 뒤를 따라 내려왔다. 타고 있던 아이들 모두가 소리를 지르며 신나게 웃었다. 빌리가 다가오더니 깃발이 달린 막대기를 땅에 내려놓은 뒤 에단의 손을 하늘로 치켜들었다. 나는 누구든 좋으니 신나게 놀아 보자는 뜻으로 막대기를 물고 이리저리 뛰어다녔다.

"불공평해! 불공평하다고!"

토드가 소리쳤다.

아이들이 모두 조용해졌다. 에단과 마주 선 토드에게서 분노가 타오르는 불처럼 쏟아져 나왔다.

"저 놈의 개가 카트로 뛰어드는 바람에 네가 이긴 거야. 넌 실격이야."

드레이크가 토드 뒤에 서며 말했다.

"하지만 오빠도 토드를 밀어 줬잖아!"

첼시가 외쳤다.

"그게 뭐?"

토드가 말했다.

"베일리가 아니었어도 난 널 따라잡았을 거야."

에단이 말했다.

"토드가 옳다고 생각하는 사람 '예스!'라고 말해."

빌리가 말했다.

토드와 드레이크가 "예스!"라고 합창했다.

"에단이 이겼다고 생각하는 사람은 모두 '노!'라고 말해."

"노!"

두 형제를 제외한 모든 아이가 일제히 외쳤다.

커다란 함성에 놀란 나머지 나는 입에 물었던 막대기를 땅에 떨어뜨렸다.

토드가 한 발자국 앞으로 나가더니 에단에게 주먹을 휘둘렀고 주먹을 피한 에단은 토드에게 달려들었다. 그리고 둘 다 넘어졌다.

"싸워!"

빌리가 외쳤다.

에단을 지키려고 앞으로 튀어 나가려 하자 첼시가 내 목줄을 꽉 잡았다.

"안 돼, 베일리. 가만히 있어."

화가 머리끝까지 난 두 소년은 서로 뒤엉킨 채 땅바닥을 뒹굴었다. 나는 첼시의 손을 빠져나가려고 몸부림쳤지만 첼시는 놓아주지 않았다. 나는 답답해서 짖었다.

곧 에단이 토드 위에 올라탔다. 둘 다 헐떡거리고 있었다.

"항복해!"

에단이 말했다.

토드는 눈을 꼭 감고 고개를 돌렸다. 토드에게서 굴욕감과 증오가 동시에 흘러나왔다. 결국 토드는 고개를 끄덕였다. 둘은 일어나 옷에 묻은 먼지를 털었다. 하지만 경계심을 풀지는 않았다.

드레이크가 몹시 화가 났다는 느낌이 내게 전해진 바로 그 순간, 드레이크가 에단에게 달려들어 양손으로 에단을 때렸다. 에단은 비틀거리며 물러났지만 넘어지지는 않았다.

"덤벼 봐, 에단, 덤벼."

드레이크가 으르렁거렸다.

에단은 말없이 서서 자신보다 큰 드레이크를 한동안 올려다보았다. 이윽고 빌리가 한 발자국 앞으로 나서며 말했다.

"안 돼."

그러자 첼시도 말했다.

"안 돼."

그리고 다른 아이들도 말했다.

"안 돼."

드레이크는 우리 모두를 한참 둘러보더니 땅바닥에 침을 뱉고는 자신의 고카트를 집어 들었다. 그리고 그 형제는 말없이 그곳을 떠났다.

"애들이 다 있는 앞에서 뭔가 보여 준 거야. 그렇지, 베일리?"

아이들은 모두 고카트를 비탈길 위로 끌고 올라갔고 거기서 다시 굴러 내려오기를 온종일 되풀이했다. 첼시의 고카트 바퀴가 하나 빠지는 바람에 에단이 자기 것을 빌려주었고 첼시는 매번 내려갈 때마다 나를 뒤에 태워 주었다.

그날 저녁 에단은 식탁에 앉아 맘과 대드에게 그날 있었던 일을 신이 나서 쏟아 놓았다. 맘과 대드는 들으며 미소를 지었다. 그날 밤 에단은 쉽게 잠들지 못했다. 잠이 든 뒤에도 하도 뒤척이는 바람에 나는 결국 침대에서 내려와 바닥에 엎드렸다. 이렇게 제대로 잠이 들지 못했는데 아래층에서 쾅 하는 소리가 들렸다.

"뭐야?"

에단이 벌떡 일어나 앉으며 물었다.

에단이 침대에서 내려오자 복도에 불이 켜졌다.

"에단, 방에 있어라."

대드가 말했다.

대드는 화가 난 데다 두려워서 긴장한 것 같았다.

"베일리, 이리 와."

나는 순순히 대드를 따라 계단을 내려갔고 대드는 조심스럽게 거실 불을 켰다.

"거기 누구요?"

대드가 큰 소리로 물었다.

집 앞 유리창으로 바람이 들어와 커튼이 흩날렸다. 평소에 절대 열지 않는 창문이었다.

"맨발로 내려오지 마!"

대드가 외쳤다.

"뭔데?"

맘이 물었다.

"누가 우리 집 창문에 돌을 던졌어. 물러서 있어, 베일리."

대드가 걱정하는 것 같아 나는 창문이란 창문은 모두 가서 킁킁거려 보았다. 바닥에 작은 유리 조각이 들러붙은 돌이 한 개 떨어져 있었다. 코를 갖다 대 보고 나는 즉시 냄새의 주인공을 알아챘다.

토드였다.

chapter 13

1년쯤 후 봄이 되자 스모키가 병에 걸렸다. 끙끙거리며 누워 있는 녀석의 얼굴에 내가 어쩐 일인가 하고 코를 가져다 대도 가만히 있었다. 맘은 매우 걱정을 하더니 스모키를 차에 태우고 나갔다. 집에 돌아온 맘은 슬퍼 보였는데 아마 고양이를 차에 태워 봐야 아무 재미도 없기 때문인 것 같았다.

일주일쯤 지나 스모키가 죽었다. 저녁을 먹고 난 후 온 가족이 뒷마당으로 갔고 에단은 큰 구멍을 팠다. 가족들은 담요에 싼 스모키의 몸을 그 구멍에 넣고는 흙으로 다시 덮었다. 에단은 축축한 흙더미 옆에 나무 조각 하나를 망치로 박아 넣었고 맘과 함께 잠깐 울었다. 슬퍼할 필요가 없음을 알려 주려고 나는 에단과 맘의 몸에 코를 비볐다. 왜냐하면 나는 이렇게 멀쩡한 데다 스모키가 살아 있던 그 어떤 때보다도 훨씬 더 나은 애완동물이니까 말이다.

다음날 에단이 맘과 함께 학교에 가고 나자 나는 뒷마당에 가서 땅을 판 뒤 스모키를 꺼냈다. 멀쩡하게 잘 죽은 고양이를 파묻었을 리는 없지 않은가?

그해 여름 우리는 한 번도 농장에 가지 않았다. 에단과 몇몇 동네 친구는 매일 아침 일어나 다른 사람의 집으로 가서 시끄러운 소리가 나는 기계로 잔디를 깎았다. 에단은 나를 데려갔지만 매번 나무에 나를 묶어 놓았다. 방금 깎은 풀에서 올라오는 냄새는 좋았지만 나는 잔디 깎기라는 일이 대체적으로 싫었고 아마도 이것 때문에 우리가 농장에 못 가는 것 같다는 느낌이 들었다. 그랜드파와 그랜드마가 차를 타고 와서 일주일 동안 함께 머물렀지만 농장에서의 재미와는 견줄 수 없었다. 특히 대드와 그랜드파가 단둘이 뒷마당에서 옥수수 껍질을 벗기면서 거친 말들을 주고받은 뒤에는 더욱 그랬다. 대드와 그랜드파는 화가 나 있었는데 옥수수 껍질은 먹을 수 없는 것이란 걸 알았기 때문에 그러는 것이 아닐까 하는 생각이 들었다. 나는 벌써 냄새도 맡고 씹어 보기도 해서 못 먹는 것이란 걸 알고 있었는데 말이다. 그날 이후 대드와 그랜드파는 다 함께 있는 자리에서 매우 거북해했다.

다시 다들 학교로 가기 시작했지만 몇 가지 달라진 점이 있었다. 에단은 학교가 끝난 뒤 이제 첼시네 집으로 가지 않았다. 에단은 보통 제일 늦게 돌아왔다. 차에서 내려 달려오는 에단에게서 흙과 풀 그리고 땀 냄새가 뒤엉켜 날 때도 있었다. 어떤 날은 차를 타고 미식축구 경기라는 것을 보러 가기도 했는데 거기 가면 줄에 묶인 채 길쭉하게 생긴 큰 마당 끝에 앉아 있어야 했다. 맘과 사람들은 괜히 소리를 지르거나 비명 소리를 냈다. 소년들이 뒤엉켜 서로 공을 주고받았고 가끔 내가 있는 곳 가까이까지 달려오기도 했으며 어떤 때는 큰 마당 반대쪽으로 몰려가기도 했다.

어떤 때는 뒤엉켜 있는 소년들 무리에서 에단의 냄새가 흘러왔다. 가만히 앉아 있으려니 답답했다. 내가 뛰어들기만 하면 훨씬 재미있어질 텐데. 나는 집에서 미식축구공을 입으로 다루는 법을 배운 적이 있었다. 한번은 에단과 놀다가 축구공을 너무 세게 무는 바람에 공이 터져 평평한 가죽 뭉치 모양으로 쪼그라들었다. 마치 플립 같은 모양이었다. 그날 이후 에단은 내가 축구공을 무는 것을 좋아하지 않았지만 조심하기만 하면 갖고 놀게는 해 주었다. 하지만 나와 에단이 축구공을 가지고 논다는 사실을 알 턱이 없는 맘은 줄을 꽉 붙잡고 있었다. 맘이 나를 놓아주기만 하면 뛰어가서 공을 잡을 테고 그러면 아이들도 자기들끼리 쫓는 것보다는 나를 쫓는 게 훨씬 더 재미있다는 것을 알게 될 텐데 하는 생각이 들었다. 왜냐하면 내가 그들 중 누구보다도 빠르니까 말이다.

첼시네 강아지, 더체스는 이제 다 자랐고 나를 어떻게 대해야 하는지 한 수 가르쳐 준 이후로 우리는 친구가 되었다. 하루는 첼시네 집 문이 열려 있어 들어가 보았더니 더체스가 목에 플라스틱 깔때기를 하고 축 늘어져 있었다. 녀석은 케이지 앞으로 다가선 나를 보더니 힘없이 꼬리를 탁 칠 뿐 일어나지도 않았다. 그 모습을 보니 불안했다. 다시는 저것을 뒤집어쓰는 일이 없으면 좋으련만.

눈이 오면 에단과 나는 썰매를 타고 놀았고 눈이 녹고 나면 통통 튀는 공을 가지고 놀았다. 두어 번쯤 에단은 옷장에서 플립을 꺼내 내려다보았고 나는 또 저건가 싶어 외면했다. 에단은 플립을 손에 들고 바라보다가 무게를 가늠해 보고는 한숨을 쉬며 도로 집어넣었다.

그해 여름에도 우리는 농장에 가지 않았다. 에단은 또다시 친구들과 함께 잔디를 깎았다. 나는 그 사이 에단이 잔디 깎기를 까맣게 잊어버렸다고 생각했는데 지금 보니 그 일을 즐기는 것 같았다. 그해 대드는 며칠 동안 집을 떠나 있었고 그 사이에 그랜드파와 그랜드마가 찾아왔다. 그랜드파의 차에서는 플레어 냄새와 건초 냄새, 연못 냄새가 났다. 나는 몇 분씩 그랜드파의 자동차 둘레를 맴돌며 킁킁대다가 다리를 들고 바퀴에 오줌을 쌌다.

"세상에, 이렇게 컸구나!"

그랜드마가 에단에게 말했다.

날이 서늘해지면서 에단은 축구를 더욱 열심히 했고 한 가지 놀라운 일도 생겼다. 에단이 혼자서 나를 차에 태우고 다닐 수 있게 된 것이다! 이렇게 되자 삶이 확 달라졌다. 나는 에단이 운전하는 차 앞자리에 앉아 운전을 도와주면서 코를 창밖으로 내민 채 어디든 에단과 함께 다닐 수 있게 되었다. 알고 보니 에단은 매일 학교가 끝난 뒤 저녁까지 축구를 하는 바람에 그렇게 집에 늦게 온 것이었는데, 축구를 하는 날이면 에단은 내 앞에 물 한 접시를 가져다 놓고는 울타리 옆에 나를 묶어 놓았다. 지루했지만 그래도 나의 에단과 함께 있을 수 있으니 괜찮았다.

가끔씩 에단은 나를 잊은 채 혼자 차를 타고 나갔고 그럴 때면 나는 마당에 앉아 에단이 돌아오길 기다리며 낑낑거렸다. 보통 이러고 있으면 맘이 내게로 왔다.

"산책 좀 할까, 베일리?"

맘은 내가 신바람이 나서 춤을 추듯 제자리를 맴돌 때까지 몇 번이고 이렇게 물었다.

그러면 맘은 내 목줄에 줄을 걸었고 우리는 함께 거리를 돌아다녔다. 나는 동네를 돌며 몇 미터마다 멈춰 서서 영역을 표시했다. 가끔 함께 모여 놀고 있는 아이들 옆을 지나기도 했는데 그럴 때면 에단이 왜 요즘은 더 이상 이렇게 놀지 않는지 궁금했다. 맘은 가끔 줄을 풀어 주어 잠깐씩 아이들과 놀 수 있게 해 주었다.

나는 맘이 정말 좋았다. 맘에게 한 가지 불만이 있다면 화장실에서 나올 때 항상 내 물통 뚜껑을 닫아 놓는다는 것이었다. 에단은 나를 위해 항상 뚜껑을 열어 두는데.

그해 여름 방학이 시작되자 에단과 맘은 나를 차에 태우고 농장으로 갔다. 너무나 신이 났다. 플레어는 나를 못 알아보는 척했고 연못의 오리 떼는 지난번의 그 녀석들인지 딴 녀석들인지 아리송했지만 다른 것들은 모두 옛날과 똑같았다.

에단은 거의 매일 그랜드파와 다른 남자들과 함께 나무판에 대고 망치질과 못질을 해 댔다. 처음에는 에단이 또 고카트를 만드나 했는데 한 달쯤 지나서 보니 지붕에 큰 구멍이 난 오래된 외양간 옆에 새 외양간을 짓고 있던 것이었다.

하루는 진입로에 한 여자가 나타난 것을 보고는 개의 임무 중 하나인 경비를 충실히 하는 뜻에서 재빨리 달려갔다. 가까이 다가가 냄새를 맡아 보니 예전에 비스킷을 들고 왔던 그 소녀였다. 이제 다 자라 있었다. 그녀도 나를 기억해 내고는 내 귀 뒤를 긁어 주었고 나는 좋아서 몸을 버둥거렸다.

“어머, 베일리로구나. 나 보고 싶었니? 착하기도 하지.”

그녀가 말했다.

사람들은 소녀를 보고는 하던 일을 멈추었다. 낡은 외양간에서 나오던 에단은 놀라며 걸음을 멈추었다.

“어, 잘 있었어, 한나?”

“잘 있었어, 에단?”

그랜드파와 다른 남자들이 서로 마주 보며 씩 웃었다. 에단은 고개를 돌려 그 남자들을 바라보더니 얼굴이 붉어져서는 한나와 내가 있는 곳으로 다가왔다.

“그래, 잘 있었어?”

에단이 말했다.

“응.”

한나가 대답했다.

둘은 서로를 쳐다보지 못했다. 한나는 내 귀를 긁어 주던 손을 멈추었고 나는 계속해 달라는 뜻에서 그녀를 가볍게 쿡 찔렀다.

“집으로 들어와.”

에단이 말했다.

그해 여름 내내 차만 타면 내 자리에서 한나의 냄새가 났다. 가끔 한나는 농장에 와서 가족들과 함께 저녁을 먹었고 그런 뒤에는 에단과 포치에 앉아 이야기를 나누었으며 나는 두 사람에게 재미있는 이야깃거리를 만들어 주려고 발치에 엎드려 있곤 했다.

한번은 늘어지게 낮잠을 자고 있는데 두 사람에게서 불안감이 느껴져 눈을 떴다. 둘은 소파에 앉은 채로 서로 얼굴을 바짝 대고 있었는데 그들의 심장이 마구 쿵쾅거렸다. 뭔가 두려워하면서도 들떠 있는 느낌이었다. 둘 다 뭔가 먹는 것 같은 소리가 났지만 음식 냄새는 전혀 나지 않았다. 무슨 일인지 알 수가 없어서 의자로 올라가 두 사람의 머리 사이로 코를 들이밀자 둘은 동시에 나를 보며 웃음을 터뜨렸다.

학교 때문에 맘과 에단이 차를 타고 집으로 돌아오던 날, 주변에서는 새 외양간에서 나는 페인트 냄새가 났고 한나가 찾아와 에단과 함께 선창 끝에 걸터앉아 물에 발을 담근 채 이야기를 나누었다. 한나는 울었고 둘은 수없이 포옹을 했지만 막대기를 던진다든가 그 외에 사람들이 보통 연못가에서 하는 일은 하지 않아서 나는 영문을 알 수가 없었다. 차 안에서는 더 많이 껴안았고, 그런 뒤 우리는 차를 타고 출발했으며 에단은 경적을 울려 댔다.

집에 오니 달라진 것들이 있었다. 한 가지는 대드가 자기 방을 가진 것이었다. 침대도 새로 갖다 놓았다. 대드는 에단과 화장실을 같이 썼는데 솔직히 말해 대드가 나온 다음에는 화장실에 들어가기가 싫었다. 또 한 가지는 에단이 친구들과 축구를 하지 않을 때면 자기 방에서 전화를 하는 시간이 많아진 것이었다. 에단은 전화를 하면서 한나라는 이름을 여러 번 말했다.

낙엽이 떨어지던 어느 날, 에단은 나를 차에 태우고는 사람을 가득 실은 커다란 은색 스쿨버스가 끊임없이 들어오는 곳으로 갔다. 그리고 어떤 버스에서 한나가 내렸다! 그녀를 만나서 더 기쁜 쪽이 나인지 에단인지 알 수가 없었다. 나는 그녀와 놀고 싶었지만 에단은 오로지 포옹만을 원했다. 어쨌든 나는 그녀가 온 것이 너무 좋아서 집으로 돌아오는 길에 뒷자리 개로 전락했어도 전혀 아무렇지 않았다.

"한나, 감독님이 그러시는데 미시건 주립대학교랑 미시건 대학교 스카우트 담당자들이 날 보러 온대."

에단이 말했다.

나는 물론 '한나'라는 단어를 알아들었지만 동시에 에단이 두려움과 흥분에 휩싸여 있다는 것을 느낄 수 있었다. 한나에게서는 기쁨과 자랑스러움이 느껴졌다. 왜들 이러나 싶어 창밖을 내다봤지만 별로 특별한 것도 없었다.

그날 저녁, 나는 자랑스럽게 한나 옆에 서서 에단이 축구하는 모습을 지켜보았다. 나는 한나가 이 큰 마당처럼 멋있는 곳에 와 본 적이 없을 거라고 확신했고, 맘이 나를 항상 데려가던 곳으로 한나를 이끌고 갔다.

잠시 앉아 있노라니 토드가 걸어왔다. 최근에는 토드를 거의 보지 못했었다. 여동생인 린다는 여전히 자전거를 타고 동네를 왔다 갔다 했지만 말이다.

"베일리, 잘 있었어?"

토드가 정말 다정하게 말했다.

하지만 녀석에게서는 평소처럼 뭔가 나쁜 느낌이 들어서 나는 토드가 내민 손에 대고 그저 잠깐 킁킁거려 주기만 했다.

"베일리를 알아?"

한나가 토드에게 물었다.

나는 내 이름이 들려 꼬리를 흔들었다.

"옛날부터 잘 알아. 안 그래, 베일리? 착한 녀석."

토드 같은 녀석에게서 착한 개라는 소리는 듣고 싶지 않았다.

"너 여기서 학교 안 다니지? 이스트 고등학교 다니니?"

토드가 물었다.

"아니, 난 그냥 에단네 집에 다니러 왔어."

"에단이랑 어떤 사이니? 사촌?"

구경꾼들이 일제히 소리를 지르는 바람에 나는 고개를 치켜들고 이리저리 둘러보았다. 하지만 별일 아니었다. 그저 경기에 열중한 나머지 몸싸움이 일어난 것일 뿐이었다. 떠들썩할 때마다 속는다니까.

"아니, 그냥…… 친구야."

"그럼, 파티 안 갈래?"

토드가 물었다.

"뭐라고?"

"파티 가고 싶냐고. 오늘 몇 명 모이거든. 이 게임 지루한데."

"아니, 저기…… 난 그냥 에단을 기다릴래."

나는 한나에게로 고개를 홱 돌렸다. 이유는 모르겠지만 한나가 안절부절못하는 것 같았고 항상 그렇듯이 토드의 속에서는 분노가 치미는 것을 느낄 수 있었다.

"또, 에단!"

토드가 돌아서서 잔디에 침을 뱉었다.

"너희 둘, 사귀니?"

"글쎄……."

"아무래도 말해 줘야겠다. 에단은 요즘 미셸 언더우드랑 자주 붙어 다녀."

"뭐라고?"

"그렇다니까. 다들 알아."

"그래?"

“그렇대도. 그러니까 말이야, 저기, 에단이랑 잘될 거라고 생각하는 모양인데, 글쎄, 그렇게는 안 될걸.”

토드가 한나에게 가까이 다가서더니 그녀의 어깨를 붙잡았다. 한나가 워낙 두려워하는 바람에 나는 벌떡 일어났다. 토드는 나를 내려다보았고 우리 둘은 시선이 마주쳤으며 내 목 뒤의 털이 일어서는 것이 느껴졌다. 나도 모르게 목구멍 깊은 곳에서 으르렁거리는 소리가 울려 나왔다.

“베일리! 왜 그래?”

한나가 벌떡 일어서며 말했다.

“그래, 베일리. 나야. 네 친구라고.”

토드는 한나를 향해 돌아섰다.

“어쨌든 내 이름은 토드야.”

“나는 한나야.”

“개는 묶어 놓고 나랑 같이 가는 게 어때? 재미있을 텐데.”

“음, 안 돼. 그럴 순 없어.”

“왜 안 돼? 가자.”

“안 돼, 베일리랑 있어야 해.”

토드는 어깨를 으쓱하고는 한나를 노려보았다.

“알았어. 그럼 맘대로 해.”

토드의 화가 흘러넘치는 것을 느낀 나는 다시 한 번 으르렁거렸다. 이번에는 한나도 나를 막지 않았다.

“좋아, 에단에게 미셸 얘기 물어봐. 알았지?”

토드가 말했다.

"그래, 알았어."

"꼭 물어봐야 해."

토드는 주머니에 손을 찔러 넣고는 그 자리를 떠났다.

한 시간쯤 후 에단이 매우 행복해하며 들뜬 얼굴로 우리에게 달려왔다.

"미시건 주립대학교야, 내가 간다. 기다려라, '스파르탄스!'"

에단이 외쳤다.

나는 꼬리를 흔들며 짖었지만 곧 에단은 심각해졌다.

"왜 그래, 한나?"

"미셸이 누구야?"

나는 에단의 다리에 앞발을 올리고서는 에단이 원하기만 하면 얼마든지 공을 갖고 놀 생각이 있음을 알렸다.

"미셸? 누구를 말하는 거야?"

에단은 웃으며 되물었지만 잠시 후 곧 마치 질식이라도 할 것처럼 웃음을 멈췄다.

"왜 그래?"

두 사람은 나를 데리고 큰 마당을 빙빙 돌며 이야기를 했다. 어찌나 분위기가 심각한지 둘은 내가 핫도그 반 조각, 팝콘, 참치 샌드위치 한 조각을 먹어 치우는 것도 눈치채지 못할 지경이었다. 얼마 지나지 않아 사람들이 거의 다 빠져나갔는데도 둘은 계속 큰 마당을 돌고 또 돌았다.

"나 그런 여자애 몰라."

에단은 거듭 말했다.

"누구랑 무슨 이야길 한 거야?"

"이름이 기억 안 나. 베일리를 알던데?"

내 이름을 듣고 순간 나는 얼어붙었다. 사탕 껍질을 몰래 먹고 있었는데 들켰나?

"다들 베일리를 알아. 시합할 때마다 같이 오니까."

에단이 말했다.

나는 재빨리 껍질을 삼켰다. 하지만 다행히도 나 때문에 그러는 것은 아닌 것 같았다. 에단과 한나는 아직도 할 얘기가 많은지 큰 마당을 한 바퀴 더 돌았다. 큰 마당에 널려 있는 음식을 이미 다 먹어 치워 더는 할 일도 없었다. 지루해져서 이제 그만 돌아갔으면 좋겠다는 생각이 들 때쯤 둘은 멈춰 서더니 서로를 끌어안았다. 아주 여러 번.

"너 완전 땀범벅이야."

한나가 웃으며 에단을 밀쳐 냈다.

"드라이브 할래, 베일리?"

에단이 물었다.

물론 좋지! 우리는 집으로 갔고 에단과 한나는 속삭이는 목소리로 이야기를 계속했다. 밥을 먹은 나는 배가 불러 거실 바닥에서 잠들었고 둘은 소파 위에서 조용히 씨름을 했다.

그때쯤 집에는 새로운 개구멍이 생겼는데 그 덕분에 나는 뒷문에서 마당으로 곧장 나갈 수 있었고, 더 이상 아무도 억지로 나를 차고에 재우려 하지 않았다. 나는 그 규칙이 깨져서 좋았다. 하루는 볼일을 보려고 밖으로 나갔다가 울타리 옆 풀밭에 고깃덩이가 떨어져 있는 것을 발견하고 놀랐다.

그런데 이상하게도 고깃덩이에서 고약한 냄새가 났다. 찌르는 듯하면서도 해괴하고 씁쓸한 냄새였다. 더 수상한 것은 온통 토드의 냄새가 난다는 것이었다.

나는 고깃덩이를 물어다가 뒷마당 테라스에다 떨어뜨렸다. 쓴맛 때문에 입안에 거품이 생겼다. 그런 뒤 앉아서 고깃덩이를 들여다보기 시작했다. 아주 나쁜 냄새가 났지만 어쨌든 고깃덩이 아닌가? 빨리 씹기만 하면 별 맛을 모른 채 삼킬 수 있을 것 같았다.

나는 코로 고기를 꾹꾹 찔러 보았다. 이상했다. 도대체 왜 이렇게 토드 냄새가 심하게 나는 거지?

chapter 14

다음날 아침 뒷마당 테라스로 나온 맘을 본 나는 고개를 떨어뜨린 채 꼬리 끝으로 바닥을 한 번 탁 쳤다. 무엇 때문인지 잘못한 게 없는데도 심한 죄책감이 들었다.

"잘 잤어, 베일리?"

인사를 건넨 맘은 곧 고깃덩이를 발견하고 이렇게 말했다.

"그게 뭐야?"

나는 고기를 자세히 보려고 몸을 굽힌 맘 앞에 드러누워 배를 쓰다듬어 달라는 시늉을 했다. 어제 밤새도록 고깃덩이를 노려보고 있었던 탓에 나는 지쳐 있었고 이유는 모르겠지만 안 먹기를 잘했다고 맘이 나를 안심시켜 줬으면 하는 생각도 있었다. 하여간 뭔가가 이상했고 그 때문에 공짜 고기를 덥석 물지 않았던 것이다.

"이거 어디서 났니, 베일리?"

맘은 내 배를 살살 쓰다듬어 주며 고기를 집어 올렸다.

"우웩."

나는 벌떡 일어났다. 맘이 이걸 먹으라고 준다면 괜찮다는 뜻이다. 하지만 맘은 돌아서서 고깃덩이를 집 안으로 가져가려 했다. 나는 뒷발을 디디고 조금 일어섰다. 맘이 고깃덩이를 가져가는 걸 보니 생각이 달라졌기 때문이다. 먹고 싶다고!

"웩, 베일리, 이게 뭔진 모르겠지만 너 이거 못 먹어."

맘은 이렇게 말하며 고기를 쓰레기통에 버렸다.

에단은 한나를 내 자리에 태운 채 덩치 큰 은색 스쿨버스들이 있는 곳으로 갔고 에단과 한나가 한참을 껴안고 서 있는 동안 나는 차 안에 혼자 앉아 있었다. 차로 돌아온 에단에게서 슬픔과 외로움이 느껴져서 나는 집으로 가는 동안 창밖에 코를 내미는 대신 에단의 무릎에 머리를 올려놓았다.

온 가족이 집 안에 있는 나무를 둘러싸고 앉아 "메리 크리스마스!"라고 외치며 종이를 찢고 난 다음날, 한나가 다시 우리 집에 왔다. 나는 그때 기분이 상해 있었는데 에단이 맘에게 선물한 검은 바탕에 하얀 무늬를 가진 아기 고양이, 펠릭스 때문이었다. 녀석은 예의라곤 없었다. 가만히 앉아 있는데 내 꼬리에 달려드는가 하면 소파 뒤에 있다가 갑자기 돌진해 작은 앞발로 나를 때리기도 했다. 같이 놀아 주려고 하면 앞다리로 내 코를 감싸고는 뾰족한 이빨로 나를 물어뜯었다. 알고 지낸 것도 내가 먼저였고 그녀가 제일 좋아하는 동물도 분명히 나였지만 한나는 집에 오자마자 아기 고양이에게 완전히 마음을 빼앗겨 버렸다. 게다가 개는 초인종이 울리면 짖는 것 같은 중요한 일을 하는데 고양이는 집 안에서 하는 일이라곤 아무것도 없었다.

딱 한 가지, 녀석은 문 밖으로 나가는 것만은 하지 못했다. 마당에 눈이 두껍게 쌓여 있었는데 펠릭스는 그 눈에 발을 한 번 대 보더니 불에 데기라도 한 것처럼 화들짝 놀라며 집 안으로 들어가 버렸다. 그래서 한나와 에단이 앞마당에 큰 눈덩이를 만들고 그 위에 모자를 씌우는 일을 하는 동안 줄곧 나만 그들과 함께 있었다. 에단은 내게 덤벼들어서는 하얀 눈 위에서 나를 안고 이리저리 뒹굴기를 좋아했고 나는 에단이 내 몸에 팔을 두르는 게 너무 좋아서 일부러 잡혀 주었다. 에단이 어렸을 때 매일 이렇게 나와 놀아 주던 때가 떠올랐다.

눈썰매를 탈 때면 한나는 뒷자리에 앉았다. 나는 짖기도 하고 에단의 손에서 벙어리 장갑을 빼는 장난도 하며 썰매를 따라 달렸다.

햇살 밝은 어느 오후, 맑고 차가운 공기가 목구멍 아래로 내려가는 것이 느껴지는 날이었다. 동네 아이들이 모두 썰매를 타는 비탈로 모여들었고, 한나와 에단도 함께 썰매를 타며 때론 아이들 썰매를 밀어주기도 했다. 곧 비탈길을 오르내리며 뛰어다니느라 지친 내가 비탈길 아래쪽에 있을 때 토드가 차를 몰고 왔다.

토드는 차에서 내릴 때 나를 보았지만 아무 말도 하지 않았고 손도 내밀지 않았다. 나도 멀찍이 떨어져 있었다.

"린다! 이리 와! 집에 가야 돼!"

토드가 외쳤고 말할 때마다 그의 입에서 뿌연 구름 같은 것이 솟아나왔다.

비탈길에 있던 린다는 또래 친구 셋과 접시처럼 생긴 썰매를 타고 시속 1킬로미터의 속도로 내려오고 있었다. 웃고 있는 에단과 한나를 태운 썰매가 린다와 친구들의 썰매 옆을 쏜살같이 지나쳤다.

"안 갈래!"

린다가 외쳤다.

“안 돼! 엄마가 당장 오래!”

에단과 한나는 비탈길 밑까지 내려와서는 썰매 밖으로 나동그라졌다. 둘은 뒤엉킨 채 키득거리고 있었고 토드는 서서 이런 두 사람을 내려다보았다.

그 순간, 토드 마음속에 있던 무언가가 밖으로 나왔다. 정확히 분노는 아니었지만 뭔가 더 나쁘고 더 어두운 것이었고 이전에 누구에게서도 느껴 보지 못했던 감정이었다. 무표정한 얼굴로 에단과 한나를 노려보는 토드의 눈길에서 그런 감정이 느껴졌다.

에단과 한나는 일어나 서로의 옷에 묻은 눈을 털어 주고는 여전히 팔짱을 낀 채로 토드에게 다가갔다. 사랑과 기쁨이 흘러넘치는 이들은 토드가 쏟아 놓고 있는 증오의 물결을 전혀 느끼지 못했다.

“잘 있었어, 토드?”

“안녕.”

“얘는 한나야, 얘는 토드고. 길 끝 집에 살아.”

한나는 웃으며 손을 내밀었다.

“반가워.”

토드의 태도가 약간 굳어졌다.

“우리 전에 한 번 봤는데.”

한나가 고개를 움직여 눈을 가리고 있던 머리카락을 치웠다.

“그래?”

한나가 말했다.

“언제?”

에단이 물었다.

"축구 경기 때."

이렇게 말하면서 토드는 큰 소리로 짧게 웃었다

에단은 어리둥절한 표정으로 고개를 좌우로 흔들었고 한나는 눈을 깜박거렸다.

"그래? 아, 맞아."

한나가 갑자기 차분해져서 말했다.

"뭐?"

에단이 물었다.

"동생 데려가야 해. 린다!"

토드가 양손을 입가에 모으고 외쳤다.

"당장 집에 가자!"

린다는 친구들 무리에서 떨어져 나와 실망한 듯 눈 위를 터덜터덜 걸어왔다.

"얘가……, 얘가 지난번에 내가 말한 애야."

한나가 에단에게 말했다.

한나에게서 걱정하는 느낌이 전해져 그녀를 바라보던 나는 이번에는 에단에게서 분노가 흘러나오는 바람에 다시 에단 쪽으로 고개를 홱 돌렸다.

"잠깐, 뭐라고? 너였어? 토드, 내가 미셸이라는 애 만난다고 한나에게 말한 게 너였어? 난 그런 애 알지도 못해."

"가야 돼."

토드가 웅얼거리더니 린다를 불렀다.

"린다, 차에 타!"

"안 돼, 잠깐."

에단이 말했다.

에단은 팔을 뻗어 토드를 잡았고 토드는 에단의 팔을 뿌리쳤다.

"에단."

한나가 장갑 낀 손을 에단의 팔에 대며 속삭였다.

"왜 그랬어, 토드? 왜 거짓말했냐고? 야, 너 도대체 왜 그래?"

토드에게서 쏟아져 나오는 갈등과 감정이 너무 강렬해서 우리가 서 있는 곳의 눈이 녹을 지경이었지만 토드는 그 자리에 서서 아무 말도 없이 에단을 노려보기만 했다.

"이러니까 네가 친구가 없지, 토드. 좀 정상적으로 살 수 없어? 넌 꼭 이런 멍청한 짓을 하더라. 역겨워."

에단이 말했다.

에단의 분노는 가라앉았지만 불쾌감은 여전했다.

"에단."

한나가 좀 더 날카롭게 말했다.

토드는 말없이 차에 타더니 문을 쾅 닫았다. 한나와 에단을 되돌아보는 토드의 얼굴에 표정이라곤 전혀 없었다.

"비열해."

한나가 말했다.

"토드가 어떤 앤지 넌 몰라."

"상관없어."

한나가 대답했다.

"그래도 친구 하나 없다는 이야긴 안 했으면 좋았을걸."

"뭐, 실제로 없는걸? 항상 무슨 짓인가를 해. 한번은 누가 자기 트랜지스터 라디오를 훔쳤다고 했는데 몽땅 거짓말이었지."

"음 걔 말이야……, 뭔가 좀 이상하긴 하더라. 안 그래? 특수학교라도 다니는 거야?"

"아니, 전혀 그런 건 아니야. 머리는 정말 좋거든. 놈은 그냥 토드야, 그뿐이야. 왜 있잖아, 항상 '꼬인 애'. 옛날에 어릴 땐 같이 놀았어. 그런데 언젠가부터 재미로 해괴한 장난만 생각해 내는 거야. 한번은 학교도 다니기 전인 꼬맹이들이 여름 캠프에 가려고 차를 기다리고 있었는데 그 애들한테 달걀을 던지자는 거야. 나는 그러기 싫다고 했지. 토드 동생도 그중에 있었는데 말이야. 그래서 내가 말렸더니 자기가 가져온 달걀 한 판을 모조리 밟아 뭉개 버리는 거야. 우리 집 진입로를 엉망진창으로 만들어 놓는 바람에 대드가 오기 전에 물청소를 해야 했지. 뭐 베일리는 신났었지만 말이야."

내 이름이 들리자 나는 이제 둘이 내 이야기를 한다고 생각하고는 기뻐서 꼬리를 흔들었다.

"베일리, 정말 신났겠네."

한나가 웃으며 손을 뻗어 나를 쓰다듬어 주었다.

한나가 떠나고 며칠 뒤, 눈이 내리는 데다 바람까지 심하게 부는 바람에 우리는 종일 집에 틀어박힌 채 난로 앞에 앉아 있었다. 뭐 하여간 적어도 나는 그랬다. 그날 밤 나는 에단의 침대에서 함께 이불을 덮고 잤는데 강아지 때처럼 에단과 몸을 맞대고 있는 느낌이 너무 좋아서 숨을 헐떡거릴 만큼 더웠는데도 그대로 있었다.

다음날 아침 드디어 눈이 그쳤고 에단과 나는 진입로로 나가 몇 시간이고 눈을 치웠다. 눈이 워낙 높게 쌓여 있어서 몇 발짝마다 쉬면서 뛰어넘어야 했다.

저녁을 먹고 나자 달이 나왔는데 달빛이 워낙 밝아 모든 것이 잘 보였고 집 안은 벽난로에서 나오는 기분 좋은 연기 냄새로 가득 찼다. 에단은 피곤해하며 먼저 자러 갔지만 나는 개구멍으로 빠져나가 마당 한가운데서 신비스러운 빛과 상큼한 밤공기를 들이마셨다.

울타리 안쪽으로 거대한 눈 더미가 쌓여 있는 것을 발견한 나는 눈 더미 꼭대기로 올라간 뒤 손쉽게 반대쪽으로 뛰어내렸다. 모험하기 딱 좋은 밤이었다. 일단 첼시네 집으로 가서 더체스와 놀 수 있는지 살폈지만 눈 위에 방금 싼 것 같은 오줌 자국 빼고는 어떤 흔적도 없었다. 나는 주의 깊게 그 자리에 대고 다리를 들어서 내가 더체스를 생각하고 있음을 알렸다.

평소 나는 밤에 이렇게 돌아다닐 때면 개울가로 가곤 했다. 떠돌이 개였던 시절, 시스터와 패스트와 함께 먹이를 찾던 때가 떠오르기 때문이기도 했고 냄새가 끝내주기 때문이기도 했다. 그런데 지금은 눈을 치운 길로만 다닐 수 있을 뿐이어서 나는 그저 이 집 저 집에 있는 진입로들만 킁킁대며 다닐 수밖에 없었다. 우리 집 나무는 여전히 집 안에 있었고 나무에 매달린 이런저런 물건과 전등이 펠릭스에게 계속 시달리고 있었지만 나무를 벌써 밖에 내다 놓은 사람도 있었다. 나는 눈을 치워 놓은 진입로에 나와 있는 나무만 보면 영역 표시를 했는데 나무가 워낙 많아서 시간이 좀 걸렸다. 밖에 나와 있는 또 다른 나무 냄새에 현혹되어 그리로 가지만 않았더라면 나는 좀 더 일찍 집으로 돌아왔을 것이고 어쩌면 그날 벌어진 사건을 막을 수도 있었을 것이다!

제멋대로 돌아다니던 나는 결국 지나가던 한 자동차의 전조등 불빛과 정면으로 마주쳤고 그 순간 차가 속도를 낮췄다. 내가 밖에서 너무 오래 쏘다니면 맘이 에단과 함께 차를 타고 나를 찾아다닐 때 나던 냄새와 똑같은 냄새가 그 차에서도 나는 바람에 마음 한구석이 찔렸다. 나는 머리를 한껏 내리고 종종걸음으로 집으로 향했다.

눈을 치워 둔 인도에서 집 쪽으로 돌아서는 순간 갑자기 한꺼번에 몇 가지가 느껴졌는데 하나같이 뭔가 이상했다.

우선 현관문이 열려 있었고 우리 집 냄새가 벽난로의 열기에 밀려 차가운 밤공기 속으로 홍수처럼 쏟아져 나왔다. 집 안 공기를 타고 자극적이고 낯익은 화학 약품 냄새가 흘러나와 코를 찔렀다. 함께 차를 타고 가다가 에단이 굵고 검은 호스를 들고 차 뒤 쪽에서 서 있기를 좋아하는 장소에 가면 나던 냄새였다. 누군가가 집에서부터 뒷걸음질을 치기에 나는 처음에 에단이라고 생각했다. 그가 똑같은 냄새가 나는 물을 집 앞쪽에 있는 덤불에 뿌리기 시작하고서야 그의 냄새가 코에 와 닿았다.

토드였다. 토드는 세 걸음 물러나더니 주머니에서 종이 같은 것을 꺼내 불을 붙였고, 그 불빛이 돌처럼 무표정한 그의 얼굴을 비추었다. 그가 불붙은 종이를 덤불로 던지자 타닥 소리가 나며 파란 불길이 치솟았다.

토드는 나를 보지 못한 채 불길만 쳐다보고 있었다. 나는 짖지도 않고 으르렁거리지도 않았다. 그저 분노에 차서 조용히 달렸다. 나는 마치 평생 동안 사람에게 덤벼들며 살아왔던 것처럼 토드에게 달려들었고, 무리의 우두머리라도 된 듯 내 몸속에서 힘이 용솟음치는 걸 느꼈다.

개로서 사람을 공격하는데 머뭇거리지 않을 수는 없었지만, 토드의 행동이 내가 보호해야 할 에단과 가족에게 해를 끼친다는 생각 앞에서는 전혀 걸림돌이 되지 않았다. 에단과 가족을 보호하는 것보다 더 중요한 목적은 없었다.

토드는 소리를 지르며 넘어지더니 내 얼굴을 발로 찼다. 나는 나를 찬 발을 꽉 물고 그대로 있었고 토드는 비명을 질렀다. 토드의 바지가 찢어졌고 구두가 벗겨졌으며 내 입안에서는 피맛이 느껴졌다. 토드는 주먹으로 나를 때렸지만 나는 그의 발목을 놓지 않았고 그대로 머리를 좌우로 흔들었다. 살점이 더 떨어져 나가는 것이 느껴졌다. 나는 화가 머리끝까지 나 있었다. 내 입안이 특유의 냄새가 나는 사람의 피부와 피로 가득 차 있다는 사실은 완전히 잊은 채였다.

귀를 찢는 듯한 갑작스런 소리에 놀란 내가 집 쪽을 돌아본 순간 토드는 간신히 발을 빼냈다. 집 안에 있던 나무가 불길에 휩싸였고 독한 냄새가 나는 검은 연기가 현관문에서 쏟아져 나와 밤공기 속으로 흩어졌다. 괴로울 정도로 고음의 큰 소리가 나면서 전기 스파크가 튀었다. 나도 모르게 뒷걸음질을 쳤다.

토드가 일어서더니 다리를 절룩이며 전속력으로 도망쳤고 이런 모습이 시야 한 구석에 들어왔지만 더 이상 개의치 않았다. 나는 사람들에게 불이 난 것을 알리기 위해 있는 힘껏 짖었다. 불길은 집 안 전체로 퍼져 나가 에단의 방이 있는 이층을 향해 올라가고 있었다.

나는 집 뒤쪽으로 돌아갔지만 아까 집을 빠져나올 때 사용했던 눈더미가 울타리 바깥쪽이 아니라 울타리 안쪽에 있다는 것을 발견하고는 좌절했다.

울타리 밖에 서서 짖고 있자니 뒷마당의 테라스 문이 미끄러지듯 열리면서 대드와 맘이 비틀거리며 모습을 드러냈다. 맘은 기침을 하고 있었다.

"에단!"

맘이 외쳤다.

검은 연기가 테라스 문에서 흘러나오고 있었다. 맘과 대드는 울타리 문 쪽으로 뛰었고 나도 그리로 갔다. 맘과 대드는 나를 지나쳐서 쌓인 눈을 헤치며 집 앞쪽으로 달려갔다. 그리고 불이 꺼진 에단의 창문을 올려다보았다.

"에단!"

둘이 동시에 외쳤다.

"에단!"

나는 맘과 대드에게서 떨어져 나와 다시 집 뒤쪽으로 돌아갔고 그들이 나올 때 열어 둔 울타리 문을 통해 마당으로 뛰어들었다. 뒷마당으로 들어서니 펠릭스가 집에서 빠져나와 테라스에 있는 의자 밑에 쪼그리고 앉은 채 나를 보고 야옹거렸지만 나는 멈추지 않았다. 테라스 문을 통해 집 안으로 들어서니 연기 때문에 앞도 안 보이고 코도 막혔다. 그런 채로 나는 비틀거리며 계단을 뛰어올랐다.

불이 타면서 나는 소리는 창문을 열고 차가 달릴 때 나는 바람 소리만큼이나 시끄러웠다. 연기 때문에 숨이 막히기도 했지만 뜨거워서 도저히 앞으로 나아갈 수가 없었다. 격렬한 불길에 코와 귀가 그슬리는 바람에 나는 꼼짝도 못하고 머리를 숙인 채 다시 테라스 문 밖으로 뛰어나왔다. 찬바람이 닿자마자 고통이 사라졌다.

맘과 대드는 여전히 소리치고 있었다. 옆집과 길 건너편 집들에 불이 켜졌고 이웃 사람 하나가 창밖을 내다보며 전화를 하고 있었다.

하지만 에단은 여전히 아무런 소식이 없었다.

"에단!"

맘과 대드가 함께 외쳤다.

"에단!"

chapter 15

에단의 창문에 대고 소리를 지르고 있는 동안 맘과 대드에게서 쏟아져 나오는 두려움은 나는 한 번도 겪어 보지 못한 것이었다. 맘은 흐느끼고 있었고 대드의 목은 잠겨 있었다. 나도 다시 미친 듯이 짖기 시작했지만 조용히 하라고 하는 사람은 아무도 없었다.

멀리서 희미하게 사이렌 소리가 들려왔지만 내 귀에 주로 들리는 소리는 내가 짖는 소리, 맘과 대드가 에단을 부르는 소리, 그리고 무엇보다도 불길이 으르렁거리는 소리였다. 소리가 하도 커서 그 울림이 온몸으로 느껴질 지경이었다. 집 앞쪽의 덤불도 계속 타고 있어서 치직거리며 녹은 눈이 김이 되어 구름처럼 올라가고 있었다.

"에단! 대답해!"

대드가 갈라진 목소리로 외쳤다.

그 순간 에단의 창문에서 뭔가가 튀어나오면서 유리 조각들이 눈 속으로 쏟아졌다. 플립이었다! 나는 전속력으로 달려가 내가 잡았다는 것을 에단에게 보여 주려고 플립을 물어 올렸다. 플립 때문에 생긴 구멍으로 검은 연기에 둘러싸인 에단의 얼굴이 나타났다.

"맘!"

에단이 콜록거리며 외쳤다.

"밖으로 나와야 해, 에단!"

대드가 소리쳤다.

"창문이 꽉 껴서 안 열려요!"

"그냥 뛰어!"

대드가 대답했다.

"에단, 뛰어내려야 해!"

맘이 외쳤다.

에단의 얼굴이 다시 안쪽으로 사라졌다.

"연기 때문에 죽을 지경일 텐데, 뭘 하는 거지?"

대드가 말했다.

"에단!"

맘이 소리쳤다.

에단의 의자가 창문을 부수며 튀어나왔고 곧이어 에단이 뛰어내렸다. 그 와중에 에단의 몸이 창틀에 남아 있던 나무와 유리 조각에 걸리면서 그는 덤불 바깥쪽으로 떨어지지 못하고 불길 속으로 떨어지고 말았다.

"에단!"

맘이 날카로운 비명을 질렀다.

나는 플립은 잊은 채 미친 듯이 짖어 댔다. 대드가 뛰어가 불길 속에서 에단을 꺼낸 뒤 눈 위에 계속 굴렸다.

"세상에, 세상에."

맘은 흐느끼고 있었다. 에단은 눈을 감고 눈 위에 누워 있었다.

"괜찮니, 에단? 괜찮아?"

대드가 물었다.

"다리, 다리가……."

에단이 콜록거리며 말했다.

살이 타는 냄새가 났다. 새카매진 에단의 얼굴에서 진물이 흘러나왔다. 나는 플립을 문 채 에단에게 다가갔다. 그의 찌르는 듯한 통증이 전해져 왔다. 돕고 싶었다.

"베일리, 저리 좀 가 있어."

대드가 말했다.

에단은 눈을 뜨더니 내게 희미한 미소를 지어 보였다.

"그냥 두세요. 괜찮아요. 착하기도 하지, 베일리, 플립을 잡았네, 넌 참 착한 개야."

나는 꼬리를 흔들었다. 에단은 한쪽 팔을 뻗어 내 머리를 툭툭 두들겼고 나는 플립을 뱉었다. 솔직히 말해 플립은 그다지 맛이 좋지 않았다. 가슴 위에 올려놓은 에단의 다른 쪽 손에서는 피가 뚝뚝 떨어졌다.

큰 차와 작은 차들이 불빛을 번쩍이며 들이닥쳤고 사람들이 큰 호스를 들고 집으로 달려가 물을 뿌리기 시작했다. 또 어떤 사람들은 침대를 가져와 에단을 그 위에 눕힌 뒤 다시 들어올려 트럭 뒷문으로 집어넣었다. 나도 따라 타려고 했지만 트럭 뒷문에 서 있던 사람이 나를 밀어냈다.

"미안, 너는 안 돼."

"여기 가만히 있어, 베일리. 괜찮아."

에단이 말했다.

나는 '가만히 있어'라는 말을 너무도 잘 알았다. 내가 제일 싫어하는 명령이었다. 에단은 여전히 아팠고 나는 에단의 옆에 있고 싶었다.

"타도 돼요?"

맘이 물었다.

"물론입니다. 제 손을 잡으세요."

남자가 말했다.

맘이 트럭 뒷문으로 올라갔다.

"괜찮아, 베일리."

첼시의 엄마가 다가왔고 맘은 그녀를 올려다보았다.

"로라, 베일리 좀 봐줄래요?"

"물론이죠."

첼시의 엄마가 내 목줄을 잡았다. 첼시 엄마의 손에서 더체스의 냄새가 났다. 하지만 대드의 손에서는 불 냄새가 났고 대드의 고통이 내게 전해져 왔다. 대드도 에단과 맘을 따라 차에 탔다.

거의 모든 동네 사람이 길에 나와 있었지만 개는 한 마리도 보이지 않았다. 트럭은 떠났고 나는 슬퍼서 한 번 짖었다. 에단이 안전한지 이제 어떻게 안단 말인가? 내가 옆에 있어야 하는데!

첼시의 엄마는 내 목줄을 잡고 사람들과 좀 떨어진 곳에 서 있었다. 이제 어찌하면 좋을지 모르는 것 같은 느낌이었다. 동네 사람들이 대부분 길에 모여 있었는데 첼시 엄마는 집 쪽에 가까이 있었기 때문에 모두들 첼시 엄마가 사람들 사이에 끼기보다는 그 자리에 그냥 있고 싫어 한다고 생각했다.

"방화가 틀림없어요."

벨트에 총을 차고 있는 여자와 이야기하면서 어떤 남자가 말했다. 이런 옷을 입은 사람들을 경찰이라고 부른다는 것을 나는 알고 있었다.

"덤불, 크리스마스 트리, 모두 일제히 타기 시작했거든요. 발화점이 여러 군데인 데다가 화염 촉진제도 많이 뿌렸어요. 가족이 모두 살아남다니, 운이 정말 좋았어요."

"경위님, 이것 좀 보세요!"

다른 남자가 말했다.

이 남자도 총을 가지고 있었다. 고무로 된 옷을 입은 사람들은 총이 없었고 여전히 물을 뿌려 대고 있었다.

첼시의 엄마는 아까보다 긴장이 좀 풀린 듯 사람들의 시선이 모인 곳을 바라봤다. 거기엔 토드의 신발 한 짝이 있었다. 나는 찔려서 고개를 돌렸다. 내가 한 짓이라는 것을 아무도 눈치채지 못하면 좋으련만.

"이 테니스화를 찾아냈는데, 피가 묻은 것 같아요."

눈 위를 플래시로 비추며 어떤 남자가 말했다.

"뛰어내리면서 에단이 심하게 다친 모양이네요."

누군가가 말했다.

"에단은 저쪽으로 떨어졌죠. 이쪽이 아니에요. 여긴 온통 개 발자국하고 이 신발뿐이고요."

나는 '개'라는 단어가 나오자 움츠러들었다. 총을 가진 여자가 플래시를 꺼내 눈 위를 비추었다.

"분명히 뭔가 있을 거야."

그녀가 말했다.

"피로군요."

누군가가 말했다.

"좋아, 여기 두 사람은 핏자국이 어디로 가나 쫓아가 봐. 여기엔 폴리스라인 설치하고. 경사?"

"네, 경위님."

어떤 남자가 그녀에게 다가오며 대답했다.

"핏자국이 있어. 여기 양쪽 2.5미터 거리에 폴리스라인 설치해. 교통 차단하고, 저 사람들 물러나라고 하고."

여자는 일어섰고 첼시의 엄마가 갑자기 허리를 굽혀 내게 관심을 보였다.

"너 괜찮니, 베일리?"

그녀가 부드럽게 나를 쓰다듬어 주며 물었다.

나는 꼬리를 흔들었다.

갑자기 그녀가 나를 쓰다듬던 손길을 멈추더니 자기 손을 내려다보았다.

"부인, 이 집에 사세요?"

총을 가진 여자가 첼시 엄마에게 물었다.

"아니요, 하지만 개는 이 집 개예요."

"여쭤 보고 싶은 게 있는데요. 어, 그러니까 근처에 사세요?"

"두 집 건너에 살아요."

"오늘 밤에 누구 본 사람 없어요? 아무나?"

“아니요, 전 자고 있었어요.”

“좋습니다. 저쪽 사람들 모여 있는 데로 가실래요? 추우시면 연락처 남기시고 집으로 가셔도 됩니다.”

“네, 그런데…….”

첼시의 엄마가 말했다.

“네?”

“누가 베일리 좀 봐줘야겠어요. 피를 흘리는 것 같네요.”

나는 꼬리를 흔들었다.

“그러죠. 얘 얌전한가요?”

총을 가진 여자가 첼시의 엄마에게 물었다.

“네, 얌전해요.”

“너 다쳤니? 어쩌다 다쳤어?”

여자 경찰이 몸을 굽힌 채 부드럽게 내게 물었다.

그녀는 플래시를 꺼내더니 내 목을 꼼꼼히 살폈다. 나는 멈칫거리며 그녀의 얼굴을 핥았고 그녀가 웃었다.

“알았어, 알았어. 착하기도 하지. 그런데 이건 얘 피가 아닌 것 같아요, 부인. 이 개를 우리가 좀 데리고 있어야 할 것 같은데, 괜찮습니까?”

“필요하다면 제가 베일리 옆에 있을게요.”

“아니요, 그러실 필요는 없습니다.”

여자 경찰이 말했다.

여자 경찰은 나를 어떤 차로 데려갔다. 차 안에는 아주 친절한 남자가 있었는데 그는 가위로 내 털을 조금 잘라 내더니 비닐봉지에 담았다.

"이 피의 혈액형과 테니스화의 혈액형은 일치할 거야. 틀림없어. 내가 보기엔 오늘 밤 이 네 발 달린 친구가 순찰을 돌다가 방화범과 맞닥뜨려서 한 판 한 게 틀림없어. 용의자가 분명히 있고 이 피로 놈을 찾을 수 있겠지."

여자가 내 털을 깎은 남자에게 말했다.

"경위님."

한 남자가 다가오며 여자를 불렀다.

"범인의 집을 찾았습니다."

"아, 말해 봐."

여자가 말했다.

"멍청한 녀석이 여기서 네 집 건너에 있는 집으로 피를 흘리며 곧장 갔더군요. 인도에 떨어진 핏자국이 그 집 옆문으로 곧장 이어져 있었습니다."

"그 정도면 수색 영장 떨어지겠군."

여자가 대답했다.

"거기 사는 놈 다리에 이빨 자국이 두어 개 나 있을 거야, 틀림없이."

그로부터 며칠 동안 나는 첼시네 집에서 지냈다. 더체스는 내가 24시간 대기 놀이 친구로 온 걸로 생각하는 모양이었지만 나는 걱정을 떨쳐 버릴 수가 없었다. 나는 에단이 집으로 돌아오기만을 기다리며 끊임없이 서성거렸다.

다음날 맘이 첼시네 집으로 왔다. 맘이 나에게 착한 개라고 한 데다 옷에서 에단 냄새가 났기 때문에 나는 기분이 좀 좋아져서 더체스가 좋아하는 양말 당기기 놀이를 한 시간쯤 해 주었는데 그 사이 첼시의 엄마가 진한 커피를 내왔다.

"걔는 도대체 어쩐 일이래요? 왜 불을 질렀대요? 다 죽을 뻔했잖아요."

"모르겠어요. 옛날에는 에단하고 친구였는데."

에단의 이름을 듣는 순간 나는 고개를 돌렸고 그 틈에 더체스가 내 입에서 양말을 빼냈다.

"토드가 분명하대요? 경찰이 혈액 대조 작업에 시간이 좀 걸릴 거라고 하는 것 같던데."

"경찰 심문에서 다 자백했대요."

맘이 말했다.

"왜 그랬는지 말했대요?"

더체스는 잡아 보라는 듯 나에게 양말을 내밀었지만 나는 싹 무시했다.

"자기도 왜 그랬는지 모르겠다고 하더래요."

"말이 나왔으니 말인데, 난 늘 걔가 이상하다고 생각했어요. 괜히 첼시를 덤불에 밀었던 일, 기억하세요? 그때 남편이 화가 머리 꼭대기까지 났잖아요. 토드네 집에 가서 걔 아빠하고 얘기를 하는데 싸움 나는 줄 알았다니까요."

"그 얘긴 처음 듣네요. 토드가 첼시를 밀었어요?"

"네, 그리고 서디 허스트는 토드가 자기 침실 창문으로 안을 들여다보려는 걸 봤대요."

"누군지 확실히 모르겠다고 하지 않았나요?"

"이젠 그게 토드라고 하더군요."

나는 갑자기 달려들어 양말을 물었다. 더체스는 으르렁 소리와 함께 발로 바닥을 긁으며 버텼다. 녀석을 끌고 방 안을 빙빙 돌아도 양말을 놓지 않았다.

"베일리는 이제 영웅이 됐어요. 토드는 여덟 바늘이나 꿰맸대요."

내 이름이 들리자 나도 더체스도 움직임을 멈췄다. 간식이라도 주려나? 양말이 둘 사이에서 축 늘어졌다.

"베일리 사진을 찍자고 하네요. 신문에 낸다고요."

맘이 말했다.

"목욕 시켜 놓길 잘했군요."

첼시의 엄마가 대답했다.

뭐? 목욕을 또 해? 방금 했는데? 나는 양말을 뱉어 버렸고 더체스는 신이 나서 양말을 흔들며 방 안을 뛰어다녔다.

"에단은 좀 어때요?"

첼시 엄마의 질문에 맘이 커피잔을 내려놓았다. 에단의 이름이 나오자 맘에게서 걱정과 슬픔이 흘러나왔고 나는 맘에게 다가가 무릎 위에 머리를 내려놓았다. 맘은 손을 뻗어 내 머리를 쓰다듬어 주었다.

"다리에 금속 핀을 집어넣었어요. 그리고…… 흉터가 남을 거래요."

맘은 손으로 얼굴을 가리키며 이렇게 말하더니 곧 손을 눈가로 가져갔다.

"어머, 저걸 어째."

맘은 울고 있었다. 나는 맘을 위로하려고 앞발을 맘의 다리에 갖다 댔다.

"베일리, 착한 녀석."

맘이 말했다.

양말을 느슨하게 문 더체스가 멍청한 얼굴을 내 얼굴 앞에 바짝 들이댔다. 내가 낮게 으르렁거리자 더체스는 갑자기 왜 이러느냐는 표정으로 물러섰다.

"사이좋게 놀아야지."

첼시 엄마가 말했다.

얼마 후 첼시 엄마는 맘에게 파이를 주었지만 나하고 더체스에게는 주지 않았다. 더체스는 하늘을 보고 드러누워 양말을 두 앞발로 잡고는 입 위에 늘어뜨리고 있었는데 보호소 마당에서 내가 코코하고 놀면서 자주 하던 짓이었다. 그곳에서의 생활이 까마득한 옛날처럼 느껴졌다.

사람들이 몇 명 찾아왔고 나는 밝은 빛이 번쩍이는 바람에 눈을 깜박였다. 마치 소리 없는 번개 같았다. 그런 뒤 집으로 갔는데, 집은 두꺼운 비닐로 덮여 있었고 바람이 불 때마다 비닐이 펄럭였다. 여기서도 번개가 몇 번 쳤다.

일주일 후, 우리는 '아파트'라는 곳으로 옮겨 갔다. 나는 맘의 차를 타고 거기로 갔다. 큰 건물 안에 작은 집들이 여럿 들어 있는 곳이었다. 가는 데마다 개가 있었다. 대부분 작은 개들이었고 오후가 되면 맘은 개 여러 마리가 놀고 있는 시멘트 마당으로 나를 데려갔다. 거기서 맘은 벤치에 앉아 사람들과 이야기를 나눴고 나는 다른 개들과 사귀고 영역 표시도 하면서 뛰놀았다.

나는 아파트가 싫었다. 대드도 마찬가지인 듯했다. 대드는 예전 집에 있을 때보다 훨씬 더 자주 맘한테 소리를 질렀다. 우선 집이 좁았고 더 큰 문제는 에단이 없다는 것이었다. 대드와 맘에게서 에단과 비슷한 냄새가 날 때도 많았지만 에단이 함께 살지 않아서 마음이 너무 아팠다. 밤이면 마음이 잡히질 않아 집 안을 서성이기 일쑤였고 결국 대드는 가만히 엎드리라며 나에게 호통을 쳤다. 내가 하루 중 가장 좋아했던 저녁 식사 시간도 예전 같지 않았다. 맘이 밥을 주었지만 그다지 배가 고프지 않아 가끔은 밥을 남기기도 했다.

나의 에단은 대체 어디 있는 거지?

chapter 16

여전히 아파트에 살고 있던 어느 날, 에단이 돌아왔다. 나는 바닥에 몸을 동그랗게 말고 엎드려 있었고 펠릭스는 내 몸에 기대 잠들어 있었다. 나는 놈을 밀어내는 걸 포기한 지 오래였다. 펠릭스는 나를 엄마로 생각하고 있는 게 분명했다. 불쾌했지만 뭐 워낙에 아무 생각 없는 고양이다운 일이라 생각했다.

아파트에 사는 동안 나는 주차장에 들어오는 엔진 소리만 듣고도 우리 차를 알아내는 능력이 생겼고, 그날도 맘의 차가 들어오는 것 같아 벌떡 일어났다. 나는 맘이 계단을 올라오는 모습을 보려고 재빨리 창가로 뛰어가 앞발로 창틀을 밟고 일어섰다. 펠릭스는 영문을 모르겠다는 듯 나를 보며 눈을 깜박였다.

주차장을 내려다본 나는 갑자기 가슴이 뛰기 시작했다. 에단이 차에서 내려 일어서려고 기를 쓰고 있었다. 맘이 몸을 숙여 에단을 부축해 주었고 몇 초쯤 애를 쓴 끝에 그는 똑바로 일어섰다.

나는 가만히 있을 수가 없었다. 짖다가, 맴돌다가 밖으로 나가려고 창가에서 문 앞으로 뛰어갔다가, 다시 에단을 보려고 창문으로 돌아오기를 반복했다. 펠릭스는 기겁을 하며 소파 밑으로 기어들어가 나를 빤히 바라보고 있었다.

열쇠 구멍에서 열쇠가 찰칵거리는 소리가 나자 나는 즉시 문 앞에 가서 섰다. 맘이 문을 조금 열자 에단의 냄새가 바람을 타고 흘러들었다.

"자, 베일리, 물러서. 앉아. 앉아야지, 베일리."

맘이 문틈 사이로 말했다.

글쎄, 나는 그럴 수가 없었다. 나는 엉덩이를 바닥에 잠깐 댔다가 얼른 다시 뛰어올랐다. 맘은 문 안으로 손을 뻗어 내 목줄을 잡고 뒤로 밀어내면서 문을 활짝 열었다.

"베일리, 야, 이 녀석!"

에단이 말했다.

에단이 뭔가에 의지해 절룩거리며 안으로 들어오는 동안 맘이 나를 꼭 붙잡고 있었는데 나는 곧 그것이 목발이라고 불린다는 것을 알았다. 에단이 소파로 가 앉는 동안 나는 목줄을 잡힌 채 낑낑거리며 몸부림을 쳤다. 드디어 맘이 목줄을 놓아주자 나는 단숨에 에단의 무릎 위로 몸을 날려 그의 얼굴을 핥았다.

"베일리!"

맘이 엄한 목소리로 불렀다.

"난 괜찮아요. 베일리, 이 둔돌아."

에단이 나를 감쌌다.

"잘 지냈어? 나도 보고 싶었어, 베일리."

에단이 내 이름을 부를 때마다 기뻐서 온몸이 부르르 떨렸다. 에단이 아무리 내 털을 쓰다듬어 줘도 충분하지가 않았다.

에단이 돌아왔다.

그로부터 며칠 동안 나는 에단이 뭔가 잘못되었다는 사실을 조금씩 깨달았다. 전에는 전혀 없던 통증을 느끼고 있었고 걸음걸이도 어색한 데다 걷기를 힘들어 했다. 에단에게서는 애절한 슬픔이 흘러나왔고 가끔 조용히 소파에 앉아 창밖을 바라볼 때면 우울한 분노도 함께 나왔다.

처음 한두 주 동안 에단은 매일 맘과 차를 타고 나갔다가 지친 모습으로 땀을 흘리며 돌아와서는 잠이 들곤 했다. 날이 따뜻해지고 새싹이 돋으면서 맘은 일을 하러 가야 했고 에단과 나는 펠릭스와 함께 아파트에 남았다. 펠릭스는 온종일 현관 밖으로 탈출할 궁리만 하고 있었다. 밖에 나가 뭘 할 작정인지 알 수 없었지만 어쨌든 에단은 펠릭스에겐 외출 금지라는 규칙을 정해 놓았기 때문에 어쩔 수가 없었다. 하지만 펠릭스는 규칙 따위는 아랑곳하지 않는 놈이라 녀석을 보는 내가 미칠 지경이었다. 녀석은 거실 한쪽 구석에 있는 기둥을 걸핏하면 긁어 댔는데 나는 거기 대고 '딱 한 번' 다리를 들었을 뿐인데도 모두들 소리를 질러 댔다. 놈은 저녁밥을 남김없이 먹는 일이 없었고 녀석이 남긴 것을 내가 다 해치워 줘도 누구 하나 고마워하지도 않을 뿐만 아니라 오히려 가끔 소리를 지르기까지 했다.

마음 한편으로는 녀석이 그렇게 원하는 대로 나가 버렸으면 하는 바람도 있었다. 그러면 놈을 견디면서 살 필요가 없을 텐데. 하지만 또 녀석은 내가 너무 거칠게 나가지 않는 한 항상 나와 가벼운 씨름을 하고 싶어 했다. 에단이 복도로 공을 굴리면 그걸 쫓아가는 놀이도 했는데 대개 녀석은 내가 공을 물고 돌아올 수 있도록 옆으로 비켜났고 나는 그 점에선 녀석이 꽤 괜찮다고 생각했다. 하지만 사실 녀석에게는 선택의 여지가 별로 없기도 했다. 어차피 내가 우두머리였으니까.

아파트에서의 삶은 농장만큼 재미있지도 않았고 심지어 옛날 집보다도 재미없었지만 에단이 거의 하루 종일 집에 함께 있었기 때문에 나는 행복했다.

"이제 학교에 가야지."

어느 날 밤, 저녁을 먹으며 맘이 말했다.

'학교'라는 단어를 알아듣고 돌아보니 에단이 팔짱을 끼고 있었다. 그에게서 분노 섞인 슬픔이 느껴졌다.

"아직 안 될 것 같아요."

에단이 말했다. 에단은 손가락을 들어 뺨에 있는 진한 자주색 흉터를 만졌다.

"좀 더 잘 걸을 수 있을 때까지 안 갈래요."

나는 벌떡 일어났다. 걷는다고? 산책이라도 간단 얘긴가?

"에단, 그때까지 기다릴 필요……."

"맘, 그 얘기는 하기 싫어요!"

에단이 소리를 질렀다.

깜짝 놀랐다. 에단은 맘에게 한 번도 소리를 지른 적이 없었기 때문이다. 에단이 금방 미안해하고 있다는 걸 나는 느꼈지만 맘도 에단도 식사를 마칠 때까지 아무 말도 하지 않았다.

며칠 후 누군가가 노크를 했고 에단이 문을 열자 소년들이 쏟아져 들어왔다. 몇몇은 큰 마당에서 축구할 때 냄새를 익혀 둔 소년들이었다. 그들 대부분이 내 이름을 알고 있었다. 내가 이렇게 특별한 존재라는 사실을 펠릭스 녀석은 어떻게 생각하는지 보려고 힐끗 시선을 던지니 전혀 부럽지 않은 척하고 있었다.

소년들은 한 시간쯤 웃기도 하고 떠들기도 하며 빙 둘러서 있었는데 그 사이 에단의 기분이 밝아지는 것이 느껴졌다. 에단의 행복감에 덩달아 기분이 좋아진 나는 공을 입에 물고 거실을 한 바퀴 돌았다. 소년들 중 한 명이 공을 빼내 복도로 굴렸고 우리는 그렇게 몇 분간 놀았다.

친구들이 왔다 가고 나서 며칠 후, 에단은 아침 일찍 일어나 맘과 함께 나갔다.

학교에 간 것이다.

에단은 밖에 나갈 때마다 반짝이는 막대기를 짚고 다녔는데 사람들은 이것을 지팡이라고 불렀다. 지팡이는 아주 특별한 막대기였다. 에단은 이것을 결코 던지지 않았고 나도 본능적으로 이것이 절대로 씹어서는 안 되는 물건임을 알았다.

한번은 다 같이 차에 탔는데 어디로 가는지는 몰라도 신나기는 마찬가지였다. 목적지가 어디든 간에 차 타는 것은 항상 신이 났다.

창문을 통해 익숙한 개울과 길거리 냄새가 들어오자 나는 더욱 들떴고, 차 문이 열리자마자 집 현관문으로 쏜살같이 뛰어들어갔다. 아직도 연기 냄새가 났지만 새 나무와 양탄자 냄새가 더 강하게 났고 거실 창문은 더 커져 있었다. 펠릭스는 새로운 환경을 아주 의심쩍어 하는 눈치였지만 나는 도착한 지 몇 초도 안 되어 개구멍으로 튀어 나가 널찍한 뒷마당을 뛰어다녔다. 신이 나서 짖으니 몇 집 건너에서 더체스가 화답했다. 집이다!

짐을 정리하기가 무섭게 우리는 다시 한참 동안 차를 타고 농장으로 갔다. 드디어 모든 것이 정상으로 돌아왔다. 에단이 뛰지도 못하고 걷는 것조차 지팡이에 의지해야 했지만.

농장에 도착해서 제일 먼저 한 일 중 하나는 한나네 집을 찾아간 것이었다. 한나네 집으로 가는 길을 아주 잘 알고 있었던 나는 앞장서서 껑충껑충 뛰어간 덕분에 한나를 제일 먼저 만났다. 한나가 나를 불렀다.

"베일리! 잘 있었어?"

한나는 나를 실컷 쓰다듬어 주고 긁어 주었다. 얼마 후 에단이 가쁜 숨을 내쉬며 진입로에 도착했다. 한나는 계단을 내려가 햇살 속에 서서 에단을 기다렸다.

"잘 있었어?"

에단이 말했다. 뭔가 자신 없어 하는 모습이었다.

"잘 있었어?"

한나가 말했다.

나는 하품을 하고는 턱 밑의 가려운 곳을 발로 긁었다.

"너 나한테 뽀뽀 안 할 거니?"

한나가 물었다.

에단은 한나에게 다가가 한참 동안이나 그녀를 끌어 안았다. 지팡이가 쓰러졌다.

그해 여름엔 몇 가지가 달라졌다. 에단은 해 뜨기 한참 전에 일어나 그랜드파의 픽업트럭을 몰고 나가 시골길을 이리저리 누비며 사람들의 우체통에 신문을 밀어넣었다. 옛날에 에단이 집 안에 있는 양탄자 위를 모두 덮어 놓았던 것과 똑같은 종이였다. 강아지였던 시절, 이 종이 위에 오줌을 싸면 다들 나를 지나치게 칭찬하곤 했지만, 지금 내가 그렇게 한다 해도 누구도 좋아할 것 같지 않았다.

한나와 에단은 나란히 앉아 있거나 아니면 말없이 씨름만 하면서 몇 시간이고 함께 있었다. 평소에는 에단과 나만 아침 일찍 차를 타고 나갔고 내가 앞자리 개가 되었지만 가끔씩 한나도 함께 차를 타기도 했다.

"돈을 좀 벌어야 해, 베일리."

에단은 가끔 이렇게 말했고 나는 내 이름이 들려 꼬리를 흔들었다.

"이젠 더 이상 축구 장학금이 안 나와. 그건 확실하지. 나는 다시는 운동을 못 할 거야."

그의 목소리에서 슬픔이 묻어나 나는 에단의 손 아래로 코를 밀어 넣었다.

"내 인생 최대의 꿈이었는데. 모든 게 끝나 버렸어. 토드 때문에."

에단은 무슨 일인지 플립을 농장으로 가져왔고 가끔 플립을 꺼내 다시 자르고 바느질을 했는데 그럴 때마다 모양이 더 해괴해졌다. 제일 신나는 것은 연못에서 같이 헤엄칠 때였다. 에단은 이때만큼은 다리가 안 아픈 것 같았다. 그리고 지난 몇 년간 계속했던 가라앉기 놀이도 했다. 에단이 무거워져서 수면으로 끌어올리기가 몹시 힘들었지만 에단을 따라 잠수할 때면 나는 아주 행복했고 전혀 싫증이 나지 않았다. 너무 행복해서 이 순간이 끝나지 않았으면 싶었다.

하지만 곧 끝나리라는 것을 나는 알고 있었다. 밤이 점점 길어지는 것이 느껴졌는데, 이것은 집에 돌아가야 하는 날이 다가온다는 뜻이었다.

어느 날 저녁, 나는 식탁 밑에 엎드려 맘과 그랜드마가 이야기하는 것을 듣고 있었다. 에단은 나를 빼고 한나만 차에 태우고 갔기 때문에 나는 그 둘이 별로 재미없는 뭔가를 하고 있을 거라고 생각했다.

"할 이야기가 좀 있단다."

그랜드마가 맘에게 말했다.

"저기, 엄마."

맘이 말했다.

"그냥 들어. 여기 오고 나서 에단이 확 달라졌어. 행복하고, 건강하고 여자 친구도 있고……. 왜 에단을 집으로 데려가려고 하니? 여기서 고등학교 졸업하면 되잖아."

"엄마, 그렇게 말하니까 우리가 뭐 빈민가에라도 사는 것 같네요."

맘이 웃으며 말했다.

"내 말에 대답을 안 하는구나. 뭐 때문인지는 그래, 너도 나도 알지. 애 아빠가 반대할 테니. 하지만 개리는 이제 거의 항상 출장을 다니잖니. 너도 학교 일이 힘들어 죽겠다고 하고. 에단이 회복될 때까지 주변에 가족이 있어 줘야지."

"맞아요. 개리가 출장을 자주 다니긴 하지만 그래도 집에 오면 에단을 보고 싶어 해요. 나도 학교 일을 그렇게 간단하게 그만둘 수가 없고요."

"그만두라는 게 아니야. 언제라도 오고 싶을 때 올 수 있다는 거지.

개리도 그래. 아무 때나 주말에 비행기 타고 오면 되잖아. 조그맣지만 공항도 있는데. 하여간 나는 너희들이 전부 다 잘살길 바란단다. 그리고 지금 같아선 에단과 떨어져 단둘이 있는 편이 낫지 않겠니? 너하고 개리 사이의 문제를 해결하려면 에단이 없는 데서 해야 할 테니까 말이야."

에단의 이름이 들려 나는 귀를 쫑긋 세웠다. 에단이 집에 왔나? 고개를 치켜들었지만 차 소리는 들리지 않았다.

새끼 오리가 엄마 오리만큼 자랐을 무렵, 맘은 차에 짐을 실었다. 나는 또 나만 남겨 두고 갈까 봐 걱정이 되어 서성거리다가 기회를 봐서 재빨리 차 뒷자리로 올라탔다. 왠지 모르지만 다들 웃었다. 나는 차에 앉아서 맘이 그랜드파와 그랜드마를 껴안는 모습을 보았는데 이상하게도 에단까지 껴안는 것이었다. 그러더니 에단이 차로 다가와 문을 열었다.

"베일리, 맘이랑 갈래, 나랑 여기 있을래?"

무슨 말인지 전혀 알아들을 수가 없어서 나는 에단을 바라보기만 했다.

"내려, 둔돌아. 어서, 베일리!"

나는 멈칫거리며 진입로로 뛰어내렸다. 차 타는 거 아니야?

맘은 혼자 차를 타고 떠났고 에단은 그랜드마, 그랜드파와 함께 손을 흔들었다. 도무지 이해가 안 됐지만 어쨌든 나와 에단은 농장에 남았다!

나는 좋았다. 거의 매일 에단과 나는 차로 어둠 속을 달리며 집집마다 신문을 배달하는 것으로 일과를 시작했다. 집에 돌아오면 그랜드마가 아침 식사를 준비하고 있었고 그랜드파는 항상 식탁 밑으로 베이컨, 햄, 토스트 조각 같은 것들을 떨어뜨려 주었다.

"또 개한테 뭐 주고 있어요?"

가끔 그랜드마가 이렇게 말하는 바람에 나는 소리 없이 씹는 습관을 들였다. 그랜드마가 '개'라고 할 때의 말투로 보아 그랜드파와의 이 작업은 전반적으로 조용히 수행해야만 할 것 같아서였다.

다시 '학교'라는 단어가 가족들 입에 오르내리기 시작했지만 이제 버스는 오지 않았고 에단이 차를 몰고 나갔다. 가끔 한나가 차를 몰고 우리 집으로 와서 에단을 태우고 나가기도 했다. 그러나 걱정할 필요는 없었다. 저녁이 되면 에단은 반드시 돌아왔고 한나는 우리 집에서 더 자주 저녁을 먹었다.

맘은 자주 찾아왔고 "메리 크리스마스!"라고 서로들 말할 때가 되면 맘과 대드가 함께 왔다. 맘이 나를 쓰다듬어 줄 때면 손에서 펠릭스 냄새가 났지만 나는 신경 쓰지 않았다.

나는 영원히 에단과 함께 농장에서 살 거라고 생각했다. 하지만 여름이 끝날 무렵 뭔가 달라질 것 같은 분위기가 느껴졌다. 에단이 물건을 상자에 넣기 시작했는데 이것은 분명히 우리가 곧 집으로 돌아간다는 신호였다. 한나는 거의 항상 우리와 함께 있었는데 그녀에게서 슬픔과 두려움이 느껴졌다. 한나가 에단을 껴안을 때면 둘 사이에 사랑이 흘러넘치는 게 느껴져서 나도 모르게 둘 사이를 비집고 들어가려고 몸을 버둥거릴 수밖에 없었고 이럴 때마다 둘은 웃음을 터뜨렸다.

어느 날 아침, 그 순간이 다가왔다. 그랜드파는 상자를 차에 실었고 맘은 그랜드마와 이야기를 나누었으며 에단과 한나는 서로를 끌어안았다. 나는 차에 타려고 기회를 엿보며 서성이고 있었는데 그랜드파가 워낙 잘 막고 있어서 어쩔 수가 없었다.

에단이 내 옆으로 다가와 무릎을 꿇었다. 슬픔이 그로부터 전해져왔다.

"착하게 잘 지내, 베일리. 넌 착한 개야."

에단이 말했다.

나는 내가 착한 개라는 것도 알고 이제 곧 차를 타고 집으로 돌아간다는 것도 알고 있다는 뜻으로 꼬리를 흔들었다.

"추수감사절에 올게, 알았지? 보고 싶어서 어떡하니, 둔돌아?"

에단이 사랑을 가득 담아 나를 힘껏 껴안았다. 나는 눈을 반쯤 감았다. 에단에게 안기는 것보다 기분 좋은 일은 세상에 아무것도 없었다.

"베일리 좀 잡아 줘. 베일리는 상황을 이해 못 할 테니까."

에단이 말했다.

한나가 한 걸음 나서서 내 목줄을 잡았다. 한나에게서 슬픔이 물결처럼 흘러나왔고 그녀는 울고 있었다. 나는 한나를 위로해야 할지 차에 타야 할지 몰라 주저했다. 어쩔 수 없이 나는 그녀 발치에 앉아 이 해괴한 상황이 빨리 끝나고 내 자리에 앉아 차창 밖으로 코를 내민 채 달릴 순간을 기다렸다.

"매일 편지해야 해!"

한나가 말했다.

"그럴게!"

에단이 대답했다.

그런데 곧 에단과 맘이 차에 올라타더니 나를 두고 그대로 문을 닫아 버렸다. 믿을 수가 없었다. 나는 앞으로 튀어 나갔다. 한나는 내가 두 사람과 같이 가야 된다는 사실을 모르는 모양이었다! 한나가 줄을 더 꽉 잡았다.

"안 돼, 베일리. 괜찮아. 여기 가만히 있어야 돼."

'가만히 있어야' 한다고? 나만? 차가 경적을 울리며 진입로를 빠져나갔다. 그랜드파와 그랜드마는 손을 흔들고 있었다. 아무도 내가 아직 여기 있는 게 안 보이는 건가?

"가서 잘할 거야. 페리스 대학교는 좋은 학교니까."

그랜드파가 말했다.

"그랜드래피즈도 괜찮은 곳이고."

다들 집을 향해 돌아서는 순간, 줄을 잡고 있던 한나의 힘이 내가 빠져나가기 딱 좋을 만큼 풀렸다.

"베일리!"

한나가 소리쳤다.

차가 시야에서 사라지긴 했지만 먼지가 아직 허공에 떠 있어서 나의 에단을 쫓아가기는 어렵지 않았다.

chapter 17

차는 빠르다.

나는 차가 그렇게까지 빠른지 전혀 모르고 있었다. 마시멜로가 살아 있었을 때 그녀는 길에서 차를 보면 짖으면서 쫓아가곤 했고 그러면 차들은 멈추거나 적어도 마시멜로가 따라잡을 수 있을 정도로 속도를 늦춰 주었다. 이렇게 차를 따라잡고 나면 마시멜로는 처음부터 쫓아갈 의도가 없었던 척하며 다른 쪽으로 방향을 바꾸곤 했다.

에단의 차를 쫓아갈수록 차가 점점 더 멀어진다는 느낌이 들었다. 먼지 냄새와 배기가스 냄새가 점점 희미해졌지만 길이 포장도로로 바뀌는 곳에서 차가 오른쪽으로 방향을 돌렸다는 것이 확실히 느껴졌다. 거기서부터는 에단의 냄새가 남아 있지도 않았지만 포기할 수 없었다. 나는 아무 생각 없이 추적을 계속했다.

저 앞쪽에서 기차가 우르르 소리를 내는 것이 들렸고 곧이어 덜컹거리며 흔들리는 소리도 따라왔다. 오르막길 꼭대기에 이르자 에단의 냄새가 났다. 에단의 차가 창문이 열린 채로 철도 건널목 앞에 서 있었다.

나는 기진맥진해 있었다. 내 평생 이렇게 빨리, 이렇게 오래 달린 건 처음이었지만 나는 더 열심히 달렸고 곧 차 문이 열리면서 에단이 내렸다.

"이런, 베일리!"

에단이 말했다.

에단의 품으로 뛰어들어 사랑받고 싶은 마음이 굴뚝같았지만 기회를 놓칠 수는 없었다. 나는 마지막 순간에 몸을 돌려 차 안으로 뛰어올랐다.

"베일리!"

맘이 웃었다.

나는 날 잊고 간 걸 용서한다는 듯 두 사람을 핥았다. 기차가 지나간 뒤 맘이 차를 돌렸지만 금방 세웠다. 그랜드파가 픽업트럭을 타고 나타났기 때문이다. 아마도 이번에는 그랜드파도 우리와 함께 집에 가나 보다!

"정말 쏜살같더군. 어떻게 이렇게 멀리까지 왔지?"

그랜드파가 말했다.

"어디까지 가려고 했니, 응? 둔돌아."

에단이 다정하게 말했다.

아주 의심스러웠지만 어쩔 수 없이 나는 그랜드파의 차에 탔다. 그리고 그 의심은 곧 현실이 되었다. 그랜드파가 에단과 맘의 차가 가는 방향과는 반대쪽으로 차를 몰더니 나를 농장으로 데려왔기 때문이다.

나는 그랜드파가 좋았다. 가끔 그랜드파는 외양간에 '허드렛일'을 하러 갔는데 그 일이라는 게 구석에 쌓인 폭신한 건초 더미 위에 누워 낮잠을 자는 것이었다. 추울 때면 그랜드파는 두꺼운 담요를 두어 장 가져와 나와 함께 덮었다. 그러나 나는 에단이 떠난 뒤 며칠 동안은 그랜드파 앞에서 항상 부루퉁하게 굴었다.

나를 에단에게서 떼어 놓은 것에 대한 일종의 시위였다. 하지만 아무 효과도 없다는 것을 알게 되자 떠오른 것은 그랜드마의 구두 한 켤레를 씹어 놓는 것이었다. 하지만 그래도 에단은 돌아오지 않았다.

이 엄청난 배신감을 도저히 떨쳐 버릴 수가 없었다. 아마도 집이겠지만, 어디선가 에단은 내가 어디 있는지도 모른 채 나를 필요로 하고 있을 텐데.

모두들 분통이 터질 정도로 멀쩡했다. 집안을 덮친 대 사건을 까맣게 잊은 듯했다. 나는 너무 불안해져서 에단의 옷장을 파헤쳐 플립을 꺼내 물고 아래층으로 내려와 그랜드마의 무릎에 떨어뜨렸다.

"대체 이게 뭐니?"

그랜드마가 놀라서 물었다.

"그거 에단의 위대한 발명품이지."

그랜드파가 말했다.

나는 짖었다. 맞아요! 에단!

"나가서 놀고 싶니, 베일리?"

그랜드마가 물었다.

"개 데리고 산책 좀 갔다 와요."

산책? 걸어서 에단에게 간다고?

"그냥 여기서 경기를 좀 더 볼까 싶은데."

그랜드파가 대답했다.

"어련하시겠어요."

그랜드마가 말했다.

문 앞으로 걸어간 그랜드마는 문을 열고는 플립을 마당으로 던졌고 플립은 고작 1.5미터 정도를 날아갔다. 나는 튀어 나가 플립을 집어 올린 뒤 돌아섰다. 튀어 나가 플립을 집어 올린 뒤 돌아선 나는 완전히 황당한 일을 당했다. 그랜드마가 나를 밖에 내버려 둔 채 문을 닫아 버린 것이다.

뭐, 그럼 좋아. 나는 플립을 뱉어 버린 뒤 플레어 앞을 지나 빠른 걸음으로 진입로 쪽으로 갔다. 나는 한나네 집으로 갔다. 에단이 떠난 뒤 나는 한나네 집을 여러 번 갔다. 곳곳에서 그녀의 냄새는 났지만 에단의 냄새는 조금씩 사라져 가고 있었다. 차 한 대가 그녀의 집 앞 진입로로 들어와 멈추더니 한나가 내렸다.

"잘 가!"

한나가 외쳤다.

한나가 돌아서더니 나를 발견했다.

"어머, 베일리 왔네!"

나는 꼬리를 흔들며 한나에게 달려갔다. 옷에서 몇몇 사람의 냄새가 났지만 에단의 흔적은 전혀 없었다. 한나는 나를 데리고 우리 집까지 걸어왔다. 노크를 하자 그랜드마가 문을 열어 우리를 들여보내주었고 한나에게는 파이를 주었지만 나한테는 주지 않았다.

나는 자주 에단의 꿈을 꾸었다. 에단이 연못으로 뛰어들고 내가 '구해줘' 놀이를 하려고 연못 바닥으로 헤엄쳐 내려가는 모습이 꿈에 보였다. 고카트를 타며 신이 나서 어쩔 줄 모르던 모습도 보였다. 가끔 에단이 창문에서 뛰어내려 타오르는 덤불로 떨어지면서 고통스러운 비명을 지르던 모습도 꿈에 나타났다. 나는 이런 꿈은 정말 질색이었다. 어느 날 밤 악몽에서 막 깨어날 즈음 나를 내려다보고 있는 에단의 모습이 시야에 들어왔다.

"나야, 베일리!"

에단이 속삭였다.

에단의 냄새가 쏟아져 들어왔다. 에단이 농장에 돌아왔다! 나는 벌떡 일어나 앞발로 그의 가슴을 딛고 일어나 얼굴을 핥았다.

"쉿, 늦었어. 나 방금 막 왔어. 다들 자고 있어."

그때는 사람들이 "해피 추수감사절!" 하고 인사를 서로 건네던 때였고 에단이 오면서 모든 것이 다시 정상으로 돌아왔다. 맘도 왔지만 대드는 오지 않았다. 한나는 매일 왔다.

에단은 행복해 보였다. 하지만 그가 정신을 딴 데 팔고 있다는 것도 느낄 수 있었다. 에단은 나하고 놀기보다는 종이를 들여다보는 시간이 많았고, 내가 정신을 차리게 해 주려고 멍청한 플립을 가져다줘 봐도 꿈쩍도 안 했다.

에단이 다시 떠났을 때 나는 놀라지 않았다. 이게 나의 새로운 삶이라는 걸 알았기 때문이다. 나는 그랜드파, 그랜드마와 농장에서 살았고 에단은 그저 가끔 다니러 올 뿐이었다. 뭐 이게 좋지는 않았지만 에단이 항상 돌아오기만 한다면 떠나보내는 것도 그리 힘들지 않았다.

날이 따뜻해지고 싱그러운 새잎이 돋을 때쯤 농장에 들른 에단은 나를 데리고 한나가 큰 마당 주위를 뛰고 있는 모습을 보러 갔다. 다들 달리면서 땀을 흘리고 있었고 바람이 큰 마당 쪽에서 불어왔기 때문에 많은 남녀의 냄새 속에 한나의 냄새도 함께 실려 왔다. 재미있어 보였지만 나는 에단의 옆에 붙어 있었다. 둘이 그렇게 서 있을 때면 에단의 다리 통증이 더 심해져서 온몸으로 퍼져 가는 것이 느껴졌기 때문이다. 한나와 다른 사람들이 달리는 모습을 보는 에단의 마음속에서 우울한 감정이 소용돌이쳤다.

"얘들아!"

한나가 다가오며 우리를 불렀다.

나는 땀으로 짭짤해진 그녀의 다리를 핥았다.

"이렇게 반가울 수가. 잘 있었니, 베일리?"

한나가 말했다.

"잘 있었어?"

에단이 말했다.

"400미터에서 내 기록이 점점 단축되고 있어."

한나가 말했다.

"그 남자 누구야?"

에단이 물었다.

"응? 누구? 누구 얘기야?"

"너하고 이야기하면서 포옹한 남자 말이야. 너희 둘 아주 친해 보이더라."

에단이 말했다.

그의 목소리에서 긴장감이 묻어났다. 나는 얼른 주변을 둘러보았지만 위험한 것은 보이지 않았다.

"그냥 친구야, 에단."

한나가 날카롭게 말했다.

에단의 이름을 말할 때 한나의 말투로 봐서 뭔가 에단이 나쁜 짓을 한 것 같았다.

"그 남자가 그 친구야? 이름이 뭐더라, 브렛이라고 했나? 정말 빠르더라."

에단이 지팡이로 땅을 콱 찍었고 나는 그 통에 패여서 드러난 흙더미에 코를 대고 킁킁거렸다.

"그게 무슨 소리야?"

한나가 엉덩이에 양손을 올린 채 물었다.

"가 봐. 코치가 이쪽을 보고 있잖아."

에단이 말했다.

한나가 뒤돌아보더니 다시 에단을 바라보았다.

"저기, 저기, 나 가야 돼……."

한나가 멈칫거리며 말했다.

"그래."

에단이 말했다.

그러고는 돌아서서 절룩거리며 자리를 떠났다.

"에단."

한나가 불렀다.

나는 그녀를 돌아보았지만 에단은 계속 앞만 보고 걸었다. 음울하고 혼란스럽게 뒤섞인 슬픔과 분노가 에단의 마음속에 아직도 버티고 있었다. 그 뒤로 에단이 그곳에 다시는 가지 않은 것으로 보아 뭔가가 에단의 기분을 아주 나쁘게 만든 모양이었다.

그해 여름에 큰 변화가 일어났다. 맘이 농장으로 왔는데 이번에는 트럭 하나가 맘을 따라 진입로로 들어오더니 사람들이 상자를 내려 맘 방으로 가져갔다. 그랜드마와 맘은 오랫동안 낮은 목소리로 이야기를 나눴는데 맘은 가끔 울기도 했다. 그럴 때면 그랜드파는 마음이 편치 않은지 허드렛일을 하러 나갔다.

에단은 매일 '일'을 하러 나갔는데 내가 따라가지 못한다는 점에서 학교와 똑같았다. 하지만 집으로 돌아온 에단의 몸에서는 맛있는 고기와 기름 냄새가 났다. 플레어가 숲 속에서 우릴 버리고 도망간 뒤 그랜드파가 차 앞자리에서 봉지에 든 것을 꺼내 주었던 때가 생각났다.

하지만 우리 가족의 삶에서 가장 큰 변화는 한나가 더 이상 찾아오지 않는다는 것이었다. 가끔 에단은 나를 차에 태우고 외출했는데 그녀의 집 앞을 지날 때마다 그녀의 냄새가 나는 걸로 보아 나는 여전히 그녀가 이 근처에 살고 있다는 것을 알았지만 에단은 절대 그 앞에서 차를 세우거나 그 집 진입로 쪽으로 방향을 틀지 않았다. 나는 그녀가 그리웠다. 한나는 나를 사랑했고 나도 한나의 냄새가 아주 좋았다.

에단도 한나를 보고 싶어 했다. 한나의 집 앞을 지날 때면 항상 속도를 늦췄고 차창 너머로 그 집을 바라보는 에단에게서 그리움이 묻어나는 것을 느낄 수 있었다. 그냥 그 집으로 차를 몰고 가서 비스킷이 있는지 알아보면 될 텐데 왜 그냥 지나가 버리는지는 모르겠지만 어쨌든 우리는 그 집에 한 번도 들르지 않았다.

그해 여름, 맘이 나를 데리고 연못가로 가더니 선창 끝에 앉았다. 그녀는 매우 슬퍼했다. 나는 맘의 기분을 돌려 볼까 하고 오리를 향해 짖었지만 전혀 소용이 없었다. 한참 후 맘은 손가락에서 뭔가를 빼냈는데 먹을 것은 아니었고 금속으로 된 물건이었다. 맘은 조그맣고 동그란 그 물건을 물에 던졌고 물건은 퐁당 소리를 내며 수면 아래로 사라졌다.

나는 나더러 이걸 찾아오라 하는 건가 싶어 맘을 올려다보았다. 가망이 없기는 했지만 맘이 원한다면 뛰어들 생각이었다. 그러나 맘은 그저 내게 가자고 말했고 우리는 집으로 돌아왔다.

그해 여름이 지나자 삶은 편안한 일상을 따라 돌아가기 시작했다. 맘은 일을 시작했고 달콤하고 향기로운 기름 냄새를 풍기며 집으로 돌아왔다. 가끔씩 나는 맘과 함께 차를 타고 염소 목장을 지나 덜컹거리는 다리를 건너 옷과 냄새나는 양초, 별것도 아닌 금속으로 된 물건으로 가득 찬 커다란 방에서 하루를 보내곤 했는데, 사람들은 나를 보러 들어와서는 가방에 이것저것 물건을 담아서 나갔다. 에단은 사람들이 '해피 추수감사절', '메리 크리스마스', '봄 방학', '여름 방학' 이라고 말할 때가 되면 집에 왔다 갔다.

종일 서서 허공을 바라보는 것 말고는 아무것도 하는 일이 없는 플레어 녀석을 볼 때마다 들던 반감이 거의 가실 무렵, 그랜드파가 어떤 동물을 하나 데리고 왔다. '아기 말'처럼 걷는 이 녀석에게서는 내가 평생 맡아 본 적 없는 냄새가 났다. 당나귀였다. 사람들은 그를 재스퍼라고 불렀다.

“왜 집에 당나귀가 있어야 하는지 모르겠다니까.”

그랜드파는 마당을 껑충거리며 돌아다니는 재스퍼를 보면서 웃곤 했는데 이럴 때면 그랜드마는 이렇게 말하며 집으로 들어가 버렸다.

내가 농장에서 가장 지위가 높은 포식자인데도 재스퍼는 나를 전혀 두려워하지 않았다. 나는 녀석과 조금만 놀아도 매번 너무 쉽게 피곤해지는 느낌이 들었고, 공을 집어 올릴 줄도 모르는 동물과 노는 건 시간 낭비 같았다.

어느 날 저녁 식사 때 릭이라는 남자가 집에 왔다. 맘에게서 행복하면서도 어색해하는 느낌이 흘러나왔고 그랜드파는 의심스러워했으며 그랜드마는 뛸 듯이 기뻐했다. 릭과 맘은 한나와 에단이 옛날에 그랬던 것처럼 포치에 앉아 있었지만 씨름은 안 했다. 그날 이후 덩치가 크고 손에서는 나무 냄새가 나는 릭은 더 자주 모습을 나타내기 시작했다. 그는 공 던지는 놀이를 누구보다도 오래해 주었고 나는 이런 그가 정말 좋았다. 물론 에단만큼은 아니었지만 말이다.

내가 하루 중 가장 좋아하는 때는 그랜드파가 허드렛일을 할 때였다. 가끔씩은 그랜드파가 허드렛일을 하지 않을 때도 나 혼자 외양간에 가서 낮잠을 잤다. 나는 낮잠을 자는 시간이 점점 더 늘기 시작했고 오랫동안 돌아다니는 일에도 더 이상 흥미가 없어졌다. 맘과 릭을 따라 산책을 나가는 날이면 나는 항상 완전히 기진맥진해서 돌아왔다.

내가 신바람이 나는 일은 딱 한 가지, 농장에 온 에단을 만나는 것이었다. 그때만큼은 여전히 춤도 추고 엉덩이를 흔들고 낑낑거리기도 했으며 연못에서 놀든 숲 속을 걷든 에단이 원하는 것은 무엇이든 할 자세가 되어 있었다. 심지어 플립을 물어 올 수도 있었지만 고맙게도 에단은 플립이 어디 있는지 까맣게 잊어버린 듯했다. 가끔 우리는 시내에 있는 개 공원에 갔는데 다른 개들을 만나는 것이 기쁘기는 했지만 쉴 새 없이 뛰어다니며 씨름을 하는 젊은 녀석들이 유치하다는 생각이 들었다.

그러던 어느 날 저녁, 정말 해괴한 일이 일어났다. 그랜드파가 밥을 가져다주었는데도 전혀 먹고 싶은 생각이 들지 않았다. 입안에 침이 고였고 나는 물을 조금 마신 후 다시 엎드렸다. 곧 둔탁하고 무거운 통증이 온몸을 휩쓰는 바람에 나는 숨이 차서 헐떡거렸다.

나는 밤새도록 밥그릇을 앞에 놓고 바닥에 엎드려 있었다. 다음날 아침 그랜드마가 나를 보더니 그랜드파를 불렀다.

"베일리가 이상해요!"

내 이름을 말하는 그랜드마의 목소리에서 근심이 묻어나자 나는 괜찮다는 것을 그랜드마가 알 수 있도록 꼬리를 흔들었다. 곧 그랜드파가 다가와 나를 만지며 말했다.

"괜찮아, 베일리? 왜 그래?"

맘과 그랜드파는 잠시 이야기를 나누더니 나를 트럭에 태워서 깨끗하고 시원한 방의 친절한 남자에게로 데리고 갔다. 최근 몇 년 동안 나는 이 친절한 사람을 점점 더 자주 만나고 있었다. 남자가 내 온몸을 만졌고 나는 조금 꼬리를 흔들었지만 몸이 아주 무겁게 느껴지는 바람에 일어날 생각이 전혀 들지 않았다.

방으로 들어온 맘이 울고 있었다. 그랜드마와 그랜드파는 물론 릭까지 함께였다. 다들 이렇게 신경을 써 줘서 고맙다는 것을 알리고 싶었지만 고통이 점점 더 심해져서 내가 할 수 있는 거라곤 눈을 굴려 이들을 하나하나 바라보는 것뿐이었다.

친절한 남자가 주사기를 가지고 왔다. 날카롭고도 익숙한 약 냄새가 났고 곧 찌르는 느낌이 이어졌다. 몇 분 뒤 아픔은 많이 가셨지만 너무 졸려서 그 자리에 그대로 엎드려 허드렛일을 하고 싶은 생각뿐이었다. 잠에 빠져들면서 떠오른 마지막 생각은 항상 그렇듯이 에단이었다.

잠에서 깨니 내가 죽어 가는 것을 알 수 있었다. 뭔가 어두운 것이 내 속에서 점점 커지는 느낌이었는데 이전에 내 이름이 토비였던 시절, 스파이크랑 다른 짖어 대는 개들과 좁고 더운 방에 함께 있었을 때도 바로 이런 느낌이었다.

지금까지 한 번도 생각해 본 적은 없었지만 마음속 깊은 곳에서는 나도 언젠가 고양이 스모키처럼 끝나는 날이 올 것임을 느끼고 있었던 것 같다. 스모키를 마당에 묻던 날 에단이 울던 모습이 떠오르자 내 죽음 앞에서는 에단이 울지 않았으면 싶었다. 내 삶의 목적은 에단을 사랑하고 에단에게 사랑받고 에단을 기쁘게 해 주는 것이 전부였다. 나는 어떤 식으로든 에단이 슬퍼하는 것은 원하지 않았다. 뱃속에 느껴지는 지독한 통증만큼이나 간절하게 에단이 그리웠지만 에단이 지금 내 모습을 보지 않는 편이 나을지도 모르겠다는 생각이 들었다.

친절한 남자가 방으로 들어왔다.

"이놈 깼구나. 불쌍한 것."

나는 이렇게 말하고 싶었다. 내 이름은 이놈이 아니에요.

친절한 남자가 내 위로 몸을 굽히더니 말했다.

"이제 놔 버려, 베일리. 넌 아주 잘했어. 에단을 잘 돌봤다고. 그게 네가 할 일이었고 넌 그 일을 아주 잘했어. 착한 녀석, 넌 정말 착한 개야."

친절한 남자가 죽음에 대해 이야기하고 있다는 생각이 들었다. 상냥한 그의 말투에서 평온함과 체념이 전해져 왔다. 잠시 후 맘이랑 그랜드마, 그랜드파, 릭까지 모두 방으로 들어와 나를 안고는 사랑한다고, 내가 착한 개였다고 말해 주었다.

하지만 맘에게서 긴장감이 느껴졌다. 위험한 것이 있는 것은 아니었지만 분명 뭔가가 있었고 그것으로부터 맘을 보호해야 한다는 생각이 들었다. 나는 맘의 손을 조금 핥았는데, 그 순간 내 속에서 솟아난 힘이 어둠을 밀쳐 냈다. 힘없이 맘의 손을 핥으며 나는 내 안에서 퍼져 나가려는 어두운 기운을 밀쳐 냈다. 정신을 차려야 했다. 맘을 지켜야 하니까.

한 시간쯤 지나자 맘의 긴장감은 더 커졌고, 이제는 그랜드파와 그랜드마, 릭까지 긴장하고 있는 듯했다. 나는 축 늘어진 스스로를 추스르고는 이 알 수 없는 위협으로부터 가족을 지켜야 한다는 결의를 다지며 힘을 내려고 했다.

그 순간 에단의 목소리가 들렸다.

"베일리!"

에단이 소리치며 방으로 뛰어들어오는 순간 모두의 긴장감이 사라졌다. 이거였다. 그제야 나는 모두가 이 순간을 기다리고 있었다는 사실을 깨달았다. 어찌되었든 모두들 에단이 오고 있다는 걸 알고 있었던 모양이었다.

에단이 내 목에 얼굴을 파묻고 흐느꼈다. 나는 괜찮다는 것을 알리기 위해 온 힘을 다해 머리를 들고 에단을 핥았다. 나는 두렵지 않았다.

내 숨소리가 거칠어졌고 가족 모두가 내 곁을 지키고 있었다. 모두가 이렇게 걱정해 주니 기분이 좋긴 했지만 갑자기 배에 날카로운 통증이 느껴졌고 너무 아파서 큰 소리로 울 수밖에 없었다. 그러자 친절한 남자가 또 다른 주사기를 손에 들고 왔다.

"이제는 정말 해야 돼요. 베일리를 더 고생시킬 수는 없어요."

"알겠어요."

에단이 울면서 말했다.

내 이름이 들려 꼬리를 흔들려고 했지만 꼼짝도 할 수가 없었다. 뭔가가 다시 한 번 목을 찔렀다.

"베일리, 베일리, 베일리. 보고 싶어서 어떻게 하니, 둔돌아."

에단이 내 귀에 대고 속삭였다.

따뜻한 에단의 숨결이 기분 좋게 느껴졌다. 에단에게서 사랑받는 순수한 기쁨 속에서 나는 눈을 감았다.

그 순간 고통이 사라졌다. 사실 나는 삶의 기쁨에 넘치는 강아지로 다시 돌아간 느낌이었다. 집에서 뛰어나와 두 팔을 벌리고 나를 향해 달려오던 에단을 처음 만났을 때도 이런 느낌이었던 것이 떠올랐다. 그리고 '구해줘' 놀이를 하느라 에단을 따라 물속으로 들어가던 일이 생각났다. 그때도 지금처럼 깊이 들어갈수록 빛은 희미해졌고 물은 더 묵직하게 내 몸을 눌렀다. 이제는 나를 붙잡고 있는 에단의 손길이 더 이상 느껴지지 않았다. 사방에 물이 느껴졌다. 따뜻하고 부드럽고 어두웠다.

chapter 18

엄마의 냄새를 느낀 뒤 젖꼭지를 차지하려고 싸우기 시작한 후에야 정신이 들었다. 눈이 떠지고 시야가 또렷해지면서 엄마의 진한 갈색 얼굴이 보였는데 그 순간 내가 다시 강아지가 된 것을 알고는 펄쩍 뛸 정도로 놀랐다.

정확히 그런 것도 아니었다. 갑자기 다시 '내'가 되었음을 깨달은 것 이상의 어떤 것이 있었다. 자면서 떠다니는 느낌, 꿈도 꾸지 않고 생각조차 하지 않으면서 까마득한 시간이 흘러간다는 것 외에는 아무것도 느끼지 못하다가 눈 깜짝할 사이에 세상을 꼬마 강아지의 눈으로 바라보는 것 말이다. 그런데 어찌어찌해서 나는 전생에 대해서는 잊은 채 젖을 얻어먹으려고 몸부림치는 강아지가 어떤 상태의 동물인지를 태어나는 순간부터 기억하고 있었다.

이제 과거에 있었던 일이 모두 떠오르고 나니 너무도 혼란스러웠다. 나는 완벽하게 내 임무를 완수했고 그러니 다시 개로 태어날 이유가 없었다. 어떻게 에단을 사랑하는 것보다 더 중요한 임무가 있을 수 있는 걸까?

에단이 너무 보고 싶어 가끔 낑낑거리기라도 하면 새로운 남매들은 그걸 내 약점으로 알고는 나보다 우위에 서려고 내 위에 올라탔다. 일곱 마리가 있었는데 모두 진한 갈색 바탕에 검은 얼룩이 있었다. 나는 그들이 앞으로 우리 중에 누가 대장이 될지를 전혀 모른다는 생각에 조바심이 났다.

한 여자가 계속 우리를 돌봐 주었는데 어떤 남자 하나도 자주 지하실로 내려와 우리에게 먹이를 주었다. 태어난 지 몇 주가 지나자 우리를 상자에 넣어 뒷마당으로 데려간 것도 이 남자였다. 케이지 안에는 수캐가 한 마리 있었는데 우리가 다 같이 그를 보러 달려가자 그는 우리 몸에 코를 대고 킁킁거렸다. 본능적으로 나는 이 개가 아빠라는 것을 알아차렸다. 예전에는 한 번도 아빠를 만난 적이 없었던 나는 아빠가 케이지 안에서 뭘 하는지 궁금했다.

"내보내 줘도 괜찮을 것 같은데요."

남자가 여자한테 말했다.

"착하게 굴거지, 버니? 나오고 싶니?"

여자가 아빠의 케이지 문을 열며 말했는데, 아빠의 이름은 버니가 분명했다. 아빠는 뛰어나오더니 우리 냄새를 맡고는 울타리로 가 오줌을 쌌다.

우리는 모두 아빠를 따라 전속력으로 달렸지만 강아지 다리로는 겨우 움직이는 정도여서 코방아를 찧기 일쑤였다. 아빠가 머리를 아래로 내리자 남매 중 하나가 뛰어올라 무엄하게도 귀를 물었지만 아빠는 아무렇지도 않다는 표정이었다. 아빠는 우리를 쓰러뜨리면서 놀아 주기까지 했고 얼마 후 뒷문으로 다가가 지하실로 들어갔다.

몇 주 후, 마당에서 남매 중 하나에게 누가 대장인지를 알려 준 뒤 쭈그리고 앉아 오줌을 누다가 불현듯 내가 암컷이라는 사실을 깨달았다. 놀라서 내 오줌에 대고 킁킁거렸더니 한 놈이 기회다 싶었는지 내게 돌진해 왔다. 나는 경고 차원에서 으르렁 소리를 날려 주었다. 에단이 보면 뭐라고 할까?

어떻게 나, 베일리가 암컷이란 말인가?

나는 더 이상 베일리가 아니었다. 하루는 한 남자가 찾아와 특이한 방식으로 우리와 놀았다. 그는 손뼉을 치더니 나처럼 그 소리에 겁먹지 않는 강아지들만 따로 모아 상자에 넣었다. 그러고는 한 마리씩 상자에서 꺼내 마당에 내려놓았다. 내 차례가 되자 그는 마치 내가 그곳에 있다는 사실을 잊은 것처럼 돌아서서 걷기 시작했다. 그래서 나는 그를 따라갔다. 그것 한 가지밖에 안 했는데도 남자는 나에게 착한 개라고 말했다. 이 남자를 상대하는 건 식은 죽 먹기 같았다. 나이는 맘이 처음 나를 발견하고 차 유리를 깼을 때, 그러니까 에단과 내가 처음 만났을 때의 맘의 나이와 비슷해 보였다.

남자는 나를 티셔츠 안에 넣더니 날 보며 이렇게 말했다.

"이봐, 꼬마 아가씨, 빠져나올 수 있겠어?"

나는 남자가 나를 티셔츠 안에 가둬 놓으려다 생각이 바뀌었나 보다 싶어서 얼른 밖으로 뛰쳐나온 뒤 또다시 칭찬을 바라며 그에게 달려갔다.

여자가 마당에 나와 우리 모습을 지켜보고 있었다.

"보통은 빠져나가는 데 1분쯤 걸리는데 얘는 아주 똑똑하네요."

남자가 말했다.

그가 나를 발랑 뒤집어 눕히자 나는 나보다 훨씬 더 덩치가 큰 상대가 이러는 건 불공평하다고 생각하며 몸을 꿈틀댔다.

"싫은가 봐요, 제이콥."

여자가 말했다.

"이렇게 하는 걸 좋아하는 강아지는 없어요. 문제는 몸부림치지 않고 제가 우두머리라는 것을 인정하느냐 아니면 계속 반항하느냐죠. 저는 저를 우두머리로 여기는 개가 필요하거든요."

남자가 말했다.

'개'라는 단어를 알아들은 나는 화난 목소리가 아니라서 벌을 받고 있는 게 아니라 그저 눌려 있을 뿐임을 알았다. 이게 무슨 종류의 놀이인지 알 수 없었던 나는 빠져나가려고 애쓰지 않고 편안하게 있었다.

"착하네!"

그가 다시 말했다.

그러더니 남자는 종이를 공처럼 뭉쳐 내게 보여 주면서 완전히 감질이 날 때까지 이리저리 움직였다. 그 종이공이 바로 코앞에 왔을 때마다 조그만 강아지 입으로 물려고 덤볐지만 바보가 된 것처럼 몸놀림은 둔했고 머리도 마음먹은 대로 빨리 움직일 수가 없었다. 그러자 그는 조금 떨어진 곳에 종이공을 던졌고 나는 잽싸게 달려가 물건을 덮쳤다. 아하! 이제 빼앗아 보시지!

그 순간 에단과 멍청한 플립이 떠올랐다. 내가 플립을 물어다 줬을 때 에단이 얼마나 행복해했는지 말이다. 나는 돌아서서 남자에게 걸어갔고 그의 발치에 종이공을 떨어뜨린 뒤 다시 던지길 기다리며 앉았다.

"바로 얘예요. 얘를 데려갈게요."

남자가 여자에게 말했다.

그런데 나를 태우고 갈 차를 보니 낑낑 소리가 나왔다. 트럭 뒤에는 스파이크와 함께 덥고 시끄러운 방으로 갈 때 갇혀 있던 것과 비슷한 케이지가 실려 있었다. 난 앞자리 개였다고. 이거 왜 이래!

새 집에 들어가니 불이 난 뒤 이사 갔던 아파트가 떠올랐다. 주차장이 내려다보이는 발코니가 있는 작은 집이었지만 길 저편엔 멋진 공원이 있어서 남자는 하루에도 몇 번씩 나를 데리고 그곳에 갔다.

나무와 덤불 냄새로 보아 이곳은 에단이 사는 데서 멀리 떨어진 곳이었다. 비가 자주 오는 곳은 아니어서 농장처럼 촉촉하지는 않았지만 꽃과 덤불은 무성했다. 공기 중에는 자동차 냄새가 심하게 났고 하루 종일 가까운 곳과 먼 곳에서 온통 차 지나다니는 소리가 들렸다. 어떤 날은 보호소 마당에서 그랬던 것처럼 건조하고 더운 바람이 불어왔고, 또 어떤 날은 습기를 가득 머금은 바람이 불어왔는데 토비였을 때는 결코 없었던 일이었다.

남자의 이름은 제이콥이었고 그는 나에게 '엘레야Elleya'라는 이름을 붙여 주었다.

"스웨덴 어로 '큰 사슴'이라는 뜻이야. 그러니까 넌 이제부터 저먼 셰퍼드가 아니라 스웨디시 셰퍼드야."

나는 알아듣지도 못하면서 꼬리를 흔들었다.

"엘레야, 엘레야. 이리 와, 엘리. 이리 와."

그의 손에서 기름, 그의 차, 종이, 그리고 사람들 냄새가 났다.

제이콥은 어두운 색의 옷을 입는 데다 벨트에는 총을 비롯해 금속으로 된 것들을 차고 다녀서 나는 그가 경찰관이라고 생각했다. 낮에 그가 나가고 나면 조지아라는 친절한 여자가 몇 시간마다 찾아와서 나와 놀아 주거나 산책을 시켜 주었다. 그녀를 보면 에단네 몇 집 건너에서 살았고 마시멜로를 키우다가 나중에 더체스를 키웠던 첼시가 생각났다. 조지아는 온갖 이름으로 나를 불렀는데 그중에서 '엘리-웰리 커들-쿠' 같은 이름은 정말 멍청하게 들렸다. 둔돌이라고 불리는 느낌이었다. 하지만 둔돌이는 사랑이 듬뿍 담겨 있는 또 다른 내 이름이었기 때문에 이것과는 전혀 달랐다.

나는 베일리로 살았던 삶과는 전혀 다른 엘리로서의 삶에 적응하려고 최선을 다했다. 제이콥은 내가 예전에 차고에서 썼던 개 침대와 아주 비슷한 것을 주었는데 이번에는 정말로 여기서 자야 했다. 제이콥은 침대가 그렇게 널찍한데도 내가 그의 이불 안으로 기어들라치면 사정없이 나를 밀어냈다.

에단이 대학에 들어간 뒤 달라진 생활에 적응했던 것처럼 새로운 규칙에 따라 살아야 한다는 생각이 들었다. 에단이 얼마나 그리운지 생각날 때마다 느껴지는 날카로운 통증에도 익숙해져야 했다. 개의 임무란 사람이 원하는 것을 하는 것이니까 말이다.

하지만 명령을 따르는 것과 존재의 이유, 즉 삶의 목적을 갖는 것은 서로 다른 일이었다. 나는 내 목적이 에단과 함께 있는 것이라고 생각했고 그가 성장하는 동안 그의 옆에 있었으므로 그 목적을 달성했다고 생각했다. 그렇다면 왜 나는 이번에 엘리가 된 걸까? 개가 한 가지 이상의 목적을 가질 수 있는 걸까?

제이콥은 차분하고 참을성 있게 나를 대했다. 갑자기 내 작은 방광에 신호가 오는 바람에 내용물을 한꺼번에 다 쏟아 놓아도 그는 에단이 으레 그랬던 것처럼 소리를 지르며 나를 밖으로 쫓아내지 않았다. 그는 그저 내가 좀 더 자라 내 몸을 조절할 수 있게 되기를 기다렸다가 볼일을 보러 밖으로 나가면 아낌없이 칭찬을 해 줬을 뿐이다. 그러나 제이콥은 에단이 그랬던 것처럼 내게 사랑을 쏟아 붓지는 않았다. 제이콥은 에단이 플레어를 대할 때처럼 사무적으로 나를 대했지만 분명하게 지시를 내리는 느낌은 좋았다. 물론 내 털을 쓰다듬어 주던 에단의 손길이 너무도 그리워 조지아가 와서 나를 '엘리-웰리 커들-쿠' 라고 불러 주기를 애타게 기다리기도 했다.

나는 제이콥의 마음속에 뭔가 고장난 것이 있다는 느낌이 들기 시작했다. 그게 무엇인지는 알 수 없었지만 이 때문에 제이콥의 감정이 메마른 것 같았다. 제이콥에게는 불이 난 뒤 처음 집으로 돌아왔을 때 에단의 마음에서 느껴졌던 것과 아주 비슷한 어두운 비통함이 있었다. 그게 무엇이든 이 때문에 제이콥이 나를 대할 때의 감정은 늘 절제되어 있었고 우리 둘이 뭔가를 함께할 때면 항상 나를 냉담한 눈빛으로 평가하고 있다는 것을 느낄 수 있었다.

"일하러 가자."

제이콥은 이 말을 자주 했는데 이럴 때면 그는 나를 트럭에 태우고 여러 가지 게임을 할 수 있는 공원으로 데려갔다. 나는 '엎드려'를 배웠는데 이것은 바닥에 붙어 있으라는 뜻이었고, 제이콥 식의 '가만히 있어'는 정말로 같은 자리에 그대로 있는 것이어서 '이리 와'라고 할 때까지 꼼짝 않고 있어야 했다.

훈련 덕에 에단에게서 마음을 떼어 낼 수 있었지만 밤이 되면 다시 에단을 생각하며 잠드는 때가 많았다. 내 털을 쓸어 주던 손길, 잘 때 그에게서 나던 냄새, 웃음소리, 목소리가 생각났다. 에단이 어디에서 뭘 하고 있든 그가 행복하기를 바랐다. 그리고 다시는 에단을 볼 수 없다는 것도 알았다.

내가 점점 자라면서 조지아가 찾아오는 게 뜸해지기 시작했지만 일에 본격적으로 빠져들다 보니 그녀가 그다지 그립지 않았다. 어느 날은 숲에 가서 윌리라는 사람을 만났는데 그는 나를 쓰다듬어 주더니 달아나기 시작했다.

"엘리, 윌리가 뭐해? 윌리가 어디로 가는 거지?"

제이콥이 내게 물었다.

윌리 쪽을 보니 나를 돌아보면서 마구 손짓을 하고 있었다.

"윌리를 찾아! 찾으라고!"

제이콥이 말했다.

멈칫거리며 나는 윌리를 쫓아 빠른 걸음으로 걷기 시작했다. 뭐하는 거지? 윌리는 내가 쫓아오는 것을 보더니 바닥에 무릎을 꿇고 앉아 손뼉을 쳤고, 다 따라잡았을 때는 막대기를 보여 주며 그걸 가지고 몇 분간 나와 놀았다. 그러고 나자 윌리는 일어서며 이렇게 말했다.

"저거 봐, 엘리! 제이콥이 뭐하니? 제이콥을 찾아!"

제이콥이 휘적휘적 걸어가고 있어서 나는 그를 쫓아갔다.

"넌 착한 개야, 잘했어!"

제이콥이 칭찬했다.

이런 지능 놀이는 플립 물어오기만큼이나 재미가 없었지만 윌리와 제이콥이 좋아하는 것 같아서 그냥 따르기로 했다. 특히 이 놀이가 끝나면 '윌리 찾기'와는 비교도 안 되게 재미있는 '막대기 물고 당기기 놀이'가 기다리고 있어서 더욱 그렇기도 했다.

그런데 '찾기'놀이를 시작할 무렵부터 이상한 느낌이 나를 덮치더니 들뜨고 불안한 기분이 들면서 내 꽁무니에서 난처한 냄새가 나기 시작했다. 맘과 그랜드마는 내가 꼬리 밑에서 향기로운 기체를 내뿜기만 하면 투덜거렸기 때문에 이번에도 꽁무니에서 냄새가 나기 시작하자 나는 나쁜 개가 되었음을 알았다. 그랜드파는 그 냄새를 어찌나 싫어했는지 심지어 자기가 그 냄새를 풍겼을 때도, "이런, 베일리!" 하고 소리치곤 했다.

제이콥은 내 냄새를 느끼진 못했지만 동네 개들이 하나같이 아파트 주변의 덤불에 오줌을 싸기 시작하자 문제가 있음을 눈치챈 것 같았다. 나는 개들이 나 때문에 저렇게 몰려다닌다는 것을 본능적으로 알고 있었다.

제이콥은 정말 희한한 방법으로 이 문제에 대처했다. 자기가 바지 속에 입는 짧은 바지를 나한테 입힌 뒤 뒤쪽에 있는 구멍으로 내 꼬리를 빼냈다. 항상 스웨터나 이런저런 옷을 입고 다니는 개들을 불쌍하다고 생각했는데 이제는 내가 옷을 차려입고 저 수캐 무리 앞에 나타나야 할 판이었다. 게다가 뭔가를 애타게 원하면서 우리 집 앞 덤불에 연신 오줌을 싸 대는 온갖 잡종 개 앞에 나서는 거라면 그냥 조금 창피한 정도가 아니었다.

"동물병원에 갈 때가 됐군."

이렇게 말하며 제이콥은 나를 차에 태우고는 아주 낯익은 장소, 그러니까 밝은 불빛 아래 금속으로 된 탁자가 있는 시원한 방으로 데려갔다. 나는 잠이 들었고, 예상했던 대로 집에서 깨어나 보니 멍청한 깔때기를 쓰고 있었다.

깔때기를 벗자마자 제이콥과 나는 몇 달 동안 거의 매일 공원에 갔다. 더 추워지지도 않았고 눈이 올 조짐도 없었지만 해가 짧아져 갔다. 제이콥과 사람들이 규칙을 계속 바꾸는 바람에 윌리 찾기는 갈수록 어려워졌다. 도착해 보면 가끔 윌리가 없는 경우도 많아서 나는 그가 어느 쪽으로 갔는지 찾아내야 했다. 찾고 보면 허드렛일을 하는 그랜드파처럼 누워 있기도 했다. 내가 배운 또 다른 명령은 '보여 줘'였는데, 이 명령은 나무 아래 널브러져 있는 윌리에게로 제이콥을 데려가라는 뜻이었다. 찾아낸 게 그저 땅바닥에 떨어진 윌리의 양말 한 짝이라 할지라도 제이콥은 내가 뭔가를 찾았다는 것을 신기하게도 잘 알았다. 한편 윌리는 정말 대책 없는 인간이었다. 항상 옷가지를 흘려 우리더러 찾아서 들고 오게 만들었다. 제이콥은 그에게 돌아갈 때의 내 표정을 읽어 내고는 내가 뭔가 보여 줄 것이 있을 때만 "보여 줘!"라고 말했다.

다른 일도 했다. 제이콥은 나에게 미끄럼틀을 올라간 뒤 반대편에 있는 사다리를 내려가는 법을 가르쳐 줬는데, 내 방식대로 한번에 뛰어내리는 대신 한 칸씩 내려가게 했다. 또, 좁은 튜브를 빠져나가는 법, 통나무 더미 위로 뛰어오르는 법도 배웠다. 어느 날은 날 앉혀 놓더니 옆구리에서 총을 빼서 연달아 쏘는 바람에 처음 몇 번은 몸을 움찔움찔하기도 했다.

"착하구나, 엘리. 이건 총이야. 알았지? 무서워할 필요 없어. 소리는 크지만 겁내지 말라고. 안 무섭지, 꼬마 아가씨?"

그가 총을 앞으로 내밀기에 킁킁거려 봤는데 어쨌든 이걸 던지고는 물어 오라고 하지 않아서 정말 다행이었다. 이 물건은 고약한 냄새가 나는 데다 플립보다 훨씬 더 못 날 것 같아 보였다.

가끔 제이콥은 총을 가진 사람들과 함께 야외에 놓인 테이블에 둘러앉아 병에 든 것을 마시며 이야기를 나눴다. 이럴 때면 제이콥의 마음속 갈등이 생생하게 전해져 왔다. 둘러앉은 사람들이 웃을 때면 제이콥은 장단을 맞출 때도 있었지만 어둡고, 슬프고, 외로운 자신의 내면 세계에 빠져 있는 때도 있었다.

"내 말이 맞지, 제이콥?"

한번은 어떤 사람이 이렇게 말했다.

그가 제이콥이라는 이름을 말하는 것을 나도 들었는데 정작 제이콥은 멍하니 허공을 바라보고 있었다. 내가 일어나 손에 코를 비비자 나를 어루만져 주긴 했지만 내가 거기 있다는 사실도 깨닫지 못한 채 무의식적으로 그러는 듯했다.

"내 말이 맞지 않느냐고, 제이콥."

누군가가 다시 한 번 묻자 그제야 제이콥은 고개를 돌려 자신에게 시선을 집중하고 있는 사람들을 바라보았다. 그가 당황하는 게 느껴졌다.

"뭐라고?"

"Y2K 문제가 사람들 얘기만큼 심각해진다면 경찰견 팀 총동원해야 돼. 로드니 킹 사건 때처럼 말이야."

"엘리는 그런 개가 아냐."

제이콥이 차갑게 말했다.

내 이름이 들려서 자세를 똑바로 했는데 그런 내 모습을 테이블에 앉은 사람들이 모두 보고 있는 게 느껴졌다. 몇몇 사람이 제이콥의 시선을 거북해하는 것 같았고 나도 왠지 모르지만 마음이 불안해졌다. 사람들이 이야기를 계속했지만 이번에는 제이콥을 무시한 채 자기들끼리 대화를 나누었다. 나는 제이콥 손에 또 한 번 코를 비볐고 이번에는 제이콥이 내 귀를 긁어 주는 것으로 응답했다.

"착한 녀석. 엘리, 넌 착한 개야."

윌리 찾기는 그냥 '찾기'로 발전했다. 제이콥과 나는 자주 어딘가에 갔고 가는 곳마다 제이콥은 나에게 낡은 코트, 구두, 장갑 같은 물건의 냄새를 맡게 했으며 나는 물건의 주인을 찾아 나섰다. 어떤 때는 킁킁거릴 물건이 아예 없어서 그냥 넓은 지역을 이리저리 다니며 뭔가 흥미로운 냄새가 난다는 사실을 제이콥에게 알리는 일도 했다. 나는 윌리가 아닌 사람을 여러 명 찾아냈다. 어떤 사람들은 이 놀이를 할 때는 숨어야 한다는 규칙을 모르는지 나를 향해 "어이, 여기야!" 하고 외치기도 했고 나와 마주치면 이런저런 반응을 보이기도 했다. 나는 항상 제이콥에게 이 사람들을 '보여'주었고, 제이콥은 내가 찾아낸 사람들이 무슨 일인지 어리둥절해할 만큼 조금 모자란 사람이라도 매번 나를 칭찬했다. 나에게 중요한 것은 사람들을 찾아내서 제이콥을 그들에게 데려가는 일이라는 사실을 깨달았다. 그들이 제이콥이 찾는 사람이 맞는지 아닌지는 제이콥이 판단할 일이었다. 찾아서 보여 주는 것, 그것이 나의 임무였다.

제이콥과 일한 지 1년쯤 되었을 때부터 제이콥은 나를 매일 일터로 데려가기 시작했다. 그곳에는 제이콥과 똑같은 옷을 입은 사람들이 여러 명 몰려다녔는데 대부분이 나한테 친절했지만 그러다가도 제이콥이 나한테 따라오라고 말하면 모두들 정중히 물러났다. 제이콥은 나, 그리고 다른 개, 캐미와 집시를 데리고 뒷마당에 있는 켄넬로 갔다. 캐미는 칠흑 같은 검은 색이었고 집시는 갈색이었다.

다 함께 같은 케이지 안에 들어 있었지만 이들 둘과 나의 관계는 과거 다른 어떤 개들과의 관계와도 달랐다. 우리는 일하는 개였고, 따라서 주인의 명령에 즉각 따를 태세를 갖추고 있어야 했으므로 신나게 놀 생각을 할 여유가 없었다. 우리는 거의 항상 준비 태세를 갖춘 채 케이지 안에서 대기하고 있었다.

집시는 폴이라는 경찰관과 일했으며 폴을 따라 자주 나갔다. 가끔 나는 마당에서 폴과 집시가 일하는 모습을 지켜보았다. 둘은 모든 일을 엉터리로 하고 있었다. 집시는 상자랑 옷가지 더미 사이를 킁킁대다가 괜히 짖기나 했는데 그래도 폴은 항상 잘했다고 칭찬하면서 그 상자랑 옷가지 사이에서 뭔가를 집어 올리고는 집시에게 착한 개라고 말했다.

캐미는 나이가 많았다. 집시가 일하는 모습은 거들떠보지도 않았는데 아마 멍청한 집시 녀석이 창피해서 그런 모양이었다. 캐미는 에이미라는 여자 경찰관과 일했는데 자주 나가지는 않았다. 그러나 일단 나갈 일이 생기면 번개처럼 튀어 나갔다. 에이미가 캐미를 데리러 와서 둘이 함께 달려 나가는 식이었다. 나는 캐미가 무슨 일을 하는지 몰랐지만 '찾기'만큼 중요한 일은 아닐 거라는 생각이 들었다.

"이번 주엔 어디서 일해?"

한번은 에이미가 폴에게 이렇게 물었다.

"또 공항이야. 가르시아가 병가 끝나고 올 때까지."

폴이 말했다.

"폭발물 팀은 요즘 어때?"

"조용해. 그런데 캐미가 걱정이야. 요즘 좀 신통치가 않아. 코가 둔해지는 게 아닌가 싶어."

자기 이름을 들은 캐미가 고개를 들었고 나도 그를 바라보았다.

"그러니까 캐미가 이제 몇 살이지? 열 살?"

폴이 물었다.

"그 정도 됐어."

에이미가 대답했다.

제이콥이 오고 있다는 것이 느껴져서 나는 일어나 몸을 털었다. 몇 초 후 그가 모퉁이를 돌아 모습을 나타냈다. 제이콥이 동료들과 서서 이야기를 나누는 동안 우리 개들은 왜 그들 옆으로 갈 수 있도록 꺼내주지 않는 건지 궁금해하면서 그들을 바라보았다.

갑자기 제이콥이 흥분한 느낌이 전해져 왔다. 제이콥이 자신의 어깨에 대고 말했다.

"10-4, 8K6 대원 출동한다."

그 사이 에이미가 문으로 달려왔다. 캐미가 펄쩍 뛰어 일어났다.

"엘리!"

에이미가 불렀다.

"나와!"

마당으로 나온 나는 순식간에 픽업트럭에 올라탔다. 제이콥이 흥분하는 바람에 덩달아 나까지 헐떡이고 있었다. 이게 무슨 일이든 월리 찾기보다 훨씬 중요한 일일 것이라는 예감이 들었다.

chapter 19

제이콥은 크고 납작한 건물로 차를 운전했다. 그 앞에 사람들이 둥그렇게 모여 있었다. 차가 멈추기도 전에 이들의 긴장감이 전해져 왔다. 제이콥은 케이지 쪽으로 와서 나를 어루만져 주었지만 꺼내 주지는 않았다.

"엘리, 넌 착한 개야."

제이콥이 무심하게 말했다.

나는 케이지 안에 앉은 채 제이콥이 그 사람들에게 다가가는 모습을 초조한 마음으로 지켜보았다. 몇몇 사람이 일제히 말을 하기 시작했다.

"점심때까지 사람이 없어진 줄 몰랐어요. 그러니 사라진 지 얼마나 됐는지 전혀 알 수가 없어요."

"마릴린은 치매 환자예요."

"어떻게 한 사람도 그녀가 나가는 걸 못 봤는지 모르겠어요."

앉아 있으려니 다람쥐 한 마리가 나무 둥치를 타고 내려와 풀밭에서 먹이를 찾느라 부산을 떨었다. 흉포한 포식자인 내가 바로 3미터 앞에 있는데도 완전히 무시하다니! 녀석의 용기에 놀란 나는 놈에게서 시선을 떼지 못했다.

제이콥이 케이지로 와서 문을 열었다.

"힐*!"

이 명령 앞에서 다람쥐를 쫓을 여유는 없었다. 나는 즉시 명령을 따랐다. 이제 일할 시간이었다. 제이콥은 사람들이 모인 데서 좀 떨어진 곳, 그러니까 건물의 앞마당 한쪽 구석으로 나를 데려갔다. 거기서 제이콥은 그랜드마 냄새랑 조금 비슷한 냄새가 나는 셔츠 두 장을 내밀었다. 나는 부드러운 천에 코를 박고 깊이 숨을 들이쉬었다.

"엘리, 찾아!"

나는 둘러선 사람들을 지나쳐 달려 나갔다.

"그쪽으론 안 갔을 텐데요."

누군가가 말했다.

"알아서 할 겁니다."

제이콥이 대답했다.

일이다. 나는 옷에서 나던 냄새를 마음속에 담은 채 코를 쳐들고는 훈련 받은 대로 이리저리 돌아다녔다. 사람 냄새, 개 냄새, 차 냄새가 섞여서 났지만 내가 찾아야 하는 냄새는 찾을 수가 없었다. 나는 낙담해서 제이콥에게 돌아갔다. 제이콥은 나에게서 실망감을 읽어 내고는

---

* heel : 발뒤꿈치를 뜻하는 단어로 명령을 내리는 사람의 발 옆에 바짝 붙어서 따라 걷는 것을 의미하는 훈련 용어.

이렇게 말했다.

"괜찮아, 엘리. 찾아."

제이콥은 길을 걷기 시작했고 나는 앞장서서 달려가면서 마당을 이리저리 탐색했다. 그러다가 모퉁이를 하나 돌며 속도를 늦췄다. 아주 희미하지만 뭔가가 잡혔다! 나는 이 냄새를 좇아 달렸다. 12미터쯤 앞, 덤불 밑에서 셔츠 주인의 냄새가 뚜렷하게 전해 왔다. 나는 다른 경찰관들과 함께 있던 제이콥에게 돌아갔다.

"보여 줘, 엘리!"

나는 제이콥을 덤불 쪽으로 데려갔다. 제이콥은 허리를 굽혀 막대기로 뭔가를 뒤적였다.

"그게 뭐야?"

뒤따라오던 경찰관 하나가 제이콥에게 다가가며 물었다.

"휴지. 잘했어, 엘리. 넌 착한 개야!"

제이콥이 잠깐 나를 잡고 씨름을 했지만 나는 일이 아직 끝나지 않았음을 느꼈다.

"이게 그 사람 건지 어떻게 알아? 다른 사람이 떨어뜨렸을지도 모르잖아."

한 경찰관이 이의를 제기했다.

제이콥은 뒤에 선 사람들을 무시한 채 다시 허리를 굽히면서 말했다.

"좋아, 엘리. 찾아!"

그녀의 냄새는 여전히 희미했지만 좇아갈 수는 있었다. 냄새는 두 블록을 더 가서 오른쪽으로 꺾어지니 아주 강해졌다. 어떤 집 진입로

앞에서 갑자기 방향을 튼 냄새를 따라 열린 문틈으로 들어서니 그녀가 그네에 앉아 천천히 몸을 흔들고 있었다. 그녀에게서는 진정한 행복감이 흘러나오고 있었다.

"안녕, 멍멍아."

그녀는 나를 보더니 반가워하며 말했다.

나는 제이콥에게로 달려갔다. 그는 내가 앞까지 달려가기도 전에 이미 내가 그녀를 찾았다는 사실을 안다는 듯 들뜬 모습을 보였다. 하지만 그는 내가 도착할 때까지 기다렸다가 이렇게 말했다.

"좋아, 보여 줘!"

나는 제이콥을 그네에 앉아 있는 노부인에게 데려갔다. 그녀를 보자 제이콥이 안심하는 것이 느껴졌다.

"마릴린 부인이신가요?"

제이콥이 부드러운 목소리로 물었다.

"당신, 와너야?"

그녀가 제이콥 쪽으로 고개를 홱 돌리더니 말했다.

제이콥이 어깨에 달린 마이크에 대고 말을 하니 곧 다른 경찰관들이 이곳으로 왔다. 그리고 제이콥은 나를 한쪽으로 데리고 나왔다.

"잘했어, 엘리, 넌 정말 착한 개야!"

제이콥은 주머니에서 고무링을 하나 꺼내더니 잔디밭으로 던졌고, 나는 껑충 뛰어 링을 잡아챈 뒤 잡아당겨 보라는 듯 제이콥 앞에 내밀었다. 나는 꼬리를 허공에 대고 마구 흔들면서 5분 정도 제이콥과 놀았다.

제이콥은 나를 다시 트럭 뒤에 있는 케이지에 넣고 문을 닫았다. 제이콥이 나를 얼마나 자랑스러워하는지 느낄 수 있었다.

“넌 정말 착한 개야, 엘리. 정말 잘했어.”

나는 이 말이 내가 한때 에단에게서 느꼈던 순수한 사랑과 애정을 제이콥의 방식으로 최대한 표현한 것임을 깨달았다. 이 말을 들은 나는 오늘 엘리로서의 삶의 목적이 무엇인지를 깨달았다. 사람을 찾는 것뿐만 아니라 구하는 것이었다. 아까 나는 건물 앞에 둘러 앉아 있던 사람들에게서 걱정스러운 마음이 쏟아져 나오는 것을 분명히 느꼈다. 하지만 우리가 다시 돌아왔을 때는 그런 마음은 깨끗이 사라지고 없었다. 노부인은 어떤 위험에 처해 있었고 제이콥과 내가 그녀를 찾아내서 위험으로부터 구한 것이었다. 이것은 우리가 함께 해낸 것이고 그게 우리 일이었으며 그게 제이콥에게 가장 중요한 것이었다. 마치 에단과 함께하던 놀이 같은 것이었다. ‘구해줘 놀이’처럼.

다음날 제이콥은 나를 데리고 어떤 가게에 가서 향기로운 꽃을 사더니 트럭에 가져다 놓았고 우리는 한동안 일을 했다. 월리가 냄새 고약한 쓰레기차 위에 숨어 있었지만 나를 속일 수는 없었다. 이 일이 끝나자 제이콥은 나를 태우고 한참을 달렸다. 하도 오래 가는 바람에 나는 코를 케이지 한쪽 구석에 걸치고 가다 지쳐서 바닥에 엎드렸다.

케이지 문을 열어 주려고 다가오는 그의 마음속에서 괴로움이 느껴졌다. 그를 항상 괴롭히던 문제가 다른 때보다도 더 심하게 그의 마음을 짓누르는 것 같았다. 우리는 돌로 가득 찬 큰 마당으로 들어섰다. 뭘 하는 건지 몰라 조심스러워진 나는 꽃을 들고 가는 제이콥에게 바짝 붙어서 수십 미터를 걸었다. 제이콥은 어떤 돌 앞에 무릎을 꿇더니 꽃을 내려놓았다. 마음속 깊이 아픔이 소용돌이치는지 제이콥의 뺨 위로 소리 없이 눈물이 흘러내렸다. 나는 걱정이 되어 그의 손에 코를 문질렀다.

"괜찮아, 엘리. 착한 녀석. 앉아."

나는 제이콥과 함께 슬퍼하며 앉았다.

제이콥이 헛기침을 하며 목소리를 가다듬었다.

"당신이 정말 너무 보고 싶어. 저기…… 집에 가도 당신이 없을 거라는 생각을 하면 하루를 보내기가 너무 버거워."

제이콥이 목이 멘 채 속삭였다.

나는 '집'이라는 단어에 귀를 쫑긋 세웠다. 맞아. 집으로 가요. 이 슬픈 곳에서 일어나요, 우리.

"난 요즘 경찰견 순찰대에서 일해. 수색구조 팀이야. 아직도 우울증 약을 먹고 있어서 정규 순찰 팀에는 안 들여보내 주네. 엘리라는 개도 생겼어. 한 살짜리 저먼 셰퍼드야."

나는 꼬리를 흔들었다.

"얼마 전에 공인 자격을 땄어. 이제 곧 현장에 나갈 거야. 이제 책상 앞에서 일하지 않아서 좋아. 최근에 쭉 앉아서 일하는 바람에 체중이 5킬로그램이나 늘었거든."

제이콥이 웃었지만 슬프고 뒤틀린 데다 기쁜 느낌이라고는 전혀 없는 해괴한 소리가 났다. 우리는 거의 꼼짝 않고 그곳에 10분 정도 있었다. 제이콥의 기분이 조금씩 바뀌었다. 끔찍한 고통이 사라져 가는 대신 그 자리는 매년 여름이 끝나갈 무렵 에단과 한나가 작별할 때 가졌던 느낌, 뭔가 두려움 비슷한 느낌으로 채워졌다.

"사랑해."

제이콥이 속삭였다.

그러고는 돌아서서 걸어 나왔다.

그날부터 제이콥과 나는 켄넬에 거의 가지 못했다. 가끔 우리는 비행기나 헬리콥터도 탔는데 둘 다 진동이 너무 심해서 시끄러운 소음에도 불구하고 나를 나른하게 만들었다.

"헬리콥터 개, 엘리!"

제이콥은 우리가 헬리콥터를 탈 때마다 이렇게 말했다.

어느 날은 이제까지 본 것 중 제일 큰 연못에 갔다. 엄청나게 넓은 연못에서 온갖 희한한 냄새가 났고 거기서 나는 어떤 여자아이를 찾으라는 명령을 받았다. 모래 위의 흔적을 좇아 냄새를 따라갔더니 아이들로 가득한 놀이터에 도착했다. 내가 다가가니 아이들이 일제히 외쳤다.

"멍멍이다!"

나는 제이콥에게 아이를 보여 주었고 아이는 엄마 아빠가 차에 태워서 데려갔다.

"바다에서 놀고 싶니, 엘리?"

그가 물었다.

우리는 연못으로 갔고 나는 첨벙거리며 물속을 달렸지만 물방울이 코에 튀자 짠 냄새가 강하게 났다.

"바다라는 거야, 엘리, 바다!"

제이콥이 웃었다. 바다에서 놀다 보니 제이콥의 마음을 바짝 조여오던 그 무엇인가가 아주 조금이지만 느슨해지는 느낌이었다.

얕은 물에서 달리다 보니 에단의 썰매를 쫓던 생각이 났다. 앞으로 나가려면 높이 뛰어오르며 달려야 했는데 바닷물에서도 눈 속에서 움직일 때와 똑같았다. 그러고 보니 계절의 변화를 생각하면 2년쯤 지난 것 같았는데 한 번도 눈이 온 적이 없었다. 그렇다고 아이들이 실망하는 것 같지는 않았다. 파도 위에서 썰매를 탔으니까. 아이들을 쫓아다니면 제이콥이 좋아하지 않을 것임을 알고 있던 나는 그냥 서서 아이들을 바라보기만 했다. 에단이 어렸을 때의 모습을 한 아이도 있었는데 나는 내가 에단의 어릴 적 모습과 어른이 된 뒤의 모습을 모두 기억하고 있다는 사실에 놀랐다. 아픔이 느껴지고 찌르는 듯한 슬픔이 온몸을 휘감았다. 제이콥이 돌아오라고 휘파람을 부는 소리를 듣고서야 그 슬픔이 사라졌다.

켄넬에 가면 캐미가 자주 그곳에 있었고 집시는 거의 볼 수가 없었다. 그렇게 캐미만 있던 어느 날, '공 나한테 있지' 놀이로 캐미의 주의를 끌려고 하는데 제이콥이 나를 데리러 왔다.

"엘리!"

그렇게 다급한 제이콥의 목소리를 들은 것은 처음이었다. 제이콥은 미친 듯이 차를 몰았고 모퉁이를 돌 때마다 타이어가 끽끽대는 소리가 울부짖는 사이렌 소리를 뚫고 내 귀에 꽂혔다. 몸이 이리저리 미끄러지지 않도록 케이지 바닥에 납작 엎드려 있어야 했다.

현장에 도착하자 평소와 마찬가지로 많은 사람이 둘러서 있었다. 그중에 어떤 여자는 너무 무서워서 똑바로 서 있을 수가 없는지 두 사람의 부축을 받고 있었다. 내가 있는 케이지 앞을 지나 사람들 쪽으로 달려가는 제이콥이 너무 초조해하는 것 같아서 등의 털이 곤두섰다.

그곳은 사람들이 작은 가방을 들고 드나들 때마다 큰 유리문이 열렸다 닫혔다 하는 건물의 주차장이었다. 주저앉은 여자가 가방에 손을 넣더니 장난감을 꺼냈다.

"쇼핑몰을 완전히 폐쇄했습니다."

누군가가 말했다.

제이콥이 케이지로 돌아와 문을 열었다. 그러고는 장난감 하나를 내 코앞에 대고 냄새를 맡게 했다.

"엘리, 알았지? 꼭 찾아야 돼. 엘리, 찾아!"

나는 케이지에서 뛰어내린 뒤 콧속으로 몰려드는 수많은 냄새 중에 장난감 냄새와 똑같은 것을 찾으려고 했다. 워낙 집중한 나머지 차가 달려오는 것도 느끼지 못한 채 앞으로 걸어가는 바람에 놀란 운전자가 브레이크를 밟았다. 차가 출렁거렸다.

좋았어. 찾았다! 장난감 냄새와 어떤 낯선 남자 냄새가 뒤섞여 있는 것이 느껴졌다. 나는 확신을 가지고 이 두 냄새를 좇았다.

냄새는 어떤 차 앞에서 사라졌다. 정확히 말하면 차 옆에서 사라졌는데, 그러니까 우리가 찾으려는 사람들은 다른 차를 타고 떠났고 그 빈자리에 지금 차가 들어와 서 있다는 이야기였다. 이 사실을 알리자 제이콥이 몹시 낙담하고 실망하는 게 느껴져서 내 몸이 움츠러들었다.

"좋아, 잘했어, 엘리. 착한 녀석."

이렇게 말하는 제이콥의 목소리가 지극히 형식적이어서 나는 나쁜 개가 된 기분이 들었다.

“여기까지 추적했어요. 여기서 차를 타고 떠난 모양이네요. 주차장에 감시 카메라가 있습니까?”

“확인 중입니다. 하지만 번호판을 조회해 봤자 도난 차량이겠죠.”

정장을 입은 사람이 제이콥에게 말했다.

“놈이 어디로 갔을까요?”

정장을 입은 사람이 고개를 돌려 우리 뒤편의 푸른 산 쪽으로 시선을 보냈다.

“마지막 시신 두 구는 토팡가 계곡에서 발견되었습니다. 첫 번째 시신은 윌 로저스 국립공원에 있었고요.”

“그쪽으로 가겠습니다. 뭐라도 단서를 한 번 찾아보죠.”

제이콥이 말했다.

제이콥이 나를 앞자리에 태우는 바람에 나는 매우 놀랐다. 이제까지 단 한 번도 앞자리에 앉게 해 준 적이 없었는데! 하지만 제이콥이 여전히 바짝 긴장하고 있었기 때문에 길가의 개들이 부럽다는 듯 낑낑거려도 나는 짖지도 않고 정신을 바짝 차리고 있었다. 차가 주차장을 빠져나오자 제이콥은 똑같은 장난감을 내게 내밀었고 당연히 나는 거기에 코를 대고 킁킁거렸다.

“좋아, 엘리. 여기서 이러는 게 이상하게 들릴 거란 건 나도 알지만 그래도 찾아!”

‘찾아’ 명령을 들은 나는 고개를 돌려 어리둥절한 얼굴로 제이콥을 바라보았다. 찾아? 차 안에서?

창문을 통해 쏟아져 들어오는 냄새가 방향을 알려 주었다.

“잘하고 있어, 엘리.”

제이콥이 칭찬해 주었다.

“찾아! 아이를 찾아!”

콧속에는 아직도 장난감 냄새가 가득했고 한줄기 바람이 불면서 여전히 남자의 냄새와 뒤섞인 아이의 냄새가 잡히자 나는 이를 제이콥에게 알려 주었다.

“잘했어, 착한 녀석!”

제이콥이 말했다.

제이콥은 차를 세우고 나를 뚫어지게 쳐다보았다. 뒤따라오던 차들이 빵빵거렸다.

“냄새 잡았어, 엘리?”

더 이상 아이의 냄새는 나지 않았다.

“괜찮아, 괜찮아. 엘리, 잘하고 있어.”

그 순간 나는 우리가 트럭에 탄 채로 일을 하고 있다는 것을 깨달았다. 제이콥은 다시 차를 출발했고 나는 코를 내민 채 집중하면서 장난감 냄새 이외의 다른 냄새는 모두 걸러 냈다.

오르막길을 올라가면서 차가 기울어지는 것이 느껴졌고 제이콥의 실망감이 커져 가는 것도 느껴졌다.

“놓친 것 같아.”

제이콥이 중얼거렸다.

“냄새가 안 잡혀, 엘리?”

내 이름이 들려 나는 잠시 고개를 돌렸다가 다시 일을 했다.

“8K6 대원, 현재 위치는?”

무전기에서 지직대며 소리가 났다.

"8K6, 애말피 드라이브 통과 중."

"찾은 거 있나?"

"선셋 불바드에서 냄새 포착. 그 이후 아직 아무것도 없다."

"알았다."

나는 짖었다.

보통은 냄새를 포착해도 짖지 않는데, 뚜렷한 이 냄새는 끊임없이 바람에 실려와 우리 차 안을 채웠다.

"8K6, 애말피 드라이브와 우미오 로드 교차점에서 뭔가 찾았다."

제이콥은 트럭 속도를 늦췄고 나는 계속 냄새를 추적했다. 여전히 아이의 냄새가 났고 남자의 냄새 역시 분명하게 느껴졌다. 제이콥이 천천히 차를 세웠다.

"자, 이제 어느 쪽이야 엘리?"

제이콥이 물었다.

나는 제이콥의 자리 쪽으로 건너가 머리를 그쪽 창밖으로 내밀었다.

"카프리 드라이브 왼쪽!"

제이콥이 흥분해서 외쳤다. 몇 분 뒤 차가 덜컹거리기 시작했다.

"비포장도로 통과 중!"

"10-4, 지원 팀 출동한다."

무전기에서 소리가 들렸다.

나는 정신을 바짝 차리고 앞쪽에 시선을 고정했으며 제이콥은 운전대를 잡고 좁은 길과 씨름을 했다. 갑자기 노란 대문이 나타나는 바람에 차가 급정차했다.

"알린다, 대문이 있다. 소방서 지원 바란다."

"10-4."

우리는 차에서 뛰어내렸다. 빨간 차 한 대가 길 옆에 주차되어 있었고 나는 바짝 긴장한 채 곧장 그리로 달려갔다. 제이콥은 손에 총을 빼 들고 있었다.

"빨간 토요타 캠리 발견. 아무도 없다. 엘리는 용의자의 차라고 한다."

제이콥은 나를 데리고 그 차 뒤쪽으로 가서 내 반응을 살폈다.

"차 트렁크에 사람은 없는 것 같다."

제이콥이 보고했다.

"알았다."

차에서 나는 냄새는 아래 계곡에서 바람에 실려 올라오는 냄새만큼 강하지는 않았다. 비탈길을 내려가자 그 남자의 냄새가 났다. 아이의 냄새는 그보다는 희미했다. 아이를 안고 간 것이다.

"알린다, 용의자가 캠프장 쪽으로 내려갔다. 도보로 이동 중이다."

"8K6, 현 위치에서 지원 팀을 기다려라."

"엘리."

제이콥이 총을 다시 벨트에 꽂으며 내게 말했다.

"아이를 찾으러 가자."

chapter 20

계곡 아래로 내려가는 동안 제이콥이 몹시 두려워하는 것이 느껴졌다. 앞장서 가던 나는 제이콥을 안심시키기 위해 몇 번이나 그에게 돌아가길 반복했다. 점점 더 아이의 냄새가 뚜렷하게 나자 나는 작은 건물이 옹기종기 모여 있는 곳을 향해 달리기 시작했다.

그 작은 소녀는 어떤 건물의 계단을 몇 칸쯤 올라간 곳에 얌전히 앉아 있었고 계단 맨 위의 널찍한 포치에서는 어떤 남자가 공구를 이용해 문을 열려 하고 있었다. 아이는 겁에 질린 채 슬퍼 보였지만 내가 다가가자 자그마한 손을 내밀었다.

그 순간 남자가 갑자기 돌아서서 나를 노려보았다. 시선이 마주치자 내 목의 털이 곤두섰다. 그에게서는 토드에게서 느껴지던 것과 똑같이 음침하고 역겨운 느낌이 전해졌는데 훨씬 더 강하고 사악했다. 그는 고개를 번쩍 들고는 내가 내려온 길 쪽을 살폈다.

"멍멍아."

내가 뒤돌아 제이콥에게 달려가자 아이가 내 뒤에 대고 외쳤다.

"찾았구나! 잘했어, 엘리. 보여 줘!"

나는 제이콥을 건물 쪽으로 데려갔다. 꼬마 소녀는 여전히 포치 아래 계단에 앉아 있었지만 남자는 자취를 감추고 없었다.

"여기는 8K6, 찾았다. 피해자는 안전하다. 용의자는 도보로 도주했다."

"8K6, 피해자 옆에서 대기하라."

"알았다."

멀리서 헬리콥터의 회전 날개가 바람을 가르는 소리가 들렸고, 우리 뒤쪽에 있는 길로 사람들이 달려오는 발소리가 들렸다. 두 경찰관이 굽이진 길을 돌아 모습을 드러냈다. 땀을 흘리고 있었다.

"에밀리, 괜찮니? 안 다쳤어?"

한 경찰관이 물었다.

"네."

아이가 원피스의 꽃무늬를 만지작거리며 대답했다.

"세상에, 얘 괜찮은 거야? 얘야, 너 괜찮니?"

또 다른 경찰관이 숨을 헐떡이며 달려오더니 자기 무릎에 양손을 짚고 물었다. 이 사람은 다른 둘보다 키도 컸고 체격도 우람했다. 숨 쉴 때마다 그에게서 아이스크림 냄새가 났다.

"아이 이름은 에밀리야."

"멍멍이 만져 봐도 돼요?"

아이가 수줍게 물었다.

"응, 되고말고. 그런데 좀 만져 본 다음에 우린 다시 일을 하러 가야 돼."

제이콥이 다정하게 말했다.

나는 '일'이라는 말에 귀를 쫑긋 세웠다.

"좋아, 그럼 말이야, 내가 같이 가지. 존슨하고 자넨 아이와 함께 여기 있어. 놈이 돌아올지도 모르니까 조심하고."

덩치 큰 경찰관이 말했다.

"가까이 있다면 엘리가 벌써 알려 줬겠지."

제이콥이 말했다.

나는 제이콥을 올려다보았다. 이제 일을 시작할 건가?

"찾아!"

제이콥이 말했다.

우리는 빽빽하게 덤불이 우거져 있고 바닥은 엉성하게 모래로 덮여 있는 곳으로 뛰어갔다. 그곳에서 그 남자의 흔적을 쉽게 찾을 수 있었다. 그는 계속 아래로 내려가고 있었다. 그의 냄새로 뒤덮인 쇠막대기 하나를 발견한 나는 제이콥에게 달려갔다.

"보여 줘!"

제이콥이 명령을 내렸다.

제이콥과 나는 쇠막대기가 있는 곳에 도착한 뒤 덩치 큰 경찰관이 우리를 따라올 때까지 1분 이상 기다렸다.

"저기……, 오다가 두어 번 넘어졌어."

그가 헐떡거렸다. 창피해하는 것이 느껴졌다.

"엘리가 그놈 거라는데. 여기 버린 것 같아."

제이콥이 말했다.

"그렇군. 이제 어쩌지?"

덩치 큰 경찰관이 물었다.

"찾아!"

제이콥이 다시 명령을 내렸다.

그의 냄새는 덤불에 도배되어 있었고 공기 중에도 떠 있었다. 얼마 못 가 앞에서 그가 뛰어가는 소리가 들렸다. 작은 개울 때문에 바람이 촉촉하고 높은 곳의 나뭇가지가 그늘을 드리운 곳에서 결국 그를 따라잡았다. 그는 나를 보더니 나무 뒤로 숨었다. 이게 놀이였다면 월리가 딱 그렇게 했을 것이다. 나는 제이콥에게 돌아갔다.

"보여 줘!"

제이콥이 말했다.

나는 제이콥에게 바짝 붙어서 숲으로 들어갔다. 나는 그가 숨어 있다는 것을 알았다. 그에게서 풍겨 나오는 악취 속에는 두려움과 증오심도 배어 있었다. 나는 제이콥을 곧장 나무 있는 곳으로 데려갔고 남자가 나무 뒤에서 나오자 제이콥은 이렇게 외쳤다.

"손들어! 경찰이다!"

남자가 손을 올리자 총소리가 났다. 그냥 총이었다. 나는 총을 무서워하지 않도록 훈련받았다. 그런데 제이콥에게서 고통이 터져 나오는 것이 느껴지는 순간 제이콥이 쓰러졌고 그의 따뜻한 피가 허공에 솟구쳤다. 제이콥의 총이 철컥 하고 바닥에 떨어졌다.

그러자 여러 가지 별개의 장면들이 번개처럼 내 머릿속을 스치며 한 그림이 되었다. 그랜드파의 총과 울타리 위로 솟구치던 에단의 깡통, 토드의 폭죽, 토드가 내 눈앞에서 폭죽을 터뜨렸을 때의 통증! 나무 옆의 남자가 총으로 제이콥을 해친 것이었다.

그는 여전히 같은 자리에 서서 우리에게 총을 겨누고 있었다. 그새 두려움과 분노는 사라지고 오히려 기세가 등등해져 있었다.

그 순간, 불이 나던 날 밤 토드에게 달려들 때 느꼈던 것과 똑같은 원초적인 분노가 치솟았다. 나는 으르렁거리지도 않았다. 그저 머리를 낮춘 뒤 그대로 달려들었다. 총소리가 두 번 더 났지만 내가 그의 손목을 물자 총이 땅 위로 떨어졌다. 그가 비명을 질렀지만 나는 손목을 문 채로 머리를 세차게 흔들었다. 내 이빨이 그의 팔을 파고드는 게 느껴졌다. 그가 내 옆구리를 걷어찼다.

"놔!"

그가 외쳤다.

"꼼짝 마! 경찰이다!"

덩치 큰 경찰관이 나타나며 외쳤다.

"이 개 좀 떼어 줘!"

"엘리! 됐어! 엘리, 괜찮아! 놔줘!"

경찰관이 명령했다.

나는 그의 팔을 놓았고 그는 무릎을 꿇었다. 피 냄새가 났다. 시선이 마주치자 나는 으르렁거렸다. 그의 고통이 전해졌지만 동시에 무슨 수라도 내서 빠져나갈 틈을 노리는 교활함도 느껴졌다.

"엘리, 이리 와!"

경찰관이 말했다.

"이 개가 내 팔을 물어뜯었어!"

남자가 소리를 질렀다.

"여기야!"

그러더니 경찰관의 왼쪽 뒤를 손가락으로 가리키며 다시 외쳤다.

누구한테 말하는 건지 보려고 경찰관이 고개를 돌리는 순간 남자가 앞으로 튀어나오며 총을 집어 들었다. 나는 짖었다. 남자가 총을 쏘아 댔다. 경찰관도 몇 발을 쏘았고 잠시 후 남자는 흙바닥 위에 쓰러졌다. 생명이 그의 몸에서 쉭 하고 빠져나가는 것 같았다. 덜미를 잡고 있던 시커멓고 역겨운 분노에서 풀려나 평화로워진 모습이었다.

"그런 수작에 넘어가다니."

덩치 큰 경찰관이 중얼거렸다.

경찰관은 죽은 남자에게 계속 총을 겨눈 채 조심스럽게 다가가더니 남자의 총을 걷어찼다.

"엘리, 괜찮니?"

제이콥이 희미한 목소리로 물었다.

"개는 괜찮아. 제이콥, 어디 맞았어?"

"배."

나는 걱정이 되어 제이콥 옆에 엎드려 코로 손을 비볐지만 반응이 없었다. 통증이 제이콥의 온몸으로 퍼져 나가는 게 느껴졌고 냄새로 보아 피를 많이 흘린 것 같아서 더 걱정이 되었다.

"경찰관 피격, 용의자 피격. 여기는……."

덩치 큰 경찰관이 하늘을 올려다보더니 말을 이었다.

"계곡 바닥에 있는 나무 그늘 아래에 있다. 경찰관 응급 구조 바란다. 용의자는 사망했다."

"용의자 사망 확인 바란다."

경찰관은 다가가 남자를 걷어찼다.

"죽은 것이 확실하다."

"경찰관은 누군가?"

"8K6이다. 즉시 구조 바란다."

나는 어찌할 바를 몰랐다. 제이콥은 겁이 나지 않는 것 같았지만 나는 두려움에 휩싸여 떨며 헐떡거렸다. 에단이 불에 갇혔는데도 이층으로 올라갈 방법이 없어서 어쩔 줄 몰랐던 때와 똑같은 기분이었다. 경찰관이 돌아와 제이콥 옆에 무릎을 꿇었다.

"지금 오고 있어. 조금만 버텨."

경찰관의 목소리에서 걱정이 묻어 나왔다.

조심스럽게 제이콥의 셔츠를 걷어 보던 그가 크게 놀라는 바람에 나 역시 낑낑거리는 소리가 절로 났다.

곧 사람들이 덤불을 밟으며 달려오는 소리가 들려오기 시작했다. 그들은 어깨로 나를 밀치며 제이콥 옆에 꿇어앉더니 그의 몸에 약 냄새가 나는 물을 붓고는 붕대를 감았다.

"에밀리는 어때?"

제이콥이 들릴락 말락 한 소리로 사람들에게 물었다.

"누구?"

"납치되었던 아이 말이야."

덩치 큰 경찰관이 설명했다.

"괜찮아, 제이콥. 아이는 무사해. 놈이 무슨 짓을 하기도 전에 자네가 달려갔잖아."

더 많은 사람이 왔고 그들은 제이콥을 침대에 눕혀 데려갔다. 차를 세워 놓은 곳까지 가니 헬리콥터가 기다리고 있었다. 덩치 큰 경찰관이 나를 잡고 있는 동안 다른 사람들이 팔을 침대 밖으로 늘어뜨린 제이콥을 헬리콥터에 태웠다. 헬리콥터가 천둥소리를 내며 공중으로 떠오르자 나는 몸을 숙여 경찰관의 손을 빠져나와 헬리콥터 밑으로 가서 짖었다. 난 헬리콥터 개야! 왜 안 태워 줘? 제이콥에겐 내가 있어야 한다고!

사람들은 내가 앞발을 허공에 치켜든 채 어쩔 줄 모르고 빙빙 제자리를 맴도는 모습을 지켜보았다.

나중에 에이미가 와서 나를 다른 차에 있는 케이지에 태웠는데 그곳에서는 캐미의 냄새가 진동했다. 에이미는 차를 몰고 마당에 와서 나를 내려놓은 뒤 다시 캐미를 태웠다. 캐미는 내가 그 케이지 안에 있었다는 게 기분 나쁘다는 듯 종종걸음으로 내 옆을 지나 차로 뛰어올랐다. 집시는 어디에도 보이지 않았다.

"곧 누가 와서 널 돌봐 줄 거야. 네가 어디서 지낼지도 알아봐야겠구나. 얌전히 있어. 넌 착한 개니까."

에이미가 말했다.

나는 켄넬 속에 있는 내 침대에 엎드려 이런저런 생각에 잠겼다. 내가 착한 개라는 생각이 들지 않았다. 찾기 놀이에 총을 가진 남자를 물어뜯는 과정은 없으니까 말이다. 그리고 제이콥은 어디에 있을까? 피 냄새를 떠올리니 걱정이 되어 낑낑 소리가 흘러나왔다.

나는 내 목적을 달성했고 아이를 찾았으며 아이는 안전했다. 그런데 제이콥이 다쳐서 어디론가 가 버렸고 나는 처음으로 이곳 마당에 있는 켄넬에서 자고 있다. 나는 어쩐지 벌을 받는다는 느낌을 떨쳐 버릴 수가 없었다.

모두가 혼란스럽고 힘들어하는 나날이 며칠 넘게 계속되었다. 나는 켄넬에서 살게 되었고 뜻하지 않게 개 돌보는 임무를 맡는 바람에 어색해하는 티가 나는 경찰관이 하루에 두어 번 찾아와 나를 마당 밖으로 내보내 주었다. 에이미가 나에게 말도 걸어 주고 조금 놀아 주기도 했지만 그녀는 거의 항상 캐미와 나가고 없었다.

제이콥은 돌아올 기미가 전혀 없었고 주변에서 나던 그의 냄새마저도 점점 흐려지더니 결국은 아무리 집중해도 그의 냄새를 잡을 수 없었다.

마당에 있던 어느 날, 경찰관 중 하나가 내게 준 고무 뼈를 캐미에게 보여 주었는데도 캐미는 그저 낮잠만 자려고 했다. 나는 캐미의 목적을 이해할 수가 없었고 왜 잠만 자는 개를 여기 두는지도 이해가 되지 않았다.

캐미는 에이미가 마당에 있는 테이블에 도시락을 풀어 놓자 그제야 깨어났다. 캐미는 에이미가 앉아 있는 곳으로 가더니 햄 샌드위치 한 조각을 얻어먹어야만 해결할 수 있는 문제를 무수히 짊어지고 있다는 듯 그녀의 발치에 털썩 엎드렸다. 그때 한 여자가 나타나 에이미의 테이블에 앉았다.

"안녕, 마야."

에이미가 말했다.

마야는 검은 머리카락과 눈동자를 가졌고 여자치고는 키가 컸으며 팔도 튼튼해 보였다. 그녀의 바지에서는 고양이 냄새가 희미하게 났다. 마야는 의자에 앉아 작은 상자를 열더니 뭔가 매콤한 냄새가 나는 것을 우적우적 씹기 시작했다.

"에이미, 안녕. 엘리도 잘 있었어?"

마야는 캐미에게는 아는 척을 하지 않았다. 나는 으쓱했다. 다가가니 마야가 향긋한 냄새가 나는 손으로 나를 쓰다듬어 주었다. 약간의 비누 냄새와 톡 쏘는 토마토 냄새가 코로 들어왔다.

"서류 냈어?"

에이미가 물었다.

"통과되길 빌 뿐이야."

마야가 대답했다.

나는 마야가 '저렇게 신나게 놀고 있으니 간식이라도 주지 않으면 눈길조차도 안 주겠구나.' 하고 생각하게끔 엎드린 채로 고무 뼈를 열심히 물어뜯었다.

"엘리 불쌍해. 너무 혼란스러울 거야."

에이미가 말했다.

나는 고개를 들었다. 먹을 것을 좀 주려나?

"각오는 돼 있어?"

에이미가 물었다.

마야가 한숨을 쉬며 말했다.

"힘든지는 알지만 힘 안 드는 일이 또 어디 있겠어? 매일 똑같은 일을 하고 또 하고, 이젠 지겨워. 뭔가 새로운 일, 다른 일을 몇 년쯤 하고 싶어. 타코 좀 먹어 볼래? 우리 엄마가 만들었는데 정말 맛있어."

"아니, 괜찮아."

나는 벌떡 일어나 앉았다. 타코? 나 좀 주지!

마야는 마치 내가 거기 없는 것처럼 식사를 마쳤다.

"경찰견 팀 사람들은 다들 몸매가 좋아. 난 살 빼기가 너무 힘들어……. 해낼 수 있을까?"

"뭐라고? 아니야, 지금 괜찮아! 체력 검사 통과했지?"

"물론이지."

마야가 말했다.

"그럼 됐네. 나랑 달리기 할래? 근무 끝나면 보통 달리기 하러 가거든. 그런데 말이야, 마야, 넌 여기서도 잘할 거야."

마야가 조금 걱정하고 있는 것이 느껴졌다.

"나도 제발 그랬으면 좋겠어. 엘리를 실망시킬 순 없지."

그녀가 말했다.

그렇게 내 이름이 여러 번 등장했건만 둘의 대화는 내 간식과는 전혀 상관이 없다는 결론이 나자 나는 한숨을 푹 쉬고는 햇볕 아래 사지를 쭉 뻗었다.

얼마나 기다려야 제이콥이 돌아올까?

chapter 21

나를 차에 태우고 가던 날 마야는 기쁨에 들떠 보였다.

"이제 우리 같이 일하는 거야. 신나지 않니, 엘리? 오늘부터는 켄넬에서 잘 필요 없어. 네 침대를 사 놓았으니까 내 방에서 함께 자면 돼."

나는 마야가 한 말들을 되씹어 보았다. '엘리', '켄넬', '침대', '방'. 무슨 얘긴지 도통 알 수가 없었지만 어쨌든 나는 창밖으로 코를 내밀고는 캐미와 집시 이외의 다른 냄새들을 실컷 들이켰다. 마야는 조그마한 집의 진입로에 차를 세웠고, 나는 현관 문턱을 넘자마자 여기가 그녀의 집이라는 걸 알았다. 집 안에 온통 그녀의 냄새가 흘러넘쳤다. 또 달갑지 않게도 고양이 냄새도 함께 났다. 나는 제이콥의 아파트보다 더 작은 그녀의 집을 탐색했고 곧 식탁 앞 의자에 앉아 있는 오렌지색 고양이와 마주쳤다. 차가운 시선으로 나를 바라보던 녀석은 내가 꼬리를 흔들며 다가가자 입을 벌리더니 거의 들리지 않을 정도로 하악 소리를 냈다.

"스텔라, 착하게 굴어야지. 얘는 스텔라야. 여긴 엘리고. 이제 우리랑 같이 살 거야."

마야가 말하자 스텔라는 관심 없다는 듯 하품을 했다. 곧 내 시야 한쪽 구석으로 회색과 흰색이 뒤엉킨 덩어리가 휙 스치는 게 느껴졌다.

"팅커? 재는 팅커벨이야. 좀 수줍어해."

고양이가 또 있다고? 팅커벨을 쫓아 침실로 들어가니 검정색과 갈색이 섞인 덩치 큰 수고양이가 어슬렁어슬렁 걸어 나오더니 생선 냄새를 풍기며 나한테 코를 대고 킁킁거렸다.

"그리고 얘는 에밋이야."

스텔라, 팅커벨, 에밋. 도대체 왜 고양이를 세 마리씩이나 키우지?

팅커벨은 거기 있으면 내가 냄새를 못 맡을 거라고 생각하는 듯 침대 밑에 숨어 있었다. 에밋은 부엌까지 나를 따라오더니 마야가 내 밥그릇을 먹이로 채워 주는 모습을 신기하다는 듯 바라보았고, 곧 나는 먹고 자기는 못 먹어도 상관없다는 듯 고개를 쳐들고는 저쪽으로 가 버렸다. 스텔라는 의자에 앉아 눈도 깜짝 안 하고 나를 쳐다보고 있었다.

다 먹고 나자 나는 마야를 따라 작은 마당으로 나갔다. 다른 개의 흔적은 보이지 않았다. 고양이 녀석들 중 누군가가 나를 보고 있을 수도 있다는 생각에 나는 의젓한 모습으로 볼일을 보았다.

"착하구나, 엘리."

마야가 아주 기뻐하며 말했다. 그녀는 '마당에 쉬를 해 주시니 황송합니다.' 하는 타입의 사람인 게 분명했다.

마야는 좋은 냄새가 나는 저녁 식사를 만들어 먹었는데, 이 냄새에 끌린 스텔라는 식탁 위로 뛰어올라 나쁜 고양이처럼 돌아다녔다! 마야는 스텔라에게 아무 말도 하지 않았다. 고양이는 쓸모도 없는 데다 훈련도 안 되는 동물이라고 생각하는 게 분명했다.

저녁을 먹은 뒤 마야는 내 목에 줄을 채워 산책을 나섰다. 이 집 저 집 마당에 사람들이 많이 나와 있었고 그중에는 아이들도 많아서 나는 마음이 설레기 시작했다. 벌써 몇 주째 일을 안 해서 온몸이 근질근질했다. 달리고, 찾고, 사람을 구하고 싶었다.

내 기분을 알아차리기라도 했는지 마야가 가볍게 뛰기 시작했다.

"엘리, 좀 달려 볼까?"

그녀가 물었다.

나는 제이콥에게 배운 대로 그녀 옆에 바짝 붙어 속도를 올렸다. 얼마 지나지 않아 그녀는 숨을 헉헉대기 시작했고 그녀의 땀구멍에서 땀이 솟아나는 것을 냄새로 알 수 있었다. 포장도로의 열기가 발바닥에 전해졌고 함께 달리는 우리가 부러운 듯 여기저기서 개들이 짖어 댔다.

마야가 갑자기 멈춰 섰다.

"휴우!"

그녀가 헐떡였다.

"좋아, 이제부터 트레드밀*에서 더 오래 달리는 거야. 꼭 해야지."

---

* Treadmill : 보통 러닝머신이라고 하는데 이는 한국식 표현이고, 영어로는 트레드밀이라고 한다.

밤이 되었어도 나는 상황이 어떻게 돌아가는 건지 알 수가 없었다. 마야가 목욕을 하고 다른 옷으로 갈아입는 동안 나는 양탄자 위에 엎드려 있었고 곧 그녀가 나를 침실로 불렀다.

"자, 여기 누워, 엘리. 착하지."

그녀는 이렇게 말하며 개 침대를 툭툭 두드렸다. 나는 시키는 대로 침대로 들어가 몸을 동그랗게 말았지만 여전히 어리둥절했다. 아마 여기서 좀 살아야 하는 모양이었다. 계속 살아야 하나? 그럼 제이콥은? 내 일은?

다음날 아침 조금 낯설긴 했지만 마야와 나는 일을 했다. 월리가 나타나 오랜 친구처럼 나를 반갑게 맞아 주었고 찾기 놀이를 할 때 가끔 우리와 어울리던 여자도 와 있었다. 그녀의 이름은 벨린다였는데 항상 온몸에서 월리의 냄새를 풍기고 있어서 우리가 없을 때면 둘이서 찾기 놀이를 하는 게 아닌가 싶었다.

벨린다가 숲으로 들어가면 월리는 마야와 함께 남았다. 월리는 마야에게 우리가 일할 때 사용하는 수신호와 명령어들을 가르쳐 주었다. 마야가 "엘리, 찾아!" 하고 외치면 나는 앞장서 달려갔고 월리와 마야가 뒤따라왔다. 벨린다는 차 안에 앉아 있었는데 날 속일 수는 없었다. 나는 마야에게 돌아갔다.

"이제 엘리의 표정이 어떤지 봐."

월리가 계속 말을 이었다.

"엘리가 벨린다를 찾은 거야. 엘리의 표정을 보면 알 수 있어."

나는 마야가 '보여 줘'명령을 내리기를 애타게 기다렸지만 마야는 월리와 대화하는 데 정신이 팔려 있었다.

"잘 모르겠어. 다른 경우에 돌아왔을 때하고 별로 다른 게 없어 보이는데."

마야가 말했다.

"눈을 봐. 그리고 입을 꼭 다문 모습도. 혀가 안 나와 있잖아. 긴장해 있다는 뜻이야. 보여 줄 게 있다는 얘기라고."

'보여'라는 말이 들리자 나는 몸을 떨었고 튀어 나가려다 멈췄다. 진짜 명령이 아니었기 때문이다.

"그럼 지금 '보여 줘!'라고 말해?"

마야가 윌리에게 물었다. 그만 좀 약 올리라고! 지금 일을 하는 거야 마는 거야?

"보여 줘!"

드디어 마야가 말했다.

우리가 찾아내자 벨린다가 웃으며 차에서 내렸다.

"엘리, 착한 녀석. 똑똑하기도 하지."

벨린다가 내게 말했다.

"이제 엘리하고 놀아 줘야 해. 이건 중요한 일이야. 열심히 일한 것에 대한 보상이니까."

마야가 나와 노는 방식은 제이콥과는 달랐다. 마야는 나와 노는 걸 정말 즐기는 것 같았다. '보여 줘'가 끝난 뒤에 하는 형식적인 절차가 아니었다. 마야가 경찰서 켄넬에서 가져다준 고무 뼈를 내가 양쪽 앞발로 잡은 채 이빨로 꽉 물고 있으면 마야가 이것을 빼앗으려는 식으로 놀았다.

마야의 삶은 내가 지금까지 만났던 어떤 사람들의 삶과도 달랐다.

마야는 고양이라는 짐이 너무 많았을 뿐만 아니라 거의 매일 밤 마마라는 좋은 냄새가 나는 여자를 비롯해 많은 사람이 바글거리는 넓은 집으로 갔다. 우리가 갈 때마다 마마는 그랜드마처럼 항상 요리를 하고 있었고 작은 아이들도 많아서 다들 뛰어다니며 자기들끼리 놀고 있었다. 아이들은 마야가 그만하라고 할 때까지 내 위에 올라탔다. 공을 가지고 남자아이들과 함께 노는 것은 아주 신났다. 여자아이들이 나한테 모자를 씌우는 건 그냥 참아 줬다.

마야의 옆집에 사는 앨이라는 남자는 자주 찾아와 마야에게 '도움'이 필요하지 않으냐고 물었다.

"이 상자들 나르는 거 도와드릴까요?"

"아니요, 괜찮아요."

앨이 물으면 마야는 이렇게 대답했다.

"문 고치는 거 도와드릴까요?"

또 앨이 마야에게 물었다.

"아니요, 괜찮아요."

마야는 역시 이렇게 대답할 뿐이었다.

마야는 앨이 오면 항상 안절부절못했고 몸이 더워지면서 손에 땀이 났지만 그렇다고 앨을 두려워하는 것 같지는 않았다. 오히려 앨이 가고 나면 슬퍼하는 것이 느껴졌다.

"새로운 개를 데려왔네요?"

앨이 물었다.

그가 손을 뻗어 내 귀 뒤를 아주 기분 좋게 긁어 주었기 때문에 나는 그 즉시 앨을 좋아하게 되었다. 그에게서는 종이와 잉크와 커피 냄새가 났다.

"네, 경찰 수색구조견이에요."

두 사람이 내 이야기를 하고 있어서 나는 친근감의 표시로 꼬리를 흔들었다.

"개 훈련시키는 거 도와드릴까요?"

"아니요, 아니요. 엘리는 이미 훈련이 돼 있어요. 우리 둘이 팀으로 일하는 훈련이 필요하죠."

'엘리'하고 '일'이라는 단어가 들리자 나는 꼬리를 흔들었다.

앨이 내 귀 긁어 주기를 멈추더니 몸을 일으켰다.

"마야, 저기……."

앨이 무슨 말을 꺼내려 했고 긴장하고 있는 것이 느껴졌다.

"이제 나가 봐야 해요."

마야가 말했다.

"오늘 헤어스타일 너무 예뻐요."

앨이 불쑥 말했다.

나는 둘을 서로를 뚫어지게 바라보았는데 둘 다 심하게 안절부절못해 마치 큰 위험이 코앞에 닥친 느낌이었다. 주변을 둘러보았지만 창문 너머로 우리를 내다보고 있는 에밋 말고는 어떤 위험 요소도 없었다.

"고마워요, 앨. 저기 혹시……."

마야가 말했다.

"어서 가 보셔야죠."

앨이 말했다.

"아……."

마야가 말했다.

"아니면……."

앨이 더듬거렸다.

"아니면……?"

마야가 앨의 말을 받았다.

"그러니까……, 뭐 제가 도와드릴 일 없어요?"

"아니요, 괜찮아요."

앨의 질문에 마야가 답했다.

마야와 나는 거의 매일 일했다. 마야가 "찾아!"라고 하면 나는 숲으로 뛰어들어가 윌리나 벨린다를 찾았고 가끔은 마마네 집에 사는 큰 남자아이를 찾기도 했다.

마야는 제이콥보다 움직임이 훨씬 느렸고 일할 때면 처음부터 헐떡이며 땀을 흘렸다. 가끔은 실제로 진짜 통증을 느끼기도 했는데 이럴 때면 그녀에게 돌아가 참을성 있게 다음 명령을 기다려야만 했다. 그녀가 할 수 있는 거라곤 몇 분간 무릎에 손을 올린 채 헐떡이는 것이 전부였으니 말이다. 가끔은 무력감과 좌절감이 폭발해 울기도 했지만 마야는 윌리를 만나기 전에 항상 눈물을 닦고 얼굴을 매만졌다.

어느 날 오후, 마야는 윌리와 야외 테이블에 앉아 시원한 음료를 마셨고 나는 나무 그늘 아래 엎드려 있었다. 마야의 걱정스런 마음이 전해져 왔지만 나는 이미 이것을 받아들이기로 한 데다 이것 때문에 일하는 데 방해가 되어서는 안 된다고 마음먹은 터였다.

"우리, 공인 자격을 받을 만큼 잘하는 게 아니지, 안 그래?"

마야가 말했다.

"엘리는 내가 본 개 중 거의 최고야."

월리가 대답했다.

뭔가 불안하고 조심하는 목소리여서 나는 웬일인가 하고 그의 얼굴을 바라보았다.

"엘리가 아니라 내가 문제라는 거 알아. 난 항상 뚱뚱했거든."

"뭐라고? 아니, 그게 말야……."

월리가 말끝을 흐렸다.

월리의 불안감이 더욱 강해진 것 같아서 나는 위험 상황을 파악하려고 벌떡 일어났다.

"괜찮아. 사실 나 체중이 좀 줄었어. 2킬로그램쯤 말이야."

"정말? 잘됐네! 그러니까 내 말은 말야, 마야는 원래 뚱뚱하거나 하지 않아."

월리가 말을 더듬었다.

그의 이마에 솟아 나온 땀방울 냄새가 났다.

"마야, 잘은 모르겠지만 달리기나 뭐 그런 걸 좀 하면 좋지 않을까?"

월리가 다시 말했다.

"나 매일 뛰어!"

"그거야! 맞아!"

이제 월리에게선 두려움이 솟구쳤고 나도 불안해서 하품을 했다.

"자, 그럼, 이제 난 가야겠어."

"이렇게까지 많이 뛰어야 하는 일인 줄은 몰랐어. 처음에 생각한 것보다 훨씬 더 어려워. 포기해야 할까 봐. 안 뚱뚱한 사람이 대신하도록 말이야."

"저기 말이야, 벨린다 하고 얘기해 보면 어때?"

윌리가 다급한 어조로 말했다.

마야는 한숨을 푹 쉬었고 윌리는 이제 해방이라는 듯 자리를 떠났다. 나는 다시 엎드렸다. 지금까지 어떤 끔찍한 위험이 다가오고 있었든 간에 지금은 아무런 위협도 없었다.

다음날 마야와 나는 일하러 가지 않았다. 마야는 발이 편한 새 신발을 신고 내 줄을 잡더니 제이콥이 바다라고 부르던 커다란 연못 옆에 있는 모래밭을 따라 길게 뻗은 도로로 나를 데리고 갔다. 개들이 도처에 깔려 있었지만, 일을 하는 게 아닌데도 마야에게서 뭔가 단호한 결의가 느껴져서 나는 떠오르는 햇빛 속을 달리고 또 달리며 마주치는 개들을 그냥 무시했다. 마야와 이렇게 오래 달린 적은 처음이었다. 우리는 쉴 새 없이 달렸다. 마야는 완전히 지치고 온몸이 통증으로 가득해진 다음에야 돌아서서 왔던 길을 되돌아갔다. 마야는 심하게 냄새가 나는 건물 옆 시멘트에 박힌 수도꼭지에서 내게 물을 마시게 해 주느라고 몇 번 멈추었을 뿐 돌아올 때도 단호한 결의는 그대로였다. 다만 속도가 느려졌을 뿐이었다. 차 있는 곳까지 왔을 때쯤 보니 마야가 절뚝거리고 있었다.

"이런 세상에."

마야가 말했다.

우리는 둘 다 매우 심하게 헐떡이고 있었다. 마야는 물을 마시더니 다리 사이로 얼굴이 보일 정도로 상체를 푹 꺾었다. 나는 주차장에서 토하는 마야의 모습을 슬픈 눈으로 지켜보았다.

"괜찮아요?"

한 젊은 여자가 안됐다는 듯 물었다. 마야는 고개도 들지 않고 손을 저었다.

다음날 우리는 벨린다를 찾는 일을 했다. 마야의 걸음걸이가 뻣뻣해진 데다 다리에 통증이 있는 게 느껴져서 나는 마야의 시선 밖으로 벗어나기가 무섭게 걸음을 늦춰 찾기 놀이 속도를 절반으로 줄였다. 그리고 마야의 상태를 살피기 위해 필요 이상으로 자주 지시를 받으러 돌아왔다. 벨린다를 찾았을 때는 이미 나무 밑에 앉은 채 잠들어 있었다.

"잘했어. 엘리, 넌 정말 착한 개야."

마야가 내 귀에 속삭였다.

우리는 벨린다를 깨웠고 손목을 내려다본 벨린다는 소스라치게 놀랐다.

"저절로 쉬는 날이 돼 버렸네."

마야가 말했다.

벨린다는 대답하지 않았다.

그날 밤 마야는 욕조에 들어앉아 나를 불렀다. 왜 이렇게 좁은 곳에서 헤엄을 치고 싶어 하는지 궁금해하면서 나는 신기하다는 듯이 욕조 속 거품에 대고 킁킁거리다가 물을 몇 번 철썩여 보았다. 물론 고양이들은 관심이 없었다. 팅커벨은 평소처럼 어딘가에 숨어 있었고 스텔라는 허락도 없이 내 침대를 둘러보는 것은 물론 냄새로 볼 때 분명히 거기서 잠을 자려고까지 했으며, 에밋은 나와 함께 욕실에서 제 몸을 핥으면서 뭔가 무시할 만한 일이 일어나기만을 기다리고 있었다.

마야는 슬퍼했다. 그녀는 젖은 손을 물 밖으로 뻗더니 내 머리를 쓰다듬었다.

"미안해, 엘리. 난 아무래도 안 되겠어. 일할 때 널 쫓아갈 수가 없는걸. 너처럼 영리한 개는 능력 있는 사람이 돌봐 줘야 해."

내가 욕조에 들어가면 마야가 기분이 나아지지 않을까 궁금했다. 이 생각을 실험해 보기 위해 나는 앞발로 욕조 가장자리를 짚었다. 에밋은 제 몸 핥기를 멈추더니 버르장머리 없는 시선으로 나를 한 번 보고 나서 꼬리를 쳐들고는 '날 잡아서 이 집의 고양이 입 하나를 줄여 봐.'라고 말하기라도 하듯 당당하게 욕실을 걸어 나갔다.

"내일 깜짝 선물을 줄게, 엘리."

이렇게 말하는 마야는 여전히 슬퍼하고 있었다. 흠, 좋아, 기왕 여기까지 왔으니…….

나는 욕조 가장자리로 올라섰고 이어서 거품을 통과해서 풍덩 물속으로 들어갔다.

"엘리!"

마야가 웃었다. 촛불이 어둠을 몰아내듯 그녀의 행복이 슬픔을 꺼 버렸다.

chapter 22

다음날 아침 마야가 차를 태워 주자 나는 신이 났다. 왜냐고? 차를 타니까!

마야에게서 행복한 설렘 같은 것이 느껴졌다. 최근 마야는 일하러 갈 때 그다지 행복해한 적이 없었기 때문에 오늘은 일하러 가는 것이 아님을 알 수 있었다. 하지만 마야가 차를 세우고 문을 열어 준 뒤에야 나는 우리가 어디에 있는지 알 수 있었다.

제이콥의 아파트였다.

나는 마야를 앞장서서 달려가면서 계단을 뛰어올라 문에 대고 짖었다. 제이콥과 함께 살았다면 절대 하지 않았을 행동이었다. 안에서 제이콥의 냄새가 흘러나왔고 문 너머에서 그가 움직이는 소리도 들렸다. 문이 열리자 나는 제이콥을 향해 뛰어들었고 신이 나서 깡충깡충 뛰면서 온몸을 뒤틀었다.

"엘리! 잘 있었어, 응? 앉아!"

제이콥이 명령했다.

나는 엉덩이를 바닥에 붙이려 했다. 그렇지만 엉덩이가 말을 듣지 않았다.

"안녕, 제이콥."

마야가 문간에서 말했다.

"들어와, 마야."

제이콥이 말했다.

나는 제이콥을 보자 너무도 들떠서 그가 천천히 앉고 있는 의자 옆에 가서 앉았다. 그의 무릎으로 뛰어오르고 싶었는데 에단이었으면 그렇게 했겠지만 제이콥은 그런 행동을 절대 허락하지 않았다.

나는 두 사람이 이야기를 하는 동안 아파트 안을 돌아다니며 킁킁거렸다. 내 침대는 없어졌지만 침실에는 아직도 내 냄새가 남아 있었다. 나는 양탄자 위에서 자거나 제이콥이 괜찮다면 그의 침대에서 함께 자도 아무 상관이 없었다.

나는 종종걸음으로 마야 옆을 지나 제이콥에게로 돌아왔고 마야는 손을 뻗어 내 등을 정답게 쓰다듬어 주었다. 그 순간 제이콥에게 돌아간다는 것은 마야를 떠나는 것과 같은 뜻이라는 생각이 스쳤다.

개는 자기가 살 곳을 선택할 수 없다. 내 운명은 사람에 의해 결정되니까. 그렇긴 하지만 나는 갈등하기 시작했다.

제이콥은 마야보다 훨씬 일을 잘했다. 하지만 마야는 제이콥처럼 늘 가슴 속에 슬픔 덩어리를 품고 살지는 않았다. 마마의 집에서 마야는 진심으로 즐거워했으며 그곳에는 함께 놀 수 있는 아이들도 있었다. 하지만 또 제이콥은 고양이를 한 마리도 키우지 않았다.

나에게는 분명한 삶의 목적이 있었다. 찾고, 보여 주고, 사람을 구하는 것. 나는 '착한 개'였다. 마야도 제이콥도 일에 집중했고 그렇다면 둘 중 누구도 에단처럼 온몸을 던져 사랑을 쏟아 부을 수는 없다는 뜻이었다. 하지만 마야는 항상 어느 정도 거리를 두는 제이콥과 달리 나에게 아무런 벽 없이 사랑을 보냈다.

나는 초조하게 서성거리기 시작했다.

"엘리, 밖에 나가고 싶니?"

마야가 물었다.

'나가고'라는 말이 들리기는 했지만 마야가 별로 적극적이지 않은 것 같아서 나도 반응을 보이지 않았다.

"아니야, 나가고 싶으면 문 옆에 가서 앉거든."

제이콥이 말했다.

"아, 맞아. 나도 본 적 있어. 나는 뒷문을 거의 항상 열어 놓기 때문에 엘리가 마음대로 드나들 수 있어서 말이야."

마야가 말했다.

둘은 한동안 말이 없었다. 나는 부엌으로 들어갔지만 평소처럼 바닥이 소독이라도 한 것처럼 깨끗해서 먹을 거라곤 하나도 떨어져 있지 않았다.

"부상으로 퇴직한다고 들었어."

마야가 말했다.

"응, 난 말이지, 5년 동안 총을 두 번 맞았거든. 그 정도면 누구라도 그럴 거야."

제이콥이 거친 목소리로 웃으며 대답했다.

"다들 보고 싶어 할 거야."

마야가 말했다.

“다른 곳으로 이사 가지는 않을 거야. UCLA에 등록했어. 1년 반만 있으면 법학으로 학위를 받아.”

제이콥이 말했다.

다시 한 번 침묵이 흘렀다. 마야에게서 작은 괴로움이 흘러나왔다. 예전에 사람들이 제이콥에게 뭔가를 말하려고 했다가 결국엔 아무 말도 못하고 빙 둘러앉아 있기만 했던 때와 비슷했다. 제이콥의 무엇인가가 사람들을 불편하게 만들었다.

“그나저나 공인 자격 테스트는 언제야?”

제이콥이 먼저 말을 꺼냈다.

앞으로 상황이 어떻게 될지 전혀 감을 잡을 수가 없었던 나는 두 사람의 중간 지점에 자리를 잡고 한숨을 푹 내쉰 뒤 엎드렸다.

“2주 후야. 그런데…….”

마야의 목소리가 작아졌다.

“그런데?”

“경찰견 팀 포기해야 할 것 같아.”

마야가 한숨을 쏟아 놓았다.

“못 쫓아가겠어. 이럴 줄은 몰랐어. 누군가 능력이 되는 사람이 하는 게 낫겠어.”

“그건 안 돼.”

제이콥이 말했다.

갑자기 제이콥이 화를 내는 것이 느껴져 나는 고개를 쳐들고는 의아하다는 듯 제이콥을 바라보았다.

"개는 핸들러*가 자꾸 바뀌어서는 안 돼. 누가 봐도 엘리는 최고야. 그런 식으로 엘리를 버리면 애를 망칠 수 있어. 윌리 말로는 너랑 엘리, 사이도 좋다던데."

내 이름이 등장하는 데다 제이콥이 윌리 얘기까지 하는 바람에 꼬리로 바닥을 살짝 쳤지만 제이콥의 말투는 여전히 단호했다.

"난 체력적으로 이 일에 맞지 않아, 제이콥."

마야가 대답했다.

마야도 조금씩 화가 나고 있는 게 느껴졌다

"난 해병대 출신이 아니야. 나는 해마다 경찰 체력 검사를 간신히 통과하는 순찰 경관일 뿐이라고. 어떻게든 하려고 했는데 너무 힘들어. 너무 힘들다고."

제이콥이 노려보자 마야는 어깨를 으쓱하고는 시선을 피했다. 화가 사그라진 대신 마야가 창피해하는 게 느껴져 나는 그녀에게 다가가 손에 코를 비볐다.

"엘리한테 얼마나 힘든 일일지 생각해 봤어? 그건 상관없어?"

"물론 상관이 있지."

"그런데 일을 안 하고 싶다고?"

"내 말은 내가 이 일에 적합하지 않다는 거야, 제이콥! 체력적으로 받쳐 주질 않는다고."

"받쳐 주질 않는다. 체력적으로."

제이콥이 마야의 말을 반복했다.

---

* 동물을 조련·훈련시키는 사람.

나는 마야가 북받치는 감정을 억누르고 있음을 알 수 있었다. 평소 같으면 이럴 때면 곧 눈물을 홍수처럼 쏟아 내기도 했다. 나는 마야를 위로해 주고 싶어서 다시 그녀의 손에 코를 비벼 댔다. 제이콥이 다시 입을 열었다. 그는 마야 쪽을 보지 않았고 목소리도 차분해졌다.

"내가 처음 총에 맞았을 때 어깨가 아주 엉망이 되었어. 어깨 쓰는 법을 완전히 처음부터 다시 익혀야만 했지. 매일 물리치료를 받으러 갔는데 거기 1킬로그램도 안 되는 웨이트 트레이닝 장비가 있었어. 잡아당길 때마다 엄청나게 아팠어. 그때 아내는 암 말기로 화학요법 치료 중이었고. 포기하고 싶었던 때가 한두 번이 아니었지. 너무 힘들었어."

제이콥은 고개를 돌려 마야를 바라보며 눈을 깜빡였다.

"수잔은 죽어 가고 있었어. 그런데 마지막 순간까지 포기하지 않더군. 암 환자도 포기하지 않는데 나도 버텨야지. 그건 중요하니까. 조금만 더 노력해서 성공할 수 있다면 실패를 생각할 필요는 없으니까. 힘든 거 알아, 마야. 더 노력해 봐."

오래된 음울한 고통이 제이콥의 마음속에서 폭풍처럼 소용돌이치더니 마치 바람에 실려 날아간 듯 분노가 그에게서 사라졌다. 갑자기 완전히 지친 듯 제이콥은 의자에 앉은 채로 몸을 축 늘어뜨렸다.

그 순간 나는 제이콥과 함께 있을 수 없다는 것을 알았다. 그는 이제 더 이상 찾기 놀이에 흥미가 없었다.

마야의 마음속에서 슬픔이 솟아났지만 동시에 나를 데리고 바닷가를 따라 끝없이 달리던 날 느껴졌던 것처럼 강한 기운도 함께 흘러나왔다.

"좋아. 제이콥 말이 맞아."

마야가 말했다.

마야와 내가 떠날 때 제이콥은 내 머리를 쓰다듬어 주었다. 내게 작별 인사를 하는 그에게 미련은 없어 보였다. 문이 닫히는 순간 그의 마지막 모습을 힐끗 보았지만 제이콥은 나를 보고 있지 않았다. 제이콥과 마야는 그렇게 내 운명을 결정했고 이제 나는 그들이 원하는 대로 해야 했다.

그날 오후 마야는 나를 데리고 언덕 쪽으로 차를 몰았다. 거기서 그녀는 지쳐서 넘어질 때까지 뛰었고 그다음 날에도 일을 마친 후 또 달렸다. 나는 신이 나서 어쩔 줄 몰랐지만 마야는 달리기가 끝날 때쯤이면 통증과 함께 절망에 빠졌다.

며칠 후 저녁, 차가 집 진입로에 도착했지만 마야는 말 그대로 너무 지쳐 내릴 기운조차 없었다. 창문을 연 채 앉아 있는 마야의 얼굴에서 땀이 줄줄 흘러내렸다.

"난 안 될 것 같아, 엘리. 너무 미안하구나."

마야가 슬픔에 잠긴 목소리로 말했다.

에밋과 스텔라가 창문 너머로 우리를 내다보고 있었다. 녀석들은 아마 차가 뭐하는 것인지도 모를 것이다. 팅커벨은 차가 들어오는 소리에 놀라서 어딘가 아래 숨어서 웅크리고 있을 테고 말이다.

"마야, 괜찮아요?"

앨이 부드럽게 물었다.

나는 바람이 부는 방향 때문에 다가오는 앨의 냄새를 맡지 못했다.

나는 머리를 쓰다듬어 달라고 창밖으로 머리를 내밀었다.

"어머, 앨, 안녕하세요?"

마야가 차에서 내리며 말을 이었다.

"네, 그냥 좀…… 생각을 하고 있었어요."

"좀 전에 차가 들어오는 걸 봤어요."

"네."

"그래서 혹시 도와드릴 게 없나 하고 왔어요."

"아니요, 아니요. 그냥 개하고 좀 달리고 있었어요."

나는 앞자리에서 빠져나와 에밋과 스텔라를 노려보며 마당에 쭈그리고 앉았고 녀석들은 역겹다는 듯 고개를 돌렸다.

"그렇군요."

앨이 숨을 깊이 들이쉬었다.

"마야, 살이 좀 빠졌네요."

"뭐라고요?"

마야가 앨을 뚫어지게 바라보았다.

앨이 놀라 흠칫했다.

"전에 뚱뚱했다는 얘기가 아니라, 방금 알아차린 건데 반바지 밑의 다리가 정말 가늘어 보인다는 뜻이었어요. 갈게요."

앨이 몹시도 당황해하면서 뒷걸음질을 쳤다.

"고마워요, 앨. 참 자상하시네요."

마야가 말했다.

물러서던 앨은 걸음을 멈추고 똑바로 섰다.

"제가 보기에는 더 이상 운동 안 하셔도 될 것 같아요. 지금 그대로 딱 좋거든요."

이 말에 마야가 웃었고 앨도 따라 웃었다. 너희들과 달리 나도 이 농담을 알아들었다는 것을 창문에 붙은 고양이들에게 보여 주기 위해 나는 꼬리를 흔들었다.

일주일쯤 후, 마야와 나는 다른 개들이 많이 있는 공원으로 가서 여러 가지 장난감을 갖고 놀았는데 이것은 내가 좋아하는 일이었다. 마야의 명령에 따라 나는 좁은 터널을 들락거렸고 흔들거리는 널빤지 위를 오르내렸다. 사다리를 천천히 내려와 땅에서 60센티미터 정도 떨어진 곳에 놓인 좁은 대들보 위에 앉아 다른 개들을 무시한 채 참을성 있게 기다리는 능력도 보여 주었다.

한번은 낡은 양말을 떨어뜨리고 숲으로 들어간 남자를 찾는 놀이를 했다. 마야가 아주 열정적이어서 나는 그녀가 씩씩대며 땀을 흘리기 시작했을 때도 전속력으로 일을 진행했다. 나는 그를 찾기도 전에 그가 나무 위에 올라가 있다는 것을 알았다. 월리도 몇 번 그렇게 한 적이 있는데 이렇게 하면 사람의 냄새가 바람을 타고 오는 방식이 달라지기 때문이었다. 내가 분명히 아무도 없는 나무 밑에서 신호를 보내자 마야는 영문을 모르겠다는 표정이었다. 마야가 알아차릴 때까지 나는 나무 위에서 씩 웃고 있는 사람을 올려다보며 진득하게 앉아서 기다렸다.

그날 밤 마마네 집에서 떠들썩한 파티가 열렸다. 모든 사람이 나를 부드럽게 쓰다듬으며 내 이름을 불렀다.

"이제 공인 자격을 받았으니 좀 먹으려무나."

마마가 마야에게 말했다.

초인종이 울렸다. 그 집에서는 사람들이 보통 그냥 문을 확 열고 들어왔기 때문에 초인종이 울리는 것은 흔한 일이 아니었다. 나는 마마를 따라 문으로 갔고 문을 연 마마의 마음속에서 기쁨이 흘러넘치는 것이 느껴졌다. 밖에 서 있던 앨이 마마에게 꽃을 건넸다. 에단이 한나에게 꽃을 주던 모습을 기억해 낸 나는 혼란스러웠다. 앨이 마마가 아니라 마야를 좋아한다고 생각했는데 말이다. 하여간 이런 일에 관한 한 앞으로도 결코 사람을 이해하지 못할 것이다.

앨이 집을 통과해 테이블이 여러 개 놓여 있는 뒷마당으로 들어서자 모두가 갑자기 조용해졌다. 마야가 앨에게 다가갔고 앨이 마야의 얼굴에 짧게 입술을 대자 둘 다 긴장하고 있는 것이 느껴졌다. 그러고 나서 마야가 모든 사람의 이름을 말했고 앨은 그 사람들과 악수를 했다. 모두가 다시 웃고 떠들기 시작했다.

그로부터 며칠 동안 우리는 집밖에서 길을 잃은 어린이 두 명을 찾아서 구해 냈고, 어떤 말이 지나온 길을 되짚어 가서 말에서 떨어져 다리를 다친 여자도 찾아냈다. 플레어가 숲 속에서 에단을 떨어뜨리던 장면이 떠오르자 왜 사람들은 이렇게 믿을 수 없는 동물을 키우며 고생을 하는지가 궁금했다. 개 한두 마리 가지고는 성에 차지 않는다면 재스퍼 같은 당나귀를 키우는 편이 나을 텐데. 녀석은 적어도 그랜드파를 웃게 만들기는 했으니까 말이다.

마야와 나는 숲 속에서 죽은 노인을 찾아내기도 했다. 나는 흙 위에 누워 있는 차가운 몸을 킁킁대자 곧장 우울해졌다. 마야가 칭찬을 해주긴 했지만 사람을 구한 게 아니기 때문에 신이 나지 않았다. 일이 끝난 후 막대기를 갖고 놀았지만 마야도 나도 건성으로 움직였다.

마야와 나는 앨의 집으로 갔고 앨은 마야에게 저녁 식사로 닭고기를 대접했다. 둘은 웃으며 이야기를 나누다가 어떤 소년이 가져온 피자도 먹었다. 앨이 내게 먹으라며 바닥에 내려놓은 닭고기는 탄 맛이 나는 껍질로 싸여 있었지만 나는 예의상 그것을 먹어 주었다.

얼마 후 나는 마야가 앨에게 죽은 사람 이야기를 하고 있음을 알았다. 아까와 똑같은 슬픔이 느껴졌기 때문이다. 제이콥과 일할 때도 죽은 사람을 몇 번 찾아내기는 했지만 제이콥은 결코 슬퍼하는 법이 없었으며 산 사람을 찾아서 구해 냈을 때도 그렇게 진심으로 기뻐하는 것 같지는 않았다. 제이콥은 그저 일을 했고 슬픔이든 기쁨이든 그리 크게 느끼지는 않았다.

제이콥과 일하던 때를 돌이켜보니 그가 냉철하게 찾기에만 몰두했던 것이 내가 에단과 헤어진 슬픔을 극복하는 데 도움이 되었다는 사실을 깨달았다. 할 일이 너무 많아 슬퍼할 겨를도 없었으니까 말이다. 그러나 마야는 좀 더 복잡한 사람이었고 마야가 나를 사랑하는 방식 때문에 나는 자주 에단이 그리웠다. 가슴을 찌르는 듯한 날카로운 고통을 느끼는 것은 아니었지만 자려고 엎드리면 밀려드는 그리움에 빠졌고 이 그리움과 함께 꿈속으로 빨려들었다.

어느 날 나는 마야와 함께 비행기를 타고 가다가 다시 헬리콥터로 갈아탄 뒤 남쪽으로 날아갔다. 사람들이 제이콥을 헬리콥터에 태워 데려갔던 날이 생각났고 다시 헬리콥터 개가 된 것이 기뻤다. 헬리콥터를 타고 가면서 마야는 들떠 있으면서도 한편으로는 두려워하고 있었다. 솔직히 말해서 너무 시끄러워서 귀가 아팠기 때문에 헬리콥터 타기는 차 타기보다도 훨씬 재미가 없었다.

우리는 이제껏 가 본 곳과는 전혀 다르게 생긴 곳에 내렸다. 개와 경찰관이 너무 많았고 사이렌 소리와 연기 냄새가 공기 속을 가득 채우고 있었다. 건물은 모두 무너져 있었고 어떤 건물은 지붕이 땅바닥까지 내려와 있었다.

마야는 놀라서 어리벙벙해 보였고 나도 불안해서 하품을 하며 마야 옆에 바짝 붙었다. 한 남자가 우리를 향해 다가왔다. 온몸이 흙투성이였고 플라스틱 헬멧을 쓰고 있었다. 나를 향해 내민 손에서는 재, 피, 진흙 냄새가 났다. 그는 마야와 악수를 나누었다.

"이 구역에서 미국 측 요원 활동을 관리하고 있습니다. 와 주셔서 감사합니다."

"이 정도일 줄은 상상도 못했어요."

마야가 말했다.

"이건 빙산의 일각입니다. 엘살바도르 정부는 완전히 망연자실한 상태입니다. 부상자만 4천여 명에 사망자가 수백 명입니다. 매몰된 사람들도 속속 찾아내고 있습니다. 1월 13일 이후 대여섯 차례 여진이 있었는데 일부는 상당히 강했어요. 다닐 때 늘 조심하세요."

마야는 나에게 줄을 맨 뒤 미로 같은 폐허 속을 누비기 시작했다. 어떤 집에 도착하면 우리를 따라오던 사람들이 그 집을 점검하는 식이었는데, 가끔 마야는 줄을 풀어서 내가 집 안으로 들어가도록 하기도 했고 어떤 때는 줄을 맨 채 집 밖에서 찾기 놀이를 하기도 했다.

"이 집은 위험해, 엘리. 들어가지 못하게 줄을 매야겠구나."

마야가 말했다.

우리와 같이 다니던 남자들 중에 버논이라는 사람이 있었는데 그에게서 염소 냄새가 나는 바람에 에단이랑 그랜드파랑 차를 타고 시내로 가던 일이 생각났다. 이렇게 일하는 동안 에단을 떠올리는 경우는 드물었는데 찾기를 하려면 모든 것을 잊고 일에만 집중해야 하기 때문이었다.

그로부터 몇 시간에 걸쳐 마야와 나는 네 명을 찾았다. 모두 죽어 있었다. 두 명을 찾아낼 때까지는 찾기가 신이 났는데 무너진 벽돌 더미 밑에 있던 젊은 여자의 시체를 네 번째로 찾았을 땐 기운이 전혀 나지 않아 마야에게 거의 알리지도 않았다. 내 기분을 알아챈 마야는 쓰다듬어 주기도 하고 고무 뼈를 내 앞에서 흔들기도 하면서 나를 달래려 했지만 거의 흥미가 생기지 않았다.

"버논, 부탁이 있어요. 어디 가서 좀 숨어 줄래요?"

마야가 그에게 부탁했다.

나는 지쳐서 마야 발치에 엎드려 있었다.

"숨으라고요?"

버논이 무슨 말인지 모르겠다는 듯 물었다.

"엘리는 살아 있는 사람을 찾아야 해요. 어디에 좀 숨을래요? 방금 우리가 점검한 집 안도 좋아요. 엘리가 버논을 찾으면 반가워하는 연기를 해 주세요."

"저기…… 네, 그러죠."

나는 버논이 가는 것을 무심히 바라보았다.

"좋아, 엘리, 준비됐어? 찾을 준비 됐어?"

나는 지친 상태에서 느릿느릿 일어났다.

"가자, 엘리!"

마야가 말했다.

마야가 신나는 척한다는 느낌이 들었지만 어쨌든 마야와 함께 빠른 걸음으로 우리가 아까 살펴본 집을 향했다.

"찾아!"

마야가 명령했다.

집으로 들어선 나는 뭔가가 이상해서 멈춰 섰다. 셋이 이 집을 벌써 점검했으니 버논의 냄새가 나는 것이 당연했지만 어쩐 일인지 그의 냄새가 더욱 강해져 있었다. 영문을 알 수가 없어서 나는 집 뒤로 돌아가 보았다. 그럼 그렇지! 구석에 담요가 쌓여 있었고 거기서 땀과 더위와 염소 냄새로 범벅이 된 버논의 체취가 쏟아져 나왔다. 나는 재빨리 마야에게로 뛰어갔다.

"보여 줘!"

그녀가 외쳤다.

마야는 나를 따라 달려와서는 담요를 벗겼다. 버논이 웃으며 벌떡 일어났다.

"찾았구나! 착한 녀석, 엘리!"

이렇게 외치며 버논은 담요 위에서 나를 잡고 뒹굴었다. 나는 버논 위로 뛰어올라서 얼굴을 핥았고 우리는 한동안 고무 뼈를 가지고 놀았다.

마야와 나는 밤새도록 버논을 포함해 더 많은 사람을 찾아냈다. 버논은 갈수록 더 잘 숨었지만 윌리와 오랫동안 일했던 나를 계속 속일 수 있는 사람은 없었다. 우리가 찾아낸 사람은 버논을 빼고는 모두 죽어 있었다.

해가 뜰 무렵 우리는 매캐한 연기가 아직도 피어오르는 건물로 갔다. 다시 줄에 묶인 나는 무너진 콘크리트 더미 사이에서 올라오는 독한 화학 약품 냄새 때문에 계속 눈물을 흘렸다.

나는 무너진 벽 밑에 깔려 죽은 사람을 찾았고 마야한테 알렸다.

"거기 사람 있다는 거 알아요. 하지만 아직은 못 꺼내요. 이 통 안에 든 물질들이 유독해서요. 먼저 제거반이 처리해야 해요."

누군가가 마야에게 말했다.

금속으로 된 통 몇 개에서 물이 쉴 새 없이 흘러나왔고 그 냄새 때문에 코를 델 지경이었다. 나는 그 냄새를 밀어내며 찾기에 집중했다.

"좋아, 잘했어. 딴 데로 가 보자, 엘리."

또 있다! 다른 사람의 냄새가 잡혀서 나는 긴장하면서 이를 마야에게 알렸다. 희미하긴 했지만 여자의 냄새가 공기를 채우고 있는 화학 약품 냄새를 뚫고 내 코에 와 닿았다.

"괜찮아, 엘리. 죽은 사람은 일단 이곳에 놔둘 수밖에 없어. 가자."

이렇게 말하며 마야가 부드럽게 줄을 당겼다.

"가자고, 엘리."

나는 흥분해서 다시 한 번 신호를 보냈다. 그냥 가면 안 돼!

이 사람은 살아 있었다.

chapter 23

"우리도 그 희생자 봤어. 그런데 지금은 어쩔 수가 없다고. 그러니까 가자."

마야가 가고 싶어 하는 것은 이해했지만 혹시 내가 죽은 사람 때문에 자꾸 신호를 보낸다고 생각하는 게 아닌가 싶었다.

"또 나를 찾고 싶어 해요?"

버논이 물었다.

나는 제발 눈치채기를 바라며 마야를 빤히 올려다보았다.

마야가 주변을 훑어보더니 말했다.

"여기서요? 다 무너져서 너무 위험해요. 그래도 버논 씨를 쫓아가는 건 재미있어 하겠네요. 길을 따라 좀 가시다가 엘리를 부르세요. 그때 제가 줄을 풀어 줄게요."

나는 빠른 걸음으로 멀어지는 버논에게는 눈길도 주지 않고 벽돌 더미에 깔린 사람에게 온통 집중하고 있었다. 예전에 스컹크에게 봉변을 당했을 때처럼 화학 약품에서 뿜어져 나오는 냄새가 코를 파고드는 가운데 여자의 두려움이 느껴졌다.

마야가 줄을 풀며 말했다.

"엘리, 버논이 뭘 하고 있지? 어디로 갔지?"

"엘리, 여기야!"

버논이 소리치며 천천히 길을 달리기 시작했다. 나는 눈으로 그의 뒷모습을 쫓았다. 따라가서 같이 놀고 싶었지만 할 일이 있었다. 나는 무너진 건물 속으로 돌아갔다.

"엘리! 안 돼!"

마야가 외쳤다.

제이콥이었다면 '안 돼' 라는 한 마디만으로 나를 그 자리에 얼어붙게 만들었겠지만 마야는 제이콥처럼 엄한 목소리로 나를 다루지 않았다. 나는 죽은 사람 옆에 있는 좁은 틈으로 머리부터 쑤셔 넣은 뒤 앞으로 밀고 나갔다. 쏟아져 있던 액체에 발이 닿자 따끔거렸고 화학 약품 냄새가 너무 지독해서 다른 냄새를 다 덮어 버릴 지경이었다. 그 순간 에단과 '구해줘' 놀이를 하던 때가 떠올랐다. 거의 사라지다시피 한 냄새에 의지해 간신히 에단을 찾아냈던 순간 말이다.

숨이 막혀 왔지만 계속 전진했다. 시원한 공기가 얼굴에 와 닿았고 나는 몸을 비틀며 구멍을 빠져나가 좁은 수직 통로 아래로 떨어졌다. 시원한 바람이 아래쪽에서 올라왔지만 얼굴에 튄 지독한 화학 약품 때문에 여전히 콧속은 타 들어가는 듯했다.

다음 순간 천 조각으로 얼굴을 가린 채 통로 구석에 웅크리고 앉아 있는 여자의 모습이 보였다. 나를 본 여자의 눈이 휘둥그레졌다.

마야에게 보여 주러 돌아갈 수가 없어서 나는 그냥 짖었다.

"엘리!"

마야가 콜록거리며 외쳤다.

"마야, 돌아와요."

버논이 소리쳤다.

나는 계속 짖었다.

"엘리!"

마야가 나를 부르는 소리가 더 가까이에서 들렸다. 이번에는 마야의 목소리를 들은 여자도 함께 외치기 시작했다. 그녀에게서 공포심이 후드득 떨어져졌다.

"안에 생존자가 있어요!"

마야가 소리쳤다.

나는 참을성 있게 여자의 옆에 앉아 있었다. 헬멧과 마스크를 쓴 남자가 통로 안에 플래시를 비췄고 불빛이 여자와 내 몸 위에서 춤을 추자 여자의 두려움이 희망으로 바뀌는 것이 느껴졌다. 내가 뒤집어쓴 것이 뭔지는 모르겠지만 아무튼 그것 때문에 눈물이 나고 코가 흘렀으며 얼굴이 온통 따가웠다. 곧 흙을 파내는 소리와 망치질 소리가 좁은 통로 안에 울려 퍼지더니 위에서 네모난 빛이 쏟아져 들어왔고 로프에 몸을 묶은 사람이 내려왔다.

여자는 가슴에 줄을 묶고 끌려 올라가는 연습을 한 번도 해 본 적 없는 모양인지 소방관이 줄을 묶어 끌어올리자 몹시 무서워했다. 하지만 나는 벌써 몇 번 해 봤기 때문에 내 차례가 되자 서슴없이 로프의 둥근 매듭 사이로 몸을 쑥 밀어넣었다. 그들이 뚫어 놓은 구멍으로 내가 올라오기만을 기다리고 있던 마야는 내 모습을 보고 마음을 놓더니 다시 기겁을 했다.

"세상에, 엘리, 너 코가 왜 이래!"

우리는 함께 소방차로 달려갔고 거기서 마야는 소방관 하나와 이야기를 나누더니 내가 그토록 싫어하는 목욕을 시켰다! 뭐, 목욕이라기보다는 그냥 물로 씻어 내는 수준이어서 찬물이 얼굴에 닿자 코의 타는 듯한 느낌이 좀 가라앉았다.

그날 나는 마야와 함께 헬리콥터를 한 번 더 탄 뒤 비행기로 갈아타고는 시원한 방에 있는 남자를 만나러 갔다. 수의사는 내 코를 찬찬히 살펴보더니 냄새는 끔찍했지만 감촉은 좋은 크림 같은 것을 발라 주었다.

"뭐가 묻은 거예요? 무슨 산성 액체 같은데요?"

수의사가 마야에게 물었다.

"저도 모르겠어요. 엘리는 괜찮을까요?"

마야의 사랑과 걱정이 느껴져서 마야가 목을 쓰다듬어 주자 나는 눈을 감았다. 그렇게까지 아프지는 않다는 사실을 마야에게 알려 줄 방법이 있다면 좋을 텐데.

"감염이 되지 않도록 조심해야겠지만 별일 없이 잘 나을 거예요."

남자가 말했다.

그로부터 약 2주일 동안 마야는 자주 크림을 내 코에 부드럽게 발라 주었다. 에밋과 스텔라는 이 모습이 아주 재미있는 모양인지 조리대에 앉아 우리를 지켜보았다. 팅커벨은 완전히 신이 났다. 어디 숨어 있다가 나타나는 건지 크림 냄새만 났다 하면 달려와 크림에 코를 킁킁대고는 내 머리에 제 머리를 비벼대며 가르릉 소리를 냈다. 엎드려 있을라치면 어느새 팅커벨이 코앞에 앉아 조그만 코를 들었다 내렸다 하며 킁킁거렸고 아예 대놓고 내 몸에 기댄 채 잠을 자기도 했다. 거의 감당할 수가 없는 지경이었다.

며칠 후, 일을 하러 나가면서야 고양이들로부터 해방되었다. 마야와 함께 공원으로 간 나는 윌리와 벨린다에게 달려갔고 이들도 나를 보자 뛸 듯이 기뻐했다.

"너 완전히 영웅이 됐더라. 엘리! 넌 정말 착한 개야."

나는 착한 개라는 소리에 신이 나 꼬리를 흔들었다. 윌리는 어디론가 달려갔고 마야는 벨린다와 야외 테이블에 앉았다.

"윌리랑은 잘돼 가?"

마야가 물었다.

나는 앉아 있긴 했지만 안달이 났다. 지금 쫓아가면 윌리를 단번에 찾을 수 있는데!

"이번 독립기념일에 윌리 부모님을 뵙기로 했어. 그래서……."

벨린다가 대답했다.

"그거 잘됐다!"

나는 이런 상태가 싫어서 끙끙거렸다. 사람은 별 희한한 재주를 다 가지고 있는데, 자주 부리는 재주 중 하나가 바로 지금처럼 아무것도 안 하고 그저 앉아서 이야기만 하는 것이었다.

"앉아, 엘리."

마야가 말했다.

나는 마지못해 주저앉으면서 좀 보란 듯이 윌리가 사라진 방향으로 시선을 보냈다.

끝없이 긴 시간이 지난 후 마야는 드디어 찾기를 하기로 마음먹은 듯했다. 나는 거침없이 달려 나갔다. 이제는 속도를 늦출 필요가 없었다. 이제 마야가 나와 보조를 맞춰 달릴 수 있기 때문이었다.

윌리는 자기 냄새를 기가 막히게 지워 버렸다! 그래서 코를 치켜들고 윌리의 흔적을 찾아보았다. 오늘은 공기 중에 떠도는 냄새가 거의 없었는데도 윌리를 찾을 수가 없었다. 나는 자주 마야에게 돌아가서 지시를 받았다. 마야는 주변을 꼼꼼히 살펴보았고 내가 냄새를 찾지 못하자 다른 곳으로 데려갔다. 나는 그곳에서 찾기를 계속했다.

"웬일이야, 엘리? 너 괜찮아?"

이상하게도 바람이 윌리 쪽에서 불고 있었는데도 나는 윌리의 냄새보다 소리를 먼저 들었다. 윌리가 우리를 향해 걸어오고 있었다. 나는 단숨에 윌리에게 달려가 그의 냄새를 확인한 후 마야에게 돌아왔고 그때쯤 마야는 이미 윌리와 큰 소리로 이야기를 시작하고 있었다.

"이거 비번 날하고 다를 게 없네!"

마야가 말했다.

"그러게 말이야. 엘리가 날 못 찾기는 처음이야. 엘리, 너 괜찮은 거야?"

윌리가 나에게 말했다

우리는 막대기를 갖고 잠깐 놀았다.

"마야, 이렇게 해 보자. 엘리를 딴 데다 정신을 팔게 만들어 봐. 그 사이에 난 저쪽 언덕까지 갔다가 조금 되짚어 올게. 10분 정도 뒤에 찾기 시작해."

윌리가 말했다.

"너무 쉽지 않아?"

"엘리가 한 2주간 일을 안 했잖아. 쉬운 것부터 한번 시켜 보자고."

마야가 내게 고무 뼈를 주더니 다시 빼앗으려고 해서 집중하고 있었지만 나는 월리가 떠나는 것을 알고 있었다. 그의 발소리가 들렸고 그가 다시 숨었다는 것을 알자 나는 기뻤다.

"찾아!"

드디어 마야가 이렇게 외치자 나는 발소리가 들린 방향을 향해 곧장 달려 나갔다.

작은 언덕 위로 뛰어올라간 나는 확신이 들지 않아 멈춰 섰다. 어떻게 한 건지는 모르겠지만 어쨌든 월리는 공기 중에 자기 냄새를 흔적도 없이 지우는 방법을 터득한 모양이었다. 나는 지시를 받으러 마야에게 돌아갔고 마야는 나를 오른쪽으로 보냈다. 나는 월리를 찾으러 이리저리 돌아다녔다.

하지만 월리는 없었다.

그러자 마야는 나를 왼쪽으로 보냈다. 거기에서도 월리의 흔적은 찾을 수 없었다. 마야는 다시 한 번 나를 왼쪽으로 데리고 가 함께 걸으며 언덕 기슭을 훑었다. 거의 월리와 마주칠 지경이 되어서야 월리를 찾아냈다. 월리가 움직이는 것을 보고 알아챈 것이었다. 돌아가려고 뛸 필요도 없었다. 마야가 이미 거기 함께 있었으니까.

"조짐이 안 좋네. 수의사는 지금쯤이면 완전히 회복되었을 거라고 했는데."

마야가 말했다.

"글쎄, 한 주만 더 있어 보자. 좀 나아지는지 어떤지 보자고."

이렇게 말하는 윌리가 어쩐지 슬퍼하는 게 느껴져서 나는 그의 손에 코를 비볐다.

그로부터 약 2주간 마야와 나는 별로 일을 하지 않았고, 일을 할 때면 윌리한테 번번이 속아 넘어갔다. 윌리가 워낙 냄새를 잘 감추는 바람에 그가 코앞에 나타나고 나서야 겨우 냄새를 잡을 수 있었다.

"엘리가 공인 자격이 취소되면 어떻게 되는 거죠? 마야도 일을 잃는 거예요?"

어느 날 밤 앨이 이렇게 물었다.

나는 발 냄새를 별로 좋아하지 않지만 오늘은 평소만큼 냄새가 끔찍하지 않길래 나는 앨이 구두를 벗고 내 배를 발가락으로 문지르는 걸 내버려 두었다.

"그건 아니지만 재배치되겠죠. 몇 주 동안 책상에 앉아 일해 봤는데 정말 내 적성이 아니더라고요. 아마 순찰 쪽으로 복귀 신청을 해야겠지요."

마야가 대답했다.

앨이 마야 몰래 고기 한 조각을 내가 앉아 있는 양탄자 위로 떨어뜨렸다. 바로 이것 때문에 저녁 식사 시간이면 나는 앨 앞에 앉는 것을 좋아했다. 소파에 버티고 있는 스텔라가 지저분하다는 시선을 보내는 것을 느끼면서 나는 조용히 고기 조각을 삼켰다.

"마야가 순찰을 하는 거, 난 싫어요. 너무 위험하잖아요."

"앨버트!"

마야가 한숨을 쉬었다.

"엘리는 어떻게 되는 거예요?"

내 이름이 들려서 고개를 들었지만 앨의 손에 고기 조각이 들려 있지는 않았다.

"모르겠어요. 이제 더 이상 일은 못해요. 후각이 심하게 손상됐거든요. 은퇴시키겠죠. 그럼 나랑 같이 사는 거야. 그렇지, 엘리?"

마야가 사랑을 듬뿍 담아 내 이름을 불러 주는 것이 기뻐서 나는 꼬리를 흔들었다.

저녁을 먹은 후 우리는 차를 타고 바다로 갔다! 해가 지고 있었고, 마야와 앨은 나무 두 그루 사이에 담요를 펼쳐 놓고 밀려오는 파도를 바라보며 이야기를 나누었다.

"정말 멋지네요."

마야가 말했다.

그들이 막대기나 공 아니면 다른 장난감을 가지고 놀고 싶어 할 거라는 생각이 들었지만 줄에 매여 있는 바람에 찾으러 다닐 수가 없었다. 둘이 같이 할 놀이가 없어서 안됐다는 생각이 들었다.

갑자기 앨이 두려워하는 것 같아서 나는 정신을 바짝 차렸다. 앨의 심장이 쿵쾅거리는 소리가 들릴 지경이었다. 손을 바지 자락에 닦고 또 닦는 앨에게서 긴장감이 그대로 전해져 왔다.

"마야, 당신이 처음 이사 왔을 때……, 몇 달 동안 당신한테 말을 걸 기회만 기다렸어요. 마야, 당신은 정말 예뻐요."

마야가 웃었다.

"어휴, 앨, 난 예쁜 여자가 아니에요. 왜 이래요."

남자아이들 몇 명이 원반을 주고받으며 물가를 향해 달려갔다. 에단과 그 멍청한 플립이 떠올라 나는 아이들에게서 눈을 떼지 못했다.

에단이 바다에 가 본 적이 있을까 하는 생각이 들었고 가 봤다면, 그리고 에단이 플립을 가지고 가서 파도 속으로 던졌다면 나는 그 물건이 물속에 가라앉아 다시는 떠오르지 않기를 바랐을 것이다.

에단. 학교 가는 것을 빼고는 무슨 일이든 나와 함께하던 나의 에단. 나는 일을 하면서 갖게 된 목적 의식을 사랑했지만 오늘 같은 날이면 에단이 생각나면서 둔돌이로 살던 시절이 무엇보다도 그리워지곤 했다.

앨이 여전히 긴장하고 있는 것이 느껴져 나는 아이들로부터 시선을 돌려 계속 긴장하고 있는 그를 이상하다는 듯 바라보았다. 무슨 위험이 있나? 아무것도 안 보이는데. 이 근처엔 우리뿐인데.

"마야는 내가 만난 여자 중 제일 멋있는 여자예요. 사…… 사랑해요, 마야."

앨이 말했다.

이제는 마야도 두려워하기 시작했다. 도대체 뭐지? 나는 일어나 앉았다.

"나도 사랑해요, 앨."

"난 부자도 아니고, 잘생기지도 않았어요……."

앨이 말했다.

"어머, 앨."

마야가 말했다. 마야의 심장도 방망이질 치고 있었다.

"하지만 허락해 준다면 마야를 평생 사랑하겠어요."

앨이 담요에서 몸을 일으켜 한쪽 무릎을 꿇었다.

"어머나, 세상에. 어떡해."

마야가 말했다.

"나와 결혼해 줄래요, 마야?"

앨이 물었다.

chapter 24

어느 날, 나는 마야, 마마, 모든 형제자매 그리고 또 다른 가족들이 큰 건물에 한꺼번에 모여 조용히 앉아 있는 동안 새로 배운 재주를 선보였다. 양옆으로 나무 벤치가 줄지어 있는 좁은 길을 아주 천천히 걸어가서 양탄자가 깔린 계단을 몇 개 올라간 뒤 앨이 내 등에 묶인 조그만 상자에서 뭔가를 꺼낼 때까지 얌전히 서 있는 재주였다. 마야와 앨이 이야기를 나누는 동안 앉아 있는 사람들 모두가 나를 감탄의 눈길로 바라보았다. 마야는 커다란 거품 같은 옷을 입고 있어서 이 일이 끝난 뒤에 공원에 가서 놀 수는 없을 것 같았지만 내가 새 재주를 잘 해내서 사람들이 아주 기뻐했기 때문에 상관없었다. 마마는 너무 좋아서 울기까지 했다.

그러고 나서 우리는 다 함께 마마네 집으로 갔고 아이들은 뛰어다니며 나에게 케이크를 주었다.

몇 달 후 우리는 훨씬 더 좋은 뒷마당이 있는 집으로 이사했다. 차고도 있었지만 고맙게도 아무도 내게 거기서 자라고 하지 않았다. 앨과 마야는 함께 잤고 내가 자기들 침대로 뛰어오르는 걸 막지는 않았지만 너무 좁아서 제대로 잘 수도 없는 데다 고양이들도 끊임없이 기어 올라왔기 때문에 나는 결국 마야가 자는 쪽의 바닥을 잠자리로 택했다. 거기라면 마야가 한밤중에 깨서 어딜 가더라도 놓치지 않고 따라갈 수 있었다.

이제 일은 할 수 없을 거라는 느낌이 조금씩 들기 시작했다. 찾아야 할 사람도 다 찾은 것 같았고 월리와 벨린다도 찾기 놀이에 완전히 싫증이 났다고 결론 내릴 수밖에 없었다. 그래도 마야는 여전히 달렸고 앨도 가끔 함께 뛰었지만 제대로 쫓아오질 못했다.

그러던 터라 어느 날 갑자기 마야가 흥분해서 나를 트럭에 태우고 달리기 시작하자 놀랄 수밖에 없었다. 다시 일을 하러 가는 느낌이었지만 마야의 기분은 일할 때와 달랐고 덜 긴장하고 있었다.

마야는 큰 건물로 나를 데려가더니 거기가 학교라고 말해 주었다. 혼란스러웠다. 나한테 학교는 에단이 없다는 뜻이었다. 그러니까 '장소'가 아니라 에단과 함께 있지 못하는 상태였다. 어쨌든 나는 마야 옆에 바짝 붙어서 아이들로 가득 찬 크고 시끌벅적한 방으로 들어갔다. 아이들은 모두 웃으며 떠들고 있었다. 나는 마야와 함께 앉아서 얌전히 있으려고 최선을 다하고 있는 아이들을 지켜보았다. 항상 에너지가 넘치던 에단과 첼시, 동네 아이들이 떠올랐다.

밝은 빛이 눈에 들어왔다. 어떤 여자가 뭐라고 말을 하고 나니 아이들이 다들 손뼉을 치는 바람에 깜짝 놀랐다. 아이들이 모두 함께 기뻐하는 것이 느껴지자 나는 꼬리를 흔들었다.

마야가 나를 데리고 앞으로 나가서 말을 시작했는데 목소리가 엄청나게 커서 내 옆뿐만 아니라 방 뒤쪽에서도 말하는 것 같았다.

"얘는 엘리예요. 수색구조견인데 은퇴했죠. 봉사 활동의 일환으로 저는 엘리가 어떻게 길을 잃어버린 아이들을 찾는 데 도움을 주었는지, 혹시 여러분도 같은 경우를 당하면 어떻게 해야 하는지를 이야기하러 여기 나왔어요."

마야가 말했다.

나는 뭐가 뭔지 알 수가 없어서 하품을 했다.

30분 정도 우리는 아무것도 하지 않고 서 있었다. 이윽고 마야는 나를 데리고 교단에서 내려왔고 줄을 선 아이들이 몇 명씩 무리를 지어 나를 만져 보러 다가왔다. 어떤 아이들은 거리낌 없이 호감을 드러내며 나를 안았고 어떤 아이들은 무서워하며 멈칫거렸다. 나는 안심하라는 뜻으로 꼬리를 흔들어 주었고, 여자아이 하나가 수줍은 듯 손을 내밀자 그 손을 핥아 주었다. 아이는 꺅 소리를 지르며 손을 빼기는 했지만 그때부터 두려움은 없어진 것 같았다.

마야와 나는 일은 하지 않았지만 학교에 자주 갔다. 가끔 어린아이들이 있는 데도 갔지만 때로는 아이들은 하나도 없고 그랜드파와 그랜드마만큼 나이 많은 사람들이 모여 있는 곳에 가기도 했다. 어떤 때는 화학 약품 냄새가 진동하는 곳에 갔는데 그곳엔 고통스러워하거나 슬퍼하거나 병들어 침대에 누워 있는 사람들로 가득 차 있었고 이럴 때면 우리는 이 사람들의 슬픔이 좀 가실 때까지 함께 있어 주었다.

나는 우리가 학교에 가는지 안 가는지 항상 미리 알 수 있었는데 학교에 가는 날이면 마야가 아침에 옷을 차려입는 데 더 많은 시간을 보내기 때문이었다. 학교가 아닌 다른 곳에 가는 날이면 마야는 옷을 후 다닥 입었고 가끔씩은 앨의 웃음소리를 뒤로 한 채 문을 박차고 뛰어 나갔다. 얼마 후 앨마저 나가고 나면 나는 멍청한 고양이 녀석들과 함께 집에 갇혀 있어야 했다.

코에 더 이상 크림을 바르지 않게 된 후에도 팅커벨은 나를 졸졸 따라다녔고 낮잠이라도 자려고 하면 나에게 바짝 들러붙었다. 앨이 이런 모습을 보지 않아서 다행이었다. 앨은 나를 아주 좋아했지만 고양이들은 그다지 좋아하는 것 같지 않았다. 팅커벨은 앨이 나타나면 숨었고 스텔라는 앨이 먹을 것을 갖고 있을 때만 다가갔으며 에밋은 폼을 잡으며 앨에게 걸어가서는 그의 바지에 고양이털을 묻히는 게 무슨 커다란 특혜라도 베푸는 것인 양 거만한 자세로 앨에게 몸을 비벼댔다.

우리는 몇 년째 학교에 가는 일을 하고 있었는데, 어느 날 마야가 평소와는 다른 식으로 일을 진행했다. 우리는 교실이라고 부르는 장소로 들어갔다. 이 방은 학교에 갈 때마다 들어가던 방보다 좁았으며 모두 다 같은 또래의 아이들로 가득했다. 아주 작은 아이들이 담요를 깔고 바닥에 앉아 있었다. 나는 아이들이 좀 부러웠다. 나는 옛날처럼 기운이 넘치질 않아서 집에서도 낮잠 자는 게 일이 되어 버린 터라 아이들이 담요 위에 함께 눕자고 하면 기꺼이 따를 판이었다.

마야가 아이들 중 하나를 앞으로 불러냈다. 아이는 수줍어하며 우리에게 다가왔다. 알리사라는 이름의 아이가 나를 안아 주었다. 그리고 내가 알리사의 얼굴을 핥자 아이들이 웃었다. 하지만 마야가 이제까지 한 번도 어떤 아이를 앞으로 불러낸 적이 없었기 때문에 무슨 일인지 알 수가 없었다.

큰 책상 앞에 앉아 있던 여자, 그러니까 선생님이 말했다.

"알리사는 엘리를 만난 적이 한 번도 없어요. 하지만 엘리가 아니었다면 알리사는 세상에 태어나지도 못했을 거예요."

곧 모든 아이가 나를 만지기 시작했는데 이건 학교에 갈 때마다 있는 일이었다. 가끔 아이들이 거칠게 굴기도 하는데 이번에는 남자 아이 하나가 내 귀를 힘껏 잡아당겼지만 그냥 내버려 두었다.

학교 일이 끝나자 아이들은 우르르 문을 빠져나갔고 알리사와 선생님만 방에 남았다. 마야가 좀 들떠 있는 것 같아서 나도 궁금해하며 기다리고 있는데 한 남자와 여자가 교실로 들어왔다. 그러자 알리사가 두 사람에게 달려갔다.

그 남자는 제이콥이었다.

나는 한달음에 그에게로 달려갔다. 그는 몸을 숙여 내 귀를 긁어 주었다.

"잘 있었어, 엘리? 너도 늙어 가는구나."

여자가 알리사를 안아 올렸다.

"아빠가 옛날에 엘리하고 함께 일하셨어. 알고 있었어?"

"응."

알리사가 대답했다.

마야는 제이콥을 안았고 여자가 알리사를 내려놓자 알리사는 나를 좀 더 만질 수 있었다.

나는 앉아서 제이콥을 바라보았다. 마지막으로 보았을 때와는 너무도 달라진 모습이었다. 마음속의 차가운 기운이 사라진 것 같았다. 나는 작은 소녀, 알리사가 제이콥의 아이이고 여자는 아이의 엄마라는 사실을 깨달았다. 제이콥에게 가족이 생긴 것이다. 제이콥은 행복해하고 있었다.

바로 그 점이 달라진 점이었다. 제이콥은 나와 함께 있었던 동안은 한 번도 행복한 적이 없었다.

"봉사 활동 하는 모습, 보기 좋네. 엘리 같은 개에겐 일이 필요해."

제이콥이 마야에게 말했다.

내 이름과 '일'이라는 말이 들려 방 안을 둘러봤지만 당장 찾기를 해야 할 필요는 없을 것 같았다. 제이콥은 항상 일 이야기만 했다. 그게 제이콥이었다.

제이콥과 함께 있으니 너무 기분이 좋았고, 가족을 바라보는 그에게서 사랑이 흘러나오는 것이 느껴졌다. 나는 느긋하게 바닥에 엎드렸다. 너무 행복해서 낮잠에라도 빠져들 수 있을 것 같았다.

"자, 이제 집에 가야겠구나."

여자가 알리사에게 말했다.

"엘리도 같이 가면 안 돼?"

알리사가 물었다.

모두 웃음을 터뜨렸다.

"엘리."

제이콥이 이름을 부르자 나는 몸을 일으켰다.

제이콥은 다시 한 번 허리를 숙이더니 두 손으로 내 얼굴을 감싸 잡고 말했다.

"엘리, 넌 착한 개야. 정말 착한 개라고."

거친 손의 촉감이 털에 전해져 오자 처음으로 일을 배우던 강아지

시절이 떠올랐다. 나는 제이콥을 향한 사랑으로 가득 차서 꼬리를 흔들었다. 그러나 마야와 함께 있는 것이 행복하다는 것도 말할 필요조차 없었으므로 복도에서 다들 헤어질 때가 되자 나는 매끄러운 바닥에 발톱 소리를 내며 곧장 마야를 따라갔다.

"착한 녀석, 엘리. 제이콥 만나니까 좋았지?"

마야가 중얼거리며 내게 물었다.

"엘리, 잘 가!"

꼬마 알리사가 외쳤다.

조용한 복도에 알리사의 귀여운 목소리가 메아리쳤다. 마야가 걸음을 멈추더니 고개를 돌렸고 나도 뒤를 돌아보았다. 내 눈에 들어온 제이콥의 마지막 모습은 자기 딸을 안아 올리며 나를 향해 씩 웃는 모습이었다.

그해 에밋과 스텔라가 모두 죽었다. 마야는 울었고 매우 슬퍼했으며 앨도 조금 슬퍼했다. 녀석들이 없으니 집이 텅 빈 것 같았다. 혼자 남은 팅커벨은 끊임없이 나로부터 위안을 얻기를 원했다. 녀석이 내 몸에 들러붙어 있는 바람에 나는 하루에도 몇 번씩 낮잠에서 깨곤 했다. 깨 보면 녀석이 나를 바라보며 서 있을 때도 있었는데 그건 더 당황스러웠다. 팅커벨이 나한테 매달리는 이유를 알 수가 없었던 한편 고양이의 대리모 역할을 하는 것이 내 삶의 목적이 아니라는 사실도 잘 알고 있었지만 나는 별로 신경 쓰지 않았다. 심지어 녀석이 가끔 나를 핥아도 내버려 두었다. 그렇게 하는 것이 녀석을 행복하게 해 주는 것 같았기 때문이다.

드물기는 하지만 비 오는 날이 제일 좋았다. 냄새가 땅에서 튀어 오르는 것 같았고 강아지였던 시절이 저절로 떠올랐다. 구름이 두꺼워지면 비가 오리라는 것을 느낄 수 있었고, 농장에는 비가 훨씬 더 자주 왔다는 사실도 생각났다.

그때쯤부터 나는 농장과 에단을 더 자주 생각했다. 패스트와 시스터와 함께했던 삶, 코코와 함께 있었던 보호소 마당에서의 삶은 기억 저편으로 물러나 흐릿해졌지만 에단은 달랐다. 차 문이 쾅 닫히는 소리, 에단이 걸어 들어오면서 나를 부르는 소리가 방금 들린 것 같아 흠칫 놀라 잠에서 깨어나 고개를 쳐들었다.

어느 날 마야와 함께 학교에 있는데 비가 내릴 조짐이 보였다. 교실에 있는 아이들은 담요가 아니라 의자에 앉아 있었다. 갑자기 번개가 쳐서 아이들이 깜짝 놀라더니 일제히 웃었고, 먹구름이 하늘을 뒤덮으면서 빗줄기가 요란한 소리와 함께 건물을 두드리기 시작하자 나는 고개를 돌려 밖을 내다보았다. 나는 아이들이 창문을 열어 줬으면 좋겠다고 생각하면서 숨을 들이쉬었다. 창문을 열면 땅에서 튀어 오른 온갖 냄새가 들어올 텐데.

"애들아, 조용히."

선생님이 말했다.

갑자기 교실 문이 열리며 흠뻑 젖은 남자와 여자가 들어섰다.

"제프리 힉스가 없어졌어요."

남자가 말했다.

그의 목소리에 긴장감이 섞여 있어 나도 정신을 바짝 차리고 두 사람을 바라보았다. 두 사람에게서 흘러나오는 긴장감은 일할 때 여러 번 겪은 터라 친숙했다.

"1학년 아이예요."

남자가 마야에게 말했다.

아이들이 웅성거리기 시작했다.

"조용히!"

선생님이 날카롭게 말했다.

"아이들이 술래잡기를 하고 있는데 갑자기 비가 오기 시작했어요."

여자가 말을 이었다.

"하늘이 멀쩡하다가 한순간에 장대비가 쏟아지는 바람에……."

그녀는 손을 눈가로 가져가나 싶더니 눈물을 쏟기 시작했다.

"아이들을 다 불러들였는데 제프리만 없더라고요. 제프리가 숨을 차례였거든요."

"혹시 이 개가……."

남자가 물었다.

마야가 나를 바라봤고 나는 몸을 똑바로 세웠다.

"소방서에 연락하시는 편이 좋을 거예요. 엘리는 수색구조 작업을 안 한 지 7, 8년이나 되었거든요."

"빗물에 냄새가 다 쓸려 가지 않을까요? 폭포처럼 퍼부어 대는데 다른 개가 도착할 때쯤이면……."

여자가 말했다.

마야가 입술을 깨물었다.

"물론 찾는 건 도와드리겠습니다. 그래도 경찰에 연락하세요. 아이가 어디에 숨었을까요?"

"운동장 뒤에 작은 숲이 있어요. 울타리가 있지만 애들이 열고 나갈 수 있어요."

남자가 말했다.

"이게 제프리 배낭인데, 도움이 될까요?"

천으로 된 배낭을 들어 보이며 여자가 말했다.

함께 복도를 뛰어가는 마야에게서 긴장감이 느껴졌다. 우리는 문 앞에서 멈췄다. 마야는 가망이 없다고 느끼고 있었다.

"비 좀 봐."

마야가 중얼거렸다.

"좋아, 엘리."

마야는 몸을 굽혀 자기 얼굴을 내 얼굴 앞에 가져다 댔다.

"엘리, 준비됐어? 자, 이 냄새 맡아 봐."

나는 배낭에 대고 숨을 깊이 들이쉬었다. 땅콩버터, 초콜릿, 크레용, 그리고 어떤 사람의 냄새가 났다.

"제프리, 제프리."

마야가 말했다.

"알았어?"

마야가 문을 여니 빗줄기가 복도로 들이쳤다.

"찾아!"

나는 빗속으로 달려 나갔다. 앞에는 물에 젖은 포장도로가 널찍하게 펼쳐져 있었고 나는 탁탁 발톱 소리를 내며 이리저리 돌아다녔다. 비에 씻겨 내려가고 있기는 했지만 여러 아이의 냄새가 희미하게 코에 잡혔다. 마야도 건물 밖으로 나왔다.

"엘리, 이쪽에서 찾아!"

마야와 나는 울타리까지 가면서 냄새를 추적했다. 하지만 아무것도 없었다. 젖은 땅을 철벅거리며 함께 달리는 마야에게서 좌절감과 두려움이 느껴졌다. 울타리가 뒤로 기울어진 곳을 찾아냈지만 마야에게 신호를 보낼 만한 것이 없었다.

"좋아, 아이가 여기 있으면 네가 냄새를 맡았겠지. 안 그래, 엘리? 제프리!"

마야가 외쳤다.

"제프리, 이제 나와도 돼. 괜찮아!"

우리는 학교 건물 쪽으로 이어지고 있는 울타리에 바짝 붙어 운동장 반대쪽까지 뒤졌다. 경찰차가 불빛을 번쩍이며 달려와 멈춰 섰고 마야는 그쪽으로 뛰어가 운전을 하고 온 남자와 이야기를 했다.

나는 제프리 찾기를 계속했다. 별로 들어오는 냄새는 없었지만 내가 훈련 받았던 대로 집중한다면, 정신을 모은다면, 포기하지 않는다면 아이의 배낭 냄새를 다른 냄새들로부터 구별해 낼 수 있다는 것을 알고 있었다.

찾았다! 뭔가가 잡혀 나는 고개를 들어 주변을 둘러보았다. 울타리에 어른의 몸이 통과하기에는 좁은 틈이 벌어져 있는 게 보였다. 틈 옆에 있는 기둥 두 개에서 제프리의 냄새가 났다. 그리로 빠져나간 게 틀림없었다. 운동장에는 없다는 이야기였다.

나는 마야에게로 달려가 뭔가를 찾았음을 알렸다. 마야는 처음에는 경찰관과 이야기하느라 눈치채지 못하다가 나를 향해 돌아서며 깜짝 놀랐다.

"엘리, 보여 줘!"

우리는 빗속을 뚫고 두 개의 기둥이 있는 곳으로 돌아갔다. 마야가 좁은 틈을 통해 반대편을 들여다보았다.

"가자!"

마야가 외치더니 울타리를 따라 건물 쪽으로 달려갔다.

"운동장에서 나갔어요! 울타리 바깥쪽에 있어요!"

마야가 경찰관에게 소리쳤다.

경찰관도 우리를 따라 달렸다.

울타리 밖으로 나오니 두 개의 기둥에 묻어 있던 제프리의 냄새가 잡혔고 그가 이동해 간 방향도 알 수 있었다. 그래, 이쪽으로 갔어!

그런데 갑자기 냄새가 희미해졌다. 방금까지만 해도 강하게 나던 그의 냄새가 두 발자국만에 사라진 것이다.

"어떻게 된 거죠?"

경찰관이 물었다.

"차를 탔는지도 몰라요."

마야가 대답하자 경찰관이 끙 소리를 냈다.

코를 바닥에 대니 다시 냄새가 잡혔다. 반대 방향으로 움직이자 냄새는 더욱 선명해졌다. 도로에서 거침없이 흘러내리는 물이 배수구 안으로 폭포수처럼 쏟아져 들어가고 있었다. 나는 배수구 틈 사이로 주둥이를 들이민 채 몰려드는 물에 실려 있는 모든 냄새를 무시하며 내 코에 집중했다. 배수구 틈을 비집고 들어가 물이 천둥소리를 내며 흘러가고 있는 하수도로 들어갈 수도 있었겠지만 그럴 필요가 없었다. 제프리의 냄새가 확실히 잡혔기 때문이다. 어두워서 보이지는 않았지만 제프리가 내 코앞에 있었다. 나는 마야를 올려다보았다.

"세상에, 제프리가 저 안에 있어요, 하수도 안에!"

마야가 외쳤다.

경찰관이 손전등을 켜 하수도 안쪽을 비췄다. 그 순간 우리 모두의 눈에 겁에 질린 아이의 창백한 얼굴이 들어왔다.

chapter 25

"제프리! 이제 괜찮아. 꺼내 줄게!"

마야가 아이에게 소리쳤다.

마야는 물을 아랑곳도 하지 않고 길바닥에 꿇어앉더니 아이를 향해 손을 뻗었다. 제프리 바로 뒤에서는 시커먼 터널이 으르렁거리며 빗물을 삼키고 있었다. 물살은 아이를 시커먼 터널로 밀어 대고 있었고, 간신히 벽에 매달려 있는 아이는 두려움이 극에 달한 나머지 눈도 못 뜨는 지경이었다. 마야는 용을 쓰며 팔을 있는 대로 뻗어 보았지만 아이에게 닿지 않았다.

"아니 저길 어떻게 들어갔을까요?"

경찰관이 외쳤다.

"꽉 끼었어요. 비가 내리기 전에 억지로 비집고 들어갔나 봐요. 세상에, 엄청나게 퍼붓네!"

마야의 목소리는 좌절감으로 가득 차 있었다.

제프리의 머리 바로 위에는 금속으로 된 둥그런 판이 콘크리트 바닥에 박혀 있었는데 경찰관이 뭐라고 중얼거리며 손으로 그 판을 열려고 했다.

"지렛대를 가져와야겠어요!"

그는 이렇게 외치고는 마야에게 손전등을 건넨 다음 물속을 철벅거리면서 달려갔다.

제프리는 추위에 떨고 있었고 마야가 비추는 손전등 불빛을 바라보는 눈빛도 게슴츠레했다. 제프리는 노란색 얇은 우비에 달린 모자를 머리에 뒤집어쓰고 있었지만 추위를 이기는 데 별 도움이 되지는 않을 것 같았다.

"제프리, 괜찮아. 조금만 버텨. 꺼내 줄게. 알았지?"

제프리는 대답이 없었다.

1분도 안 돼 경찰차 사이렌 소리가 들리나 싶더니 차가 어느새 모퉁이를 돌아 미끄러지며 우리 옆에 멈췄다. 경찰관이 튀어나오더니 트렁크 쪽으로 달려갔다.

"소방차 오는 중이래요!"

그가 외쳤다.

"시간이 없어요! 아이가 물속으로 미끄러지고 있어요!"

마야가 되받아 외쳤다.

경찰관은 트렁크에서 구부러진 금속 물건 하나를 꺼내 왔다.

"제프리, 버텨! 놓치면 안 돼!"

마야가 소리쳤다.

경찰관은 지렛대를 들고 둥근 금속판 앞으로 가더니 작업을 시작했다. 마야는 작업 과정을 보려고 경찰관 옆으로 달려갔고 나도 그녀를 따라갔다. 그 덕에 경찰관이 둥근 판을 열어 한쪽으로 미는 순간 진흙 더미가 제프리의 얼굴에 떨어지는 광경을 볼 수 있었다. 진흙을 닦아 내려고 손을 얼굴 쪽으로 가져가는 순간 제프리는 잡고 있던 벽을 놓친 채 물속으로 빠지고 말았다. 아주 잠깐 우리를 올려다본 제프리는 터널 속으로 휩쓸려 들어갔다.

"제프리!"

마야가 비명을 질렀다.

나는 찾기 임무 수행 중이었기 때문에 지체 없이 아이를 쫓아 물로 뛰어들었다. 들어가자마자 물살이 억센 힘으로 나를 터널로 끌고 들어갔고 나는 그렇게 물이 흘러가는 방향으로 헤엄을 쳤다.

터널 속은 어두웠고 물속에서 떴다 가라앉았다 하는 동안 머리가 계속 시멘트 천장에 부딪쳤다. 나는 이 모든 것을 무시하고 앞쪽 어딘가 어둠 속에서 소리 없이 물과 싸우고 있을 제프리에게만 집중했다. 희미한 아이의 냄새가 시커먼 물속에서 잡혔다 사라지기를 반복했다.

갑자기 발 아래 바닥이 툭 떨어지는 느낌이 나더니 몸이 칠흑 같은 어둠 속을 구르다가 튕겨 나갔다. 작은 터널이 더 큰 터널과 연결되면서 물이 더 깊어졌고 소리도 더 요란해졌다. 나는 힘껏 헤엄치며 제프리의 냄새에 집중했다. 보이지는 않았지만 아이는 몇 미터 앞에 있었다.

제프리가 물속으로 사라지기 직전 나는 다음 순간 일이 어떻게 될지 알고 있었다. 에단이 나한테 이 수법을 써먹은 게 도대체 몇 번이었던가? 내가 아주 가까이 오기를 기다렸다가 연못 속으로 가라앉는 것 말이다. 깊고 어두운 물속에서도 에단이 어디 있는지 늘 정확히 알았던 것과 마찬가지로 이번에도 나는 내 바로 아래에서 가라앉고 있는 제프리를 분명히 느낄 수 있었다. 나는 정신을 바짝 차리고 성난 물살에 얻어맞으며 입을 벌린 채 잠수했다. 앞은 보이지 않았지만 곧 아이의 모자가 입에 잡혔다. 우리는 함께 물 밖으로 솟구쳐 올라왔다.

물이 우리를 끌고 가는 방향 이외에 다른 방향으로 갈 방법은 없었다. 나는 계속 모자를 당겨 제프리의 머리를 물 밖으로 나와 있게 하는 데 집중했다. 제프리는 살아 있었지만 헤엄은 치지 못했다.

앞쪽에서 나오는 희미한 불빛이 젖은 시멘트벽을 깜빡이며 비추고 있었다. 우리가 갇혀 있는 각진 모서리의 터널은 폭이 2미터쯤 되었지만 나갈 길은 없었다. 도대체 어떻게 제프리를 구해야 하는 걸까?

빛이 점점 더 밝아지면서 앞쪽에서 천둥 같은 소리가 메아리쳐 돌아와 내 귓가를 울렸다. 물살이 빨라지고 있는 것 같았다. 제프리의 모자를 계속 물고 있던 나는 곧 무슨 일이 일어날 것임을 직감했다.

햇살이 쏟아지면서 제프리와 나는 시멘트 통로를 굴러 내려 물살이 빠른 강으로 풍덩 들어갔다. 나는 물결에 계속 휘둘리면서도 소용돌이치는 물 위로 머리를 밀어 올리려 몸부림쳤다. 강둑은 양쪽 모두 시멘트로 되어 있었는데, 제프리를 끌고 제일 가까운 곳으로 가려고 발버둥을 쳐도 물살이 자꾸 우리를 가운데로 밀어냈다. 지치고 턱과 목이 아파 왔지만 나는 필사적으로 헤엄쳐 제프리를 강둑 쪽으로 끌어올렸다.

번쩍이는 불빛이 보이더니 강 아래쪽에서 우비를 입은 남자들이 강둑을 향해 달려오는 모습이 보였다. 하지만 위치로 보아 나는 제프리를 구해 주지도 못하고 그들 옆을 스쳐 하류로 쓸려 내려갈 것 같았다.

남자들 중 둘이 물속으로 뛰어들었다. 두 사람은 줄로 서로 연결되어 있었고 둑 위에 남아 있던 사람들은 다 함께 단단히 버티고 서서 두 사람에게 이어진 줄을 잡고 있었다. 두 남자는 엉덩이까지 물이 차는 높이에 서서 우리를 잡으려고 손을 뻗었고 나는 젖 먹던 힘까지 내어 두 사람의 팔을 향해 헤엄쳤다.

"잡았다!"

제프리와 내가 그들에게 부딪히자 한 남자가 외쳤다.

그는 내 목줄을 잡았고 나머지 한 사람은 제프리를 건져 올렸다. 줄이 팽팽해졌고 우리는 모두 허우적거리며 땅 위로 무사히 올라갔다. 땅으로 올라가자 남자는 내 목줄을 놓더니 무릎을 꿇고 제프리 위로 몸을 숙였다. 두 사람이 아이의 작은 몸을 누르자 아이는 갈색 물을 토해 내고는 기침을 하며 울기 시작했다. 나는 절룩이며 제프리 옆으로 다가갔다. 아이에게서 두려움이 사라지는 것을 보자 나도 마음이 놓였다. 제프리는 괜찮을 것 같았다.

사람들은 제프리의 옷을 벗긴 뒤 담요로 다시 쌌다.

"괜찮아, 이제 괜찮아. 너희 집 개니? 이 개가 네 생명을 구했어."

제프리는 아무 대답도 하지 않았지만 내 눈을 잠시 들여다보았다.

"가자!"

한 명이 소리쳤고 사람들은 제프리를 둑 위로 옮긴 뒤 차에 태우고는 요란한 사이렌 소리와 함께 떠났다.

나는 진흙 바닥 위에 엎드려 있었다. 네 다리가 와들와들 떨리면서 나 역시 토했으며 통증이 온몸을 훑고 지나갔다. 너무 기운이 없어서 앞도 잘 보이지 않았다. 차가운 빗물에 몸을 얻어맞으며 그렇게 엎드려 있었다.

경찰차가 사이렌을 끄며 멈춰 섰고 쾅 하고 문 닫히는 소리가 들렸다.

"엘리!"

마야가 둑 위에 있는 길에서 외쳤다. 나는 머리를 들었지만 워낙 지쳐서 꼬리조차 흔들 수가 없었다. 마야는 눈물을 닦으며 미친 듯이 둑 아래로 달려 내려왔다. 그녀도 빗물에 흠뻑 젖어 있었지만 나를 가슴에 품은 마야에게서 따스한 사랑이 느껴졌다.

"잘했어, 엘리. 네가 제프리를 구했어. 넌 정말 착한 개야. 세상에, 널 잃어버리는 줄 알았어."

마야가 말했다.

나는 그날 밤을 동물병원에서 보낸 뒤 며칠간 몸이 너무 뻣뻣해서 거의 움직일 수가 없었다. 얼마 후 우리는 또 학교에 갔는데 이번에 모인 사람들은 모두 마야와 비슷한 나이의 어른들이었다.

한 남자가 큰 목소리로 이야기를 하는 동안 우리는 눈이 부신 불빛을 보며 앉아 있었다. 이야기를 마친 남자가 다가와 내 목에 멍청해 보이는 목줄을 걸어 주자 소리 없는 번개처럼 또 밝은 빛이 여기저기서 터졌다. 불이 나서 에단이 다리를 다쳤을 때 맘과 함께 갔던 곳에서 있었던 일과 똑같았다. 남자는 마야의 경찰관 옷에도 뭔가를 달아 주었고 다들 박수를 쳤다. 마야에게서 나를 향한 사랑과 자랑스러움이 솟아나는 것이 느껴졌고 마야가 내 귀에 대고 '착한 개'라고 속삭여 줘서 나도 기분이 우쭐해졌다.

그로부터 얼마 후, 집안 분위기가 완전히 달라져 있었다. 마야와 앨은 흥분해서 안절부절못하며 식탁에 앉아 한참 동안이나 이야기를 나누었다.

"아들이면 앨버트라고 부르면 어때? 좋은 이름인데."

앨이 물었다.

"좋은 이름이긴 해. 그런데 뭐라고 불러야 해? 당신이 앨버트잖아, 나의 앨."

"애는 버트라고 부르면 되지."

"그러지 좀 마."

"그럼 뭐라고 불러? 당신 가족이 워낙 식구가 많아서 이름이란 이름은 다 써먹었잖아. 그러니 카를로스도 안 되고, 디에고, 프란시스코, 리카르도도 안 되고."

"앙헬Angel*은 어때?"

"앙헬? 내 아들 이름을 앙헬이라고 짓자는 거야? 어휴, 고양이 이름을 팅커벨이라고 지었을 때 벌써 알아봤다니까."

마침 팅커벨은 내게 기대어 자고 있었는데 제 이름이 들려도 고개조차 들지 않았다. 고양이들은 원래 그렇다. 우리는 그들의 관심을 끌 수 없다. 그들은 자기가 신경을 쓰고 싶은 것에만 쓴다.

마야가 웃었다.

"찰스는 어때?"

---

* 영어권에서는 남자 이름을 천사라는 뜻의 에인절Angel로 짓지 않으며, 다만 앤젤라Angela가 여자 이름으로 쓰일 뿐이다. 반면 마야는 히스패닉 계 사람으로 에스파냐 어가 모국어인데 에스파냐 어권에서는 Angel을 남자 이름으로 즐겨 쓰며 발음은 앙헬이라고 한다.

"찰리? 안 돼, 내 첫 번째 상관 이름이 찰리였어."

앨이 반대했다.

"앤서니는?"

"당신 사촌 중에 앤서니라고 있지 않아?"

"걔는 안토니오야."

"난 그 친구 별로야. 콧수염이 바보 같아."

이 말에 마야가 키득키득 웃기 시작했다. 그래서 나도 신난다는 것을 알려 주려고 꼬리를 한 번 탕 쳤다.

"조지는?"

"싫어."

"라울?"

"안 돼."

"제레미?"

"물론 안 되지."

"에단?"

나는 벌떡 일어났고 앨과 마야는 놀라서 나를 바라보았다.

"엘리는 에단이 마음에 드나 본데."

앨이 말했다.

나는 무슨 일인가 싶어 두 사람 쪽으로 고개를 돌렸다. 팅커벨이 나에게 건방진 시선을 보냈다. 나는 코를 들어올리며 문 앞으로 갔다.

"왜 그러니, 엘리?"

마야가 물었다.

에단의 흔적은 어디에도 없었고 잘못 들었는지도 모르겠다는 생각이 들었다. 밖에서 아이들 몇 명이 자전거를 타고 지나갔지만 그중에 에단은 없었다. 내가 무슨 생각을 하는 거지? 에단도 제이콥처럼 내 인생에 갑자기 다시 나타날 거라고 생각하는 건가? 본능적으로 나는 개에게는 그런 일이 결코 일어나지 않는다는 사실을 잘 알고 있었다. 하지만 마야가 에단의 이름을 불렀는데? 왜 그랬을까?

나는 위로를 받고 싶어 마야에게 다가갔고 한숨을 쉬며 편안히 엎드렸다. 팅커벨이 종종걸음으로 다가와서는 나에게 기댔고 나는 내 속을 알고 있는 듯한 앨의 시선을 당황해하며 피했다.

얼마 지나지 않아 집에 새로운 사람이 생겼다. 신 우유 냄새가 나는 꼬맹이 가브리엘라는 고양이만큼도 쓸모가 없어 보였다. 아이를 집으로 데려오던 날 마야는 가브리엘라를 안은 채 조심스럽게 내 코앞에 내밀고는 냄새를 맡게 해 주었지만 나는 별로 관심이 가지 않았다.

그때부터 마야는 걸핏하면 한밤중에 일어나서는 나를 뒤꿈치에 달고 가 가브리엘라를 품에 안아 올렸고 그동안 나는 마야의 발치에 엎드려 있었다. 이럴 때면 나는 퐁퐁 샘솟는 마야의 사랑에 푹 젖어 깊고 편안한 잠에 빠져들곤 했다.

뼈가 아프기 시작했다. 베일리 시절 그랜드파의 허드렛일을 돕는 것으로 하루 대부분을 보냈던 때와 비슷한 느낌이었다. 눈앞이 흐려지고 소리도 잘 들리지 않았는데 이것 또한 익숙했다.

이제 내가 가족들과 함께 있을 수 없는 때가 오고 있다는 것을 마야가 아는지 궁금했다. 에밋과 스텔라가 죽은 것처럼 나도 죽는 것이 당연한 이치였다. 토비였을 때, 베일리였을 때도 그랬다.

한 조각 햇살 속에 엎드려 내 상태를 곱씹다 보니 평생 착한 개로 살아왔다는 생각이 들었다. 첫 번째 엄마인 마더에게 배운 것이 인연이 되어 에단을 만났고, 에단에게서 배운 것을 이용해 시커먼 물속에서 제프리를 찾아 구해 냈다. 제이콥은 나에게 찾기와 보여 주기를 가르쳤고 나는 많은 사람을 구하는 것을 도왔다.

이것 때문에 내가 에단을 떠난 뒤 다시 엘리로 태어난 것이 틀림없었다. 내가 했던 모든 일, 내가 배운 모든 것이 사람을 구하는 착한 개가 되기 위함이었다. 둔돌이로 사는 것보다 재미는 없었지만 내가 왜 이 동물, 그러니까 사람에게 첫눈에 확 끌렸는지를 알 수 있었다. 내 운명이 이들과 뗄 수 없을 정도로 얽혀 있기 때문이었다. 특히 에단의 경우는 인연의 끈이 평생 지속되었다.

이제 내 목적을 모두 달성했으니 정말 끝이라는 느낌이 들었다. 그리고 또 태어날 일은 없을 거라는 확신이 들면서 마음도 평화로워졌다. 강아지의 삶은 신나지만 그 즐거움은 에단 이외의 다른 누구와도 나누고 싶지 않았다. 마야와 앨은 가브리엘라에게 마음이 온통 가 있어서 나는 뒷전일 수밖에 없었지만 물론 나를 가족의 전부라고 생각하는 팅커벨은 그렇지 않았다.

고양이도 죽은 뒤 다시 태어나는지가 궁금했지만 곧 그 생각을 지워 버렸다. 내가 아는 한 고양이에게 목적이란 없으니까.

창피하게도 볼일을 보러 밖으로 나가기도 전에 안에서 실례를 해 집을 엉망으로 만드는 일이 점점 잦아졌다. 게다가 가브리엘라도 똑같은 문제가 있어서 우리 둘의 내장 운동이 만들어 낸 결과물이 동시에 쓰레기통에 버티고 있기도 했다.

앨은 몇 번이나 나를 앞자리에 태우고 동물병원에 갔고 수의사가 내 몸을 여기저기 쓰다듬어 주면 나는 기분이 좋아서 낑낑거렸다.

"넌 착한 개야. 그저 늙어 가고 있을 뿐이지."

앨이 말했다.

나는 착한 개라는 소리에 꼬리를 흔들었다. 마야는 가브리엘라 때문에 점점 바빠져서 가끔은 앨과 둘이서 모든 것을 해야 했는데 그것도 좋았다. 같이 나갈 때마다 차에 탈 수 있도록 나를 도와주는 앨에게서 부드러운 애정이 느껴졌다.

어느 날은 앨이 내가 볼일을 볼 수 있도록 나를 끌어지다시피 해서 마당으로 데리고 나왔다. 올 것이 왔음을 안 앨의 마음속에서 슬픔이 북받치는 것이 느껴졌다. 바닥에 앉아서 울고 있는 앨을 위로해 주려고 그의 얼굴을 핥아 준 뒤 무릎 위에 머리를 올려놓았다.

집으로 돌아온 마야가 아기를 밖으로 데리고 나왔고 우리 모두가 한 자리에 앉았다.

"엘리, 넌 정말 착한 개였어."

마야가 몇 번이고 말했다.

"넌 영웅이야. 사람을 몇 명이나 구해 냈어. 꼬마 제프리도 구했고."

이웃에 사는 부인이 와서 가브리엘라를 안아 올렸다. 마야는 사랑이 넘치는 모습으로 아이 위로 몸을 굽혀 귓가에 뭔가를 속삭였다.

"잘 가, 엘리."

가브리엘라가 말했다.

이웃 부인에게 안긴 가브리엘라가 나에게 손을 내밀자 그녀는 허리를 굽혀 내가 아이의 손을 핥을 수 있게 해 주었다.

"잘 가라고 해."

부인이 말했다.

“잘 가.”

가브리엘라가 다시 말했다.

부인이 가브리엘라를 안고 집 안으로 들어갔다.

“너무 힘들어, 앨.”

마야가 한숨을 쉬며 말했다.

“알아. 정 힘들면 나 혼자 해도 돼.”

앨이 말했다.

“아냐, 아냐. 그래도 내가 엘리 옆에 있어야지.”

앨은 조심스럽게 나를 안아 올려 차에 태웠고 마야는 나와 함께 뒷자리에 앉았다.

나는 차가 어디로 가는지 알았다. 온몸이 아파 끙끙거리면서 나는 마야의 무릎에 머리를 대고 뒷자리에 널브러져 있었다. 가는 곳을 알고 있었으므로 나는 거기서 평안을 얻을 기대에 차 있기도 했다. 마야가 내 머리를 쓰다듬어 주었고 나는 눈을 감았다. 그러고는 내가 마지막으로 한 번 더 해 보고 싶은 것이 있는지 생각해 보았다. 찾기? 바다에서 헤엄치기? 달리는 차 창문으로 머리 내밀고 있기? 모두 신나는 일이지만 이미 다 해 본 것이었다. 그만큼 했으면 충분했다.

익숙한 금속 테이블 위로 사람들이 나를 올려놓자 나는 꼬리를 흔들었다.

“넌 착한 개야.”

마야가 울면서 몇 번이고 속삭였다.

작은 바늘이 내 목을 찔렀고 나는 마야의 부드러운 속삭임과 사랑을 간직한 채 따뜻하고 편안한 바닷물 속에 온몸을 맡겼다.

chapter 26

이번 엄마는 얼굴이 크고 검었으며 따뜻한 혀는 분홍색이었다. 모든 것이 또다시 시작되었음을 깨닫게 된 순간 나는 멍한 표정으로 엄마를 올려다보았다. 엘리로서의 삶이 끝나고 다시 태어나다니 있을 수 없는 일이었다.

이번에는 남매가 여덟이었는데 모두 검은색이었고 건강한 장난꾸러기들이었다. 하지만 나는 혼자 멀찌감치 떨어져서 또다시 강아지로 태어난 것이 무엇을 의미하는지 골똘히 생각하며 시간을 보냈다.

말도 안 되는 일이었다. 토비 시절, 문 여는 법을 배우지 못했더라면, 그리고 배수로에서 살아 봤기 때문에 울타리 밖으로 나가도 겁날 것이 없음을 깨닫지 못했더라면, 나는 에단을 만나지 못했을 것이다. 에단과 함께 지내며 사랑과 우정을 배웠고 그가 겪는 매일의 모험을 함께하는 것이야말로 내 목적을 진정으로 달성하는 것이라고 느꼈다. 하지만 또한 에단은 연못에서 구조하는 법을 내게 가르쳐 주었고 이것은 엘리로 사는 동안 배운 찾기와 보여 주기와 함께 배수로 터널에서 작은 아이를 구할 수 있게 해 주었다. 에단의 개로서 이런저런 경험을 해 보지 못했더라면 일을 그렇게 잘하지 못했을 것이고, 냉정하게 거리를 두는 제이콥의 태도도 이해하지 못해 괴로워했을 것이다.

그런데 지금 이건 또 무엇일까? 도대체 무슨 일이 일어나려고 다시 강아지로 태어난 것일까?

내가 다시 태어난 곳은 바닥이 시멘트로 된 관리가 잘 되고 있는 켄넬이었다. 하루에 두 번 어떤 남자가 들어와서 켄넬 안을 청소했고 우리를 밖으로 내보내 마당에서 놀게 해 주었다. 다른 남자들과 여자들이 와서 우리를 안아 올리기도 하고 발바닥을 들여다보기도 했다. 그들에게서 기쁨이 느껴지긴 했지만 에단이나 마야, 앨에게서 느껴지던 각별한 사랑을 내뿜는 사람은 아무도 없었다.

"축하합니다, 커널Colonel*. 이번 애들은 좋아 보이네요."

그중 한 사람이 이렇게 말하며 나를 공중으로 들어올렸다.

"비싸게 팔리겠어요."

"지금 자네가 안고 있는 그 녀석이 마음에 걸려."

다른 남자가 대답했다.

이 남자에게선 연기 냄새 같은 것이 났고 이번 엄마가 켄넬로 들어오는 그를 대하는 태도로 보아 엄마의 주인인 것 같았다.

"기운이 좀 없어 보여."

---

* 대령이라는 뜻. 개의 귀에는 그저 '커널'이라는 소리로 들릴 것이므로 그대로 커널로 표기하기로 한다.

"병원엔 데려가 보셨어요?"

나를 들어올린 사람이 나를 뒤집더니 엄지손가락을 내 입술 밑으로 밀어넣어 이빨을 들여다보았다. 나는 그냥 가만히 있었다. 나 좀 혼자 있게 내버려 두지.

"무슨 문제가 있는 것 같지는 않아. 그냥 무리에서 떨어져 나와서 잠만 자."

커널이라고 불린 사람이 대답했다.

"모두 다 챔피언이 될 수는 없잖아요."

남자가 나를 내려놓으며 말했다.

구석으로 총총히 걸어가는 내 뒷모습을 커널이 못마땅한 시선으로 보고 있는 게 느껴졌다. 내가 뭘 잘못했는지는 알 수 없었지만 여기 오래 있지는 못할 것 같다는 느낌이 들었다. 앞선 삶에서 내가 배운 것이 있다면 사람들은 강아지를 좋아하기는 하지만 데려다 키울 만큼은 좋아하지 않는다는 사실이다.

하지만 내 생각은 틀렸다. 몇 주 뒤 사람들이 내 남매들을 거의 다 데려가서 셋만 남게 되었다. 더 이상 젖은 나오지 않았지만 우리 중 누군가가 얼굴을 핥기 위해 다가가면 여전히 자상하게 머리를 내려주는 새 엄마에게서 슬픈 체념이 느껴졌다. 예전에도 이런 일을 겪어왔던 것 같았다.

그로부터 며칠 동안 사람들이 찾아와서는 우리를 베개 커버 속에 넣기도 하고, 우리 앞에서 열쇠 뭉치를 달그락거리기도 하고, 코앞으로 공을 던지는 등의 놀이도 하면서 우리가 어떻게 행동하는지 살폈다. 강아지와 이런 식으로 노는 게 잘하는 건가 하는 생각이 들었지만,

어쨌든 사람들은 매우 진지한 자세로 이 모든 일을 했다.

"너무 비싸네요, 얘는 아주 조그만데."

한 남자가 커널에게 말했다.

"아빠는 전국 챔피언을 두 번이나 차지했어요. 엄마는 6년 연속 주 결승에 올랐고 두 번 챔피언을 했죠. 돈 값을 할 겁니다."

커널이 말했다.

두 사람은 악수를 나누었고 이제 엄마와 누이 하나랑 나만 남았다. 나는 이 누이한테 '파운스Pounce*'라는 이름을 붙여 주었는데, 왜냐하면 얘는 마치 내가 장님이기라도 한 양 걸핏하면 나에게 달려들었기 때문이다. 다른 남매들이 다 가 버린 이후로 파운스는 마지막 하나 남은 나에게 더욱 사정없이 달려들었고 나는 스스로를 지키기 위해 파운스와 씨름을 벌일 수밖에 없었다. 이런 내 모습을 보던 커널에게서 안도감 같은 것이 흘러나왔다.

얼마 후 말 냄새를 풍기는 여자가 와서 파운스마저 데려갔고 나는 혼자 남겨졌다. 솔직히 말해 이렇게 된 게 더 좋았다.

"좀 싸게 불러야겠군. 그거 참 아깝네."

며칠이 지나자 커널이 말했다.

커널은 실망한 빛이 뚜렷했지만 나는 고개도 들지 않았고 그에게 달려가서 실망하지 말라며 재롱을 떨거나 하지도 않았다.

사실, 나는 상심에 잠겨 있었다. 이게 어찌된 일인지, 내가 왜 다시 강아지가 되었는지 도통 알 수가 없었다. 앞으로 또 훈련을 받고 마야

---

* 달려든다는 뜻의 동사.

도 제이콥도 아닌 다른 사람에게서 찾기를 배우고, 또 다른 삶을 살아야 하는 것이 좀처럼 이해가 되질 않았다. 나쁜 개가 된 기분이었다.

사람들이 찾아와도 나는 철망 앞쪽으로 달려가지 않았고 심지어 아이들이 와도 마찬가지였다. 또 그러고 싶지 않았다. 내 삶에서 아이는 에단뿐이었으니까.

“얘 왜 이래요? 어디 아파요?”

어느 날 한 남자가 이렇게 묻는 소리가 들렸다.

“아니요, 그저 혼자 있는 걸 좋아해요.”

커널이 대답했다.

그 남자는 켄넬 안으로 들어와 나를 들어올렸다. 그러고는 파란 눈으로 나를 다정하게 들여다보았다.

“넌 그냥 조용한 녀석이로구나? 그렇지?”

이렇게 묻는 그에게서 열망 같은 것이 느껴졌고 나는 그날 이 사람과 함께 켄넬을 떠나게 되리라는 직감이 들었다. 나는 엄마에게 다가가 얼굴을 핥아 작별 인사를 했다. 엄마도 안다는 듯 나에게 코를 비벼 답했다.

“250달러 드릴게요.”

파란 눈의 남자가 말했다.

커널이 크게 놀라는 것이 느껴졌다.

“뭐라고요? 고객님, 얘 아빠가 말이죠…….”

“네, 광고 봤어요. 그런데 여자 친구에게 선물하려는 것이거든요. 사냥에 데리고 가려는 게 아니라 그냥 개를 원해요. 거래 잘 해 보자고 하셨잖아요. 제가 보기에 선생님은 번식을 전문으로 하시는 것 같은

데 석 달째 아무도 이 녀석을 데려가지 않았다면 무슨 이유가 있겠죠. 선생님도 얘를 키우고 싶지 않을걸요? 저야 뭐, 래브라도 하나를 인터넷에서 무료로 입양 받을 수도 있어요. 그래도 얘는 혈통서랑 다른 서류를 다 갖추고 있으니까 250달러를 드리겠다는 겁니다. 이 녀석 데려가려고 줄 서 있는 사람이라도 있습니까? 없는 것 같은데요."

얼마 후 이 남자는 나를 자기 차 앞자리에 태웠다. 커널은 그와 악수를 나눴지만 헤어지는 마당에 나에게는 잘 가라고 머리도 한 번 툭툭 두드려 주지 않았다. 남자가 커널에게 작은 종잇조각을 건넸다.

"고급 차를 좋은 값에 사시려면 연락 주세요."

남자가 쾌활하게 말했다.

나는 새 주인을 가늠해 보았다. 앞자리 개로 앉게 해 줘서 좋았지만 나를 보는 그의 시선에서 애정 같은 것은 전혀 느낄 수 없었고 그 대신 완벽한 무관심이 느껴질 뿐이었다.

그 이유는 금방 알 수 있었다. 나는 데릭이라 불리는 그 남자와 사는 것이 아니었다. 내가 살게 될 곳은 웬디라는 여자의 집이었는데 데릭이 나를 데리고 그 집으로 들어가자 그녀는 소리를 지르고 폴짝폴짝 뛰며 좋아했다. 웬디와 데릭이 즉시 씨름을 시작했기 때문에 아파트 안을 둘러볼 시간이 생겼다. 구두와 옷이 사방에 널려 있었고 소파 앞의 낮은 탁자에는 안쪽에 음식이 말라붙은 상자가 몇 개가 놓여 있었다. 나는 이것들을 깨끗이 핥았다.

데릭은 집을 떠날 때 웬디를 안아 주기는 했지만 웬디를 향한 각별한 사랑 같은 것이 쏟아져 나오지는 않았다. 앨이 집에서 나갈 때는 항상 순간적으로 마야를 향한 사랑이 뿜어져 나왔고 그 때문에 나도 항상 꼬리를 흔들었지만 이 남자는 전혀 달랐다.

웬디가 나에게 보내는 사랑 또한 순간적인 데다 내가 이해할 수 없는 여러 가지 감정이 뒤섞여 있어 혼란스러웠다. 도착한 날로부터 며칠 동안 내 이름은 푸-베어, 구글, 스눕독, 리노, 피스타치오로 바뀌었다. 그러다가 다시 푸-베어가 되었고, 곧 웬디는 베어라는 단어를 가지고 이리저리 이름을 바꾸었다. 배리-부, 베어-베어, 허니-워니베어, 커들베어, 원더베어. 가끔은 나를 잡아 누르고는 아무리 해도 성에 차지 않는다는 듯 내 온몸에 입을 맞춰 대다가 전화벨이 울리면 나를 그대로 바닥에 내려놓고 달려갔다.

매일 아침 웬디는 자기 물건을 온통 뒤져 대다가 겁에 질려 이렇게 외쳤다.

"늦었어! 늦었어!"

그러고는 문을 박차고 나갔고 나는 하루 종일 혼자 남아 지루한 시간을 보내야 했다.

웬디는 신문을 바닥에 놓고 나갔는데 나는 여기에 볼일을 봐야 하는 건지 피해서 해야 하는 건지 기억이 잘 나질 않아서 두 가지를 조금씩 다 했다. 이빨이 근질거려 입안에 침이 고이는 바람에 구두를 잔뜩 씹어 놓았는데 나중에 이를 본 웬디가 비명을 질렀다. 가끔씩 그녀는 나에게 먹이를 주는 것을 잊곤 했고 나는 뭐라도 먹기 위해 쓰레기통 속으로 들어갈 수밖에 없었다. 그러면 웬디는 또다시 비명을 질러 댔다.

내가 보기에 웬디와 함께 사는 삶에 목적이란 없었다. 같이 훈련을 하지도 않았고 같이 걷는 일도 별로 없었다. 웬디는 한밤중에는 문을 열어 나를 마당으로 나가 놀게 해 주었지만 낮에는 거의 그렇게 하는 일이 없었고, 혹시 그럴 때면 우리가 마치 나쁜 짓이라도 하는 것처럼 불안해했다. 기운은 남아도는데 너무 지겨워서 짖었다. 가끔은 몇 시간씩 계속 짖기도 했는데 내 소리가 벽에 부딪혀 돌아왔다.

어느 날 누군가가 문을 세게 두드리는 소리가 났다. 그러자 웬디가 쉿 소리를 내며 나를 낮은 목소리로 불렀다.

"베어, 이리 와!"

웬디는 나를 침실에 집어넣고 문을 잠갔다. 이어 어떤 남자가 그녀에게 말하는 소리가 들려왔다. 화가 난 것 같았다.

"개는 안 돼요! 계약서에 써 있어요!"

나는 '개'라는 단어를 듣고 고개를 치켜들었다. 이 사람 혹시 나 때문에 화났나? 내가 아는 한 아무 잘못도 안 했지만 이 정신 나간 집에서는 모든 규칙이 완전히 달랐으니 내 탓인지도 모를 일이었다.

다음날 일하러 나갈 때 웬디는 나를 불러 앉혔다. 처음 있는 일이었다. 가르쳐 준 적도 없는데 명령에 따라 앉는 내 모습을 보고도 그녀는 전혀 놀라지 않는 눈치였다.

"이것 봐, 베어-베어, 나 없을 때 짖으면 안 돼, 응? 이웃 사람들이 뭐라고 한단 말이야. 짖기 없기야, 알았지?"

목소리에 슬픈 구석이 있어 무엇 때문인지 궁금했다. 아마 그녀도 종일 지루한 모양이었다. 그럼 나를 데리고 나가면 될 텐데. 나 차 타는 거 좋아한단 말이야! 그날도 솟구치는 기운을 감당할 수 없어 오후 내내 짖었지만 구두는 물어뜯지 않았다.

그다음 날쯤 웬디는 한 손으로 문을 열더니 다른 한 손으로 문 바깥쪽에 붙어 있던 종이를 떼어 냈다. 오줌보가 터질 지경이라 얼른 웬디 쪽으로 달려갔지만 내보내 주지 않았다. 그 대신 종이를 들여다본 웬디는 화가 나서 소리를 지르기 시작했다. 어쩔 수 없이 나는 부엌 바닥에 쪼그리고 앉아 일을 보기 시작했는데 웬디가 손바닥으로 나를 찰싹 때리더니 문을 열었다.

"자, 나갔다 와. 너 있는 거 어차피 세상이 다 아니까."

웬디가 중얼거렸다.

나는 마당에서 볼일을 마쳤다. 부엌을 더럽혀서 미안하긴 했지만 나로서도 어쩔 도리가 없었다.

다음날 늦잠을 자고 일어난 웬디는 나를 차에 태우고 오랫동안 달렸다. 앞자리에 온갖 물건이 들어차 있어서 뒷자리 개가 되긴 했지만 웬디가 창문을 열어 놓아 코를 밖으로 내밀 수 있었다. 웬디는 마당에 탈 것들이 몇 대 서 있는 조그만 집의 진입로에 차를 세웠다. 냄새로 보아 오랫동안 움직이지 않은 차들이었다. 나는 그중 하나에 다리를 들고 오줌을 누었다.

나이 든 여자가 문을 열었다.

"엄마, 나야."

웬디가 말했다.

"얘가 그 녀석이야? 되게 크네. 강아지라고 했잖아?"

"이름을 베어라고 지었을 지경이면 알아봤어야지."

"얘 데리고 있기 힘들겠다."

"엄마! 나도 어쩔 수가 없단 말이야! 강제 퇴거 통지서가 왔어!"

웬디가 화가 나서 외쳤다.

"그럼 다들 가만히 있을 거라고 생각하기라도 한 거야?"

"데릭이 준 선물이라고! 그럼 어떻게 해, 데릭한테 돌려줘?"

"아파트에서 개 못 키우게 돼 있는데 무슨 작정으로 개를 선물했다니?"

"내가 갖고 싶다고 했어, 내가. 알겠어, 엄마? 이제 대답 들으니 속이 시원해? 내가 갖고 싶다고 했다고. 젠장."

서로를 대하는 두 여자의 감정이 너무 복잡해서 도저히 뭐가 뭔지 알 수가 없었다. 웬디와 나는 조금 불안해하면서 그 작은 집에서 그날 밤을 지냈다. 어두워지고 나니 빅터라는 남자가 집에 왔는데, 그는 분노에 가득 차 있어서 모두를 불안하게 만들었다. 웬디와 나는 좁아터진 뒷방에 있는 작은 침대에 누워 있었는데 빅터가 다른 방에서 악을 쓰는 소리가 다 들렸다.

"난 이 집에 개 못 둬!"

"흥, 여긴 내 집이니까 내 맘대로 할 거야!"

"개를 데리고 뭘 하자는 거야?"

"별 멍청한 소리 다 듣겠네. 뭘 하자고 개 키우는 사람이 어디 있어?"

"닥쳐, 리사, 닥치라고."

"괜찮을 거야, 베리-부. 너한텐 손 못 대게 할게."

웬디가 나에게 속삭였다.

너무 슬퍼하고 있어서 안심시켜 주려고 손을 핥아 주었는데 그러자 웬디는 울음을 터뜨렸다.

다음날 아침, 두 여자는 밖으로 나가 차 옆에 서서 이야기를 나누었다. 나는 차 문 주위를 킁킁거리며 올라탈 기회만 기다리고 있었다. 웬디와 함께 빨리 이 집을 떠나면 좋을 텐데.

"세상에, 엄마, 어떻게 저 남자 꼴을 봐?"

웬디가 말했다.

"그냥 저냥 살지 뭐. 그래도 네 아빠보단 나아."

"아빠 얘긴 꺼내지도 마."

두 사람은 한동안 말없이 서 있었다. 코를 들고 킁킁거려 보니 집 옆에 쌓인 쓰레기에서 시큼한 냄새가 흘러오고 있었다. 솔직히 말해 내게는 좋은 냄새였다. 언젠가 한번 파헤쳐 봐도 좋을 것 같았다.

"집에 가면 전화해."

결국 침묵을 깨며 나이 많은 여자가 말했다.

"그럴게, 엄마. 베어 좀 잘 돌봐 줘."

"그래."

여자는 담배를 물고 불을 붙이더니 연기를 내뿜었다.

웬디가 내 옆에 무릎을 꿇고 앉았다. 웬디에게서 흘러나오는 슬픔이 워낙 진한 데다 익숙한 것이어서 곧 무슨 일이 일어날지 알 만했다. 웬디는 내 얼굴을 쓰다듬으며 '착한 개'라고 말하더니 차 문을 열고 자기만 올라탔다. 나는 놀라지도 않은 채 진입로를 떠나는 차를 바라보았다. 내가 뭘 잘했는지는 몰라도 말이다. 내가 그렇게 착한 개라면 왜 나는 내 주인에게 버림받는 걸까?

"이제 어쩐다니?"

내 옆에 서 있던 여자가 담배를 빠끔거리며 중얼거렸다.

chapter 27

그 후로 몇 주 동안 나는 빅터에게서 떨어져 있는 법을 배웠다. 나는 뒷마당에 박힌 말뚝에 묶여 있었고 빅터는 내게 가까이 오는 일이 없었기 때문에 대체로 쉬운 일이었다. 나는 부엌 창가에 앉아서 담배를 피우며 술을 마시는 빅터의 모습을 자주 볼 수 있었다. 가끔씩 밤에 오줌을 누러 뒷마당으로 나오기도 했는데 그때가 그가 내게 말을 거는 유일한 순간이었다.

"뭘 봐, 인마?"

그가 나를 보며 소리쳤다.

그에게서는 기쁨이라고는 전혀 찾아볼 수가 없었다. 심지어 웃고 있을 때조차도 말이다.

날이 점점 따뜻해지고 있었고 그래서 나는 그늘을 만들기 위해 쓰러져 가는 뒷마당 울타리와 햇빛 속에 서 있는 기계 사이에 구덩이를 팠다.

"개 때문에 내 스노우모빌이 온통 흙을 뒤집어썼어!"

밖으로 나온 빅터가 악을 썼다.

"2년 동안 한 번도 안 탔잖아!"

리사도 소리를 지르며 맞받아쳤다.

둘은 서로 소리를 지를 때가 많았다. 그럴 때면 맘과 대드가 화가 나서 소리를 지를 때가 생각났지만 이 집에서는 퍽 소리와 함께 아파서 우는 소리까지 나기도 했고 그럴 때면 유리병들이 부딪히고 바닥에 떨어지는 소리도 함께 났다.

썩은 나무 울타리 뒷집에 사는 친절한 할머니가 가끔 와서는 울타리 판자에 생긴 틈이나 구멍으로 나한테 말을 걸기 시작했다.

"그 녀석 잘생겼네, 마실 물은 있니?"

몹시 뜨거운 어느 날 아침, 할머니가 속삭였다. 할머니가 사라지더니 곧 집에서 물병을 들고 나와서는 지저분한 내 밥그릇에 시원한 물을 부어 주었다. 나는 고맙게 물을 먹고는 할머니가 구멍 사이로 내민 손을 핥았다. 할머니의 손은 무척 야윈 데다 떨리고 있었다.

내가 싸 놓은 똥 주변을 붕붕거리며 날던 파리들이 입술과 눈에 내려앉는 바람에 성가셔서 미칠 지경이긴 했지만 빅터에게서 떨어져있을 수만 있다면 뒷마당에 엎드려 있는 것도 그리 나쁠 게 없었다. 나는 그가 무서웠다. 그에게서 흘러나오는 악의는 그가 정말 위험한 사람이라는 것을 일러 주었다. 토드, 그리고 제이콥에게 총을 쏘았던 남자가 차례로 떠올랐다. 나는 그 두 사람을 다 물어뜯었다. 언젠가 빅터도 물어뜯어야 하는 걸까?

설마 이번 삶의 목적이 사람을 공격하는 것은 아니겠지? 말도 안 되는 일이었다. 생각만 해도 역겨웠다.

빅터가 집에 없으면 가끔 짖기도 했는데 그러면 리사가 나와 밥도 주었고 잠깐 줄도 풀어 주었다. 하지만 빅터가 집에 있을 때는 절대 짖지 않았다.

뒷집 할머니가 고기 조각 몇 개를 들고 와서는 구멍으로 떨어뜨려 주었다. 떨어지는 고기 조각을 내가 잡아채자 할머니는 내가 무슨 대단한 재주라도 부린 것처럼 진심으로 좋아하며 웃었다. 내 유일한 목적이 울타리에 가려 얼굴도 제대로 볼 수 없는 할머니에게 작은 기쁨을 주는 것이었나 싶은 생각이 들었다.

"어떻게 개를 이렇게 놔두니. 내가 다 미안하구나. 동물한테 이럴 순 없어. 어딘가 연락이라도 해야겠다."

할머니가 말했다.

할머니가 나를 얼마나 걱정하는지 느낄 수 있었지만 좀처럼 마당으로 들어와 나와 놀아 주지 않는 것은 이상했다.

어느 날 진입로에 픽업트럭이 한 대 들어오더니 어떤 여자가 내렸다. 마야와 똑같은 옷을 입고 있어서 나는 그녀가 경찰관임을 알았다. 그녀가 한동안 뒷마당 입구에 서서 나를 바라보며 뭔가를 끄적거리기에 순간 나는 찾기를 하려고 날 데리러 온 줄 알았다. 그럴 리는 없었지만. 리사가 손을 양쪽 엉덩이에 올린 채 밖으로 나왔을 때 나는 그냥 엎드려 있었다. 경찰관은 리사에게 종잇조각을 건넸다.

"이 개는 잘 지내고 있어요!"

리사가 정말 화를 내며 경찰관에게 소리쳤다.

나는 할머니가 울타리 너머 바로 내 뒤쪽에 서 있음을 느꼈다. 리사는 화가 머리끝까지 났는데 할머니는 조용히 숨을 쉬고 있었다.

그날 밤 빅터는 평소보다 더 고래고래 소리를 지르며 내 이야기를 했고, '개'라는 단어가 몇 초마다 그의 입에서 튀어나왔다.

"저 망할 놈의 개를 쏴 죽이면 되잖아!"

그가 외쳤다.

"50달러? 뭣 때문에? 우린 잘못한 거 없어!"

집 안에서 뭔가가 부서졌고 그 소리가 너무 커서 나는 움찔했다.

"더 긴 줄을 매 주고 마당의 똥을 모두 치우래. 경고장 읽어 봐!"

리사가 쏘아붙였다.

"경고장 따위 볼 필요도 없어! 아무도 이래라 저래라 못 해! 내 거니까 내 마음대로 할 거야!"

그날 밤 비틀거리며 오줌을 누러 마당으로 나온 빅터는 벽을 짚으며 걷다가 헛짚는 바람에 바닥에 나뒹굴고 말았다.

"뭘 쳐다봐, 멍청한 똥개야."

빅터가 나를 보며 중얼거렸다.

"너 내일 치워 버린다. 50달러 절대 못 내!"

나는 울타리 밑에 바짝 엎드린 채 빅터를 감히 올려다보지도 못했다.

다음날 내 눈앞에서 팔랑팔랑 날아다니는 나비에 정신을 팔고 있던 나는 빅터가 갑자기 앞에 나타나는 바람에 소스라치게 놀랐다.

"차 타고 어디 좀 갈까?"

빅터가 나에게 부드럽게 말했다.

나는 그래도 꼬리를 흔들지 않았다. 호의가 아닌 위협으로 느껴졌기 때문이다.

'싫어, 당신하고는 차 타기 싫어.'

나는 생각했다.

"재미있을 거야. 세상 구경도 좀 하고."

이렇게 말하면서 웃던 빅터는 곧 기침을 해 대더니 돌아서서 땅바닥에 침을 뱉었다. 그는 말뚝에 묶여 있던 줄을 풀어 나를 차로 데려갔고, 내가 차 문 앞에 멈춰 서자 줄을 홱 당겨 차 뒤로 끌고 갔다. 열쇠를 넣고 돌리자 트렁크 문이 열렸다.

"들어가."

나는 그가 나에게서 어떤 행동을 원한다는 것을 알고는 내가 알아들을 수 있는 명령이 나오길 기다렸다.

"좋아."

그가 이렇게 말하더니 손을 뻗어 내 목 뒤와 꼬리 위 엉덩이 부분의 느슨한 피부를 움켜쥐었다. 그가 나를 들어올리자 순간 통증이 느껴졌고 곧이어 나는 기름투성이 종이가 깔려 있는 트렁크 바닥에 떨어졌다. 빅터는 줄을 풀어 내 코앞 트렁크 바닥에 던져 놓았다. 트렁크 문이 탕 닫히면서 나는 칠흑 같은 어둠 속에 갇혔다.

냄새나는 기름 걸레 위에 엎드려 있으니 에단이 다리를 다치던 날 밤, 불이 났던 밤이 생각났다. 차가운 금속 도구들도 깔려 있어서 엎드린 자리가 아주 불편했다. 그 도구들 중 하나가 총이라는 것도 쉽게 알 수 있었다. 매캐한 냄새로 보아 틀림없었다. 나는 코를 찌르는 냄새를 피하기 위해 머리를 돌렸다.

나는 몸을 반쯤 말고 엎드린 채 차가 덜컹거리며 흔들릴 때마다 이쪽저쪽으로 미끄러지지 않으려고 발톱을 세우며 안간힘을 썼지만 아무 소용없었다.

이렇게 해괴한 차 타기는 난생 처음이었고 차 타기가 재미없었던 것도 이번뿐이었다. 그러나 어쨌든 차를 타면 항상 새로운 곳으로 갔고 새로운 곳에는 항상 킁킁거릴 신나는 모험거리가 있는 법이었다. 다른 개들이 있을지도 모르고 웬디와 다시 같이 살게 될지도 몰랐다.

곧 비좁고 캄캄한 트렁크 안은 아주 더워졌다. 그러자 토비 시절 세뇨라에게서 떨어져 스파이크와 함께 끌려 들어갔던 방이 생각났다. 그 으스스했던 순간이 다시 떠오르기는 정말 오래간만이었다. 그 날 이후 너무도 많은 일이 있었다. 나는 이제 완전히 다른 개가 되어 있었다. 사람을 구하는 착한 개.

트렁크 안에서 한참 동안 끔찍한 시간을 보내고 있는데 차가 덜컹거리며 튀어 오르기 시작했고 먼지가 구름처럼 일어나 숨이 막혔다. 나는 머리를 흔들며 재채기를 했다. 그러다가 차가 갑자기 멈추는 바람에 트렁크 앞쪽을 들이받았지만 엔진은 꺼지지 않았고 차는 한동안 그대로 있었다.

차가 멈추자마자 이상하게도 트렁크 너머 차 안에 빅터가 있다는 느낌이 전해져 왔다. 그는 뭔가 결정을 내리려고 하고 있었지만 망설이고 있기도 했다. 그가 날카로운 소리로 무슨 말인가를 내뱉었지만 트렁크 속이라 잘 들리지는 않았다. 이윽고 차 문이 열렸고 내가 웅크리고 있는 곳으로 자갈을 밟으며 다가오는 빅터의 발소리가 들렸다. 그의 냄새가 먼저 날아들더니 그가 트렁크 문을 열자 시원한 공기가 나를 에워쌌다.

빅터는 나를 내려다보았다. 눈을 깜박이며 나도 시선을 들어 그와 눈을 잠시 맞췄지만 그가 대든다고 생각할까 봐 얼른 눈길을 돌렸다.

"좋아."

빅터가 손을 뻗어 내 목줄을 비틀었다. 내 목줄에 줄을 연결할 거라 생각하고 있었던 나는 목줄이 떨어져 나가자 놀랄 수밖에 없었다. 마치 공기처럼 가벼운 목줄이 여전히 목에 감겨 있는 듯한 기이한 느낌만 남아 있었다.

"당장 내려."

일어서니 다리가 저려왔다. 나는 그의 손짓에 따라 어정쩡한 자세로 차에서 뛰어내렸다. 차는 흙길 위에 서 있었고 양쪽 길가에는 길고 푸른 풀이 햇빛을 받으며 바람에 흔들리고 있었다. 모래가 날아올라 코와 입 안으로 들어왔다. 나는 빅터를 보며 오줌을 쌌다. 이제 어쩌라는 거지?

빅터는 차로 돌아갔다. 엔진이 엄청난 소리를 냈다. 나는 영문을 몰라 그를 바라보았다. 타이어가 길바닥을 파고들며 흙먼지를 흩날렸다. 차가 왔던 길 쪽을 향하더니 창문이 열렸다.

"한 번 봐준다. 넌 이제 자유야. 가서 토끼나 뭐나 잡아먹어."

그가 씩 웃더니 차를 출발시켰다. 먼지가 구름처럼 일어났다.

나는 당황해서 떠나는 차를 쳐다보았다. 이건 무슨 놀이지? 망설이다가 나는 차를 쫓아갔다. 허공에 떠 있는 먼지 때문에 차를 쫓는 건 어렵지 않은 일이었다.

찾기를 몇 년씩 해 봤던 나는 냄새가 금방 사라지고 있음을 알아챘다. 빅터가 매우 빨리 달리는 모양이었다. 나도 어디 한 번 해 보자는 생각으로 더 빨리 달리기 시작했다. 먼지 구름은 포기하고 내가 한참 동안 갇혀 있었던 트렁크의 독특한 냄새를 쫓았다.

차가 포장도로로 들어섰을 때까지는 쫓아갈 수가 있었지만 한 번 더 방향을 바꾸자 차들이 번개처럼 지나가는 고속도로가 나타났고 나는 그를 놓쳤다는 사실을 깨달았다. 수많은 차가 휙휙 지나갔는데 다들 빅터의 차와 똑같지는 않지만 비슷한 냄새가 났다. 이 수많은 냄새 속에서 내 찾기 대상인 냄새 하나만을 추려 내기는 불가능했다.

고속도로는 무서운 곳이었다. 나는 왔던 길로 방향을 틀었다. 늦은 오후의 바람에 날려 이미 희미해져 버렸지만 냄새의 흔적을 따라 되돌아가는 것 외에는 달리 할 게 없었다. 처음 차에서 내렸던 흙길에 이르렀지만 나는 이곳을 그냥 지나쳐서 목적도 없이 계속 포장도로를 향했다.

첫 번째 엄마가 가르쳐 준 재주를 써서 두 번째 강아지로 태어났을 때 켄넬을 탈출한 일이 생각났고 바깥세상으로 뛰어나가 자유와 삶을 만끽하는 것이 얼마나 신나는 모험처럼 보였었는지도 떠올랐다. 그리고 나를 '이놈'이라고 부른 사람을 만났고 이어서 맘이 나타나 나를 에단에게 데려갔다.

그런데 이번엔 완전히 달랐다. 자유롭다는 느낌도 없었고 삶을 만끽한다는 느낌도 들지 않았다. 내가 뭘 잘못했다는 느낌이 들었고 슬펐다. 이제 목적도 없었고 갈 곳도 없었다. 여기서는 나 혼자 집까지 갈 수가 없었다. 커널이 나를 데릭에게 넘겼던 날, 데릭이 나를 웬디에게 데려다 줬던 날과 마찬가지였다. 커널은 내게 아무런 감정도 없었지만 어쨌든 그는 나를 다른 사람에게 넘겼다. 빅터도 방금 똑같은 일을 했지만 나를 누구에게도 넘기지 않았다는 점이 달랐다.

먼지와 열기 때문에 나는 헐떡거리기 시작했고 목이 말라 입안이 가려울 지경이었다. 희미하게 물 냄새가 코에 잡히자 나는 길을 벗어나 자연스럽게 그 방향으로 향했고 산들바람에 이리저리 흔들리는 키가 큰 풀숲을 헤치며 걸어갔다.

물 냄새는 점점 강해졌다. 유혹을 따라 앞으로 나가니 나무가 몇 그루 모여 있는 곳을 지나 가파른 강둑이 나왔다. 나는 가슴까지 오는 물에 첨벙 뛰어들어 물을 벌컥벌컥 들이켰다. 살 것 같았다.

목을 축이는 것이 유일한 걱정거리가 아니었으므로 나는 주변 환경에 대해 나의 모든 감각을 활짝 열어 보았다. 강에서 올라오는 촉촉한 물 냄새가 기분 좋게 내 콧속을 채웠고 물 흐르는 소리와 함께 아주 희미하지만 오리가 꽥꽥거리는 소리도 들려왔다. 나는 부드러운 흙 속에 발이 빠지는 것을 느끼며 강둑을 따라 걸었다.

그러다 갑자기 소스라치게 놀라서 눈을 크게 뜨고 머리를 번쩍 들었다.

낯익은 곳이었다.

chapter 28

오래전, 아주 오래전에 그 멍청한 말, 플레어가 우리를 버리고 달아난 뒤 에단과 함께 끝도 없이 걸었던 날, 나는 이 강둑에 서 있었다. 아마도 지금 서 있는 바로 이 자리에 서 있었을 것이다. 틀림없었다. 그때 그 냄새였다. 몇 년 동안 찾기를 하는 동안 냄새를 구별해서 분류하고는 기억에 저장하는 재주가 생긴 덕분에 나는 즉시 이 장소를 떠올릴 수 있었다. 그때처럼 여름인 데다 내가 어려서 코가 더 예민한 것도 도움이 되었다.

나는 빅터가 이곳을 어떻게 알았는지, 무슨 생각으로 나를 그곳에 내려놓아서 내가 이곳을 찾게 만들었는지 도통 알 수가 없었다. 빅터가 나에게 원하는 것이 무엇이었을까? 뾰족한 수가 떠오르질 않아 나는 하류 쪽으로 방향을 틀어 오래전에 에단과 함께 걸었던 바로 그 길을 되밟으며 걷기 시작했다.

해질녘이 되자 몹시 배가 고팠다. 여러 삶을 거치면서 배가 고팠던 때가 많이 있었지만 지금처럼 배가 고파 죽을 것 같은 적은 없었던 듯했다. 뒷집 할머니가 울타리 구멍으로 창백한 손을 넣어 떨어뜨려 주던 고기 조각을 받아먹던 생각이 떠오르자 침이 주르르 흘렀다. 강둑에는 풀이 빽빽이 나 있어서 걸음이 느려질 수밖에 없었고, 배가 점점 더 고파 올수록 이게 잘하는 일인가 하는 생각이 들기 시작했다. 강을 따라 이대로 계속 가는 게 맞는 걸까? 왜?

나는 사람들과 함께 살며 그들에게 봉사하는 것이 유일한 삶의 목적이라는 것을 배운 개였다. 이제 나는 사람들로부터 떨어져 어찌할 바를 모르고 헤매고 있었다. 어떤 목적도 사명도 희망도 없었다. 지금 이 순간 강둑을 어기적어기적 걸어가는 내 모습을 누군가가 본다면 아마 겁 많고 늘 숨어 다니기 바빴던 나의 첫 번째 엄마로 착각했을 것이다. 빅터가 나를 버리자 이 지경에 이른 것이다

겨울에 부러진 큰 나무가 물가로 떨어진 덕분에 강둑에는 자연적으로 보금자리가 될 만한 공간이 만들어져 있었다. 해가 지자 나는 이 어두운 곳으로 들어가 지치고 욱신거리는 몸을 내려놓았다. 내 삶이 갑자기 이렇게 바뀐 이유를 도무지 이해할 수가 없었다.

다음날 아침, 배가 고파서 잠에서 깼지만 허공에 코를 들어 보아도 강과 강 주변의 숲 냄새 이외에는 어떤 냄새도 나지 않았다. 달리 방법이 없어서 나는 계속해서 하류 쪽으로 걸어갔다. 하지만 배가 너무 고프다 못해 아파 왔기 때문에 전날보다 걸음은 더 느려졌다. 연못가에 가끔 밀려 올라와 있던 죽은 물고기가 생각났다. 왜 그 위에서 뒹굴기만 했을까? 왜 기회가 있을 때 먹지 않았을까? 죽은 고기라도 나타난다면 감지덕지하겠지만 강에는 먹을 만한 거라곤 전혀 없었다.

너무 비참한 나머지 거친 강둑이 사람 냄새로 덮인 오솔길로 바뀐

것도 거의 알아채지 못했다. 무기력하게 느릿느릿 걷던 나는 오솔길이 가파르게 솟아오르며 도로와 연결되자 멈춰 섰다.

도로는 강을 건너는 다리로 이어지고 있었다. 나는 머리를 들었다. 머릿속의 안개가 걷히는 기분이었다. 열심히 냄새를 킁킁거린 나는 내가 이곳에 온 적이 있다는 것을 깨달았다. 바로 여기서 경찰관이 에단과 나를 찾아내 차에 태워 농장으로 데려갔다!

오랜 세월이 지난 것이 틀림없었다. 다리 한쪽 끝에 있던 작은 나무들 밑에 오줌을 싼 기억이 났는데 이제 그 나무들은 하늘을 찌를 듯 거대했다. 나는 다시 한 번 이 나무에 영역 표시를 했다. 썩어 가던 다리 위 나무판도 새것으로 바뀌어 있었다. 하지만 이런 것들을 빼면 모든 냄새가 내 기억 속의 냄새와 똑같았다.

다리 위에 서 있는데 차가 덜컹거리며 지나갔다. 차가 경적을 울리자 나는 움찔하며 물러났다. 하지만 잠시 후 나는 도로 앞에 펼쳐진 강을 포기하고 머뭇머뭇 차를 쫓아가기 시작했다.

어디로 가는지는 알 수 없었지만 어쩐지 이리로 가면 시내로 갈 수 있을 것 같았다. 시내가 있다면 사람이 있을 것이고 사람이 있다면 먹을 것도 있을 게 분명했다.

두 개의 길이 만나는 지점에 이르자 내 안의 본능 같은 것이 오른쪽으로 가라고 말했고 나는 이를 따랐다. 차가 다가오는 것이 느껴지자 나는 죄라도 지은 것처럼 움츠리면서 키 큰 풀숲 사이로 숨었다. 내가 나쁜 개라는 생각이 들었고 배고픔 때문에 그런 생각이 더욱 강해졌다.

수많은 집을 지났고 그 집들 대부분은 도로로부터 멀찍이 들어앉아 있었다. 낯선 개의 등장을 경계하듯 개들이 나를 보고 짖어 댔다. 어둠이 내릴 때쯤 개 냄새가 나는 집 앞을 지나가는데 옆문이 열리더니 한 남자가 걸어 나왔다.

"레오, 저녁 먹을래? 저녁?"

개에게 뭔가 좋은 일이 일어난다는 것을 알려 주고 싶을 때 사람들이 즐겨 쓰는 의도적인 흥겨움이 담긴 목소리로 그가 물었다. 금속으로 된 밥그릇이 짤막한 계단 꼭대기에 딸그랑 소리를 내며 내려졌다.

'저녁'이라는 말에 절로 걸음이 멈췄다. 나는 거대한 턱과 단단한 몸을 가진 개가 계단을 천천히 내려온 뒤 마당에 쪼그리고 앉아 볼일을 보는 모습을 뚫어져라 지켜보았다. 움직이는 모습으로 보아 늙은 개 같았고 그 개는 내 냄새를 맡지 못했다. 볼일을 본 개는 계단 위로 올라가 밥그릇 주변을 킁킁대더니 일어서서 문을 긁었다. 잠시 후 문이 열렸다.

"안 먹을래, 레오? 정말 아무것도 못 먹겠니?"

남자가 물었다.

그의 목소리에서 슬픔이 느껴져서 나는 마야와 앨과 함께 보냈던 마지막 날, 앨이 마당에서 울던 모습이 떠올랐다.

"알았어, 레오. 그냥 들어와."

개는 끙 소리를 내며 따랐지만 뒷다리가 마지막 계단에서 올라가지 못했다. 남자는 자상한 모습으로 허리를 굽히더니 개를 안아서 집 안으로 데리고 들어갔다.

나는 그 남자에게 무척 끌렸고 이 집에서 살 수도 있겠다는 생각이 갑자기 들었다. 남자가 레오라는 자기 개를 사랑하니 나도 사랑해줄지도 몰랐다. 밥을 주고 늙어서 힘이 없어지면 저렇게 안아서 집으로 들여보내 주겠지. 내가 찾기나 학교 가기 또는 그 밖의 이런저런 일을 안 해도, 하는 일이라곤 저 남자에게 마음을 온통 쏟는 것뿐이라고 해도 내게는 살 곳이 생길 것이다. 베어라는 이름으로 살아왔던, 아무런 목적도 없고 정신 나간 듯한 이 생활도 끝날 것이다.

나는 그 집으로 다가가 내 할 일을 했다. 레오의 밥을 먹은 것이다. 리사와 빅터의 집에서 맛도 없고 서걱거리는 개 사료만 먹고 지낸 지 몇 주가 넘은 터라 레오 밥그릇 안에 있는 육즙이 흐르는 고기는 내가 먹어 본 것 중 최고로 맛있었다. 다 먹은 뒤 밥그릇을 핥다 보니 그릇이 벽에 부딪혀 딸그랑 소리가 났고 안에서 이 소리를 들은 레오가 으르렁거렸다. 레오가 숨을 몰아쉬며 문 쪽으로 다가오는 소리가 들렸고 내 존재를 확신한 녀석은 점점 더 크게 으르렁거리기 시작했다. 내가 이 남자의 집에 사는 걸 레오가 별로 환영하지 않는다는 소리로 들렸다.

나는 재빨리 계단을 뛰어내렸다. 외등이 켜져 마당을 비출 때쯤에는 이미 나무 사이로 숨은 뒤였다. 레오의 으르렁거림 속에 담긴 뜻은 분명했다. 나도 나만의 집을 구해야 한다는 것이었다. 뭐, 상관없었다. 배를 채우고 나니 그 집에서 살고 싶은 생각도 사라져 버렸으니까 말이다.

너무 피곤했지만 배가 불러 기분이 좋아진 나는 키가 큰 풀숲으로 들어가 잠을 잤다.

다시 배가 고파질 무렵 나는 시내를 찾았고 제대로 찾았다는 느낌이 들었다. 그런데 시내 입구에서 하마터면 속을 뻔했다. 내 기억에 따르면 오직 들판뿐이어야 하는 이곳에는 수많은 집이 들어서 있었고 거리는 차와 아이들로 북적이고 있었다. 그러나 결국 나는 그랜드파가 친구들과 함께 둘러앉아 수염을 만지게 하고 놀던 곳에 이르렀다. 그곳에서는 예전과 똑같은 냄새가 났다. 다만 창문에 낡은 나무판자가 붙어 있었고 옆에 건물이 서 있던 자리에는 방금 판 것 같은 진흙 구덩이만 남아 있었다. 구덩이 바닥에는 거대한 흙더미를 밀어내는 기계가 움직이고 있었다.

그랜드파가 새 외양간을 지었던 것처럼 사람들은 오래된 건물을 부수고 새로운 건물을 짓는 일을 할 수 있다. 사람들은 원하는 대로 환경을 바꾸지만 개가 할 수 있는 일이라곤 그저 사람을 따라다니거나 운이 좋으면 차를 얻어 타는 것뿐이다. 시끄러운 데다 여러 가지 새로운 냄새가 나는 것으로 보아 사람들이 이 동네를 바꾸느라 꽤나 바쁜 모양이었다.

거리를 걷자 몇몇 사람이 나를 눈여겨보았고 그럴 때마다 나는 나쁜 개가 된 기분이 들었다. 이제 사람이 사는 동네로 들어왔는데도 나는 여전히 아무런 목적이 없었다. 쓰레기봉지 하나가 커다란 금속 통 밖으로 툭 떨어지자 나는 큰 잘못을 저지르는 기분으로 봉지를 찢어서는 끈적끈적하고 달콤한 소스 같은 것에 덮인 고기 조각을 끄집어냈다. 하지만 나는 그 자리에서 고기를 먹지 않고 마더에게서 배운 대로 사람들을 피해 금속 통 뒤로 가져가 숨었다.

이곳저곳을 방황하던 나는 결국 개들이 있는 공원으로 갔다. 나는 공원 가장자리에 심어 놓은 나무 밑에 앉아 사람들이 하늘 높이 던진 원반을 개들이 물어 오는 모습을 부러운 눈으로 바라보았다. 목줄이 없으니 벌거벗은 기분이 들어 끼어들면 안 된다는 생각이 들기는 했지만, 넓은 마당 한가운데서 개들이 씨름하는 모습은 마치 자석처럼 나를 끌어당겼고 나는 오랜만에 개답게 노는 재미에 푹 빠져 그들 틈에 섞인 채 내 처지도 잊고 함께 달리고 굴렀다.

어떤 개들은 여기 휩쓸리지 않고 주인과 함께 있거나 공원 주변을 킁킁거리며 다녔다. 우리가 아무리 재미있게 놀아도 관심 없는 척하면서 말이다. 어떤 개들은 사람들이 던져 준 공이나 원반을 쫓아다니기도 했지만 결국 다들 주인의 부름을 듣고 차에 올라탔다. 나만 빼고 다들 주인이 있었지만 사람들 중 누구도 내가 함께 갈 사람이 없다는 사실을 눈치채거나 신경 쓰는 것 같지는 않았다.

오후 늦게 한 여자가 크고 털이 노란 암컷 개를 공원에 데려와 줄을 풀어 주었다. 이때쯤 나는 놀다 지친 나머지 땅바닥에 납작 엎드린 채로 개 두 마리가 씨름하는 모습을 바라보며 헐떡이고 있던 참이었다. 노란 개는 신이 나서 그 놀이에 뛰어들었고 꼬리를 흔들며 킁킁대느라 놀이를 방해하고 있었다. 나도 벌떡 일어나 그 새로운 친구를 맞이하러 갔는데 그 노란 개의 털에서 나는 냄새를 맡고 기절할 듯 놀랐다.

한나의 냄새였다!

내가 제 몸에 코를 대고 너무 킁킁대니까 노란 개는 도저히 못 참겠다는 듯 돌아서서 함께 놀자는 몸짓을 보였다. 하지만 나는 이러한 그녀의 신호를 무시하고는 공원을 곧장 가로질러 그 개의 주인에게로 달려갔다.

벤치에 앉아 있던 여자는 한나가 아니었다. 하지만 한나의 냄새가 묻어 있었다.

"멍멍아, 안녕?"

꼬리를 흔들며 다가가니 그녀가 내게 말을 건넸다.

앉아 있는 모습을 보니 가브리엘라가 집에 오기 직전의 마야의 모습이 떠올랐다. 피곤하고 들떠 있는 데다 초조하고 불편한 온갖 감정이 뒤섞인 가운데, 손을 올려놓은 배에 온통 신경이 가 있었다. 나는 그녀에게 코를 들이밀고는 숨을 깊이 들이마셔 한나의 냄새를 그 여자의 냄새, 행복한 노란 개의 냄새, 그리고 그 사람에게 붙어 있는 수십 가지 냄새로부터 구별해 냈다. '찾기'로 훈련된 개가 아니면 불가능한 일이었다. 이 여자는 아주 최근까지 한나와 함께 있었다. 틀림없었다.

노란 개가 다가왔다. 내게 친근함을 느끼면서도 약간 질투를 하는 것 같았다. 결국 나는 노란 개와 한바탕 놀았다.

그날 밤 나는 어둠 속에서 내 검은 몸을 접은 채 마지막 차가 주차장을 떠나는 모습을 혼자 지켜보았다. 공원은 적막에 싸였다. 눈에 띄지 않게 다니는 재주가 너무 자연스럽게 튀어나와서 여전히 시스터, 패스트, 헝그리와 함께 배수로에 살면서 마더에게서 이것저것 배우고 있는 것 같은 착각이 들 정도였다. 먹거리 사냥은 쉬웠다. 쓰레기통에는 누군가 먹다 남긴 맛있는 것이 들어 있는 상자가 넘쳐 났고 나는 한 번 더 떠돌이 개가 되어 자동차 불빛과 걸어다니는 사람들을 조심스럽게 피해 다녔다.

그러나 이제 내 삶에는 목적이 있었다. 애당초 시내로 들어온 것은 어떤 방향 감각을 따른 것이었다. 그러나 지금은 삶의 목적이라고 부를 만한 방향 감각이 나를 이끌고 있었다. 오랜 세월이 지나 모든 것이 변했지만 한나가 여기에 있다면 아마 에단도 여기 있을 것이다.

그리고 에단이 여기 있다면 나는 그의 자취를 따라갈 것이다.

그리고 에단을 '찾을' 것이다.

chapter 29

일주일이 더 지났지만 나는 여전히 공원에서 살고 있었다.

한나의 냄새가 나는 여자는 거의 매일 칼리라는 이름의 행복한 노란 개를 데리고 왔다. 이 여자의 냄새를 맡으면 어쩐지 에단이 가까이 있다는 확신이 들었는데 그렇다고 칼리에게서 에단의 냄새가 난 적은 한 번도 없었다. 그래도 나는 여자와 칼리가 보이기만 하면 신이 나서 덤불 밖으로 튀어나와 그들에게 달려갔다. 하루 중 제일 행복한 시간이었다.

하지만 그들을 만날 때 이외의 나는 나쁜 개였다. 정기적으로 공원에 찾아오는 사람들이 내게 의혹의 시선을 보내기 시작했고 나를 손가락으로 가리키며 수군대는 사람들에게서는 경계심이 느껴졌다. 그때부터 나는 사람들이 데려온 개들과 어울리지 않았다.

"이봐. 이놈, 너 말이야. 목줄은 어디 갔어? 누구랑 같이 왔니?"

부드러운 태도로 손을 뻗으며 한 남자가 물었다.

그에게서 날 잡으려 하는 의도가 느껴져 뒤로 물러났다. '이놈'이라는 이름으로 부르는 사람은 믿을 수가 없었다. 나는 이 사람에 대해 심한 불신이 생기면서 마더의 가르침이 항상 옳았다는 생각이 들었다. 자유롭게 살려면 항상 사람을 피해라.

나는 시내를 찾아낸 것처럼 농장도 쉽게 찾을 수 있으리라 생각했지만 그렇게 쉽지가 않았다.

에단이나 그랜드파의 차를 타고 시내로 나갈 때는 항상 염소 목장을 기준점으로 삼았었다. 염소 냄새가 등대 역할을 했던 것이다. 그런데 해괴하게도 염소 냄새가 공기 중에서 완전히 사라져 버리고 없었다. 덜컹거리는 소리로 들판과 시내의 경계를 알려 주던 다리도 없어진 바람에 냄새를 비롯한 어떤 감각으로도 농장을 찾을 수가 없었다. 어둠이 내린 뒤 내 방향 감각을 자신하며 조용한 거리를 걷다 보면 갑자기 커다란 건물이 앞을 막아섰고 수백 명의 사람과 수십 대의 차 냄새가 쏟아져 나와 내 코까지 막아 버렸다. 건물 앞에는 분수도 있어서 마야가 옷을 빨 때 나던 냄새와 비슷한 화학 약품 냄새가 희미하게 나는 습기가 공기 중에 더해져 훨씬 더 혼란스러웠다. 나는 분수에 대고 오줌을 누었다. 하지만 그저 잠깐의 위로가 될 뿐이었다.

밤이면 내 검은 털색이 보호색 역할을 해 주었다. 나는 차를 피해 어둠 속으로 스며들었고 주변에 아무도 없을 때만 밖으로 나왔으며, 항상 '찾기' 모드를 유지한 채 밤공기를 들이마시며 농장과 농장 냄새에 대해 기억나는 것들에 집중했다. 하지만 어떤 냄새도 잡히지 않아 좌절감만 더해져 갔다.

먹을 것은 쓰레기통을 뒤지거나 가끔 도로 옆에 죽어 있는 동물을 통해 얻었다. 토끼가 최고였고 까마귀가 제일 나빴다. 경쟁자도 있었다. 작은 개만 한 크기의 동물이었는데 냄새가 지독했고 꼬리는 굵고 털이 풍성했으며 눈은 진한 검은색이었다. 놈들은 쓰레기통 부근을 어슬렁거리다가 능숙하게 통을 타고 올라갔다. 마주칠 때마다 놈들은 나를 향해 이빨을 드러냈고 나는 놈들로부터 멀찍이 떨어졌다. 이빨과 발톱으로 보아 물리면 아플 것 같았다. 이들이 누구든 간에 훨씬 덩치 큰 나를 무서워해야 한다는 것도 모를 정도로 멍청한 게 분명했다.

공원의 다람쥐들도 멍청하기는 마찬가지였다. 녀석들은 나무에서 내려와서는 개들이 공원을 지키고 있다는 사실도 모르는 듯 풀밭을 이리저리 뛰어다녔다. 한 놈을 거의 잡을 뻔한 적도 있었는데, 하여간 놈들은 항상 번개처럼 나무를 타고 올라간 뒤 그 위에 앉아 투덜거렸다. 칼리도 자주 다람쥐 사냥에 따라나섰는데 둘이 힘을 합쳐도 한 마리도 못 잡긴 마찬가지였다. 끊임없이 쫓아다니면 언젠가 한 마리는 잡겠지만 사실 잡은 다음에 뭘 할지는 나도 잘 몰랐다.

"얘, 너 무슨 일이야? 왜 그렇게 말랐어? 집이 없니?"

칼리의 주인이 나에게 물었다.

그녀의 목소리에 걱정해 주는 마음이 담겨 있어서 나는 꼬리를 흔들었고 그녀가 나를 차에 태워 농장으로 데려다 주면 좋겠다는 생각을 했다. 힘들게 벤치에서 몸을 일으키는 그녀에게서 함께 산책을 할까 말까 하는 망설임이 느껴졌다. 공원에 오면 언제나 나부터 찾으며 뛰어오는 칼리와 함께 가는 것은 얼마든지 좋았다. 하지만 나는 그녀가 나를 걱정하는 마음이 자석처럼 나를 끄는데도 그녀로부터 물러났다. 마치 나를 사랑하는 사람이 근처에서 나를 부르고 있기라도 하는 것처럼 말이다. 나는 20미터쯤 걸어간 뒤 고개를 돌려 그녀를 바라보았다. 그녀는 한 손은 허리에 한 손은 배에 올린 채 여전히 나를 바라보고 있었다.

그날 오후 픽업트럭 한 대가 공원 주차장으로 들어왔다. 트럭에서 개 냄새가 너무 심하게 나서 공원 가장자리 풀밭에 누워 있던 나조차도 그 즉시 냄새를 알아차렸다. 경찰관 한 명이 차에서 내리더니 개 주인 몇 명과 이야기를 나누었고 그들은 손가락으로 공원 이곳저곳을 가리켰다. 경찰관은 끝에 올가미가 달린 긴 막대기를 꺼냈다. 그 순간 공포심이 내 온몸을 훑고 지나가는 것이 느껴졌다. 나는 이 막대기가 어디에 쓰이는 것인지 너무 잘 알고 있었다.

경찰관은 공원 가장자리를 한 바퀴 돌면서 덤불 안쪽을 주의 깊게 살피고 다녔다. 하지만 내가 숨어 있었던 곳으로 다가올 때쯤에는 나는 이미 공원에서 멀리 떨어진 숲 속으로 도망친 뒤였다.

나는 두려움에 쫓겨 계속 달렸다. 숲이 끝나고 개와 어린아이들이 가득한 동네가 나타나자 나는 사람과의 접촉을 피해 가능하면 나뭇잎이 무성한 곳에 몸을 숨기려고 최선을 다했다. 내 편인 어둠이 하늘에서 내려오기 시작했다는 사실에 안심하며 왔던 길을 되돌아가기 시작했을 때는 이미 시내에서 멀리 떨어져 있었다.

수십 마리의 개 냄새가 흘러오자 나는 호기심에 그쪽으로 방향을 돌렸다. 큰 건물 뒤쪽에서 개들이 연이어 짖는 소리가 들렸다. 케이지 안에 갇힌 개 두 마리가 서로를 향해 우우 하고 울부짖고 있었다. 바람의 방향이 바뀌자 이들은 나를 향해 짖기 시작했고 짖는 소리도 바뀌었다.

예전에 여기 온 적이 있었다. 이곳은 내가 베일리였을 때 친절한 남자 수의사가 나를 돌봐 줬던 곳이었다. 그리고 에단과 함께 있었던 제일 마지막 장소이기도 했다. 나는 그곳에 가까이 가지 않기로 마음먹고는 재빨리 건물 앞쪽으로 달려가 진입로를 가로지르다가 그 자리에 얼어붙고 말았다. 몸이 떨려왔다.

베일리 시절의 어느 날, 재스퍼라는 새로 온 새끼 당나귀가 믿을 수 없는 늙은 말, 플레어와 마당에서 함께 살기 시작했다. 재스퍼는 다 자란 뒤에도 말보다 훨씬 작았지만 몸의 생김새는 말과 비슷했으며, 녀석 때문에 그랜드파는 웃었고 그랜드마는 고개를 저었다. 나는 재스퍼와 여러 번 얼굴을 맞댄 적이 있었다. 그랜드파가 녀석을 빗질해 주는 동안 조심스럽게 녀석의 냄새를 맡았고 최선을 다해 녀석과 놀아주었다. 재스퍼의 냄새는 내게 농장의 냄새만큼이나 익숙한 것이었고 여기 진입로에 남은 냄새가 녀석의 냄새라는 데는 의심의 여지가 없었다. 냄새 흔적을 따라 건물 쪽으로 가다가 나는 주차장에서 녀석의 냄새가 아주 강하게 나는 지점을 찾아냈다. 방금 있었던 듯 싱싱한 냄새가 넘쳐나고 있었고, 녀석이 여기서 몸이라도 턴 듯 재스퍼의 냄새로 도배가 된 지푸라기와 흙이 주차장 바닥에 널려 있었다.

자기들과 달리 자유롭게 나와 있는 나를 시기라도 하듯 여전히 개들이 짖어 댔지만 나는 그 소란을 무시했다. 흙 속에 섞여 있는 진한 냄새를 들이마시며 나는 진입로를 벗어나 도로로 들어섰다.

재스퍼의 냄새를 따라가는 데 온 정신을 쏟고 있던 나는 내 뒤에서 달려오던 차가 어둠 속으로 번쩍이는 불빛을 쏘며 경적을 울리자 혼비백산했다. 나는 도로가에 있는 배수로로 뛰어들어 차 소리가 끝나길 기다리며 웅크리고 있었다.

그 후로 나는 더 조심스럽게 행동했다. 재스퍼의 냄새에 집중하는 한편, 귀는 달려오는 자동차 소리를 향해 열어 놓아서 불빛이 나를 잡기 훨씬 전에 재빨리 숨었다.

재스퍼를 추적하는 과정은 길었지만 월리 찾기보다는 쉬웠다. 한 시간 이상 직선으로 가다가 한 번 왼쪽으로 꺾었고 다시 한 번 더 왼쪽으로 방향을 바꿨다. 하지만 갈수록 재스퍼의 냄새는 약해졌다. 이는 재스퍼가 온 길을 되짚어간다는 뜻이어서 완전히 놓칠 위험도 있었다. 그러나 오른쪽으로 방향을 틀고 나자 더 이상 냄새를 쫓을 필요가 없어졌다. 내가 아는 곳이었기 때문이다.

여기는 바로 에단이 대학을 가려고 처음 집을 떠나던 날, 에단의 차가 멈춰 서 있던 철도 건널목이었다. 나는 속도를 더 냈다. 오른쪽으로 방향을 꺾자 여전히 재스퍼의 냄새가 났다. 내 판단이 옳았음을 확신했다. 곧 나는 한나의 집 앞을 지났는데 이상하게도 그녀의 냄새는 전혀 나지 않았다. 하지만 이끼로 덮인 벽돌담과 나무들은 예전 그대로였다.

나는 마치 어제도 여기 있었던 듯 농장으로 향하는 진입로로 자연스럽게 접어들었다. 재스퍼의 냄새는 큼직한 흰색 트레일러까지 이어져 있었으며 트레일러 밑에는 건초와 모래더미가 쌓여 있었다. 재스퍼의 냄새가 사방에 도배되어 있었고 낯선 말이 울타리를 따라 걸어가며 킁킁거리는 나를 졸음과 의심이 가득 찬 눈빛으로 바라보고 있었다. 하지만 나는 이제 말에는 관심이 없었다. 에단, 에단의 냄새가 났다. 그의 냄새가 없는 곳이 없었다. 에단은 여전히 농장에 살고 있는 게 틀림없었다!

몇 번의 삶을 거치며 살아오는 동안, 이렇게 엄청난 기쁨이 온몸을 적신 적은 단 한 번도 없었다. 너무 좋아서 어지러울 지경이었다.

집 안에는 불이 켜져 있었고 집 옆으로 돌아가 풀로 뒤덮인 야트막한 언덕 위에 서자 창문을 통해 거실이 들여다보였다. 그랜드파 나이쯤 된 사람이 의자에 앉아 텔레비전을 보고 있었지만 그랜드파처럼 생기지는 않았다. 에단은 방에 없었고 그 외에는 아무도 없었다.

개구멍은 여전히 금속으로 된 바깥 문 아래에 있었지만 안쪽에 있는 나무 문은 굳게 닫혀 있었다. 실망한 나는 금속 문을 긁다가 짖기 시작했다.

집 안에서 누군가가 걸어 나오는 소리가 들렸다. 꼬리가 너무 심하게 흔들려서 앉아 있을 수가 없었다. 꼬리가 내 온몸을 앞뒤로 밀었다 당겼다 했다. 머리 위에서 불빛이 깜박이더니 곧 환히 켜졌고 나무 문이 귀에 익은 삐걱 소리를 내며 천천히 열렸다. 아까 의자에 앉아 있던 사람이 문간에 선 채 유리창 너머에서 찌푸린 얼굴로 나를 내려다보고 있었다.

나는 다시 한 번 금속 문을 긁었다. 빨리 문을 열어 줘서 안으로 뛰어 들어가 에단과 만나고 싶었다.

"이봐."

닫혀 있는 문 때문에 그의 목소리가 조그맣게 들려왔다.

"그만해."

야단치는 것 같은 목소리여서 나는 얌전히 앉으려고 했지만 엉덩이가 곧장 발딱 일어났다.

"왜 그러니?"

결국 그가 물었다.

말투로 보아 뭔가를 묻는 것 같기는 한데, 무얼 묻는지는 알 수 없었다.

그 순간 나는 그가 마음의 결정을 내릴 때까지 기다릴 필요가 없다는 것을 깨달았다. 안쪽 문이 열렸으니 이제 개구멍으로 들어가면 그만이었다. 나는 머리를 낮추고는 비닐로 된 커튼을 지나 집 안으로 뛰어들었다.

"야!"

그가 놀라 소리쳤다.

나도 놀랐다. 집 안에 들어선 순간 내 앞을 막아선 그 사람의 냄새가 또렷하게 코로 들어왔다. 그가 누군지 알았다. 세상 어디에 있어도 알아차릴 수 있는 냄새.

틀림없는 에단이었다.

드디어 나의 에단을 찾았다.

chapter 30

에단이 서 있는데도 나는 그의 무릎으로 뛰어오르려고 했다. 그의 얼굴을 핥고 코를 문지르고 기어오르려 안간힘을 썼다. 목에서 쏟아져 나오는 흐느낌을 멈출 수가 없었다. 꼬리는 꼬리대로 마구 팔랑거렸다.

"야!"

에단은 뒷걸음질을 치며 눈을 깜빡였고 지팡이에 의지해 버티다가 결국 바닥에 털썩 주저앉았다. 나는 그에게 뛰어들어 얼굴을 핥았다.

"그래, 그래, 그만해, 알았어."

그가 달래는 듯한 말투로 말하며 내 얼굴을 밀어냈다.

내 얼굴에 닿는 에단의 손은 이제까지 살면서 느낀 것 중 가장 좋은 감촉이었다. 기분이 좋아서 눈이 반쯤 감겼다.

"자, 이제 가. 돌아가라고."

에단은 힘겹게 몸을 일으키며 말했다.

나는 얼굴을 그의 손에 가져다 댔고 에단은 잠시 나를 쓰다듬어 주었다.

"그래 알았어. 세상에. 너 도대체 누구니?"

그가 불을 하나 더 켜더니 나를 찬찬히 들여다보았다.

"아니, 이런. 어떻게 이렇게 말랐어? 밥 주는 사람이 없어? 응? 길을 잃은 거야?"

나는 밤새도록 그 자리에 앉아 에단의 목소리를 듣고 에단이 나를 바라보는 시선을 느끼고 싶었지만 그렇게 되지는 않을 모양이었다.

"하지만 너 말야, 이 집에 들어올 수는 없단다."

그는 바깥문을 열더니 그대로 잡고 있었다.

"자, 이제 그만 나가."

아는 명령이었기 때문에 나는 마지못해 밖으로 나갔다. 에단이 그 자리에 서서 유리창 너머로 나를 내려다보자 나는 다음 명령을 기대하며 앉았다.

"집에 가, 멍멍아."

그가 말했다.

나는 꼬리를 흔들었다. 나는 내가 '집에 가'를 했다는 것을 알았다. 드디어 내가 살았던 농장, 나의 에단이 있는 곳으로 '집에 가'를 한 것이다.

에단이 문을 닫았다.

얌전히 기다리던 나는 더 이상 참을 수가 없어지자 초조함과 좌절감에 휩싸인 채 깽 하고 짖는 소리를 계속해서 쏟아 놓았다. 대답이 없자 나는 다시 깽 짖은 뒤 금속 문에 앞발을 걸치고 올렸다 내렸다를 반복했다.

몇 번이나 짖었는지 잊어버렸을 정도로 한참이 지나자 다시 문이 열렸다. 에단의 손에는 프라이팬이 들려 있었고 고소한 냄새가 풍겨왔다.

"자, 너 배고프지?"

에단이 중얼거리며 프라이팬을 바닥에 내려놓자마자 나는 음식에 달려들어 코를 처박았다.

"이건 라자냐란다. 이 집에는 개 먹이가 될 만한 게 별로 없어. 식성은 까다롭지 않은 모양이구나."

나는 꼬리를 흔들었다.

"하지만 넌 여기서 살 수 없어. 나는 개를 키울 수가 없단다. 그럴 시간이 없어서 말이야. 넌 너희 집으로 가야 해."

나는 꼬리를 흔들었다.

"이런 세상에, 도대체 얼마나 굶은 거니? 그렇게 빨리 먹지 마, 체할라."

나는 꼬리를 흔들었다.

다 먹고 나자 에단은 천천히 허리를 굽혀 프라이팬을 집었고 나는 그의 얼굴을 핥았다.

"으, 세상에, 너 입 냄새 정말 끔찍하다. 알고 있니?"

에단이 소매로 자기 얼굴을 닦더니 일어섰다. 나는 그를 올려다보았다. 그가 원하는 것은 무엇이든 할 준비가 되어 있었다. 산책? 차 타기? 멍청한 플립 던지고 놀기?

"자, 이제 됐다. 집으로 가. 너 같은 개는 분명히 떠돌이 잡종이 아니야. 그러니까 지금 누군가가 틀림없이 널 찾고 있을 거야. 그렇지? 잘 가거라."

에단이 문을 닫았다.

나는 한동안 그 자리에 앉아 있었다. 다시 한 번 짖었지만 이번에는 내 머리 위의 불이 딸각 하고 꺼졌다.

나는 다시 집 옆에 있는 풀로 덮인 야트막한 언덕 위로 돌아가 거실 안을 들여다보았다. 에단은 지팡이에 몸을 기댄 채 천천히 거실을 지나가며 불을 하나씩 끄고 있었다.

나의 에단은 너무 늙어 버려서 겉모습만으로는 못 알아볼 뻔했다. 하지만 에단이라는 것을 알고 다시 보니 걸음걸이도 아주 친숙했다. 좀 뻣뻣하긴 했지만 말이다. 마지막 스위치를 끄기 전 고개를 돌려 바깥 어둠 속을 내다보는 모습이며 무슨 소리는 안 나는지 귀를 쫑긋 하는 모습이 영락없이 에단이었다.

내가 왜 집 밖에 있는 개가 되었는지 혼란스러웠지만 일단 배도 찬 데다 지칠 대로 지쳐 있었기 때문에 그 자리에서 몸을 동그랗게 말았다. 밤이 춥지도 않은데 코는 꼬리 근처에 갖다 놓았다. 나는 집에 왔다.

다음날 아침, 에단이 밖으로 나오자 나는 몸을 털고 에단에게 달려갔다. 이번에는 지나친 애정 표현을 하지 않으려고 조심했다.

"너 왜 여태 여기 있어? 여기서 뭐해?"

에단이 나를 뚫어지게 내려다보며 말했다.

에단을 따라 외양간으로 들어가니 한 번도 본 적이 없는 말이 있었고 에단은 말을 마당으로 내보내 주었다. 당연한 일이지만 이 멍청한 동물은 나를 보고도 아무 반응을 보이지 않았다. 플레어가 그랬던 것처럼 그저 멍하니 나를 바라볼 뿐이었다. 난 개라고, 이 멍청아!

에단이 말에게 귀리를 주는 동안 나는 마당에 영역 표시를 했다.

"잘 잤어, 트로이? 재스퍼 보고 싶지? 네 친구 재스퍼 말이야."

에단은 말에게 말을 걸고 있었는데 나는 그게 시간 낭비임을 그에게 알려 주고 싶었다. 에단은 트로이라고 부르며 말의 코를 쓰다듬어 주었고 재스퍼의 이름을 몇 번이나 말했지만 외양간에 들어가 봐도 재스퍼는 없었고 그저 냄새만 남아 있었다. 재스퍼의 냄새는 특히 트레일러에서 강하게 났다.

"그날은 참 슬펐어. 재스퍼를 데려가야만 했던 날 말이야. 그렇지만 오래 잘 살았어. 작은 당나귀가 44년을 살았으니."

에단의 목소리에서 슬픔이 느껴져서 나는 그의 손에 코를 비볐다. 그는 정신이 딴 데 가 있는 채로 멍하니 나를 내려다보았다. 에단은 마지막으로 트로이를 툭툭 두들겨 주고는 집으로 들어갔다.

몇 시간 후 에단이 밖으로 나와 놀아 주기를 기다리며 마당을 킁킁거리고 있는데 픽업트럭이 달려와 진입로에 멈췄다. 차가 멈추자마자 나는 이 차가 지난번 개 공원 주차장에서 본 차라는 것, 차에서 내린 남자에게서 그때 막대기와 올가미를 가지고 덤불을 뒤지던 경찰관과 똑같은 냄새가 난다는 것을 단번에 알아챘다. 이번에도 남자는 차 뒤에서 막대와 올가미를 꺼냈다.

"그거 필요 없을 거예요."

에단이 밖으로 나오며 말했다.

나는 경찰관에게서 몸을 돌려 에단을 향해 꼬리를 흔들며 다가갔다.

"아주 착한 애거든요."

"어젯밤에 들어왔다고요?"

경찰관이 말했다.

"맞아요. 이 불쌍한 녀석 갈비뼈 좀 보세요. 생긴 걸 보면 순종인 것 같은데 누군가 제대로 먹이질 않았나 봐요."

"잘생긴 래브라도 한 마리가 시내 공원에서 목줄 없이 돌아다닌다는 이야기가 있었어요. 이 녀석이 그 녀석인지도 모르겠군요."

경찰관이 말했다.

"그건 저도 모르겠네요. 이곳에서 상당히 먼데."

에단이 미심쩍은 듯 말했다.

경찰관이 픽업트럭 뒤에 있는 케이지 문을 열었다.

"얌전히 들어갈까요? 지금 개나 쫓아다닐 기분이 아니라서요."

"이봐, 멍멍아, 이리로 올라와, 알았지?"

에단이 열려 있는 케이지 안쪽을 툭툭 두드리며 말했다.

나는 영문을 몰라 에단을 잠시 바라보다가 가볍게 뛰어올라 케이지 안쪽에 사뿐히 내려앉았다. 그게 에단이 원하는 일이라면 당연히 나는 그 일을 할 것이다. 나의 소년, 에단을 위해서 무슨 일이든지 말이다.

"감사합니다."

경찰관이 이렇게 말하며 케이지 문을 닫았다.

"이제 이 개는 어떻게 되나요?"

에단이 물었다.

“아, 이런 개는 아주 쉽게 입양될 거라고 봅니다.”

“저기……, 누가 나타나면 그곳 사람들이 저한테 전화를 해 줄까요? 정말 착한 애거든요. 잘 지내는지 알고 싶어서요.”

“그것까지는 저도 알 수가 없네요. 보호소에 전화하셔서 그렇게 해 달라고 하세요. 제 일은 그저 데려가는 것이 다여서요.”

“그렇군요. 그럼 제가 그쪽으로 전화하지요.”

경찰관과 에단은 악수를 나누었다. 경찰관이 트럭 앞자리에 올라타는 동안 에단이 케이지 쪽으로 다가왔다. 나는 에단의 냄새를 들이마시고 그의 손이 닿기를 바라며 창살 사이로 코를 내밀었다.

“잘 지내라, 알았지, 친구?”

에단이 부드럽게 말했다.

“넌 같이 놀 아이들이 있는 좋은 집에서 살아야 해. 난 그저 늙은이란다.”

에단이 말했다.

에단이 그 자리에 서서 나를 보고 있는데 차가 떠나자 나는 소스라치게 놀랐다. 나도 모르게 짖기 시작했고 멈출 수가 없었다. 나는 진입로를 빠져나와 도로로 들어선 뒤 한나네 집 앞을 지나 한참을 더 갈 때까지 짖고 또 짖었다.

혼란스러웠고 마음이 깨질 듯 아파왔다. 왜 나를 에단에게서 떼놓는 걸까? 아니면 에단이 나를 쫓아낸 걸까? 언제 에단을 다시 볼 수 있을까? 나는 에단과 함께 있고 싶었다!

개가 넘쳐나는 건물에 도착했는데, 대부분의 개들이 두려움 때문에 온종일 짖고 있었다. 나는 케이지 안에 혼자 가둬졌고 하루도 안 돼 멍청한 플라스틱 깔때기를 쓴 채 사타구니에 낯익은 통증을 느끼고 있었다. 이것 때문에 여기 온 걸까? 에단은 언제쯤 와서 차로 나를 집에 데려갈까?

누군가가 내 케이지 앞으로 지나가기만 하면 에단인가 싶어서 벌떡 일어났다. 하루하루 시간이 흐르면서 나는 때때로 '멈출 줄 모르고 건물을 울려 대는 짖기 합창'에 동참해 실망감을 달래곤 했다. 에단은 어디 있는 걸까? 나의 에단은 어디 있는 거지?

먹이를 주며 나를 보살펴 주는 사람들은 모두 부드럽고 친절했다. 사람의 손길이 워낙 그리웠던 터라 나는 그들 중 하나가 케이지 문을 열기만 하면 그리로 다가가 쓰다듬어 달라고 머리를 내밀었다. 꼬마 소녀가 셋 있는 가족이 나를 만나러 작은 방에 왔을 때 나는 그 사람들 무릎 위로 올라가 발랑 누워 뒹굴었다. 그럴 정도로 나는 사람의 손길이 그리웠다.

"아빠, 얘 키워도 돼요?"

소녀들 중 하나가 물었다.

세 명의 아이에게서 흘러넘치는 애정에 온몸이 꿈틀거렸다.

"석탄처럼 까맣구나."

가족들 중 엄마가 말했다.

"코울리coaly*, 어때?"

아빠가 말했다.

---

* 석탄처럼 까맣다는 의미

그는 내 머리를 잡더니 이빨을 들여다보고 나서 앞발을 하나씩 들어 보았다. 이게 무슨 뜻인지 나는 알고 있었다. 지난 삶에서도 이런 일을 당한 적이 있으니까. 으스스한 공포심이 뱃속에서 올라왔다. 안 돼. 이 사람들 집으로 갈 수는 없었다. 나는 에단의 개였다.

"코울리! 코울리! "

꼬마 소녀들이 합창하듯 외쳤다.

나는 그들을 무심하게 바라보았다. 더 이상 아이들의 호감이 반갑지 않았다.

"가서 점심 먹자."

남자가 말했다.

"아빠아아."

"아니, 그러니까 점심부터 먹고 다시 와서 코울리를 차에 태워 데려가자."

남자가 말을 마쳤다.

"신난다!"

분명히 '차에 태워'라는 말을 들었지만 소녀들이 한참 더 나를 안아주더니 다 함께 떠나 버려서 안심했다. 나는 다시 케이지로 돌아와 조금 혼란스러운 기분으로 몸을 만 채 낮잠을 잤다. 마야와 내가 학교에 갔을 때가 생각났다. 그때 내 일은 아이들이 나를 만질 수 있도록 가만히 앉아 있는 것이었다. 어쩌면 이곳도 비슷한 일을 하는 곳인지도 몰랐다. 이제는 내가 학교에 가는 것이 아니라 아이들이 나를 보러 오는 게 다른 점일 뿐인지도.

아무래도 좋았다. 중요한 것은 처음 생각과 달리 그 가족이 나를 그냥 두고 떠났다는 사실이었다. 나는 에단을 기다려야 했다. 개로서 사람의 생각은 알 길이 없고 그래서 왜 우리가 떨어져 있어야 하는지 이유는 몰랐지만, 때가 오면 에단이 나를 '찾아낼 것'이라는 걸 알았다.

"잘됐다, 얘. 너 새 집이 생겼어."

나에게 먹이를 주던 여자가 시원한 물이 담긴 그릇을 건네며 말했다.

"아까 그 사람들 금방 올 거야. 그럼 넌 여기를 영원히 떠나는 거지. 누군가가 금방 데려갈 줄 알았다니까."

그녀가 기분이 좋은 것 같아 나도 덩달아 기뻐하면서 그녀가 내 귀를 긁어 주는 동안 꼬리를 흔들고 손을 핥았다. 그래, 나는 여기 계속 있는 거야. 그녀가 기분 좋아하는 것을 나는 이렇게 해석했다.

"널 여기 보낸 아저씨한테 전화를 해야겠구나. 좋은 가족을 찾아주었다는 이야기를 들으면 기뻐할 거야."

그녀가 떠나자 나는 케이지 안을 몇 바퀴 빙빙 돈 후 나의 에단을 참을성 있게 기다리다가 엎드려 다시 낮잠을 잤다.

30분쯤 후 나는 잠에서 번쩍 깨어 일어났다. 한 남자의 목소리가 내 귀에 들어왔기 때문이다. 화가 난 목소리였다.

에단이었다.

나는 짖었다.

"내 개예요. 내 소유라고요. 생각이 바뀌었다고요!"

에단이 소리를 지르고 있었다.

나는 짖기를 멈추고 조용히 얼어붙은 듯 서 있었다. 벽 저편에 있는 에단이 느껴졌고 나는 그의 냄새를 맡을 수 있도록 문이 열리기를 애타게 바라면서 뚫어지게 문을 바라보았다. 잠시 후 문이 정말로 열렸고 아까 나에게 물을 준 여자가 에단을 데리고 복도를 걸어왔다. 나는 꼬리를 흔들며 케이지에 앞발을 걸치고 일어섰다.

여자는 매우 화가 나 있었다.

"그 집 아이들이 아주 실망할 거예요."

그녀가 말했다.

그녀가 케이지 문을 열자마자 나는 튀어 나가 에단을 덮쳤고 낑낑대며 꼬리를 흔들며 그를 핥았다. 그 모습을 보더니 여자의 화가 사라졌다.

"세상에, 어쩔 수 없군요."

그녀가 말했다.

에단은 몇 분 동안 접수 창구 앞에 서서 뭔가를 쓰고 있었고 나는 앞발을 그에게 걸치고 싶은 충동을 참으며 발치에 얌전히 앉아 있었다. 얼마 후 우리는 밖으로 나왔고 차에 탄 나는 다시 앞자리 개가 되었다!

창밖으로 코를 내밀고 신나게 달려 본 지가 까마득한 옛날이긴 했지만, 내가 가장 바라는 것은 에단의 무릎에 머리를 올린 채 나를 쓰다듬는 그의 손길을 느끼는 것이었기 때문에 나는 그렇게 했다.

"너 정말 나를 용서해 주는 거구나, 그렇지, 친구?"

나는 초롱초롱한 눈빛으로 그를 올려다보았다.

"널 감옥에 보냈는데도 전혀 신경 쓰지 않는구나."

우리는 이 상태로 한동안 달렸고 에단은 말이 없었다. 농장으로 가고 있는지 궁금했다.

"넌 착한 개야."

침묵 끝에 에단이 말했다.

나는 기분이 좋아서 꼬리를 흔들었다.

"좋아, 그럼 잠깐 차를 세우고 너 먹을 것부터 좀 사자."

결국 우리는 농장으로 돌아왔고 에단은 이번에는 현관문을 연 뒤 내가 안으로 들어갈 수 있도록 문을 붙잡고 있었다.

그날 밤 저녁을 먹은 뒤 나는 아주 만족해서 그의 발치에 엎드렸다. 몇 번을 사는 동안 이렇게 행복한 적이 있었던가?

"샘."

에단이 나에게 말했다.

나는 궁금하다는 듯 고개를 들었다.

"맥스, 아니고. 윈스턴, 머피?"

나는 에단을 기쁘게 해 주고 싶어서 속이 탔지만 도대체 뭘 묻는지 알 수가 없었다. 에단이 찾기 명령을 내려 주기를 내가 고대하고 있다는 것을 깨달았다. 내가 이런 일도 할 수 있다는 것을 에단에게 보여 주고 싶었다.

"밴디트? 터커?"

아! 이제 뭘 하는지 알 것 같았다. 나는 에단이 마음을 정하기를 기다리면서 기대에 찬 눈빛으로 그를 올려다보았다.

"트루퍼? 래드? 버디?"

그거야! 내가 아는 단어였다. 나는 멍 하고 짖었고 에단은 깜짝 놀랐다.

"우와, 이게 네 이름이야? 사람들이 널 버디라고 불렀어?"

나는 꼬리를 흔들었다.

"좋아, 버디. 버디, 네 이름은 버디야."

다음날이 되자 이미 '버디'라는 이름이 완전히 자연스러워졌다. 이게 새로운 내 이름이었다.

"버디, 이리 와!"

에단이 나를 불렀다.

"버디, 앉아! 와, 누군지 모르지만 훈련을 잘 시켜 놓은 것 같구나. 그런데 어쩌다 여기까지 흘러온 거니? 버림받기라도 한 거야?"

첫날에는 에단의 곁을 떠나기가 무서웠다. 나는 에단이 그랜드파와 그랜드마의 방으로 자러 가서 놀랐지만 에단이 침대 매트리스를 툭툭 두드리자 주저 없이 푹신한 침대로 뛰어올라 끙 소리를 내며 사지를 쭉 뻗고는 사치를 만끽했다.

그날 밤 에단은 몇 번이나 일어나 화장실에 갔고 나는 그때마다 충실히 따라가서는 에단이 일을 마칠 때까지 복도에 서 있었다.

"매번 이렇게 따라오지 않아도 돼."

에단이 나에게 말했다.

에단은 옛날처럼 늦게까지 자지도 않았고 해만 뜨면 일어나 자신과 나의 아침 식사를 준비했다.

"버디, 나는 이제 절반쯤 은퇴한 상태란다."

에단이 말했다.

"아직 내가 자문을 제공하는 고객이 몇 명 있긴 해. 오늘 아침에도 그들 중 누군가와 전화 통화를 해야 하고. 하지만 그것만 끝나면 종일 자유야. 오늘은 우리 같이 정원에서 일을 좀 해야 할 것 같구나. 괜찮겠어?"

나는 꼬리를 흔들었다. 버디라는 이름이 마음에 들었다.

아침을 먹고 나서(토스트를 먹었다!) 에단이 통화를 하는 동안 나는 집 안을 둘러보았다. 이층은 별로 쓰지 않는 것 같았다. 방에서 곰팡이 냄새가 났고 에단의 흔적도 거의 찾아볼 수가 없었다. 에단의 방은 그대로였지만 맘의 방에는 가구가 하나도 없었고 상자만 가득했다. 아래층에 있는 옷장은 굳게 닫혀 있었지만 바닥에 난 틈에 대고 킁킁대 보니 낯익은 냄새가 흘러나왔다.

플립이었다.

chapter 31

에단에게는 슬픔이 있었다. 전에는 볼 수 없었던 깊은 마음의 상처가 생긴 듯했다. 다리 때문에 생긴 고통보다 훨씬 더 깊은 것 같았다.

"여기 나 혼자 살아. 누굴 찾고 있는 건지 모르겠구나."

집 안을 샅샅이 뒤지는 내 모습을 보며 에단이 말했다.

"나는 항상 결혼하려고 했어. 사실 두어 번은 할 뻔하기도 했지. 그런데 제대로 되질 않더라. 시카고에서는 어떤 여자하고 몇 년 살기도 했어."

에단은 창가에 서서 공허한 시선으로 밖을 내다보았다. 마음속 슬픔이 더욱 깊어지는 것 같았다.

"어떤 계획을 세우고 있을 때 다른 일이 일어나는 게 인생이라고 존 레논은 말했지. 상당히 맞는 말이라고 생각해."

나는 에단에게 다가가 바닥에 앉은 뒤 앞발 하나를 그의 허벅지에 올렸다. 그가 나를 내려다보았고 나는 꼬리를 흔들었다.

"아 참, 버디. 너 목줄 해야겠다."

우리는 이층에 있는 에단의 침대로 갔고 에단은 선반에서 상자 한 개를 꺼냈다.

"어디 보자, 옳지. 여기 있네."

에단이 목줄 하나를 상자에서 꺼내 흔들자 달그랑거리는 소리가 났다. 너무나 친숙한 소리여서 온몸이 떨릴 지경이었다. 베일리 시절, 움직일 때마다 목에서 이 달그랑 소리가 났다.

"이 목줄은 아주 오래전에 내 개가 썼던 거야. 베일리라고."

에단이 말했다.

베일리라는 이름에 나는 꼬리를 흔들었다. 에단이 목줄을 내게 보여 주자 나는 냄새를 맡았다. 아주 희미했지만 다른 개의 냄새가 코로 흘러들었다. 나였다. 내가 내 냄새를 맡고 있다니. 아주 기이한 느낌이었다.

에단은 목줄을 몇 번 흔들어 보였다.

"베일리. 정말 착한 개였어."

그가 말했다.

에단은 그대로 앉아 잠시 생각에 빠져들더니 다시 나를 바라보았다. 이윽고 입을 열기 시작한 그의 목소리는 갈라져 있었고, 나는 그에게서 슬픔, 사랑, 회한, 애도 같은 강한 감정들이 뒤엉켜 치솟는 것이 느껴졌다.

"버디, 네 목줄은 따로 사는 게 좋겠구나. 베일리 같은 녀석으로 살라고 너한테 강요할 수는 없지. 베일리는 정말 특별한 개였어."

다음날 아침, 에단이 나를 차에 태워 시내로 향하자 나는 긴장했다.

온통 짖는 개들로 가득한 곳의 케이지 안으로 돌아가고 싶지 않았다. 그러나 알고 보니 우리는 그저 먹을 것을 몇 봉지 사고 나를 위한 뻣뻣한 목줄을 하나 사러 간 것이었다. 집으로 돌아오자 에단은 이 목줄에 달그랑거리는 이름표를 붙였다.

"이렇게 써 있단다. '내 이름은 버디입니다. 저는 에단 몬트거머리의 개입니다.'"

이름표를 손에 든 채 에단은 이렇게 말했고 나는 꼬리를 흔들었다.

시내를 몇 번 왔다 갔다 하고 나자 나는 경계심을 풀기로 했다. 이제 에단이 나를 버릴지도 모른다는 생각은 더 이상 들지 않았다. 나는 에단을 졸졸 따라다니기를 그만두고 혼자 돌아다니며 농장 전체로 활동 영역을 넓혔고 우편함에 특별한 주의를 기울였다. 다른 수캐들이 왔다 간 길가의 이곳저곳을 확인하는 것도 잊지 않았다.

연못은 그대로 있었고 멍청한 오리 떼도 여전히 둑 위에 살고 있었다. 내가 보기에 녀석들은 옛날의 바로 그 오리들이었다. 뭐 그렇건 말건 전혀 상관없었지만 말이다. 옛날처럼 녀석들은 나를 보기만 하면 놀라서 물에 뛰어들었다가도 다시 나를 구경하려고 헤엄쳐 왔다. 놈들을 쫓아가는 것이 부질없는 일임을 알고 있었지만 그래도 순전히 재미로 쫓아다녔다.

에단은 낮에는 주로 집 뒤에 있는 축축한 흙으로 된 넓은 땅에서 무릎을 꿇고 뭔가를 했고 나는 곧 그곳에 오줌을 싸는 것을 에단이 좋아하지 않는다는 것을 눈치챘다. 에단은 흙장난을 하며 계속 나에게 이야기를 했고 나는 귀 기울여 그의 말을 들으면서 내 이름이 나올 때마다 꼬리를 흔들었다.

"얼마 안 있으면 일요일에 열리는 농산물 시장에 갈 수 있어. 아주 재미있을 거야. 내가 키운 토마토가 값을 꽤 받거든."

에단이 말했다.

어느 날 오후 흙 파기 놀이에 싫증이 난 나는 외양간으로 어슬렁어슬렁 들어가 보았다. 이상한 검은 고양이는 옛날에 사라진 모양이었다. 어디에도 녀석의 냄새가 남아 있지 않아 나는 약간 실망했다. 내가 만나서 반가웠던 고양이는 그 녀석뿐이었으니까. 아니, 그렇지 않다. 거의 항상 나를 짜증나게 하긴 했지만 팅커벨 녀석이 나에게 거침없는 애정을 보여 준 것도 사실은 고마워해야 할 일이었다.

외양간 뒤편 구석에는 곰팡이가 슬고 썩어 가는 낡아빠진 담요 뭉치가 있었다. 여기에 코를 박고 깊이 숨을 들이마시니 아주 희미하지만 낯익고 편안한 냄새가 느껴졌다. 그랜드파였다. 여기는 그랜드파와 내가 허드렛일을 하러 오던 곳이었다.

"밖에 나와 좀 걸으니 좋구나."

에단이 나에게 말했다.

"왜 진작 개를 키울 생각을 안 했는지 모르겠어. 운동을 해야 하는데 말이야."

가끔 저녁이면 오래된 오솔길을 따라 농장을 한 바퀴 돌기도 했는데 길을 가는 내내 트로이의 냄새가 났다. 다른 날은 도로로 나가 한 방향 또는 반대 방향으로 죽 걷기도 했다. 한나의 집 앞을 지날 때마다 항상 에단의 마음속에서 뭔가 움직임이 있는 것 같았지만, 그렇다고 그곳에서 멈춰 서거나 한나를 보러 그 집에 가지는 않았다. 나는 왜 더 이상 한나의 냄새가 나지 않는지 궁금했고 그러자 개 공원에서 만났던 개, 온통 한나의 냄새로 뒤덮여 있던 칼리가 떠올랐다.

그러던 어느 날 저녁, 평소처럼 한나의 집 앞을 지나가는데 이제까지 한 번도 생각지 못했던 것이 떠올랐다. 에단의 마음 깊은 곳에서 똬리를 틀고 있는 고통은 오래전 제이콥의 내면에서 느껴졌던 것과 아주 비슷했다. 그것은 외로운 슬픔이었고 뭔가와 헤어진 느낌이었다.

하지만 에단의 기분이 완전히 좋아지는 때도 있었다. 에단은 마당에 나와 지팡이로 공을 때려 멀리 날려 보내기를 좋아했는데 그러면 나는 진입로 끝까지 달려가서 공을 물고 달려왔다. 우리는 이 놀이를 자주했고 에단을 계속 그렇게 기쁘게 해 줄 수만 있다면 발바닥이 닳아 없어져도 상관없었다. 높이 뛰어오른 뒤, 울타리 너머에서 떨어지는 고기 조각을 받아먹을 때처럼 날아오는 공을 허공에서 낚아채면 에단이 기뻐하며 웃었다.

하지만 어떤 때는 다시 어두운 슬픔의 소용돌이가 그를 삼켜 버리기도 했다.

"내 인생이 이렇게 될 줄은 몰랐어."

어느 날 오후 에단이 목이 메인 채 이렇게 말했다.

나는 에단을 기쁘게 해 주려고 코를 비벼 댔다.

"오로지 나 혼자뿐이야. 함께 시간을 보낼 사람도 하나 없고. 돈은 많이 벌었지만, 조금 지나고 나니 일을 해도 즐겁지 않더라. 그래서 반쯤 은퇴한 상태로 지내 봤지만 그것도 마찬가지였어."

나는 달려가 공을 물어다가 에단의 무릎 위에 떨어뜨렸지만 그는 얼굴을 돌린 채 무시했고, 그의 고통이 너무 선명하게 느껴져 나는 낑낑 소리를 낼 수밖에 없었다.

"버디, 세상일이라는 게 항상 내 뜻대로 되는 것은 아니더구나."

에단은 한숨을 쉬었다.

나는 공에다 코를 가져다 댄 채 에단의 다리 사이로 들이밀었고 결국 에단은 공을 집어 가까운 곳에 톡 던지는 것으로 보답했다. 나는 몸을 날려 공을 잡았지만 에단의 마음은 딴 데 가 있었다.

"버디, 넌 착한 개야."

에단이 무심하게 말했다.

"그런데 지금은 공을 갖고 놀 기분이 아니구나."

나는 실망했다. 나는 착한 개로 살았고, '찾기'도 했으며 이제 다시 에단과 함께 있게 되었다. 하지만 에단은 행복하지가 않았다. 찾기가 끝난 뒤 제이콥이나 마야, 그 밖의 경찰관들이 담요를 덮어 주고 먹을 것을 주고 가족을 다시 만나게 해 주면 다들 행복해하는데 에단은 아니었다.

그 순간 이번 내 삶의 목적이 단지 '찾기' 만을 하기 위한 것이 아니라는 생각이 들었다. 내 삶의 목적은 '구하기'였다. 에단을 추적해 찾아낸 것은 큰 그림의 작은 일부일 뿐이었다.

제이콥과 살았던 시절, 그는 지금의 에단과 마찬가지로 깊은 슬픔에 차 있었다. 그러나 나중에 마야와 내가 학교를 다니기 시작할 무렵에 만난 제이콥에게는 가족이 있었다. 사랑하는 사람과 아이가 있었던 것이다. 그때의 제이콥은 행복했고, 그것은 에단이 한나와 함께 집 앞 포치에 앉아 키득거릴 때 느끼던 행복과 같았다.

에단을 구하려면 가족을 만들어야 했다. 여자가 있어야 했고, 그 여자와 함께 아기가 있어야 했다. 그러면 에단도 행복해질 것이 분명했다.

다음날 아침, 에단이 흙을 가지고 노는 사이 나는 잰 걸음으로 진입로를 빠져나가 도로로 들어섰다. 염소 목장은 사라지고 없었지만 차를 타고 다니는 사이 새로운 냄새 이정표들을 익혀 두었으므로 시내로 가는 길을 찾는 건 농장 뒷마당을 돌아다니는 일만큼이나 쉬웠다. 시내로 들어가자마자 나는 개 공원으로 갔다. 하지만 실망스럽게도 칼리는 근처 어디에도 없었다. 나는 공원에서 개 몇 마리와 씨름을 했지만 사람들이 나를 쳐다봐도 더 이상 두렵지 않았다. 이제 나는 에단의 개였고 착한 개였으며 목줄도 있었다. 그리고 내 이름은 버디였다.

오후 늦게 칼리가 공원으로 돌아온 나를 발견하고는 몹시 반가워하며 구르듯 달려왔다. 함께 노는 동안 나는 칼리의 온몸에서 강하게 넘쳐나고 있는 한나의 냄새를 한껏 들이마셨다.

"어머, 멍멍아, 잘 있었어? 오래간만이네, 너 정말 멋있어졌구나."

벤치에 앉은 여자가 말했다.

"누군가 너에게 밥을 주나 보구나. 잘됐다."

그녀는 피곤해 보였고 반시간 후쯤 일어나서는 허리 뒤쪽에 양손을 올렸다.

"후유. 애가 나올 때가 되었나 봐."

그녀가 깊이 숨을 들이쉬었다. 그리고 느릿느릿 인도를 걷기 시작했고 칼리는 앞장서 갔다가 다시 뒤돌아오길 반복하며 그녀와 동행했다. 나는 칼리 옆에 붙어가면서 함께 다람쥐 몇 마리에게 겁을 주어 무리를 흩어 놓기도 했다.

두 블록쯤 더 갔을 때 여자는 걸음을 멈추고 어떤 집의 문을 열었지만 나는 칼리를 따라 안으로 들어갈 정도로 어리석지는 않았다. 여자가 문을 닫자 나는 계단에 기꺼이 엎드려 기다렸다. 전에도 해 본 적 있는 놀이였다.

몇 시간 후, 차가 진입로로 들어서더니 머리가 하얀 여자가 앞자리에서 내렸다. 나는 그녀를 만나기 위해 잰 걸음으로 계단을 내려갔다.

"어머, 멍멍아. 칼리랑 놀고 싶어서 왔니?"

그녀가 나에게 인사를 건네며 다정하게 손을 내밀었다.

나는 냄새도 맡기 전에 목소리로 그녀를 알아보았다. 한나였다. 꼬리를 흔들며 나는 제발 나를 만져 달라고 그녀 발치에서 뒹굴었고 그녀는 그렇게 해 주었다. 그리고 문이 열렸다.

"어서 와요, 엄마. 얘가 개 공원에서부터 나를 쫓아왔어요."

문간에 서서 여자가 말했다.

칼리가 뛰어나와 나를 덮쳤지만 나는 녀석을 어깨로 밀어냈다. 지금은 한나의 관심을 받고 싶었다.

"어디 보자. 너 어디 사니, 멍멍아?"

한나가 말했다.

한나의 손이 내 목걸이를 더듬었고 나는 얼른 앉았다. 칼리가 그녀의 손 위로 자기 머리를 들이밀었다.

"잠깐 비켜 봐, 칼리."

칼리의 머리를 옆으로 밀어내며 한나가 말했다.

"내 이름은 버디입니다."

한나가 내 이름표를 잡고 천천히 읽기 시작했다.

나는 꼬리를 흔들었다.

"나는……. 어머나, 세상에."

"왜 그래요, 엄마?"

"에단 몬트거머리의……."

"누구?"

한나가 일어섰다.

"에단 몬트거머리. 이 사람……, 이 사람 아주 오래전에 내가 알았던 남자란다. 옛날에, 내가 어렸을 때."

"옛날 남자 친구, 뭐 그런 거?"

"그래. 뭐 그런 거야. 맞아."

한나가 작은 소리로 웃었다.

"그러니까 저기, 첫 번째 남자 친구였어."

"첫 번째? 어머, 정말? 얘가 그 남자네 개인 거야?"

"이름이 버디라는데."

나는 꼬리를 흔들었다.

칼리가 장난하느라 내 얼굴을 물었다.

"그럼 우리 이제 어떻게 해야 돼?"

문간에 서 있던 여자가 물었다.

"어떻게 하냐고? 전화를 걸어 줘야지. 우리가 옛날에 살던 곳에서 조금 떨어진 곳에 살고 있네. 버디, 너 참 멀리도 왔구나."

칼리와는 놀 만큼 놀아 주었다. 칼리는 지금 벌어지고 있는 상황을 전혀 모른 채 내 위에 올라탈 궁리만 하고 있었다. 한 번 으르렁거려 주니 귀를 접고 앉았다가 금방 또 달려들었다. 어떤 개들은 이렇게 그저 제 흥에 겨워 행복해한다.

나는 한나가 나를 다시 에단에게 데려다 주리라는 것, 그리고 에단이 한나를 만나기만 하면 다시는 그녀를 잃지 않으리라는 확신을 갖고 있었다. 복잡하긴 했지만 나는 일종의 '찾기와 보여 주기' 작업을 하고 있었다. 실제로 한 자리에서 만나는 일은 두 사람에게 달려 있었지만 말이다.

둘은 곧 서로를 찾고 보여 주었다. 한 시간쯤 후 에단의 차가 진입로로 들어왔다. 나는 칼리를 잡아 누르고 있다가 곧장 튀어 올라 에단에게 달려갔다. 한나는 계단에 앉아 있다가 차에서 내리는 에단을 보고는 머뭇거리며 일어났다.

"버디, 너 여기서 대체 뭐해?"

에단이 물었다.

"차에 타."

나는 앞자리로 뛰어 올라갔다. 칼리가 앞발을 차 문에 걸치고는 나를 지난 몇 시간 동안 전혀 못 본 것처럼 창문을 통해 내 냄새를 맡으려고 했다.

"칼리, 내려와야지!"

한나가 날카롭게 말했다.

칼리가 발을 내렸다.

"아니야, 괜찮아. 한나, 안녕."

"안녕, 에단."

둘은 한동안 서로를 바라보았다. 그리고 한나가 웃었다. 어색한 몸짓으로 둘은 서로를 안았고 얼굴이 잠시 맞닿았다.

"어떻게 일이 이렇게 된 건지 모르겠네."

에단이 말했다.

"그게 말이야, 에단네 개가 공원으로 왔어. 내 딸 레이첼이 매일 오후 공원으로 가거든. 예정일이 일주일이나 지났는데 아직도 소식이 없어서 의사가 매일 걸으라고 했어. 도움이 되기만 한다면 유격 체조라도 할 판이야."

한나가 긴장하는 게 느껴졌지만 에단은 그런 기색이 전혀 없었고 대신 심장이 쿵쾅거리는 소리를 호흡을 통해 들을 수 있었다. 에단에게서 솟구치는 감정은 강하면서도 혼란스러웠다.

"내가 이해 안 되는 게 그거야. 내가 시내에 데리고 온 게 아니거든. 그렇다면 버디가 그 먼 길을 혼자 달려왔다는 이야기야. 무엇 때문에 그랬는지 도통 알 수가 없네."

"그러게."

한나가 말했다.

둘은 서로를 바라보며 서 있었다.

"잠깐 들어올래?"

마침내 한나가 물었다.

"어, 아냐, 아냐. 가야 돼."

"그래, 그럼."

둘은 한동안 그렇게 더 서 있었다. 칼리는 하품을 하더니 두 사람 사이의 분위기 따위는 알 바 아니라는 듯 앉아서 제 몸을 긁기 시작했다.

"전화 한번 하려고 했어. 그…… 매튜 얘기 들었을 때. 남편을 잃고 상심이 컸겠네."

“고마워……. 15년 전 이야기야, 에단. 한참 됐지.”

한나가 대답했다.

“그렇게 오래됐나?”

“응.”

“딸이 아기 낳을 때가 되어서 여기 와 있는 거야?”

“아니, 나 여기 살아.”

“여기 산다고?”

에단은 뭔가에 놀란 눈치였으나 아무리 둘러봐도 저쪽 몇 집 건너 풀밭에서 다람쥐가 이리저리 쏘다니는 것 외에 놀랄 만한 일은 없었다. 칼리는 아예 엉뚱한 방향을 보고 있었다. 멍청하기는.

“다음 달이면 여기 돌아온 지 2년이 돼. 레이첼의 집에 아기 방을 하나 더 만드는 동안 얘들 부부가 여기 와 있는 거고.”

“아, 그렇군.”

“서둘러서 방을 만들어야 할 거야.”

한나가 웃으며 말을 이었다.

“배가 남산만 하거든.”

둘은 함께 웃었다. 이번에는 웃음이 그치자 한나에게서 슬픔 같은 것이 느껴졌다. 에단도 두려움은 사라졌지만 이상하게 우울해하는 것 같았다.

“그럼, 에단. 만나서 반가웠어.”

“응. 나도 반가웠어, 한나.”

“그래, 잘 가.”

한나는 집 쪽을 향해 돌아섰고 에단은 차 앞쪽을 돌아 차 문 쪽으로 갔다. 에단은 화가 나기도 하고 두렵기도 하고 슬프기도 한 혼란스러운 상태였다. 칼리는 아직도 다람쥐를 보지 못했다. 한나는 계단 꼭대기에 서 있었다.

"한나!"

차 문을 열던 에단이 한나를 불렀다.

한나가 돌아섰다.

에단이 떨리는 숨을 깊이 들이쉬었다.

"언제 한번 저녁 먹으러 오면 어때? 아마 재미있을 거야. 농장에 와 본 지 정말 오래됐잖아. 내가 말이야, 음, 정원에서 뭘 좀 키우거든. 토마토……."

에단이 말끝을 흐렸다.

"에단, 요리도 해?"

"글쎄, 뭐 데우는 건 좀 하지."

둘은 함께 웃었고 이들의 슬픔은 언제 그랬냐는 듯 완전히 사라지고 없었다.

chapter 32

그날 이후 나는 한나와 칼리를 자주 만났다. 둘은 점점 더 자주 농장으로 놀러왔다. 나로서는 반가운 일이었다. 칼리는 농장이 내 영역임을 눈치챘는데 사실 내가 농장에 있는 나무라는 나무에는 모두 오줌을 싸 놓았기 때문에 안 그럴 수가 없는 형편이었다. 나는 '탑독Top Dog'이었고 칼리도 나에게 도전하려 하지 않았다. 우리 둘로 이루어진 작은 집단의 자연적인 위계질서를 지키면 이익이 많은데도 이를 잊어버려 나를 짜증나게 할 때가 자주 있기는 했지만. 거의 항상 칼리는 나를 놀이 친구 정도로만 생각했다.

겪어 보니 칼리는 그다지 영리하지 못했다. 칼리는 그저 아주 천천히만 기어가면 오리를 잡을 수 있다고 생각하는 것 같았는데 정말 어리석은 짓이었다. 엄마 오리가 눈도 한 번 깜박이지 않고 칼리를 지켜보고 있는 동안, 칼리가 배를 바닥에 끌면서 풀밭 위를 한 번에 몇 센티미터씩만 간신히 전진하는 모습을 보고 있자면 그 멍청함에 넌더리가 날 지경이었다. 그러다가 칼리가 갑자기 돌진해 몸을 날리면 첨벙

소리가 났고 오리들은 1미터쯤 날아올라 칼리 코앞에 내려앉았다. 칼리는 15분 정도 오리를 쫓았는데, 어찌나 빨리 사지를 놀리는지 몸이 물속에 잠겨 있을 틈이 없을 지경이었다. 하지만 이제 다 잡았다 싶어 덮칠 때마다 오리들은 날개를 퍼덕이며 뛰어올라 1미터 정도 앞에 내려앉았고 칼리는 실망감에 짖어 댔다. 결국 칼리가 포기하면 오리들은 작심한 듯 꽥꽥거리며 칼리를 따라갔고, 그러면 칼리는 이제 오리들을 잘 속였다 싶은지 홱 돌아서서 같은 짓을 되풀이했다. 도저히 눈 뜨고 봐 줄 수가 없었다.

에단과 나도 가끔 칼리네 집에 갔지만 거기서는 뒷마당에서 노는 것밖에는 할 일이 없어서 재미가 없었다.

이듬해 여름, 사람들 수십 명이 농장에 모여들어 접이식 의자에 앉은 채 내가 마야랑 앨과 살던 시절 익혔던 재주를 구경했다. 그러니까 줄지어 있는 의자들 사이를 천천히 당당하게 걸어가 모든 사람이 내 모습을 볼 수 있도록 에단이 만든 나무 계단 위로 올라가는 것이었다. 에단은 내 등에 묶여 있던 뭔가를 풀었고 한나와 이야기를 나누었으며 둘은 키스했다. 그러자 다들 웃으며 내게 박수를 쳐 주었다.

그 후 한나는 농장으로 와서 우리와 함께 살았다. 그때부터 우리 집은 마야의 마마네 집처럼 변해서 늘 사람들이 끊임없이 찾아왔다. 에단은 작은 말 두 마리를 트로이와 함께 살게 했고 우리 집을 찾아오는 어린아이들은 이 꼬마 말을 타는 걸 좋아했다. 내가 보기에 말이란 숲에서 뱀을 보기만 하면 주인을 버리고 달아나는 못 믿을 존재였지만 말이다.

칼리의 주인인 레이첼은 체이스라는 아기를 안고 나타났는데 이 남자아이는 내 등에 올라타서 내 털을 잡고는 키득거리기를 즐겼다. 나는 마야와 학교에 갔을 때처럼 얌전히 엎드려 있었다. 나는 착한 개였으니까. 다들 그렇게 말했다. 한나에게는 딸이 셋 있었는데 저마다 아이들이 있어서 어떤 때는 내 능력으로는 더 이상 셀 수도 없을 만큼 많은 꼬마 친구가 몰려오기도 했다.

손님이 없을 때면 에단과 한나는 저녁 공기가 서늘해질 때까지 현관 포치에 손을 잡고 앉아 있곤 했다. 나는 만족스럽게 숨을 내쉬며 두 사람의 발치를 지켰다. 에단의 마음속에 있던 아픔은 사라졌고 그 대신 고요하고 희망에 찬 행복이 자리 잡았다. 우리 집을 찾아오는 아이들은 모두 그를 '그랜드대디Granddaddy'라고 불렀고 그럴 때마다 에단의 마음에서는 기쁨이 넘쳐흘렀다. 한나는 그를 '내 사랑' 아니면 '달링'이라고 불렀고 그냥 에단이라고 부를 때도 있었다.

이렇게 새롭게 바뀐 환경에서 딱 한 가지 마음에 들지 않는 게 있었는데, 그것은 한나가 에단과 함께 자기 시작하면서부터 내가 침대에 올라가는 걸 둘이 한사코 거부하는 것이었다. 처음에는 실수라고 생각했다. 나는 둘 사이에서 자고 싶었는데 바로 거기에 공간이 충분했기 때문이다. 제일 내 마음에 드는 공간이기도 했고. 하지만 에단은 나에게 바닥으로 내려가라고 명령했다. 침대 크기가 충분해서 내가 올라가도 한나가 얼마든지 편하게 잘 수 있는데도. 마당에 있는 사람들 앞에서 내가 재주를 선보인 뒤 에단은 이층의 모든 방에 침대를 갖다 놓았고 심지어 그랜드마의 바느질방에까지 들여놓았다. 그런데 한나는 그 많은 침대 중 어디에서도 자고 싶지 않은 모양이었다.

그래도 나는 시험 삼아 매일 밤마다 앞발을 침대에 올린 채 오리를 향해 풀 사이를 기어갈 때의 칼리처럼 살금살금 몸을 일으켰다. 그럴 때마다 에단과 한나는 웃음을 터뜨렸다.

"안 돼, 버디. 내려가."

에단이 말하곤 했다.

"한 번 해 보는 건데 뭐 어때."

한나가 자주 하는 대답이었다.

눈이 내리는 때가 되자 한나와 에단은 몸에 담요를 두르고 앉아 불 앞에서 이야기를 했다. '해피 추수감사절'이나 '메리 크리스마스'가 되면 집에는 너무 많은 사람이 모여들어 밟힐까 봐 겁이 날 정도였지만 그럴 때면 아이들이 자는 침대 중 아무 데나 올라가면 그만이었다. 아이들 모두 나와 함께 자는 것을 기뻐했다. 내가 제일 좋아하는 아이는 레이첼의 아들인 체이스였는데 나를 안아 주고 사랑해 줄 때면 어릴 때의 에단의 모습이 떠올랐기 때문이었다. 체이스는 개처럼 네 발로 걷는 것을 포기하고 두 발로 걷게 되자 나와 함께 농장을 여기저기 돌아다니기를 즐겼는데 그럴 때도 칼리는 부질없는 오리 쫓기에 매달렸다.

나는 착한 개였다. 그리고 내 삶의 목적을 달성했다.

떠돌이 개로 살던 시절 나는 필요할 경우 어떻게 사람들에게서 벗어나 그들의 눈에 띄지 않게 지내는지 그리고 어떻게 쓰레기통을 뒤져 먹이를 얻는지를 배웠다. 에단과 함께 사는 동안에는 사랑을 배웠고 내 삶의 가장 중요한 목적인 에단을 보살피는 법을 배웠다. 제이콥과 마야는 내게 찾기와 보여 주기를 가르쳐 주었고 무엇보다도 가장 중요한, 사람을 구하는 방법도 가르쳐 주었다. 그리고 개로서 여러 번의 삶을 사는 동안 배운 모든 것을 이용해 나는 에단과 한나를 찾아냈고 두 사람을 만나게 해 주었다. 이제 나는 내가 왜 그렇게 여러 번의 삶을 살았는지 이해할 수 있었다. 여러 가지 중요한 재주를 배우고 교훈을 얻은 이유는 때가 왔을 때 에단을 구하기 위해서였다. 연못에서가 아니라 그의 삶 속에 있는 깊은 절망의 늪에서 말이다.

에단과 나는 여전히 저녁이면 농장을 산책했고 주로 한나도 함께였지만 항상 그렇지는 않았다. 나는 에단과 단둘이 있는 시간, 그래서 나에게 말을 건네는 시간을 애타게 기다렸다.

"이번 주에 정말 신났지? 너도 그랬니, 버디?"

에단이 울퉁불퉁한 길에서 천천히 조심스레 걸으며 말했다.

가끔 에단은 지팡이로 공을 쳐서 진입로로 날려 보냈고 나는 신이 나서 달려가 공을 물어다가 잠깐 씹은 후 또 던지라고 그의 발치에 떨어뜨렸다.

"넌 정말 착한 개야, 버디. 너 없었으면 어떻게 살았을지 모르겠다."

어느 날 저녁 에단은 이렇게 말했다.

에단은 숨을 깊이 들이쉬며 농장을 둘러보았고 야외 테이블을 가득 둘러싼 아이들을 향해 손을 흔들었다. 아이들도 손을 흔들어 답했다.

"그랜드대디!"

아이들이 외쳤다.

삶에 대한 사랑과 기쁨이 그의 마음에서 흘러넘치는 것이 느껴지자 나도 기쁜 나머지 짖었다. 에단은 웃으며 나를 향해 돌아섰다.

"한 번 더 할래, 버디?"

에단이 지팡이를 들어 공을 칠 자세를 취하며 이렇게 물었다.

이 집에서 아기는 체이스가 끝이 아니었다. 아기들은 계속 태어났다. 체이스가 나와 에단이 처음 만났을 때의 나이쯤 되었을 무렵 체이스의 엄마인 레이첼이 여자 아기를 집으로 데려왔다. 사람들은 아기를 늦둥이, 막둥이, 키어스틴 등 여러 가지 이름으로 불렀다. 보통 때처럼 사람들은 아이를 내 코앞에 내려서 냄새를 맡게 해 주었고 나도 평소와 마찬가지로 열심히 냄새를 맡았다. 그런데 사실 이런 상황에서 내가 어떻게 하기를 사람들이 바라는 건지는 도통 알 수가 없었다.

"버디, 나가서 공 갖고 놀자!"

체이스가 말했다.

이럴 때는 어떻게 해야 하는지 잘 알았다!

어느 화창한 봄날, 나는 에단과 단둘이 집에 남았다. 나는 나른해져서 졸고 있었고 에단은 큰 창문을 통해 들어오는 따스한 햇빛 속에서 책을 읽고 있었다. 한나는 방금 차를 몰고 나갔고 그 순간에는 평소와 달리 집에 와 있는 다른 가족도 전혀 없었다. 갑자기 내 눈이 번쩍 떠졌다. 나는 고개를 돌려 에단을 바라보았고 에단은 왜 그러느냐는 듯 나를 쳐다보았다.

"무슨 소리라도 들렸니, 버디?"

에단이 물었다.

"차가 들어온 것 같아?"

에단이 뭔가 잘못됐다는 것이 느껴졌다. 그냥 느낄 수 있었다. 작은 소리로 낑낑거리며 나는 일어섰다. 두려움이 온몸을 쓸고 지나갔다. 에단은 다시 책을 읽기 시작했지만 내가 에단에게로 뛰어오르기라도 할 기세로 소파에 발을 걸치자 웃으며 말했다.

"우와, 버디, 너 뭐하는 거니?"

뭔가 큰 일이 터질 것 같은 느낌이 점점 강해졌다. 나는 어쩔 줄을 모르고 짖었다.

"너 괜찮아? 밖에 나가고 싶니?"

에단은 개구멍을 가리키더니 안경을 벗고 눈을 비볐다.

"휴우, 좀 어지럽네."

나는 앉았다. 에단이 먼 곳을 바라보며 눈을 깜빡였다.

"저기 말이야, 버디. 나랑 같이 가서 낮잠이나 좀 자자꾸나."

에단은 휘청거리며 일어섰다. 나는 불안해서 헐떡이며 에단을 따라 침실로 갔다. 에단은 침대에 앉아 신음소리를 냈다.

"이런."

에단의 머릿속에서 뭔가가 터졌다. 그걸 느낄 수 있었다. 에단은 뒤로 벌렁 눕더니 숨을 깊이 들이쉬었다. 내가 침대 위로 뛰어올라도 에단은 아무 말도 하지 않은 채 그저 게슴츠레한 눈으로 나를 바라보았다.

내가 그를 위해 할 수 있는 일은 없었다. 낯선 기운이 에단의 몸속에 퍼져 나가는 것을 두려워하며 그저 축 늘어진 그의 손에 코를 비빌 뿐이었다. 그는 몸을 떨며 얕은 숨을 쉬고 있었다.

한 시간쯤 후 에단이 몸을 움직였다. 여전히 그의 몸은 뭔가가 크게 잘못되어 있었지만 에단이 자기를 붙잡고 있는 그 무엇으로부터 벗어나려고 몸부림치며 힘을 모으고 있는 것이 느껴졌다. 꼬마 제프리를 입에 물고 배수로의 찬물 속에서 수면으로 올라가려고 발버둥치던 내 모습이 떠올랐다.

"아."

에단이 헐떡이며 말했다.

"아, 한나."

시간은 계속 흘러갔다. 에단의 몸속에서 싸움이 계속되는 것을 느끼며 나는 낑낑거렸다. 그러다가 에단이 눈을 떴다. 처음에는 흐릿하고 초점이 맞지 않았지만 나를 보자 눈이 커졌다.

"아니, 베일리?"

그가 이렇게 말하는 바람에 나는 깜짝 놀랐다.

"잘 지냈어? 늘 보고 싶었어, 베일리."

그의 손이 내 털을 쓸어내렸다.

"베일리, 넌 착한 개야."

그가 말했다.

그것은 실수가 아니었다. 어찌해서 에단은 알게 된 것이다. 복잡한 정신을 가진 이 놀라운 생명체는 개보다 훨씬 더 많은 것을 할 줄 알았고, 확신하는 에단을 보니 그가 이제 모든 상황을 이해했다는 것을 알 수 있었다. 그는 나에게서 베일리를 보고 있었다.

"고카트 타던 날 생각나, 베일리? 그때 애들한테 뭔가를 보여 줬지. 정말 그랬어."

맞아요. 나는 에단에게 내가 베일리라는 것, 내가 에단의 유일한 개라는 것 그리고 지금 에단의 안에서 무슨 일이 일어나고 있는지는 모르겠지만 그것 때문에 내가 진짜 누구인지를 알아본다는 사실을 알려주고 싶었다. 그리고 이런 내 생각을 알릴 방법이 떠올랐다. 나는 쏜살

같이 침대에서 일어나 복도를 지나 옷장 앞에 가서 마더가 가르쳐 준 대로 낡은 손잡이를 입에 물고 비틀었다. 문이 열렸다. 코로 문을 밀어 젖힌 나는 바닥에 있는 곰팡이가 슬고 있는 물건 더미 속으로 뛰어들어 장화, 우산 같은 것들을 물어서 옆으로 던져 가며 결국 내가 찾던 것을 입에 물었다. 플립이었다.

다시 침대로 뛰어올라 플립을 에단의 손에 떨어뜨리니 에단은 내가 자기를 깨우기라도 한 것인 양 놀랐다.

"와! 베일리, 플립을 찾았네. 어디 있었어?"

나는 에단의 얼굴을 핥았다.

"그럼 한 번 볼까?"

그가 다음에 한 일은 내가 결코 바라지 않던 것이었다. 에단은 떨리는 몸을 환기를 하려고 열어 놓은 창가로 기를 쓰고 끌고 갔다.

"좋아, 베일리. 플립 가져와!"

에단이 명령했다.

힘겨워 보이는 몸짓으로 에단은 창틀에 플립을 겨우 올려놓더니 밖으로 밀었다.

나는 단 1초도 에단의 곁을 떠나기 싫었지만 에단이 같은 명령을 반복하자 거역할 수가 없었다. 발톱으로 양탄자를 박차며 나는 거실을 가로질러 뛰어가 개구멍을 빠져나갔고 집 옆으로 돌아가 덤불 속에 떨어져 있던 플립을 물어 올렸다. 즉시 돌아선 나는 멍청한 플립 때문에 나의 에단 곁에서 떨어지게 된 것을 분해하며 집 안을 향해 힘껏 달렸다.

침실로 돌아오니 에단의 상태는 더욱 나빠져 있었다. 에단은 아까

서 있던 거실 바닥에 앉아 있었고 눈은 초점을 잃었으며 숨 쉬기도 힘들어했다. 나는 플립을 그의 앞에 떨어뜨렸다. 플립 갖고 놀 때는 지났는데. 나는 앞으로 기어가 에단이 다치지 않도록 조심조심 그의 무릎 위에 내 머리를 올렸다.

에단이 곧 나를 떠날 모양이었다. 점점 느려지는 그의 거친 숨소리에서 느낄 수 있었다. 나의 에단이 죽어 가고 있었다.

나는 그가 가는 길을 따라갈 수 없었고 어디로 가는지도 몰랐다. 사람은 개보다 훨씬 더 복잡하고 더 중요한 삶의 목적을 수행한다. 착한 개의 삶의 목적은 사람과 함께 있는 것이었고 그들이 살면서 어떤 길을 가든 그 옆을 항상 지키는 것이다. 이제 내가 할 수 있는 일이라곤 그를 편안하게 해 주는 것이 전부였고 그가 삶을 떠나는 순간에도 혼자가 아니며 이 세상 그 무엇보다도 그를 사랑했던 개가 옆에서 지키고 있다고 안심시키는 일이었다.

에단은 힘없이 떨리는 손으로 내 목 뒤의 털을 쓰다듬어 주었다.

"보고 싶을 거야, 둔돌아."

에단이 나에게 말했다.

나는 에단의 얼굴에 내 얼굴을 가져다 댄 채 그의 숨결을 느끼며 부드럽게 얼굴을 핥아 주었다. 에단은 나에게 초점을 맞추려고 안간힘을 썼지만 결국 포기하고 말았다. 지금 에단이 나를 베일리로 보는지 버디로 보는지 알 수 없었지만 상관없었다. 나는 그의 개였고, 그는 나의 에단이었으니까.

해가 지면 빛이 조금씩 사라지듯 그에게서 의식이 빠져나가고 있는 것이 느껴졌다. 나의 용감한 에단은 아픔도 두려움도 없이 그가 가야 할 곳을 향해 가고 있을 뿐이었다. 그 사이에 내가 자기 무릎 위에 머리를 올리고 있다는 사실을 에단이 인식하고 있음을 느낄 수 있었다. 곧 마지막으로 떨리는 숨을 한 번 내쉰 뒤 에단은 더 이상 아무것도 느끼지 못했다.

나는 봄날 오후의 고요함 속에서 나의 에단 옆에 조용히 엎드려 있었다. 텅 빈 집에서 적막함이 느껴졌다. 한나가 곧 집으로 돌아올 것이다. 베일리, 엘리, 심지어 고양이들을 떠나보낼 때도 사람들이 얼마나 힘들어했는지가 떠오르자, 나는 에단이 없는 삶을 살아가야 하는 한나에게 내가 필요하리라는 것을 깨달았다.

나는 내가 에단을 처음 만났던 순간, 그리고 그를 떠나보내는 마지막 이 순간, 그리고 그 사이 있었던 모든 시간을 떠올리며 충성스럽게 내 자리를 지켰다. 조금 있으면 몸이 아플 지경으로 슬픔이 밀려들겠지만 이 순간 내 마음을 채우는 느낌은 평화였다. 몇 번의 삶을 살아오면서 모든 것이 결국 이 순간을 향한 것이었음을 깨달은 평화.

나는 개의 목적을 달성했다.

저자의 말

출발점에서 여기까지 오는 동안 너무도 많은 사람이 너무도 많은 방법으로 내게 도움을 주었다. 그래서 감사의 말을 어디서 시작해야 할지 모르겠다. 어디서 끝낼지를 판단하는 것은 더욱 어렵고 복잡한 일인 것 같다.

나라는 사람은 발전해 가는 자연의 작품이며 오늘날의 모습은 이제까지 배우고 겪은 것의 집합체로, 이렇게 되는 데는 많은 사람의 가르침, 도움, 성원이 필요했음을 우선 말해 두고자 한다.

개의 생각을 알아보려고 몇몇 저술을 참고했으며, 해당 저자들에게 감사를 표한다. <도그 워칭Dogwatching>의 데즈먼드 모리스, <개에게서 배운 것What the Dogs Have Taught Me>의 메릴 마코, <개들의 삶에서 우리가 모르는 것The Hidden Life of Dogs>의 엘리자베스 마샬 토마스, <수색구조견>의 미국구조견협회, 시저 밀란, 제임스 헤리엇, 마티 베커 박사, 지나 스페이다포리에게 감사한다.

가족의 도움이 없었으면 나는 지금 아무것도 아니었을 것이다. 특히 20년에 이르는 출판 거부 통지에도 굴하지 않고 내 편이 되어 준 부모님께 고마움을 표한다.

아카데미상 시상식장에서 음악이 흘러나와도 왜 사람들이 말을 멈추지 않는가를 이제 알 것 같다. 내가 감사를 표하고 싶은 사람의 명단은 끝이 없다. 그러니까 한 마디만 더 하고 마칠까 한다. 주인을 잃거나, 유기되거나, 학대당하는 동물을 구조해서 사랑이 넘치는 집을 찾아 주는 데 헌신적으로 봉사하는 모든 분의 노고에 경의를 표한다. 이 분들은 모두 천사들이다.

W.브루스 카메론

옮긴이의 말

사람들은 흔히 인류 전체를 가리킬 때 '호모 사피엔스'라는 말을 쓴다. 이는 분류학자들이 인간에게 붙여 놓은 학명이다. 이 학자들은 개에게 '카니스 파밀리아리스Canis familiaris'라는 이름을 붙여 주었다. Canis는 라틴어로 '개'라는 뜻이고 familiaris는 문자 그대로 '친숙하다'는 뜻이니 '인간과 친숙한 개'라는 이야기이다. 개가 당연히 인간과 친숙하다고 생각할 수도 있겠지만 개과에는 늑대, 여우, 개가 모두 속해 있으므로 이들 중에서도 특히 인간과 친한 부류라는 뜻이 된다. 약 1만 년 전 몇 마리의 늑대가 인간의 설득에 넘어와 친구가 된 이래 개는 인간과 가장 가까운 동물로 인간과 함께했고 지금도 함께이며, 진화의 과정이 둘을 갈라놓을 때까지, 아니면 두 종 중 하나가 멸망할 때까지 함께할 것이다.

이런 개와 인간의 관계에서 가장 중요한 특징은 무조건적 사랑을 주고받는 것이다. 이 글을 읽고 있는 독자들은 이미 이 책을 다 읽어서 기억하고 있겠지만, 네 번째 삶에서 빅터가 리사에게 이 개를 가지고 뭘 하자는 것이냐고 묻자 리사가 "뭘 하자고 개 키우는 사람이 어 딨어?"라고 받아치는 대목이 나온다. 그녀의 대답만큼 개와 인간의 관계를 한 마디로 드러내 주는 표현도 드물 것이다. 물론 사냥을 위해, 또는 경비를 위해 개를 키우는 사람들도 있지만 그런 특수목적견을 제외한 거의 모든 애완견의 주인은 뭘 하자고 개를 키우는 것이 아니다. 이런 주인에 대해 개는 무조건적이고 변함없는 충성심을 보인다. 영어에 'unswerving loyalty'라는 표현이 있다. 여기서 'to swerve'라는 동사가 '방향을 바꾸다'라는 뜻이니, 이는 방향을 바꾸지 않는 충성심이라는 이야기가 된다. 이 책의 주인공 개는 한평생도 아니고 윤회를 거듭하며 네 평생 동안 오직 에단에게만 마음을 보냈다. 방금 말한 'unswerving'이라는 단어에 딱 어울리는 마음의 자세이다. 그런데 'unswerving'으로 말하면 진돗개만 한 개도 없을 것이다. 한 주인에게만 충성하기 때문에 관리자가 일정한 주기로 바뀌는 군용견으로는 쓸 수 없을 정도니까 말이다. 저자가 진돗개의 이러한 특성을 알았으면 네 번의 삶 중 한 번쯤은 래브라도나 셰퍼드 대신 'Jindo'를 등장시켰을지도 모를 일이다.

이 책에서 또 한 가지 감탄할 만한 측면은 치밀한 구성이다. 여러 생에 걸쳐 일어나는 사건들이 서로 연결되어 주인공 개가 에단을 만날 수밖에 없는 정교한 구조를 이루고 있다. 예를 들어 앞의 생에서 배운 것을 다음 생에서 써먹기도 하고, 곤경에 처한 것이 오히려 주인공 개를 에단을 찾아가기 쉽게 해 주기도 한다. 예를 들어 떠돌이 개로 살던 시절 엄마로부터 문고리를 여는 방법을 배워서 밖으로 나가는 바람에 에단을 만날 수 있었고, 물속에서 사람을 구조하는 방법을 배워 제프리를 살려 낸다. 네 번째 삶에서는 빅터에게 미움을 받는 고초를 겪지만 그 덕에 뒷집 할머니가 경찰에 신고했고, 이를 빌미로 해방되어 에단의 집을 향한 여행의 첫 단추를 꿰게 된다. 두 번째 삶에서 플레어가 에단과 베일리를 버리고 달아나는 바람에 둘이 끔찍한 고생을 하지만 그 사건이 있었기에 네 번째 삶에서 에단이 사는 도시로 가는 방향을 잡을 수 있었다. 그리고 네 번의 삶을 거쳐 습득한 능력을 총동원해서 마지막으로 성취해 낸 일은 에단과 한나를 재회시키는 것이었다.

우연인지 저자의 의도였는지는 모르지만 주인공 개가 겪는 네 번의 삶은 바그너의 악극 <니벨룽겐의 반지>를 연상시킨다. 이 장대한 악극도 네 개의 독립된 오페라로 되어 있고 마지막에 신들이 모두 멸망하는데, 이 책도 주인공 개의 신이라고 할 만한 에단의 사망으로 끝을 맺는다. 맨 앞의 서극 <라인의 황금>이 나머지 세 편의 오페라보다 상당히 짧다는 사실도 비슷하다. 그리고 말할 것도 없이 서극은 뒤의 오페라들과 긴밀하게 연결되어 있다. 마치 토비가 떠돌이 개 시절 배운 것들이 나중의 삶에서 결정적인 역할을 하는 것처럼.

평소와 마찬가지로 번역 과정에서 많은 분에게 신세를 졌다. 이 책을 나에게 소개하고 원고의 교정 교열을 거쳐 멋진 모습으로 세상에 내놓은 페티앙북스, 개에 관한 지식을 주신 분들, 미국적 표현의 뜻을 알려 주신 분들, 그밖에 옮긴이가 알지도 못하는 작업에서 애써주신 분들(어떤 일이든 성취하려면 이런 분들의 역할이 반드시 필요하다.) 모두에게 감사를 표한다.

이창희

Praise for the Book

놀라운 책이다. 웃다가 울다가 하면서 읽었다. 발상도 독특한 이 책은 모든 독자의 마음을 활짝 열어줄 것이다. — 앨리스 워커, 퓰리처상 수상자, <컬러 퍼플> 저자

너무 재미있어서 책을 놓을 수가 없었다. 읽는 내내 내 삶의 목적을 돌아보게 되었고, 다 읽고 나서는 펑펑 울었다. 나는 이 책을 사랑한다.

— 템플 그랜딘, 동물학자, 뉴욕타임즈 베스트 셀러 작가

몇 페이지만에 이 책에 푹 빠져들었다. 아름답고, 희망적이면서, 자주 웃음을 터뜨리게 하는 매력적인 내용에 도무지 책을 덮을 수가 없었다. 나는 눈물범벅이 되었다. 개를 사랑하는 사람이라면 틀림없이 눈물을 흘릴 것이다.

— 아이리스 레이너 다트, 뉴욕타임즈 베스트셀러 <비치스>의 저자

<말리와 나>를 읽고 울었다면 이 책을 읽기 전에 티슈 한 통을 준비해야 할 것이다. 그렇다, 읽다 보면 울게 된다. 하지만 큰 소리로 웃기도 할 것이다.

— <Cesar's way>지

책을 내려놓을 수가 없었다. 얼마 전에 죽은 우리 집 개가 이야기하는 것을 듣는 느낌이었다. 치밀하고 디테일한, 지성과 감성으로 꽉 채워진 금자탑이다.

— 다이나 재프리스, 애니멀 플래닛의 PetFinder 진행자

정말 멋진 이야기다. 유머가 정교하게 녹아든 감동적인 책이다. — <모닝 콜>지

웃기는 대목, 마음이 따뜻해지는 대목, 센티멘털하지 않으면서도 감동적인 대목이 교차하는 이 책은 개와 함께하는 미국인의 삶을 조명한다. – 라이브러리 저널

탁월한 상상력을 바탕으로 한 이 책은 '사랑'이라는 단어가 동사로 쓰일 때 우리 삶의 목적이 가장 잘 달성된다는 사실을, 영혼을 가진 개의 입을 통해 이야기하고 있다. 베일리는 심오한 진실을 알고 있다. 죽음은 없으며 두려움이 가장 큰 적이라는 사실 말이다. 인간이라면 보물 같은 이 책을 반드시 읽어야 한다.

– 대니언 브링클리, 뉴욕타임즈 베스트셀러 <Saved by the Light> 저자

이 책은 독자를 특별한 여행길로 데려가 인간과 동물 사이에 연결된 신비스럽고도 놀라운 끈이 어떤 모습인지 여러 각도로 보여준다. 브루스 카메론은 개와 인간의 교감, 이에 얽힌 교훈, 용기와 헌신으로 빛나는 각별한 관계를 그려내었다. 절친한 사람과 나란히 앉아 읽기에 좋은 책이다.

– 토니 라 루사, 세인트 루이스 카디널스 감독 겸 Animal Rescue Foundation 공동 설립자

마술 같은 이야기를 정교하게 풀어낸 대단한 책이다. 견공을 다룬 문학 작품의 모범이라고 할 이 책을 즉시 구입해야 한다.

– 던컨 스트로스, NPR의 <Talking Animals> 진행자

이야기에 빨려들다 보면 인간의 가장 친한 친구인 개와 우리 사이의 유대가 얼마나 끈끈한지를 새삼 느끼게 된다. 이 책을 읽고 나면 개들이 인간을 얼마나 사랑하는지, 그리고 우리도 이에 대한 보답으로 얼마나 개를 사랑해야 하는지를 깨달을 수 있을 것이다. –<아메리칸 독 매거진>

Praise for the Book

수많은 개 이야기 중에서 가장 말을 잘하는 축에 속하는 개가 여러 개의 삶을 살면서 펼치는 흥미롭고 매혹적이며 완전히 믿음이 가는 이 책을 읽고 난 후, 나는 윤회를 믿게 되었으며 저자인 브루스 카메론이 전생에 개였다는 확신을 갖게 되었다. 그렇지 않고서야 어떻게 네 발 달린 이 동물의 시각에서 삶, 사랑, 충성 같은 것들을 이렇게 예리하게 짚어낼 수가 있겠는가?

– 빅토리아 모란, <Living a Charmed Life>의 저자

삶의 목적, 조건 없는 사랑! 전혀 새로운 이야기가 아니다. 그러나 네 발 달린 동물의 시각에서 보면 새롭고 놀라운 측면이 드러난다. 개의 충성심이 통찰력 있는 필체로 분명하게 그려진 이 책은 개를 통해서 인간이 스스로를 어떻게 개선시킬 수 있는지에 대해 생각할 기회를 준다.

–<패트리엇 레저>지

이렇게 잘 쓴 책을 읽으면 보통 내가 이 책을 썼으면 좋았을걸 하는 생각이 드는데, 이 책을 읽고 나서는 그저 이 책이 저술되었다는 사실에 감사했다. 기르던 개가 세상을 떠날 때 내가 할 수밖에 없었던 선택에 대해 나는 몇 년씩 슬픔과 고뇌에 시달렸다. 그런데 그런 상황에서 인간이 겪는 것을 개들이 얼마나 깊이 이해하는지를 베일리를 통해 들은 뒤 나는 우리 개가 끝까지 나를 사랑했다는 것과 내가 그 애를 사랑하듯 아직도 그가 나를 사랑한다는 사실을 깨달았다. 이 책은 나를 치유해주었다.

– 캐트린 미션, <The Grrl Genius Guide To Life>의 저자

인간의 목소리로 책을 쓰기도 힘든데 개를 화자로 하여 이렇게 좋은 책을 쓴 것은 눈부신 성과라 하겠다. 카메론은 정말 대단한 성과를 올렸다! 티슈와 개를 옆에 두고 이 책을 읽다 보면 (처음은 아니겠지만) 개가 사는 목적은 인간을 사랑하는 것이고, 우리에게 조건 없는 사랑을 하는 방법을 알려주는 것이란 사실을 깨닫게 된다.

–허드슨 밸리 뉴스

이 책에는 웃기는 대목도 많지만 이 책이 단순히 재미있는 읽을거리가 아니라 동물을 다룬 최고의 문학 작품으로 고전의 지위를 차지하여 오랫동안 모든 세대에게 애장할 만한 책이라고 여기는 이유는 심오한 영적 내용을 담고 있기 때문이다.

—<리포터>지

경이롭고 아름답다. 작가는 위트와 통찰력 넘치는 문장으로 우리가 서로 사랑하는 방법과 그 관계에 대해 이야기한다. 내가 어린아이 때 읽은 <블랙 뷰티> 이후로 사람과 동물 간의 사랑 이야기에 이토록 가슴이 저미고, 이토록 빠져든 것은 처음이다. 베일리 같은 친구를 가져본 적 있는 사람이라면 눈물없이 이 책을 읽을 수 없을 것이다. 이 책은 내가 사랑했던 개의 영혼이 우주 어딘가에 여전히 존재하며 다시 강아지가 되어 내 곁을 찾아올 것이라는 희망을 주었다.

—사만다 던, Failing Paris의 저자

찰스 디킨스도 이런 책은 쓰지 못했다. 나는 이 책을 읽기 시작하면서부터 나의 노란색 래브라도 개가 저항하지 못할 정도로 꼭 끌어안아 주기를 되풀이했다. 브루스 카메론은 사랑, 충성심, 그리고 당신이 그토록 좋아했던 반려 동물에 대한 망각에 초점을 맞추고 있다. 나는 브루스 카메론이 유머 작가라고 알고 있었기 때문에 오락용 책일 것이라고만 생각했지 이렇게 감동적이고 기쁜 책일 줄은 예상치 못했다. 전 세계가 이 책을 읽는 날이 곧 올 것이다.

—클레어 스코벨 라제브닉. <Same as it Never Was>의 저자

유쾌하면서도 감동의 눈물을 쏟게 하는, 마음에 쏙 드는 책. — 퍼블리셔스 위클리

<말리와 나> 그리고 <모리와 함께한 화요일> 이 만났다. — 커커스 리뷰

페티앙북스는 2001년부터 반려 동물 전문지 '페티앙'을 시작으로
반려동물 책을 만들고 있습니다. 우리 생활 속 반려동물은 물론 지구별에
살고 있는 모든 동물에 대한 이야기들을 따뜻한 시선으로 소개하겠습니다.
petianbooks@gmail.com로 원고를 보내주세요.

개의 목적

개정2판 1쇄 인쇄 2024년 7월 20일
개정2판 1쇄 발행 2024년 7월 30일

지은이 | W.브루스 카메론
옮긴이 | 이창희
발행인 | 김소희
발행처 | 페티앙북스
편집고문 | 박현종
편집 | 김소희
교정 교열 | 정재은
디자인 | 서승연
마케팅 | 김하연

주소 | 서울시 서초구 반포대로 122 107호
전화 | 02.584.3598 팩스 | 02.584.3599
이메일 | petianbooks@gmail.com
블로그 | www.PetianBooks.com
페이스북 | www.facebook.com/PetianBooks
인스타그램 | www.instagram.com/PetianBooks
ISBN | 979-11-955009-6-3(03840)